安徽歷代先賢詩詞選

梁東題

周正环◎主编

安徽师范大学出版社

图书在版编目(CIP)数据

安徽当代先贤诗词选 / 周正环主编. — 芜湖: 安徽师范大学出版社, 2018.5
ISBN 978-7-5676-3460-2

Ⅰ. ①安… Ⅱ. ①周… Ⅲ. ①诗词—作品集—中国—当代 Ⅳ. ①I227

中国版本图书馆CIP数据核字(2018)第063612号

安徽当代先贤诗词选

ANHUI DANGDAI XIANXIAN SHICIXUAN　　　周正环　主编

责任编辑: 侯宏堂
装帧设计: 丁奕奕
出版发行: 安徽师范大学出版社
　　　　　芜湖市九华南路189号安徽师范大学花津校区
网　　址: http://www.ahnupress.com/
发 行 部: 0553-3883578　5910327　5910310(传真)
印　　刷: 浙江新华数码印务有限公司
版　　次: 2018年5月第1版
印　　次: 2018年5月第1次印刷
开　　本: 700 mm×1000 mm　1/16
印　　张: 33
字　　数: 480千字
书　　号: ISBN 978-7-5676-3460-2
定　　价: 120.00元

《安徽当代先贤诗词选》编委会

前　言

2016年春，安徽省诗词学会陆世全会长嘱我主编一本“安徽已故诗家作品集”，意在对三十年来安徽已辞世诗家的优秀遗作，进行抢救性的全面收集、整理与选编，并结集正式出版，为后人留下系统翔实的历史资料，以此纪念安徽省诗词学会成立三十周年。

陆老一片拳拳之心，正与我的心愿相契合。我多年来收藏了一批诗词选集和当代诗家个人诗词集，正可作为编纂此书的资料。于是欣然领命，并提议将三十年的时段扩展为新中国成立以来七十年这样一个历史时期，书名定为“安徽当代先贤诗词选”。为后世保存乡邦文献，意义重大而深远，自当尽我所能将此事做到最好。

新中国成立七十年来，随着我省老一辈诗家相继辞世，他们的诗词作品也日渐散佚。由于历史原因，他们很少正式出版个人诗集，即使有一些私下编印的诗集、抄本或零星遗作存世，也大都散存于亲友收藏或其他相关资料中。

本书的选稿定位：系统保存安徽当代已故诗家的名篇佳作，著名诗家与高水平的民间诗人都力求不遗漏。每位入选作者，选录代表其最高水平的作品，对于足堪传世的佳作，不吝篇幅尽行选入，而一般泛泛之作则不予收录。不考虑每位作者入选作品的多寡，也不照顾各市、县之间的平衡。

本书的资料来源：一是安徽省诗词学会王勤、项文谟副会长此前为学会成立三十周年纪念集所征集的存稿；二是各市、县诗词组织供稿；三是我本人收藏、求购、借阅的全国与地方各种诗刊、诗词选集、获奖诗词集和已故当代诗家的个人诗词集（见书后附录《主要参考书目》）；四是网络资源和其他编委、审稿人所增补的资料。

经过两年时间的搜集资料、广征博选，书稿经过数十次增删，最终选录了381位安徽当代先贤共1900多首诗词作品。这些作品以诗人的眼界和情怀，用中华传统诗词的形式，生动反映和记录了一个历史时期的社会风貌，传承了中华优秀传统文化的基因，构成安徽省传统诗词历史链条的重要一环。

本书收录的作品为中华传统诗词。内容按作者姓氏笔画排序，每位作者的入选作品按五绝、七绝、五律、七律、古风、词的顺序排列。

入选作者为1949年到2018年春去世的安徽籍诗家，含安徽籍在外地生活的和外省籍长期在安徽生活的诗家（全书只对陈独秀一人破了例，他的去世时间是1942年，本不在入选范围，但考虑到他的特殊历史地位和诗作成就，还是将其作品选了进来）。所选录的诗词作品原则上是新中国成立后所作，个别诗家作于此前的诗词如果是其代表作，本书也一并收录。

本书入选诗家，最早的出生于1865年（歙县黄宾虹），最晚的出生于1965年（凤阳汤明珠），年龄相差整100岁。

在这些安徽当代先贤诗家中，有桐城派余脉潘季野、马茂元、舒芜、吴孟复等，也有新安派代表黄澍、黄宾虹、林散之、汪定执等；有著名学者和文学家胡适、曹靖陶、王冶秋、房宗岳（房秩五）、谢无量、洪漱崖（洪存恕）、洪传经（洪敦六）、潘伯鹰、冒效鲁、刘凤梧、宛敏灏、张涤华、祖保泉、薛励若、朱光潜、李霁野、吴小如、吴则虞、吴东儒、常任侠、常秀峰、鲍思陶、张恨水、吴组缃、荒芜、鲁彦周等，也有民间高水平的诗人朱继明、尚荣光、杨尚模、李辛白、韦潜安、汪岳尊、张溶川、郭珍仁、汪稚青、叶国璋、叶石林、孟超、陶光、裴鼎和（老憨）、徐味、刘逸非、周醒等；有担任过安徽省领导职务的张恺帆、赖少其、胡坦、光仁洪、孙宗溶等，也有担任过国家机关领导职务的朱蕴山、章伯钧、张治中、赵朴初、黄镇等；有旅居台湾的袁试武、谢鸿轩、张漱菡、张鹤、张五鹏、潘玉昌、方东美等，也有外籍安徽人唐德刚、阚家蓂、刘麟生等；有曾任中华民国国务总理的许世英，也有方外诗僧释龙灿（本际法师），还有安徽当代女性诗词名家蒋淑敏、葛冰如、施剑翘、张充和、张慧中、丁宁、宋亦英、史咏梅、邹人煜等。

本书入选作品均由我最终选定，并在保留作者原注基础上，对一些特定词语、人物和事件加了必要的“编者注”，以帮助读者加深理解。注释的原则是“今典重于古典”，因为“古典”对于饱学之士并无注释必要，偶有不解之处，上网一查便得。而“今典”关系到诗人创作时的特殊背景、掌故或“本事”，其费解之处如不加注，后世读者就难以查考了。

所有入选作品，都附有作者生平简介。编者不避繁难，往往为了查询一位先贤的作品与生平，拨打几十个电话也问不出结果，有的还要到其家乡和原单位以及作者后人的居住地去查找线索、多方确认。

本书力求选稿周全，资料可靠，注释严谨，对历史与后人负责，使外界与后世对安徽省这一历史时期的诗家及其上乘之作，有一个比较全面的了解。此书既是安徽省文化建设的一项成果和对外交流的名片之一，也是留给后人的一份文化遗产和历史文献资料。

虽然编者已为此书尽心竭力务求完善，但限于才识学养与机缘，缺憾在所难免。诚盼得到读者补阙正误，以期再版时更臻完美。编者的QQ邮箱：3100271818@qq.com。

本书的编辑出版，得到中共安徽省委宣传部、省社科联的重视和扶持；省社科联马雷书记和无为县文联侯奎林主席对本书出版给予了特别支持；省诗词学会和各市、县诗词组织以及许多诗友和作者亲属对本书的征稿等工作给予了鼎力支持；在全体编委和本书责任编辑、安徽师范大学出版社总编辑侯宏堂教授共同努力工作的同时，为本书特别提供了相关资料或查寻线索的还有：合肥的盛法、孙文光、刘晓燕，阜阳的董兆乾、张孝玉，宿州的韩心荣，太和的尹登林，六安的何怀玉，安庆的李学保、黄贻裳、齐周梦，宿松的何其三，铜陵的周宗雄，枞阳的唐志坚，芜湖的刘彪、方竚、吴季华，池州的尹文汉。在此一并向他们表示深切的谢意！

周正环
2018年春于芜湖

目　录

丁　之

丁之（1911—1993），四川江津人。曾任中共芜湖市委统战部副部长、芜湖市政协副主席。芜湖诗词学会首届副会长，会刊《滴翠诗丛》首任主编。

咏琅琊山

名山何事受人尊？草莽余生赖以存。
元帝自应无悔恨，琅琊林石胜桃源。

［原注］

东晋时元帝为琅琊王，尝避居此山，故名。

谢周暮樵赠海棠茉莉

智翁素有怜幽意，故遣双芳慰我思。
顿见园中萦瑞霭，争看盆内展琼姿。
朱华雨后呈欢靥，翠叶风前竞舞肢。
莫道老来无所事，殷殷犹欲护新枝。

丁　宁

丁宁（1902—1980），女，字怀枫，别号昙影楼主。原籍江苏镇江，长期在安徽省图书馆古籍部工作。曾任安徽省文史馆馆员、安徽省政协委员、安徽省图书馆学会副主任。词作清雅，被词评家称作二十世纪中国三大女词人之一。著有《丁宁集》《师友渊源录》《还轩词存》《还轩词拾遗》。

虞美人·重印《还轩词存》

儿时弄笔红窗下，片语珍无价。中年觅食暂离家，不道故园从此即天涯。　　老来潦倒书城恋，蠹卷青灯伴。吟魂消尽漏将终，双鬓萧疏黄叶堕西风。

鹧鸪天

一九六二年八月，赴黄山重过裕溪口[1]。

淝水无情日夕流，十年前事漫寻搜。羁怀送日凋蓬鬓，岁晚遄征老敝裘。　　多少忆，忆还休，众芳如海绣神州。满汀晴雪秋光好，莫指芦花笑白头。

［原注］

①裕溪口：位于芜湖市北长江西岸、长江与运漕河汇合处。古称濡须口。

鹧鸪天

湖海归来鬓欲华，荒居草长绿交加。有谁堪语猫为伴，无可消愁酒当茶。　　三径菊，半园瓜，烟锄雨笠作生涯。秋来尽有闲庭院，不种黄葵仰面花。

金缕曲·午桥医师以毛竹刻谷音为赠赋此谢之[1]

抚卷增凄切。甚当时、残山剩水，竟多高节。渺渺萍花无限意，长共寒潮呜咽。算今古、伤心一辙。搔首几回将天问，问神州何日烟尘歇？天不语，乱云叠！　　未酬素抱空存舌。更那堪、苍茫离黍，斜阳似血。却羡君家壶中世，消尽泉香酒洌。再休道、沧桑坐阅。好展平生医国手，把孱夫旧恨从头雪！金瓯举，满于月。

［编者注］

①谷音：书名。元杜本编。录宋末逸民三十人诗一百零一首，系以小传。《四库全书总目提要》卷二八：“是集所录，古直悲凉，风格遒上，无宋末江湖龌龊之习，其人又皆守节仗义之士，足为诗重。”后用以指气节之士的作品。

金缕曲·题醉钟馗横幅

进士君休矣。想生前、触阶不第，几多失意。死后偏教传异迹，颠倒三郎梦呓。夸妙笔、又逢道子。写向人间图画里，入端阳绿艾红榴队！如傀儡，同魑魅。　　早知饕餮非常计。悔当年、希荣干禄，自残同类。鬼国纵横千载久，弱肉浑难胜记。到今日、独夫群弃。五鬼不来供使役，对蒲觞未饮先成醉。掩两耳，昏昏睡。

玉楼春

冰霜销尽萍光转，绮陌轻歌归缓缓。江南草长燕初飞，漠北沙寒春尚浅。　柳枝袅娜同心绾，枝上流莺千百啭。齐将好语祝东风，地老天荒恩不断。

扬州慢·南行道中

哀角吟霜，倦云低垒，峭风渗透离魂。过烟芜一霎，认拾翠前村。自湖上，笙歌散后，柳疏莲谢，难罄孤樽。只凄凉鸥鹭，依稀残梦犹温。　旧游漫溯，怕重来，凭吊无痕。待紫塞烽销，青溪渡稳，往事谁论？北望故园何在，家国恨，暗逐轻轮！又斜阳如血，归鸦喧趁黄昏。

丁　松

丁松（1914—1973），安徽繁昌人。著名中医，工诗词、书法。著有《偶成诗集》。

渔

烟波垂钓水中求，泛滥江湖总自由。
载月扁舟都冷淡，得鱼沽酒傲公侯。

丁人卜

丁人卜（1931—2002），安徽无为人。生前系安徽无为农村政策研究室负责人。间有诗作，未结集。

即　景

矮树层楼居此中，白云来去自随风。
携童偶上桥头望，一片斜阳映树红。

游酆戏题

酆都此去要登山，宛似阴曹地府间。
乐善何须惊与怖，老夫先过鬼门关。

丁大钧

丁大钧（1923—2010），安徽无为人。我国著名的土木工程专家，国际著名的混凝土和砌体结构专家。1948年毕业于安徽大学土木工程系后留校任教。1950年调入国立南京大学工学院土木系，1978年破格升为教授，1981年国务院首批授予博士生导师。曾获全国科学大会个人奖（1978年），2002年中国工程院“光华工程科技奖”。

蜡　梅

寒风吹尽枝头叶，挺直杈枒更有神。
萧瑟园林遗冷艳，从容韵致脱风尘。
隆冬独对漫天雪，平日都忘老病身。
不慕繁华开岁尾，自甘寂寞拒争春。

丁文烈

丁文烈（1925—2008），安徽枞阳人。曾任小学教师30多年。枞阳诗词学会会员，芜湖诗词学会顾问。

答周琢之

江汉栖迟客，风流迥不群。玄文深愧我，青眼独逢君。
说项情真切，敲诗意笃殷。湖山萦别绪，何日共倾樽。

寿刘彪兄八十华诞[①]

一别龙眠几度逢，我如燕雀尔如鸿。
从戎应葆书生气，采药犹传壮士风。
数载牛棚余骏骨，八方山色育诗雄。
杖朝祝嘏镜湖畔，遥贺期颐不老翁。

[编者注]

①刘彪（1923—），安徽桐城人。安徽大学毕业，芜湖市卫生局离休干部。现任芜湖诗词学会名誉会长，年已96岁。著有《北峡诗词选》。

丁梅村

丁梅村（1931—2005），安徽宣州人。曾为《敬亭山诗词》副主编，中华诗词学会、安徽太白楼诗词学会会员。著有《敬亭山吟稿》。

小院春咏二首

一

院中花木各成材，半是天生半是栽。
可笑园丁偏自负，欲将人艺夺天才。

二

独怜幽草靠墙生，满院生机满院春。
千里归来颇不寂，无言却比有言亲。

万　年

万年（1920—2009），湖南岳阳人。原芜湖市副市长，安徽省计量局局长。中华诗词学会、安徽省诗词学会会员，芜湖诗词学会名誉会长。

滴水洞

一九六六年夏，毛主席曾避暑于此。

山环水绕疑无洞，柳暗花明别有津。
莫道桃源无觅处，此间藏得武陵春。

芦　花

湖畔青苇帐碧纱，一堤烟雨倚风斜。
寒汀雁落飘银絮，飞入渔村织席家。

马茂元

马茂元（1918—1989），字懋园，安徽桐城人，桐城派殿军马其昶之孙。1938年毕业于无锡国学专修学校。曾任安徽省教育厅编审、秘书。新中国成立后，历任上海第一师范学院教师、上海师范大学教授。中国作家协会会员。专于唐诗、楚辞研究。著有《古诗十九首初探》《晚照楼论文集》，编有《楚辞选》《唐诗选》等。

先师唐蔚芝先生诞生一百二十周年，茹经堂纪念馆揭幕二首

一

屹屹茹经数仞墙，抠衣犹记昔升堂。
具区万顷烟波阔①，永爇心源一瓣香。

［编者注］

①具区（ōu）：太湖的古称，又称“震泽”“笠泽”。

二

病中端木久离群，绛帐恩深梦尚温。
五十年间驹过隙，白头樗散愧师门。

［原注］

一九三五年秋，唐蔚芝先生七十生日，及门弟子集资筑茹经堂于太湖之畔，时余方肄业无锡国学专修学校。

马治业

马治业（1928—2010年）安徽阜南人。生前为中华诗词学会会员，淮南硖石诗词学会常务理事。著有《马治业诗词选》。

淮堤远眺

落日长淮一望收，闲花野草几经秋。
当年摆渡人何在，惟见悠悠碧水流。

秦皇陵

金棺厚葬祖龙身，妄造江河泻水银。
谁识陵中枯骨臭，却教天下庶民贫。
三山终未来灵药，二世竟亡论过秦。
冷落荒丘千载后，唯余野草杂花新。

马厚文

马厚文（1903—1989），安徽桐城人。毕业于上海光华大学中文系，安徽省文史馆馆员。著有《桐城文派论述》《桐城近代人物传》《楚辞今译》等。

登九华塔

未上名山览九州，且登古塔送春愁。
眼光直到无穷处，夕照江流一望收。

申江初夏

节序无情次第催，繁红落尽绿成堆。
春申江畔闲吟客，坐见朱缨熟几回。

王　炯

王炯（1926—?），安徽五河人。著有《南湖吟草》《南湖吟草续集》《夕晖吟草》等。

苏幕遮·亡妻三周年祭

彩云归，山叠翠。欲醉枫林，曾是倾心地。芳迹重寻肠断碎。白酒杯杯，都是相思泪。　　忆当年，惊喜会。携手红尘，家国心劳瘁。献出青春无怨悔。奠汝西归，倏又三周岁。

水调歌头·悼胡耀邦

虎啸震天地，浩气壮河山。英风胆略超凡，侠骨踏冰寒。无惧油锅敢下，慷慨高歌呐喊，愤把覆盆掀。旭日破天晓，华夏又春天。

怀忠烈，披肝胆，路艰难。晴天霹雳，神州痛失一英贤。正气长留人世，勋业长垂青史，盛誉满人间。松柏忠魂伴，时代伟名传。

王　琦

王琦（1926—2016），安徽安庆人。铜陵市第一中学高级教师，曾任铜陵市诗词学会会刊编委。著有《龙山吟草》。

登天都峰

光阴虚度叹蹉跎，六秩攀登再砺磨。
万仞千峰皆望断，茫茫云海涌青螺。

王之舟

王之舟（1929—2001），安徽界首人。历任安徽太和县教育局教研室副主任、县志办公室副主任、县政协副主席、县人大常委会副主任等职。友声诗社顾问。

太和早春

绿杨初绽草初萌，颍水扬波潮渐平。
连日轻风兼细雨，樱花如雪太和城。

奉答荣光兄《落花诗》三首

一

老去徐娘四座空，炎凉世态古今同。
多情只有尚才子，泪洒春江吊落红。

二

花自飘零水自流，长门紧锁汉宫秋。
美人嫁作王侯妇，恩爱谁能到白头。

三

山花野草少芳香，零落秋风未足伤。
但愿上林诸姐妹，红颜常驻伴君王。

题郭崇毅先生《诤友之言》

别人不敢言，言在君之口。别人不敢书，书在君之手。
一心为人民，何曾惧刀斧。一言能兴邦，高风垂千古。

江上作

涓涓千溪水，汇成大江流。零零方寸木，筑成百尺楼。
自然能聚散，良工善运筹。我愿为政者，多为百姓谋。

王石岑

王石岑（1914—1996），原名王忠信，安徽合肥人。著名国画家。40年代在四川师从中央大学教授、艺术大师黄君璧学画。后又继承和弘扬了新安画派的优秀传统，曾任安徽师范大学教授，中国美术家协会会员，安徽省书画院副院长。其多幅画作被中国美术馆收藏，1959年完成巨幅国画《迎客松》，以其为样本制作的铁画迎客松至今陈列于北京人民大会堂。芜湖诗词学会会员，著有《点帆楼诗词稿》。

题栖霞山红叶

寂寂栖霞寺，山深秋亦深。遥怜万红叶，浩荡见秋心。

题画黄山莲花峰

结侣寻幽境，峰回日影斜。白云生足底，步步踏莲花。

为友人画小孤山

记昔楼船暮入吴，长空阵雁隐秋芦。
大江东去涛声急，一柱中流是小姑。

题画巫峡

绝壁深镌六字文，临江终古照斜曛。
清词十二今何在，谁唱巫山一段云。

题关山万里图

堞堞连云塞草黄，雄关万里已飞霜。
朔风一夜吹寒雪，粉尽河山旧样妆。

纪念辛亥革命七十周年作画并题

十月江涛阔，排空振汉声。嘉谟开后业，革命导先行。

隔海伊人老，长空望眼明。秋高鸿雁过，帆影待归程。

点绛唇·春晚漫步镜湖，归后画樱桃题此

暮雨初收，镜湖环翠徐行过；摇波灯影，淡霭烟横锁。绿满江南，又见柳花堕。小亭坐，飞花几朵，买得樱桃可。

浪淘沙·为吴敬梓纪念馆画燕子矶图，图成赋此

日夜大江流，独立矶头，千帆过眼画中收，燕子回翔春浩荡，绿满汀州。　　壮志古难酬！岁月悠悠，儒林外史几经秋？讽尽前朝科举事，万世长留。

王业霖

王业霖（1946—1998），江苏江都人。大学毕业，生前在芜湖市政协工作。曾任芜湖诗词学会副秘书长兼《滴翠诗丛》编委，安徽省诗词学会理事，中华诗词学会会员。

文化市场竹枝词二首

一

文章如土欲何之？无奈此情难为词。
所恨芳林寥落甚，纯文学遇倒楣时。

二

洞庭木落楚天高，怨女痴男爱逐潮。
有泪不弹家国恨，销魂只会拜琼瑶。

小　园

小园着意贮晴光，秀色生机入画囊。
春柿星芽勾石绿，秋桐珠实点藤黄。

王亚普

王亚普（1931—2004），安徽宿松人。曾任枞阳县文明办主任。

湖上饯别

平湖饯别正清秋，握手扬帆在渡头。
一曲骊歌千滴泪，满湖秋色满湖愁。

随　兴

堤外乡村景物华，草塘水满乱鸣蛙。
绿杨深处红楼立，尽是寻常百姓家。

谒岳武穆坟

古柏青松笼岳坟，黄鹂隔叶叫声声。
英灵平反终何用，长使游人恨不平。

王如贵

王如贵（1925—2016），原名王如海，号言每，安徽定远人，寓居芜湖市。历任小学教员、教导主任、校长。安徽太白楼诗词学会会员、芜湖诗词学会《滴翠诗丛》编委。著有《韵海涛声》。

风入松·秋夜思

弦歌断续晚风轻，灯火一楼明。深深庭院人初静，明河淡、几点疏星。草木晶莹披露，更阑独对孤灯。　　竹梅窗外影凄清。幽梦故园行。相思千里龙岗路，有谁知、游子心情。梧叶翻空摇月，庭除萧瑟秋声。

菩萨蛮·芜湖中江桥即景

晴光遍洒江城路，茫茫弋水桥横渡。飞鸟逐渔烟，白云浮水天。　　珠帘掩绣阁，绿树遮村落。山外尽高楼，春风二月柔。

王冶秋

王冶秋（1909—1987），安徽霍邱人。曾任冯玉祥国文教员兼秘书。新中国成立后任国家文物局局长、顾问。中共“十一大”代表，第四、第五届全国人大常委会委员等。著有《青城山上》《大地新游》《狱中杂记及其他》《王冶秋选集》等。

过大同

一片新城压旧愁，卅年往事注心头。
天翻地覆从头改，陋巷空余戏凤楼。

访大场上海二十三位烈士墓①

过了洋坟是土坟，浑然一穴廿三人。
忠魂烈义传千古，端在当年不帝秦。

[编者注]

①二十三烈士墓，指1931年被国民党杀害的包括“左联五烈士”柔石、胡也频、李伟森、冯铿、殷夫在内的23名烈士，连同1925年“五卅”运动中殉难的工人领袖顾正红，一共24名烈士，均葬于大场公墓（位于今上海市宝山区），通常称为“二十四烈士墓”。1972年该烈士墓迁至上海市烈士陵园。

王尚礼

王尚礼（1925—2014），安徽阜阳人。1947年就读于上海同济大学医学院。曾任贵州省人民医院主任医师、耳鼻喉科主任、贵州省聋哑防治研究室主任。中国聋儿康复先驱者之一，为防治聋哑做出了卓越贡献。

医行一生二首

一

良相良医世所期，良医甘苦已心知。
病人总当亲人看，救死扶伤勿自欺。

二

医瞽遍寻边塞路，复聪广历大江南。
聋儿欲问今何往？朗朗书声出杏坛。

王国柱

王国柱（1943—2007），安徽肥西人。大学文化，高级农艺师。曾任六安市农业局局长兼党组书记、六安市政协常务委员、安徽省农学会常务理事、六安市农学会理事长、六安市诗词楹联学会会员。

哭　母

线迹犹存身上衣，怕闻儿读孟郊诗。
谁人解得当年苦，只有柳头明月知。

送　友

阳春有脚走天涯，多谢江淮诗酒家。
游处颠狂风里絮，饯行聊饮雨前茶。
鸟儿飞去鸣空野，蝴蝶依然抱落花。
醉我原来是留我，暂时不得上轻车。

王金三

王金三（1915—1997），安徽肥西人。贵州农工学院毕业。长期从事肥西县乡村教育工作。肥西县雪花吟社社友。著有《诗词存稿》数卷。

残　菊

菊篱欹侧任西东，今昔风姿迥不同。
莫怪秋深人不赏，从来多爱眼前红。

解甲归田

戍边千里转还乡，回首惊心发似霜。
七字劳生争一世，清贫甘苦自家尝。

鳏居检衣

检点冬衣独怆凄，茅庐秋尽雨丝丝。
衣残帽破无人补，枕冷衾寒只自知。

暮春抒怀

杯酒流连强自宽，酩然醉后有余欢。
黄粱我醒卢生梦，青眼谁怜范叔寒。
风月已偿疏懒愿，升沉早作等闲看。
暮春时节连朝雨，病卧匡床百感攒。

王育林

王育林（1920—2011），安徽贵池人。1953年毕业于安徽大学，长期从事语文教学工作，1979年在芜湖师范学校离休。芜湖诗词学会会员。著有《育林吟草》。

狮山情二首

1989年2月10日，芜湖市第十一中学五九届高中毕业同学，于王稼祥纪念馆举行校友联谊会。赋此抒怀。

一

一山花发树三千，叶叶枝枝我亦怜。
莫道书生无价值，文山正气古今传。

二

浴霞倦鸟晚归迟，夕照林间巢暖时。
四十年来山上月，伴人一步一相随。

沧浪亭

诗人沧浪濯冠缨，不染淤泥不着尘。
酬唱无邪明淡泊，舒怀有道养精神。
印心石屋双飞燕，结伴韩园百战身。
五百明贤同仰止，一亭花语四时春。

王映澄

王映澄（1921—2007），字宗朋，号采樵，安徽望江人。安徽大学法律系毕业，肥西中学离休干部。中华诗词学会、安徽省诗词学会会员，肥西县雪花吟社理事。

神女峰

独立云中亿万秋，春愁难遣瞰江流.
他年笑对平湖镜，不许痴人作梦游。

丙寅重九西庐雅集

紫蓬山上度重阳，畅饮巢湖酒一觞。
千里淠杭渠水碧，万家庭院菊花香。
微波星际传声影，古木林间悦笛簧。
俯视艰难来路曲，勇攀才见好风光。

王思贵

王思贵（1915—2013），安徽铜陵人。曾任顺安中心小学校长。著有《林泉诗稿》。

春　郊

郊原风暖落花轻，雨过田畴水自鸣。
布谷殷勤啼不倦，年年三月唤春耕。

渔歌子·渔家乐三阕

一

扁舟一叶傍平沙，身托烟波到处家。羹鲙鲫，饭蒸虾，风引炊烟一缕霞。

二

米是鱼虾水是田，烟波一叶即家园。常能饱，易安眠，沧浪喜唱乐天年。

三

市门喧扰染飞尘，养性何如住钓津。风细细，水粼粼，照彻渔家月一轮。

王晓传

王晓传（1944—2013），安徽枞阳人。曾任中学校长。

老年养生

烟云不吐限斟卮，花落花开两任之。
淡泊利名常惬意，户枢流水是吾师。

山村杂兴

清辉如水洒高楼，室外林涛室内幽。
唱罢黄梅情未尽，鼠标一点任遨游。

王鸿猷

王鸿猷（1908—2000），字秋圃，安徽庐江人。1923年后入芜湖、南京等地知名中学读书，曾面聆词曲专家卢前先生的教诲。先后在武汉、阜阳、寿县等地税务部门工作。1951年起，被分配至庐江矾山中学任语文教员和总务主任。著有《南楼随笔》等。

枕上口占

抱病在他乡，暗滴思亲泪。不敢载家书，惟恐母心碎。

得儿有赋三首

一

但闻儿语叫爸爸，喜得心头怒放花。
从此米盐须打点，莫辞日日走风沙。

二

十载江湖壮志消，喜将归去掉鱼篙。
不期一作阿爷后，忍向人前再折腰。

三

望子成龙总是差，当初我自亦如他。
谁知不舞羊公鹤，辜负双亲老眼花。

王淞霞

王淞霞（1912—1990），女，别名寄生草，安徽宿松人。幼出名门，长耽吟咏。曾任宿松诗词楹联学会理事。著有《寄生草诗词》。

首届中华女子诗词创作研讨会四首

一

浔阳江上万重山，娘子新军顶上攀。
老有雄心堪击鼓，此来高处不知寒。

二

春生斑管墨花香，万紫千红共一堂。
捧出丹心争奉献，中华儿女不寻常。

三

众峰罗列锁云烟，万象清虚悟自然。
劫后河山随处好，晚霞红上半边天。

四

薄雾轻霜枫叶紫，悬岩峭壁菊花黄。
佳话千秋垂史册，秋光正好是重阳。

梅花八韵

一

玉蕊香飘拂晓霞，高吟想见逸情赊。
空灵夜色牵诗绪，缥缈烟溪落日斜。
懒向春风呈色笑，好随明月借清华。
尘缘净处应无我，才是罗浮世外花。

二

誓向丘林老此生，在山泉比出山清。
湘弦三弄楼台月，驿使一枝关塞情。
漫点宫妆传韵事，转因外士误虚名。
人间寄语调羹客，莫听江城笛里声。

三

山村水郭步迟迟，相对无言意可知。
销我诗魂何太瘦，撩人情绪也曾思。
灯前影动春分案，帘外香浮月满枝。
自是萧疏林下伴，唯君唯我两相宜。

四

有缘到底是无缘，弹指流光又一年。
卧雪餐冰心似铁，闻香嚼味意如仙。
悠悠岁月空相忆，落落孤芳岂不怜？
任是洛阳夸绝代，文章琴鹤让君传。

五

且从物外访高踪，春在瑶台第几重？
夙约何妨三友缔，好花难向一春逢。
风前馥馥飘兰麝，雪里亭亭伴竹松。
压倒汉宫三十六，冷香和月露华浓。

六

湾湾流水绕山村，和靖邀来共举樽。
脱俗君原存傲骨，安贫我久绝朱门。
苦寒窗下留生意，清冷香中洒墨痕。
消受林泉风味好，等闲领略美人恩。

七

淡云斜月露声残，流水高山岂易弹？
消息垅头归意切，胭脂画里入神难。
绝无富贵骄人态，竟有风光到岁寒。
一点冬心比秋水，任他清浊两相看。

八

越级登峰捋一枝，剪水裁风不缘私。
香盈纸帐眠方稳，雪积空山冷不知。
对汝岂无三酌酒，赠君唯有数行诗。
苦吟莫笑诗肩瘦，消我闲愁十二时。

再赋梅花八韵答刘梦芙

一

漫天香雾湿朝霞，修到蓬莱愿已赊。
纸帐玲珑一枕月，铜瓶清冷数枝斜。
碧波摇影溪盈雪，玉树流辉苑满华。

朱紫漫夸春富贵，风流还是夺魁花。

二

几番风雪可怜生，玉样晶莹水样情。
红杏碧桃难结伴，闲云野鹤总关情。
孤高祇合依松竹，散淡由来否利名。
领略禅机尘滓净，拈花一笑露无声。

三

万木萧条芳讯迟，故园消息问谁知？
翱翔和靖林中鹤，惆怅罗浮梦里思。
邓尉风光香雪海，明皇宫苑断肠枝。
疏狂自有烟霞癖，一咏一觞皆得宜。

四

碧云楼畔小山村，淡泊生涯薄酒樽。
为赏风光登庾岭，任随风雪打柴门。
玉堂春困梳妆懒，白屋香添花月痕。
冰雪盟心风雨共，蓝衫何幸沐仙恩。

五

坎坷未了劫中缘，傲雪冲寒又一年。
无束无拘栖岭表，相思相赏隔凡仙。
人间落魄为谁苦？世外孤标只自怜。
两代生花才子笔，新诗幅幅好流传。

六

一诗一画客留踪，指点孤山路几重。
缥缈恍如花里笑，婆娑难得月中逢。
十年风雨悲琴鹤，百亩森林杳竹松。
啖得辛酸梅子味，泪痕犹比墨痕浓。

七

三弄丝桐更露残，一弦一柱对谁弹？
文章品价原非易，俗虑能空未必难。
金粉漫摇环佩影，绨袍不易布衣寒。

生来傲骨横斜惯，画上红笺祇自看。

八

案首题名香满枝，迎春饯腊自无私。
冰封雪压香难减，地老天荒冷不知。
紫禁春城花下笛，白云古寺壁间诗。
悲欢离合都成梦，再赋梅花乐盛时。

王登五

王登五（1920—2000），安徽霍邱人。曾任塾师、基层会计。酷爱诗词，先后创作诗词数百首。

送货下乡

自笑衰残身转忙，务农无力学经商。
田头便作鱼盐市，陌路常为货殖场。
难与陶朱相比富，好从子贡作同行。
回旋乡井多疲倦，小憩桑阴对夕阳。

王肇民

王肇民（1908—2003），安徽萧县人。龙城画派奠基人。早年随父至渝任书吏。2002年获教育部“德艺双馨”艺术家称号。

砍　树

年荒无米复无烧，秉斧园林砍树梢。
嘱咐江头三两鸟，归来莫念旧时巢。

东　望

几点青山几点烟，烟迷山隐白云连。

白云东望渺无际，家在白云云外边。

寄北京友人

巴山日暖杏飞花，燕市风寒柳未芽。
安得身如双燕子，衔将春色到君家。

约李可染看梅花

适从明善堂前过，曾把青枝仔细看。
为报故人春信息，梅花一树已将残。

题钟馗

进士心肝铁铸成，宵深斩鬼不闻声。
如何世上还多鬼？大鬼原来是弟兄。

闻　虫

何处起悲鸣？啾啾气不平。寒虫哀永夜，向晚作秋声。
明月他乡泪，西风故园情。凄凉衰草下，霜落满山横。

落花五首选三

一

玉容寂寞意凄其，万转千回下地迟。
人瘦适当红瘦日，香残正是泪残时。
在山枉惜春风面，失路谁怜绝代姿。
惆怅露华秾湿处，暮烟疏雨锁空枝。

二

点点脂痕杂粉痕，风吹灼烁散山村。
马蹄玉碎强开眼，履齿泥香合断魂。
结子依然伤薄命，无言独自笑黄昏。
由来此物多情甚，落地犹思雨露恩。

三

三月园林小劫频，蓬飘萍转任沉沦。
未知踪迹归何处，但觉繁华误此身。
遗臭遗香千古事，旋开旋落一番春。
教他枉自怜脂粉，只嫁东风不嫁人。

韦典谟

韦典谟（1916—2014），笔名顽石，号梦翁，安徽合肥人。中学退休教师，肥西县雪花吟社社友。

咏 菊

西风飒飒值凉秋，甘冒寒霜独爱幽。
不与群花争艳色，孤高羞上美人头。

读《雪花吟》试刊号二首

一

颓废诗风实可哀，狂澜力挽仗雄才。
谁知千百年间后，喜见香山社复开。

二

淝上骚人结墨缘，雪花社里写诗篇。
欣看佳作传千古，不让先贤式后贤。

忆一九四九年参加四野补充训练团

扰攘干戈苦不休，飘零身世等浮鸥。
空抛去国千行泪，聊写羁人一段愁。
万里家山凭北望，十年岁月付东流。
乾坤俯仰成遗憾，未许书生一展筹。

一九八八年春，重游芜湖登中山桥有感

两度鸠江作客游，数来相隔廿春秋。
江山已改当年貌，街市新翻近水楼。
高塔尚余烽火怨，大江淘尽古今愁。
登临无限沧桑感，愧对朝晖照白头。

临别赋赠周老觉庵

百里长途扶杖游，欣看福地景清幽。
汲来丰水烹新茗，衔引蓬山入小楼。
身外浮名无足羡，诗中滋味尚堪求。
深宵剪烛西窗下，酌酒同消万古愁。

韦潜安

韦潜安（1906—1989），安徽太湖人。曾任职于六安财粮管理处，后弃职还乡设馆授徒。其生前友好凭记忆曾将其诗联作品辑录成集，名曰《味根园诗草》。

咏园中新竹二首

一

小园次第笋抽齐，未许旁人作杖携。
已与此君相约定，一竿伴我钓磐溪。

二

羡君品格太超群，解箨声从静处闻。
绝是一门佳子弟，排行直上到青云。

赠病友

一生傲骨是清华，松竹怡情处士家。
总信精神长不死，年年岭上放梅花。

新秋晚坐味根园二首

一

荷锄种菜见精神，浚汲清泉细洒尘。
独在味根园上坐，几竿修竹一诗人。

二

清心何处不清凉，那管浮生鬓有霜。
树亦多情留晚景，一枝伸出挂斜阳。

秋雨中纳凉遣兴

容易秋风又一年，放开怀抱写诗笺。
田间农父原堪伴，劫后余生不羡仙。
瞬息繁华同幻梦，生平岁月直流连。
许多晚景徘徊处，都在西山夕照边。

六十初度

记得垂髫复变翁，许多事在感怀中。
残书偷在灯前看，好梦都从枕上空。
短发纵非全部白，醉颜原是暂时红。
亲朋漫祝长生酒，老到明年又不同。

寄唐磨卿先生

别后光阴过两春，满腔离绪榻生尘。
无聊谁是谈心友，同调君真硬骨人。
几度思将丝绣佛，再来当备酒延宾。
何方遂我长游愿，且扫榆钱去买邻。

咏　雁

闲身落落度长空，嘹唳云中又月中。
酒为宾来加倍绿，花知信到自然红。
手挥目送浑余事，踏雪披霜更可风。

莫道茫茫消息断，试从芦荻觅行踪。

题湘痕阁诗稿悼袁柔吉女士

慧到多时福便差，双修不得是袁嘉。
难为姊妹连枝树，竟作飘零堕劫花。
隐约几行诗有血，晶莹一片玉无瑕。
芳踪堪步文姬后，笳拍流传在汉家。

读纲鉴总论书后二首

一

敢把千秋古帝王，居然提笔尽平章。
才真似海罗青史，论定如山学紫阳。
天道何常思治乱，人心原可造兴亡。
看他文阵森严处，犹见双眸射电光。

二

放彩文章读几篇，了然兴废五千年。
公将朝代关心上，我慨河山在眼前。
真个汉书能下酒，不妨秦火又生烟。
麻姑定被先生笑，枉看人间海变田。

秋兴二首

一

紫燕南归雁唳空，一年容易又秋风。
枝头正落飘飘叶，壁下还吟唧唧虫。
且把虚名抛世外，有谁送酒过篱东。
笑他宋玉悲何事，万物荣枯岁岁同。

二

闲向溪边理钓筒，几家儿女剥莲蓬。
纵然花少香如故，反觉情多色未空。
两地总难忘旧好，一年容易又秋风。
荣枯本是寻常事，今日残花昨日红。

八十寿辰二首

一

自家生日自家知，并把梅花写入诗。
来客漫谈无量寿，逢人犹带几分痴。
满头白发难瞒老，三径黄花有意迟。
笑指这根藤在手，莫忘我是杖朝时。

二

夕阳红照满天霞，晚景虽多未足夸。
愿醒愿清休劝酒，半僧半俗好栽花。
行将去矣原如客，纵唱归欤又有家。
懒向渭滨寻钓叟，一生辜负是年华。

绝笔诗三首

一

不须惆怅别离天，散到空花总是莲。
撑过渡船都上岸，看完沧海尽成田。
痴迷打破谁如我，劫数难逃亦算仙。
报道一声归去也，白云无际水无边。

二

自怜行客太匆忙，更向亲朋话一场。
此后正如蝉蜕壳，再来谁识鹤还乡。
情从无奈分双手，泪到临歧洒几行。
以后当无缘见面，人间天上两思量。

三

任笑糊涂任笑痴，春蚕到死尚抽丝。
回头总念多情友，放眼还吟未了诗。
陌上花当归缓缓，堤边柳莫折枝枝。
味根园里春如海，来往须同我在时。

牛维鼎

牛维鼎（1923—1987），安徽阜阳人。1943年参加革命工作，长期在安徽教育学院、阜阳师范学院等院校任中文系副主任、主任。曾任安徽省诗词学会副会长，安徽太白楼诗词学会副会长。著有《临清集》等。

燕子楼三首

一

楼前碧水映窗纱，帘外风轻燕影斜。
回首疏烟残照里，飘红满路马缨花。

二

意阑春尽乱花飞，燕子楼头看落晖。
今日谁怜双鬓满，更思年少旧绒衣。

三

千载不须问项刘，临风披发梦荒州。
月明一夜惊残梦，何处归来燕子楼。

应岳飞纪念馆征

丹心今已无遗恨，八百年来事俱存。
三字狱成何罪有，千秋定论欲忘言。
风波荡落如山气，俎豆馨香映酒樽。
望眼清霜河朔路，笙歌处处奠忠魂。

浣溪沙二首

今秋病久，伊君买菊供赏，适蓬蓬偕国光、咪咪归国省视，莓莓亦返乡度假，因示儿女辈。

一

凛凛西风花正芳，天涯岑寂仍幽香。肃然独立过重阳。　持节神情午夜月，斗寒魂耐九秋霜。一生从不计炎凉。

二

污秽人间黯众芳，经年难有此番香。临风矫首看斜阳。　尘海苍茫多变幻，东篱日晚露为霜。生成玉骨任天凉。

金缕曲·元旦抒怀

大野寒云暮。怅人寰，一片荆杞，千村狐兔。此意悠悠凭谁问，今古能无定据。依栏听，鼓笳声骤。烟霭沉沉思渺渺，念往时书剑飘零处。陇头水，江潭树。　少年自诩凌云赋。经几多霜飞雁塞，雨洒枫浦。弱柳有情曾系马，还记斜阳当户。意岂在画兰屏炷。今又登临缘底事，向天涯更见征行路。苍凉事，休回顾。

乌以风

乌以风（1901—1989年），字冠君，号忘荃居士、一峰老人。原籍山东聊城，后定居安徽潜山野寨。1928年就读于北京大学哲学系。历任浙江省图书馆编纂，省立高中教师，安徽省教育厅秘书，宣城中学、安庆一中校长，四川重庆大学副教授、潜山景忠中学校长。著有《李卓吾著述考》《天柱山志》《中国中古时期儒释道三家关系史》《马一浮先生学赞》《岳云山馆诗稿》等。

春日感怀

莺飞草长又逢春，交臂藏舟倏已陈。
万国山河经乱日，一天风雨未归人。
愁来每误朱成碧，气转方知斗建寅。
岁月匆匆惊易逝，斋心观果敢迷因。

禁门一瞬

被错划右派禁中许每月一次会见亲属。

禁门垂柳拂塘波，匝月逢亲悲绪多。
天地自宽人自限，谁教肝胆隔山河。

读史有感

恩怨都从爱恶生，每因物换见人情。
官书功业言多怪，指聚宫台冠有名。
斧钺何伤天下士，金汤难护紫禁城。
千秋成败垂殷鉴，只恐高轩醉不醒。

八十岁重登天柱作

同游者张德祥、朱康宁、吴妙记、朱邦正、郑立松、柯文辉及老农贺来潮，时一九八〇年庚申八月。

衰步强攀更几回，孤怀时欲对山开。
云连香谷迷关径，水荡天风响壑雷。
佳会神驰人赏景，和歌律定我登台。
遨游正是重辉日，多少琳宫杳草莱。

方东美

方东美（1899—1977），安徽桐城人。早岁毕业于南京金陵大学，旋赴美国入威斯康辛大学深造，获哲学博士学位。返国后历任国立武昌高等师范大学、东南大学、中央大学哲学教授。1949年迁台后任教于台湾大学、辅仁大学，曾数度赴美讲学，对中国哲学与文化精神尤多阐发。著有《坚白精舍诗集》等。

不　寐

沧海横流一叶舟，瑶池归梦梦中搜。
无情细雨多情思，为写浮生昔昔愁。

梦登独秀峰

独尊分与群山峻，八面清风脚底来。
为问人间千万士，可曾作意与余偕？

庚寅除夕

丧乱羁穷海，飘萧倏四年。剑寒匇斫地，劫坏怆呼天。
国命梅魂续，诗情烛泪笺。大齐才过半，明日应旋乾。

开岁三日赋于台北

幽人栖碧海，芳思落朱弦。翠幄葳蕤树，红霞灿烂天。
嫣花香送腊，淑气暖迎年。化蝶蘧蘧舞，熙怡景物妍。

小　园

小园饶画趣，景物逗芳春。鸟戏婴红蕊，花飘点绿茵。
鬋鸡嬉啄粒，蝴蝶舞依人。海甸忘机者，栖迟自爽神。

廊下冬暄

绿丛花朵朵，輾笑沁心魂。老至春犹在，神全天不言。
坐忘融鸟语，习静任蜂喧。人境纷纷处，清宁敛小园。

霜降亭午，宴坐小园，以自然之舌抒情

密意秋声赋，生机冬日绵。人间扫文字，天外落言诠。
冥寂投空活，芳菲入有妍。蝶蜂抠妙旨，栩栩泥花前。

七月一日作

永忆年时诣太清，天游靡触即身轻。
玉楼春沾瑶华蕊，银海秋摇朗月精。
白皙与君团密意，红娇为我养柔情。
兰芬莤臭无终极，证得他生似此生。

春　思

花事阑珊春已归，万般姿媚入幽微。
留芳与我腾空想，寄兴怡人有化机。
寂历苑庭盈蝶梦，巍峨岩石沐朝晖。

古今生意如流转，夏至冬来愿不违。

方四章

方四章（1925—2010），安徽桐城人。芜湖师范学校高级讲师，安徽省数学学会理事，芜湖市数学学会副理事长。芜湖诗词学会理事。

咏项羽四首选二

一

霸王事业日蹉跎，众叛亲离可奈何。
纪信肯乘黄屋纛，汉王归唱大风歌。
推诚亚父疏离死，效命将军聚怨多。
至死犹呼骓不逝，可怜垓下舞婆娑。

二

出走咸阳事已非，阿房一炬对坑灰。
夺人天下收姬侍，逐鹿中原为锦衣。
汉定三秦成帝业，楚歌四面咎何归。
乌江亭长舣船待，哪及荥阳解汉围。

方任安

方任安（1926—2016），名择仁，号乐莲，安徽桐城人。1949年毕业于国立政治大学政治系。历任安庆市人民政府机关干事、科员、组长，二中、四中等校教导主任，安庆师范学院哲学教研室主任，副教授。曾任安徽省哲学学会、政治学学会、社会学学会理事，中国科学社会主义学会世界社会主义学术委员会委员。安庆市诗词学会副会长兼秘书长，《安庆诗词》主编。著有《诗评中国著名哲学家》《中国诗学述论》《任安文存》《求索斋诗词选》等。

赠左克安学友

一番忆旧话沧州，愁断吴山古渡头。

闻道夕阳光景好，不经风雨不风流。

忆彭德怀将军

将军叱咤疆场日，孰料归时风雨愁！
政治由来多诡道，丹心自古恨难酬！

岳飞墓

墓地两来凭吊仰，凛然肝胆照千秋。
王师垂败黄龙获，壮志未酬南宋休。
亘古兴亡原有自，如今曲直岂无由。
内忧远比外忧甚，长使英雄涕泗流。

梅　园

梅园自昔盛名扬，一代风流播远香。
戎马生涯劳策划，中枢缔造费思量。
十年血雨创痕重，半榻秋风语意长。
功过是非凭史说，可怜心苦辅雄王！

方金生

方金生（1935—2005），安徽桐城人。杭州大学肄业，曾在安徽省石油公司、芜湖市市政公司工作。芜湖诗词学会会员。著有《泾川诗文集》。

夜过水西寺

四野沉沉树色迷，长堤独步夜归迟。
疏星朗月梵音寂，数点渔灯映水西。

过兰山寺

深山寺废不逢僧，绝壁摩天老树横。
偏是多情鸣涧水，潺潺一路伴归程。

怀　乡

故园一别几芳菲，烟雨龙眠梦里窥。
几度沧桑随水逝，一腔豪气化烟飞。
前尘碌碌惊回首，后事茫茫欲语谁？
久作江南编外客，老来无日不思归。

方瑰山

方瑰山（1926—2001），安徽桐城人。曾任小学教师、教导主任、校长，有诗词楹联集《瑰山俚韵》等。

白兔湖牧牛即事

六旬有六牧青牛，远去东湖晒日头。
跣足平滩泥水暖，蚌瓢螺壳满汀洲。

七届寅年诞日感赋

七届寅年鬓早霜，异乡漂泊实荒唐。
行囊检点无他物，角落残存唯墨香。

［原注］

余时在安庆市菱北中心小学司阍。

尹笑天

尹笑天（1919—1995），安徽巢县人。长期从事教育工作，曾任巢县矾山中学、黄山中学语文教师。著有《尘网轩诗词剩稿》。

淮上春晚

小桃含雨柳含烟，蜂蝶纷纷过野田。

春老淮南人未返，最无聊赖一声鹃。

己巳七月得坚忍台湾来书即以报之

读书忘俗虑，饮酒有深情。昂藏遭时妒，狂傲惹人轻。
秋虫徒吊月，烈士重干城。淮海风涛靖，白头望太平。

秋　心

幽怀散步度林陬，黄菊丹枫醉我眸。
画里秋山思马远，吟边蛱蝶梦庄周。
四更残月风穿户，千里哀鸿影过楼。
生也有涯天自晓，且抛词翰傲王侯。

自　嘲

腰肢瘦已过双文，骨相何如李少君。
书怕好奇成古怪，棋忘敌手每将军。
闲留小院生青草，卧向西窗看白云。
一病不知长短日，只听历史当新闻。

邓则先

邓则先（1885—1962），原名承谟，号谪仙，又号则先，安徽繁昌人。前清秀才，曾任三山九莲诗社秘书长，三山公学创始人之一，毕生致力于教育。曾先后任教于芜湖私立圣雅阁中学、芜湖广益中学。

六十述怀

当年豪气压元龙，叵耐一身累几重。
贫甚婚丧偏叠遘，劫馀老弱转相从。
有心祗作书中蠹，无力翻成儿辈傭。
不惯山居离索味，门前喜听足音蛩。

盆梅

老干疏枝自短长，清高原不伍群芳。
眼前几叶扶冰骨，门外荷花作淡妆。
且让姚家仍富贵，应怜邓尉已他乡。
江南独有春还在，安得居亭善保藏。

甘振民

甘振民（1927—2017），安徽枞阳人。著有《血防情》《陡山吟草》。

小草

自晓非名卉，无心斗丽华。阳回抽嫩叶，雨后茁新芽。
溪畔迎流水，园中护落花。春风先惠我，青色满天涯。

临江仙·诗酒情缘

解组归来何所事？花前月下留连。寻章摘句写新篇。不期登大雅，只为理心弦。　　俚语村言随口出，怎求律稳词妍。权当剩腊与时鲜。低吟声伴酒，好结此中缘。

左克安

左克安（1926—2008），安徽桐城人。曾任桐城二中教师。桐城诗词学会常务理事、编委。

忆边城

万壑千峰里，边城夕照横。松涛腾海啸，底事不平鸣？

奉读《霜前横笛》致江婴先生

吟坛高咏日纷纷，几见方家敢较真。

心有黎民诗有胆，江婴独具此精神。

赞陈少敏

巾帼英雄撼敌氛，开边勤政万民亲。
抠心一票惊天地，怒目千夫泣鬼神。
莫道秋风欺落叶，试看翠柏出红尘。
如今评点荒唐事，无畏无私独此人。

卢先进

卢先进（1915—1997），安徽无为人。曾在芜湖市教委工作，芜湖诗词学会会员。

咏　梅

昨夜朔风催，今朝春讯来。不辞枝干老，含笑雪中开。

春　郊

春雨乍晴水满陂，耘田植树两相宜。
时禽也解农家事，“割麦插禾”不住啼。

叶石林

叶石林（1927—2004），安徽全椒人。复旦大学毕业。曾任《芜湖日报》主任编辑、芜湖诗词学会常务理事兼《滴翠诗丛》副主编、中华诗词学会及安徽省诗词学会会员。著有诗集《江南草》。

夏雨初霁

叶舞风前树，霞飞雨后虹。荷盘珠玉滚，浣女薄衫红。

黄山松

侧身于绝巘，挺秀雨风中。长葆千年绿，休争一日红。

门牙脱落口占

齿牙松动时为患，久欲根除恨不能。
一日轻摇自脱落，又愁祸出口无门。

回乡二首

一

久别还乡人不识，新华路上独徘徊。
石桥襄水亲如故，旧梦依稀丁字街。

二

二郎小庙今何在？问遍路人皆不知。
走尽南街寻故宅，对门犹识旧荷池。

咏　梅

昨夜春风一树皑，老梅吐蕊送香来。
生嫌温室藏娇气，偏爱冲寒浴雪开。

初访宣城

乡曲黄梅情切切，波光塔影似亲人。
菱湖细雨丝丝柳，江北江南一样春。

荒原秋夜

万古洪荒地，中天月色妍。莽原如泻雪，林海似笼烟。
无语清河水，有情完达山。秋虫声戚戚，吴客不成眠。

忆秦娥·京华旧梦

关山越，长安阔步朝天阙。朝天阙，梅开二度，雪消三月。　岁寒不减心头热，围炉灯下沧桑说。沧桑说，疾风劲草，经霜红叶。

鹧鸪天·偕朱贤礼兄访宛敏灏教授不遇

习习和风夹嫩寒，小楼深锁护春眠。啁啾鸟语花如火，油菜香飘二月天。　餐柳色，咏湖山，芳菲桃李晚晴轩。词翁雅爱张安国，长卷于湖细注笺。

踏莎行·登银川海宝塔寺

漠漠平沙，皑皑碱地，银川城外千年寺。擎天古塔气吞云，禅宫大佛安祥寐。　塞北风尘，江南游子，情酣谁会登临意。田畴阡陌画图新，边陲百代沧桑易。

叶国璋

叶国璋（1901—1977），字奉浩，晚号双桐老人，安徽全椒人。幼承家学，及长就读于全椒县旧制中学，毕业后执教，从教40余年。新中国成立后，曾任《西南税务》编辑等职。退休后，定居芜湖双桐巷。著有诗词手稿《飘泊西南残稿》《双桐歌唱》等。

芜湖揽胜二首

一

车行一路画图开，揽胜从容干道来。
满眼飞腾新建筑，荒郊平地化楼台。

二

春水船如天上坐，苍茫独立皖江滨。
五洲四海通舟楫，今日天涯若比邻。

江边晚眺

水天渺无际，落日晚风轻。塔势孤高耸，江流浩荡行。

客轮时上下，番舶昔纵横。换了人间世，长歌河海清。

答成都友人

有谁相忆到江湖，一别成都六载余。
老不求人穷可爱，君能知我远贻书。
廿年流寓常思蜀，四海为家暂入芜。
旧地重游同作计，请来这里吃鲥鱼。

天仙子·咏蟋蟀

秋以虫鸣声唧唧，鼓翅而歌砖瓦隙。欧阳哪里是知音，虫自适，人自戚，却说和他同叹息。　　最大关怀人七亿，处处寒衣催剪尺。一年容易又秋风，当务急，争朝夕，费尽声声催快织。

登笔峰

有峰卓尔峙如笔，志载椒陵[①]八景一。钟灵毓秀旧称佳，高矗南屏势甲出。春回百草活烧痕，晴岚笑靥迎朝暾。寻芳拾翠登绝顶，苍茫独立小乾坤。为学为山同此理，篑土之增非易耳。若使一篑中途止，安得巍峨峻如此！

［原注］

①全椒别称椒陵，矗立于南屏山之巅的笔峰尖，为全椒八景之一（笔峰毓秀）。

卜算子·题芜湖铁画家储炎庆传艺图

点铁果成金，泼墨生奇景。迎客松迎万国宾，画出黄山胜。　　热血毕生凝，筚路开蹊径。绝技传承喜有人，不朽储炎庆。

［原注］

储于去冬物故。其代表作为首都人民大会堂大壁画黄山迎客松。

叶孟明

叶孟明（1921—1996），安徽桐城人。安徽大学毕业。安徽师范大学教授，中华诗词学会及安徽省诗词学会会员。曾任芜湖诗词学会理事兼《滴翠诗丛》编委。

寄安大老友陈俊峰三首

一

鸡鸣风雨少年时，壮志凌云骏马驰。
重展画图应一笑，白头还见旧丰姿。

二

杏坛卌载听弦歌，为育英才乐趣多。
喜看江淮桃李盛，园丁心血几消磨。

三

相思无奈阻长江，惆怅何时共倚窗？
珍重岁寒松柏志，月明千里照双双。

镜湖菊展

冷露沾香雾，秋风拂绣裾。却离陶令宅，来伴镜湖居。
碧树金花映，芳塘玉步徐。相逢忘俗念，何必羡观鱼。

吊黄叶村先生

恶浪狂风逝已空，独存文采耀寰中。
彩毫千载留遗范，身世频年类转蓬。
劲节江南一枝竹，风流海外九天虹。
镜湖春色添新景，重向楼头忆此翁。

叶绍华

叶绍华（1928—2002），字庆升，笔名絮萍，安徽望江人。中学教师。晚年参加地方志编写工作。曾为安庆市诗词学会、望江县诗词学会会员。著有《昌湖渔子集》。

咏菊二首

一

不随丹桂飘香早，也让寒梅吐艳迟。
独爱花开逢晚节，老夫对酒好吟诗。

二

久经冷遇不低头，妆淡香清傲九秋。
霜后精神尤抖擞，瘦枝越老越风流。

咏　蚕

经纶满腹不声扬，只是朝朝暮暮忙。
无限长丝无限意，助人温暖自甘凉。

雨雪夜

雨雪溟濛里，孤灯倍黯然。吟诗难立意，作画懒残笺。
风抖离哀乱，寒催别绪添。遥怜宜邸客，今夜可安眠。

[原注]

夜来朔风怒吼，雨雪交加。老伴在宜，难却寒冷，赋以解忧。

过渔庄

踏遍平湖水泽乡，清幽莫过打鱼庄。
宿星饮露情怀阔，醉月餐风兴味长。
一叶扁舟云影动，数间茅屋蓼花香。
难描入眼江村景，欣听渔歌唱夕阳。

农中代课病中吟

客馆沉疴例假中，惊人寂寞动枯衷。
疾风卷雨敲窗急，迅电催雷震耳聋。
一盏油灯床畔绿，几堆文卷案头红。
呻吟无力人憔悴，想到群童病觉松。

编“志”书感

一枝铁笔写春秋，几载功夫白了头。
心血呕完嫌味涩，精神耗尽欠风流。
深知史志难修纂，也识文章不易谋。
拼得残年勤补拙，免留遗憾隐荒丘。

哭亡妻刘君霞

忆及当年结伴时，一园桃李共扶持。
我培沃土全神注，君洒甘泉带汗施。
喜见辛劳凝硕果，惊遭厄运度灾期。
鸳鸯异地三更梦，百转愁肠各自知。

[原注]

1949年后我与君霞同掌一校，后我被划为“右派”，她被“清洗”，被迫家庭一度分离。

叶显中

叶显中（1926—1994），安徽庐江人。曾任法院庭长。有诗集付梓。

鹧鸪天·戏答友人

廿载寒窗志未捐，拟将铁砚且磨穿。风流应属簪花客，水击曾拼奋翮天。　秋意冷，荻枫前，剧怜鲈脍劝加餐。安贫自是吾侪事，莫道文章不值钱。

减字木兰花

戊辰仲冬，由皖西六安开会回来，顺道返回故里，小作勾留，情亲相聚，友朋话旧，洵乐事也。

童年姊弟，此际相逢欣又悸。白发频添，蔗境啖来分外甜。　他乡花未？此处梅开催百卉。旧垒重游，梦对情亲懒上楼。

念奴娇·辛未中秋夜作

凉风天末，桂香彻，冉冉一轮浩魄。月地云阶疑似昔，谁把箫声吹裂。惆怅人寰，低回此夕，猛忆当年别。彩云何处？堂前燕子能说。　寻思四十年前，桂堂东畔，共对冰轮雪。更劝深深桑落酒，袅袅鹍弦欲绝。倚槛蛩鸣，登楼雁唳，鬓发聊萧白。前尘历历，春婆说梦曾阅。

田砚农

田砚农（1930—2010），曾用笔名一农，安徽宿县人。华东大学肄业。原安庆文化局副局长。

韩　信

十大功劳逐逝波，折弓烹狗泪痕多。
人生岂有真知己，成也萧何败也何！

辛弃疾

再造山河志未酬，登高无计望神州。
可怜只用毛锥子，写尽江南处处楼。

金陵怀古

六朝如梦太匆忙，天国沦亡更断肠。
莫道金陵风物好，温柔乡里葬君王。

观《曹操与杨修》

怜才偏又毁奇才，黄雀鸣蝉究可哀。
一纸诏书千古恨，星稀月冷魏王台。

观雨后桃花林

摇曳东风满树斜，桃红迷眼乱云霞。
虽然不是河阳令，也爱三春雨后花。

读史偶得

霸王怒气贯长虹，火炬阿房三月红。
天下兴亡民受苦，汉家又起未央宫。

田爕吾

田爕吾（1887—1955），字宗方，安徽桐城人，陈澹然门徒，安庆法政专业学校毕业，曾任省府主任秘书，后应张学良电召至沈阳任机要秘书，历任松江县县长、彰武县县长。后在沈阳大学、安徽大学任教。

晚泊和悦洲

水顺风偏逆，舟行日已曛。长堤千树暗，两岸一江分。
波影摇初月，炊烟接暮云。黄昏人迹乱，争渡语纷纷。

金陵莫愁湖四首选二

一

千年魂去阁犹新，欲访遗踪愁煞人。
红藕簇池空自艳，绿杨满郭为谁春？
卢家环佩留佳话，明代衣冠委劫尘。
多少雕龙射虎士，流芳不及女儿身。

二

山自峨峨水自流，美人名将各千秋。
风云犹护池边阁，花草先春柳外楼。
月色照残兴废迹，湖光荡尽古今愁。
我来欲问前朝事，惟有啼乌噪不休。

史咏梅

史咏梅（1922—2005），女，安徽枞阳人。曾任枞阳县政协委员，芜湖诗词学会会员，枞阳诗词学会副会长。有诗集《咏梅吟草》《咏梅吟草续集》。

小　园

小园勤扫净无苔，绿树成荫手自栽。
明月多情常伴我，隔墙花影入窗来。

中秋寄台湾亲人

有劳飞燕报平安，瑞霭神州十亿欢。
千里良宵千里梦，百年情海百年酸。
鹧鸪声里斜阳远，翡翠衾边只影寒。
叶落归根曾记否？愿君早日买舟还。

偶　感

掩卷凭栏万虑休，行云流水两悠悠。
绿杨潇洒容消夏，红杏风流未识秋。
无价青丝归白发，多情明月照高楼。
欲倾东海滔滔水，荡我心头一叶舟。

双眼重明

雾里看花数十年，难分浊水与清泉。
忽传北大施新技，立谒华佗赐诊笺。

妙手揭开云雾障，昏眸重见舜尧天。
何愁老大无明目，一样晶莹一样圆。

[原注]

北大，指北京北大医院眼科中心。

杂 感

无奈桑榆日影移，谁怜白发代青丝。
残躯无技专知苦，贵客临门只有诗。
几卷吟笺难换药，百家稿约怎疗饥。
俩孙正步云程路，又是新禾盼雨时。

奉和包德珍女士《问菊》

孤芳瘦影有谁知，甘付醇情守棘篱。
雁唳关河难解厄，心悲荣辱自开迟。
胡为月冷争先放，底事时清作苦思。
既是严寒竞傲骨，何容肠断盛明时。

杂 感

芸窗日坐不才樗，半是书迷半是愚。
世上风云随笔记，人间恩怨纵情呼。
吟来佳句春光老，流去华年月影孤。
尚得一川鸿爪迹，奚囊何笑阮囊无。

病起对镜

病起吟哦问若何，苍颜对镜似秋荷。
惊看白发稀偏少，笑比黄花瘦许多。
一纸书来心缱绻，数行雁去影婆娑。
毛锥底事无休止，翰墨深情不可磨。

丘良任

丘良任（1912—2000），安徽全椒人。曾任湖南水利电力师范学院、安徽淮北煤炭师范学院副教授。著有《竹枝纪事诗》等。

读《郁达夫诗词集》有感而作

一

炎荒万里战尘昏，许国肝肠气欲吞。
已是金瓯全盛日，如何犹有未招魂？

二

无端衅起自东夷，积弱中华辱丧师。
地下有灵应一笑，二重桥上看降旗[①]。

三

风流儒雅亦吾师，落拓平生酒一卮。
话到故家犹有泪，可堪寒夜忆亲时[②]。

［原注］

①集中有句云：“谁继南塘征战迹，二重桥上看降旗。”南塘为明季抗倭名将戚继光号，二重桥为日本东京皇宫御河桥。

②一九八七年春，余执教长沙，先生长女黎民出席湖南省政协会议，承枉顾，语及先生生平及遇害经过，感慨嘘唏，黯然久之。

春日杂感

乾坤兵气压江湄，万里饥寒入蜀迟。
梦里时惊慈母泪，愁边常惹故园思。
忍将生死充诗料，莫把兴亡作话资。
十载蹉跎心已苦，千条垂柳又成丝。

司徒越(孙方鲲)

司徒越（1914—1990），本名孙方鲲，号剑鸣，以笔名司徒越行世，安徽寿县人。在绘画、诗词、篆刻、考古诸领域取得了很高成就。有诗词集《留痕》，篆刻作品集《捉刀集》《冯好集》等。

为呼和浩特市昭君墓作

天子重颜色，佳人多苦心。安能媚奸佞，不是惜黄金。

赠白榕[①]

寿阳春色到来迟，幸有黄鹂似旧时。
君向八公山上望，烟波浩渺可题诗。

［原注］

①白榕，著名诗人、作家。

答鲍传鲁[①]

红旗论古如昨日，绿蜡翻风又一年。
愧我但同边绍卧，羡君屡著祖生鞭。
未明真谛敢言法，浪得虚名不值钱。
捧读华章倍惆怅，故人情谊薄云天。

［原注］

①鲍传鲁，六安人，副教授、中国古典文学研究会会员。

边正方

边正方（1903—2000），原名宝新，字月如，安徽合肥人，回族。曾就读于闽南佛学院，住持九华山祇园寺，法名宏志。曾任安徽省佛教协会第一届理事，芜湖佛教协会会长。1946年还俗，以医名世。曾任全椒县人民医院中医科副主治医师、全椒县政协一至四届委员。著有《听香室诗词选》。

滴翠轩补壁

轩名滴翠翠围轩，宝塔留云树接天。
我与涪翁同一卧，不知谁费买山钱？

壬申夏为海峡两岸书画展作

兄弟差池隔海天，金门马祖近相连。
人情倘使同坤德，手足何分左右边。

访梅偶得

似闻小玉低低语，欲问瑶台第几家。
笑指南屏山下路，矮窗茆屋正开花。

台静农

台静农（1902—1990），字伯简，安徽霍邱人。“未名社”主要成员，曾参加“北方左翼作家联盟”，并当选为五常委之一。抗日战争胜利后，去台湾推广国语，任台大中文系教授、系主任、“中国文学研究室”主任等职。著作有《地之子》《建塔者》《关于鲁迅及其著作》《静农书艺集》《台静农散文选》《龙坡诗草》《台静农先生诗稿》等。

山　居

山深玄豹隐，风急冥鸿高。坐对梅花雨，吞声诵楚骚。

典　衣

检典春衫易米薪，穷途犹未解呻吟。
君看拾橡山中客，许国长怀稷契心。

移家黑石山山上梅花方盛

问天不语骚难赋，对酒空怜鬓有丝。
一片寒山成独往，堂堂歌哭寄南枝。

夜　起

大圜如梦自沉沉，冥漠难摧夜起心。
起向荒原唱山鬼，骤惊一鸟出寒林。

光　昇

光昇（1876—1963），字明甫，安徽桐城人，1905年入日本早稻田大学，1913年任安徽公立法政专门学校校长，1925年中国国民党左派安徽省临时党部成立，任第一书记。1937年后，发起组织“中国民主同盟”。新中国成立后，历任省文史馆馆长，教育厅厅长，全国政协委员，省政协副主席，著有《法制建国论》《语故》《衡霍辨》《安徽地理略说》。

次寿康登来江津除夕韵

老去千般漠不关，同君此夕得清闲[①]。
咏期尽意无余语，饮到微酡亦驻颜。
世事强分棋黑白，疆场谁遣血朱殷。
问年大小俱无辨，一著言诠便近顽。

［原注］

①原唱“闭户聊偷一夕闲”。

抚五自嘉定以寿一涵六十及寄峨眉山僧果玲诗见示，次韵成二律以赠，并以遣怀

一

子规叫破晚春烟，劫后风花尚靡然。
瘴海云深横白道，峨峰雪尽见青天。
玉关人老诗为寿，莲社僧闲笑问年。
领取嘉州山水好，知君啸咏得林泉。

二

衣冠避地尽西来，草长江南已几回。
乱久方知诸葛少，道难还待五丁开。

漫将巴蜀称天险，可信昆明有劫灰。
留得故园松菊在，未容三径委蒿莱。

光　昶

光昶（1924—2002），安徽枞阳人。早年曾谋生合肥，1949年后从教，任中小学教师。芜湖诗词学会会员。

读《项羽本纪》

暴戾恣睢复自专，徒将神勇古今传。
鸿门纵杀刘亭长，未必中原属楚天。

闻　钟

钟声响处客心惊，粉笔生涯习未慵。
梦里不知身已退，依稀犹在课堂中。

感　怀

故地重游二十秋，枞川貌改旧芦洲。
惜阴亭畔楼台起，白鹤峰前闸控流。
携手革新人励志，息肩延喘我怀羞。
湖光山色催诗笔，为记峥嵘岁月稠。

光仁洪

光仁洪（1918—1991），安徽桐城人。1939年毕业于中央大学法学系，1947年赴美入芝加哥大学研究院，为国际法国际关系专业研究生，次年回国，任上海法学院教授。新中国成立后历任安徽师范大学副教授、教授。曾任全国政协常委，中国农工民主党中央委员会副主席、安徽省政协副主席、农工民主党安徽省委员会主任委员、安徽省社会科学界联合会主席等职。主编《世界史·近代史》《国际关系史》《世界近代史辞典》等。

与青年朋友论学

毋蹑前人篱下迹，须攀绝巘最高枝。
试看谯氏传薪后，正是陈郎独步时[①]。
大马捶钩方手应[②]，解牛批隙在心期[③]。
掣鲸学海乘年少，白了头颅悔已迟。

［原注］

①谯周，三国时蜀人，陈寿早岁师事谯周，但陈寿著成《三国志》，青出于蓝，远过其师。

②借《庄子·知北游》大马捶钩不失毫芒事，以喻学贵精勤。

③借《庄子·养生主》庖丁解牛批隙导窾事，以喻学贵巧寻。

光鉴汉

光鉴汉（1921—2001），安徽桐城人。桐城百货公司退休干部。桐城诗词学会理事，芜湖诗词学会会员。

赠房文明先生洛阳赏牡丹二首

一

豪情千里访风骚，无限花枝入梦遥。
但愿洛阳人似玉，桐山蜀水听吹箫。

二

万紫千红花满天，牡丹芍药系情牵。
迷人艳色三春景，应有风华似少年。

七十抒怀

林下归来岂肯休，交游文字尽名流。
年华虽逝心犹乐，生计无愁愿已酬。
饱览诗书怀国运，忙争分秒解人忧。
贫居陋巷宾常满，半是朱颜半白头。

吕 宕

吕宕（1925—1997），笔名羊公鹤，山东黄县人。1949年参加革命工作，曾任安徽《六安报》记者，中共安徽省委宣传部干事，安徽省文联《江淮文学》编辑部编辑，马鞍山市文联副主席，马鞍山市政协副主席。著有电影文学剧本《鲁迅先生》《鸦片战争》《虎门销烟》，散文评论集《病中闲话》等。

满江红·吊李白

还是当年，采石矶，已非畴昔。吊诗翁，酹酒江天，只增叹息。白也天才诗无敌，一尘不染四海屈！继英丽，如天下苍生，究何益。　　长流离，乞衣食。终一生，成何器。三唱“清平”谋一笑，荆州门下讨盈尺。到头来，白骨葬青山，千秋已。

朱 诚

朱诚（1923—2010），江苏阜宁人。离休前任中共安徽宿县地委副书记。生前系中华诗词学会会员，中国楹联学会会员，宿州诗词楹联学会首任会长。著有诗词集《夕照春风》。

压路机

万里征程唱废兴，何容坎坷碍通行。
既蒙授我铁身骨，敢为康庄碾不平。

咏 竹

生来无意做房梁，不叹凌空万尺长。
若得高楼平地起，但充脚架又何妨。

车轮吟

茫茫黑夜未彷徨，回首崎岖万里长。

闯过泥途迎曙色，碾平坎坷论沧桑。
康庄愿逞奔驰勇，驭手须防血气狂。
若坠悬崖肠倍断，转弯减速幸毋忘。

八旬回顾

八旬回顾喟匆匆，纵付辛劳难论功。
终见辉煌彰正道，难忘雾障昧愚忠。
愧无卓卓千钧力，徒有清清两袖风。
探胜寻幽人已老，勉求一得慰私衷。

满庭芳·登玉屏楼

甲子中秋，登高览胜，幸事吾属遐龄。小桥流水，修竹曳晨星。但见花溪上下，盘山路，鸟叫泉鸣。欢声动，朱颜华发，络绎上玉屏。　　休停。朝夕事，阴晴忽忽，宜趁清明。有同路攀登，指点多情。四顾山青海翠，峰峰秀，险胜堪惊。更何日，身临绝顶，极目看蓬瀛。

蝶恋花·原韵恭和浩天兄

捧读华章知几遍！添慰增欢，最是通邮电。鱼去鸿来如雪片，任他寒暑如何变。　　老大时光犹似箭，忙里消闲，争得娱而健。月末圆时花也艳，高山流水时时见。

鹧鸪天·《西园吟稿》读后致裴公[①]

播种耕耘动地诗，烹调缝补断肠词。一身二任矮檐下，不是风花雪月时。　　怜傲骨，叹奇姿，酸甜苦辣俱充饥。洋洋小令三千首，十载寒灯伴我师。

［编者注］

①裴公：裴鼎和，字中心，号老憨。《西园吟稿》是裴鼎和先生的诗词自选集。

朱月湖

朱月湖（1912—2009），字君山，别号淡庐老人，青螺室主，安徽当涂人。著名书画篆刻家、诗人。安徽省美术家协会会员，安徽太白书画院顾问，安徽当涂县文联名誉主席。其作品曾多次参加全国美展并获奖，流传到美、日、意、德、俄等国家。出版有《朱月湖画集》。

步韵郭介梅先生赠诗二首

一

讲经争羡远公庐，日日潮音达太虚。
狮子座边归觉悟，何来色相用驱除。

二

习静虔翻贝叶书，君从真性契真如。
倪黄画法今犹在，我愧家居漫绘图。

朱光潜

朱光潜（1897—1986），安徽枞阳人。当代著名美学家、文艺理论家、教育家、翻译家。著有《悲剧心理学》《文艺心理学》《西方美学史》《谈美》等。

题沈祖棻《涉江诗稿》二首

一

易安而后见斯人，骨秀神清自不群。
断尽肝肠离乱后，古今一例以诗鸣。

二

独爱长篇题“早早”，深衷浅语见童心。
谁说旧瓶忌新酒，此论未公吾不凭。

别长安

西征趁日夕，回首咸阳道。斜阳照渭水，疏林隐城堡。昔我来长安，尘埃漫浩浩。今我来长安，高楼耸天表。坊曲夸盛唐，视此犹渺小。寄语长安人，长安真美好。

朱贤礼

朱贤礼（1924—2007），安徽舒城人。安徽学院毕业。曾任芜湖市第七中学教师，《晚晴》诗刊主编，安徽省诗词学会、芜湖诗词学会理事。

郊居杂咏

潇潇疏雨洒郊原，春暖河塘夜未眠。
起坐推窗听一曲，渔歌晚唱入诗笺。

即　兴

天地浑无迹，凉风逐雁生。疏枝黄叶嫩，微雨绿窗明。
谢职缘多病，裁诗入变声。漫将秋色赋，为奏小民情。

奉答余九和诗兼呈诗社师友

无根原本一飘蓬，沾得春晖已老翁。
早岁也曾观上国，中年最怕说江东。
论诗风骨枝还瘦，爱晚霜林叶尚红。
堪慰斫轮多妙手，近台好听奏黄钟。

祝五哥五姐七十大寿

遥望江天祝寿词，铺笺濡墨动乡思。
举家食粥漂摇日，廿载沉冤昭雪时。
天下真情惟骨肉，人间道义见安危。
倾觞再续十年约，绿叶满庭花满枝。

朱学成

朱学成（1929—2008），笔名竹蔗，江苏睢宁人。浙江大学毕业，农艺师，经济学副研究员，中华诗词学会会员，宣城《敬亭山文艺》编委会顾问，《敬亭山诗词》副主编。著有《竹蔗自选集》。

乙酉迎春吟唱会留题

诗词进校园，唱暖早春天。嘉木萌新叶，桃符送旧年。
闻鸡才俊舞，载道教师传。若问东风讯，三中报捷先。

怀台北吴洁然先生

昭亭一别忽三春，水远山长期比邻。
赠我红梅垂厚爱，怀君落月梦相亲。
几番烟雨诗无趣，两岸云天画共珍。
笑里重逢当一醉，落霞飞鹜起江滨。

朱继明

朱继明（1932—2017），安徽望江人。曾任太和县友声诗社副社长兼《友声诗刊》主编，中华诗词学会、安徽省诗词学会会员，阜阳市诗词学会常务理事，太和县诗词学会顾问。著有《白鹿堂吟草》。

七夕三首选一

年年七夕渡银河，犹诉相思唤奈何。
可识南冠未死客，十年孤枕泪痕多。

获释到家

炎凉世态本堪伤，幸喜穷途未尽尝。
季子归来妻不理，我无妻子作炎凉。

落实平反

千里奔驰闯五关，关关回首胆犹寒。
人间难事知多少，李白徒知蜀道难。

登马当矶

雄心勃勃坐山巅，极目烟波过往船。
倘有一帆风助我，也应赋出落霞篇！

偶　成

客里生涯不惮劳，开门七事倍心焦。
潮观八月钱塘水，不比今朝物价高。

柳

万树先春发柳条，陶公种柳仰高标。
如何辜负先生节，长向风前乱折腰。

七四生辰戏作

曾戴南冠伴死神，死生那许问原因。
幸能逃出丰都困，混得人间七四春。

灵璧虞姬墓三首选一

尸积如山暗阵云，楚歌凄切憾三军。
八千子弟皆泥土，留取佳人玉骨坟。

步友人咏兵马俑诗三首

一

人间正觅长生药，鬼国如何又布兵。
万乘之师埋地下，也同儒士满坑坑。

二

徐福求仙去不回，祖龙龙骨自成灰。
满坑兵马中何用，不保僵尸卷土来。

三

六王扫毕慑乾坤，杀伐坑焚何足论。
应是草菅多野鬼，故教泥俑卫孤魂。

夜　雨

细雨夜潇潇，孤灯伴寂寥。虫声牵旧恨，蛙鼓闹中宵。
故里书难达，天涯梦亦遥。此身何所寄，蓬梗感飘摇。

重九二首选一

九度重阳节，他乡忆故乡。远山千里树，流水九回肠。
三径黄花瘦，天街玉露凉。楚江秋雁过，犹自一行行。

登庐山

拾阶匡庐一豁眸，天池顶上眺江洲，
身临绝壑惊千仞，日上高峰醒万丘。
欲取香炉飞瀑练，难吞彭蠡大江秋。
名山若许轻装载，检点诗囊一卷收。

刺　贪

污吏贪官貉一丘，地皮青草概难留。
拔毛指向天边雁，取蛋刀操画上鸥。
养我皮存三尺厚，由他棺盖万年羞。
巴蛇何只能吞象，五岳三山也可收。

八秩抒怀

加我南冠数十秋，三千黑发付东流。
大江风浪真难静，白肉疔疮痛不休。

差幸汾阳臻上寿，谁嗟李广未封侯。
覆盆之下沉冤雪，一洗当年辱与羞。

买　书

书中信有颜如玉，书价真如高价女。
须知高价误婵娟，老死红颜无嫁处。
红颜休怨青春误，车到山前或有路。
一朝减价作包装，也能嫁作商人妇。

秋瑾墓

亘古裙钗一丈夫，史无前例作先驱。
远蹈东海狂飚浪，不死神州涸辙鱼。
灿灿丹心昭北斗，铮铮铁骨重西湖。
馨香一瓣千秋荐，多少须眉愧不如。

无题五首

（辘轳体）

与友人偶谈往事，思绪万千，夜不能寐，兀坐灯前，以辘轳体书七律五章志之。

一

“他生未卜此生休”，孽海波涛惯覆舟。
镜破钗分千古恨，落花飞絮一天愁。
伤春杜牧枝盈果，垂暮潘郎雪满头。
多少闲愁推不去，无情颍水自东流。

二

怕读关睢赋好逑，“他生未卜此生休”。
三更玉露皆成泪，明日黄花不是秋。
江上孤鸿空见影，天边残月总如钩。
西风猎猎挥刀剑，倾国佳人也白头。

三

雪泥鸿爪迹难留，郁郁情怀四十秋。

去日苦多来日少，“他生未卜此生休”。
独嗟织女机丝断，谁解相如消渴愁。
地老天荒终已矣，世间无水复西流。

四

渺渺予怀何所求，双飞双宿未曾修。
枝头连理遭风折，池上鸳鸯失伴游。
客里偏从愁里过，“他生未卜此生休”。
指挥棒喝当头打，月老无情一笔勾。

五

几多往事涌心头，咫尺无缘只字投。
每忆闺帏捐瘦骨，应怜风雨打孤舟。
唐衢痛哭徒挥泪，宋玉悲秋不解愁。
莫向空王问因果，“他生未卜此生休”。

如梦令

加我南冠一旦，草草铸成冤案。金锁缚飞鹏，铁骨磨成病汉。可叹，可叹，休说云程九万。

如梦令二首

一

狱里生辰草草，休恨穷途潦倒。一笑问梅花，报道春来尚早。知晓，知晓，懒对东风懊恼。

二

大好年华虚度，岁岁囚衣破旧。风雪老天涯，热血长教冷透。冷透，冷透，病到梅花更瘦。

沁园春·桃花源记缩写

晋太原中，有武陵人，溪上舟行。忽桃花夹岸，中无杂树，山有小口，差可通人。屋舍俨然，田池桑竹，鸡犬之声处处闻。通衢上，皆往来种作，乐事耕耘。　　村人初见皆惊，及邀请还家宴贵宾。“自先秦乱世，而来绝境，与人间隔，不计冬春”。一一具言，勿为人道，系此中人语云云。南阳士，惜病中未果，无复知津。

朱清华

朱清华（1884—1955），安徽阜阳人。南京江南高等学堂毕业后留学日本，入早稻田大学，参加中国同盟会。曾任安徽学院院长，安徽大学、安徽师范学院教授。著有《万里楼诗钞》。

满江红·咏时

灯火无边，繁华处，长安不夜。恰便是、流光易转，催人鬓雪。盛世须浇燕市酒，高歌独唱秦时月。有几回、揽镜照容颜，心如裂。　亡国恨，何须说。兴亡事，盈胸膈。任遥空暗淡，斜阳明灭。碧玉楼台豪俊骨，黄金世界男儿血。看今朝、重整旧山河，应无缺。

朱鸿兰

朱鸿兰（1925—1952），女，安徽寿县人。幼读私塾，聪而敏学，十二岁开始向当地名儒耿仲夷先生学诗。虽英年早逝，但诗作颇丰，现存残稿近百首。

卷　帘

适从月里卷珠帘，斗柄初回向短檐。
池上芙蕖如彩笔，清香含破小红尖。

秋　晚

篱落西风拂袖寒，菊开点遍九秋丹。
摘来试欲簪青鬓，镜影羞人掩笑看。

秋　夜

鸣蛩细语说清秋，凉沁苔茵露渐稠。
我爱栏杆凭处好，诗情恰恰夜悠悠。

西院即景二首

一

晨曦初上绿窗纱，帘卷东风影半斜。
亚字栏凭春色里，辛夷如笔梦生花。

二

片云天半浣轻纱，石笋阴长日已斜。
鸡母呼雏芳径里，啄虫惊落紫藤花。

雪晴村前眺望

山色初还眼底青，衣衫已备试新晴。
带根嫩韭鲜多味，漱石寒泉脆有声。
林趁烟疏冲晓出，田因雪压碍春耕。
河南大道人行少，让得金阳一片明。

朱鸿震（江雨）

朱鸿震（1928—2006），笔名江雨，安徽寿县人。生前系寿县文化馆干部，中华诗词学会、安徽省诗词学会、淮南硖石诗词学会会员。一生孤身，工诗词，善书法，有手抄本《江雨七言绝句》《江雨五言律诗》《江雨七言律诗》《江雨新诗》等多部作品流传。

春日有怀

眼底长天尽晚霞，北归犹有雁思家。
故人别我江南去，春雨年年梦杏花。

西窗夜坐

娟娟竹影映高秋，清露寒烟半掩楼。
为爱西窗明月近，书帘独不下银钩。

再赠远馨

吟怀抑郁向谁开，十幅云笺费剪裁。
只有小窗清似水，知心明月夜还来。

西园闲居

竹径疏篱近水居，荷钱轻点落花余。
沙洲隔雨闲栖鹭，柳岸平波好钓鱼。
寄梦不贪眠藉枕，安贫已惯出无车。
品箫更倚幽窗月，只有清风最解予。

过时公祠废址①

时公千载系余思，兵火当年烬古祠。
一镜寒光空自照，孤臣遗范有谁师。
为官已作斯民主，饮犊难寻旧水池。
曲巷秋风凭吊晚，衡量今昔几无私？

［编者注］

①时公祠，据《寿州志》载：东汉末年，河北巨鹿人时苗坐一牛车，千里迢迢来到寿春（今寿县）出任县令。“居官岁余，牛生一犊”，卸任归里时，他把牛犊留给寿州百姓，说：“令来时本无此犊，犊为淮南所生有也。”登上来时乘坐的老牛破车，两袖清风而去。寿州百姓为纪念这位清官，就把牛犊饮水之塘命名为“留犊池”。明代成化年间，州人又在池旁建成“时公祠”。

雪梅香·题白梅花图

问明月，冰姿谁遣玉雕成。带几分憔悴，风前意态娉婷。清影和烟冷侵骨，暗香如梦静无声。怕帘外料峭春寒，冻损诗情。　　善吟。背人处，红豆私拈，素约还行。相见时难，黄昏倚尽兰亭。怨笛未吹横江曲，青霞新染软裙轻。空辜负，花样年华，雪样心灵。

朱敬九

朱敬九（1905—2004），本名朱家慕，字敬九，安徽凤台人。幼读私塾，中医世家，医、文俱佳。早年从教，中年以后行医，工旧体诗。有手抄本《诊余诗草》传世。

清　明

三月清明春正浓，绿杨恣意映桃红。
杏帘到处临风展，沽酒何须问牧童。

秋日四首选一

大块文章已尽收，商声撼耳几时休。
凌空飞去刺天雁，鼓浪归来划水鸥。
既道有求终有虑，须知无忮亦无愁。
请看今日寒山外，唯有渔樵唱晚秋。

朱蕴山

朱蕴山（1887—1981），安徽六安人。早年加入光复会和同盟会，进行反清活动。曾参加辛亥革命、讨袁活动和“八一”南昌起义。新中国成立后，历任全国政协副主席、全国人大常委会副委员长、民革中央主席等职。著有《朱蕴山纪事诗词选》。

夜过鸠江

十幅蒲帆我夜行，天光云影不分明。
年来江上风波恶，拍岸惊涛带杀声。

寄怀大别山青年战友

杨柳青青满眼舒，江南江北感何如。
黄金时代君须记，还是春风二月初。

寄贺于右任八十三岁生日

梅子黄时百草肥，故园花木锦成堆。
台澎一水盈盈隔，日暮孤城胡不归。

车过青山

青山镇在安徽六安、霍山两县交界处。回忆往事约四十余年，青山常在，如见故人，曷胜依依之感。

曾经沧海浪层层，卅载江湖行脚僧。
难得此山常不老，相逢依旧向余青。

纪念孙中山先生诞辰九十周年

一生辛苦斗与争，抵死犹闻救国声。
忍见百年遭压榨，要凭三策奏和平。
长星早落群魔起，竖子无能大错成。
九十周年翻历史，论功不朽忆先生。

游昆明黑龙潭薛公祠

1949年后的昆明，与我抗日战争中在昆明时的情景对照，真是新的天地。

少年疏阔老犹狂，旧地重经海已桑。
黄鹤不归秋过半，黑龙安在雨微凉。
悠悠潭水涵空碧，寂寂唐槐发古香。
杯酒何妨同一醉，薛公祠下对斜阳。

鹧鸪天

万紫千红已卸装，牡丹独占号称王。雾濛小雨连城郭，隐现朝阳映粉墙。　　伤往事，写新章，不是愁乡即病乡。御沟桥上人迹少，冷冷清清过一场。

永遇乐·春寒

乍暖还寒，回廊雨细，春寒如许。薄雾濛笼，小窗黯淡，散步何处去。九九寒消，清明又遇，奈何北方节序。憾西风，连日无情，寒流骤来袭予。　　松泊清操，总经得起，不比楚腰柳舞。斗室填词，挑牌按谱，牢骚莫倾吐。生示满百，逝者如斯，豪气相应虎虎。青山在，曼声长啸，自有乐土。

高阳台·姑苏随感

整风学习开始，予过南京，新华社记者访询意见，写此词付之。忆一九四九年毛主席发表讲话，要防止糖衣炮弹，勿因胜利冲昏头脑。爰将结句“扁舟范蠡，云水生涯”，改为“糖衣炮弹，堕入泥洼”。

积雨乍晴，清寒犹袭，轻舟浅印平沙。绕郭园林，诗情画意家家。原是越吴争夺地，旧湖山，重见光华。感悠闲，信步沧浪，红日西斜。

寂寞娃宫馀蔓草，认空廊响屧，废井池花。胜利冲昏，凄凉没落夫差。霸图悉付胥潮去[1]，阊门外，叫断啼鸦。终输与，扁舟范蠡，云水生涯。

［编者注］

①胥潮：又称胥涛。传说伍子胥死后为浙江潮神，故称浙江潮为胥潮。

朱霞裳

朱霞裳（1904—1999），安徽淮南人。曾任淮南市劳动局副局长等职。著有《北楼诗选》《北楼回忆集》等。

旧芭叶扇

骨瘦筋犹健，颜苍风自清。秋来藏庑下，不宠亦无惊。

听弹琵琶有感

一曲琵琶听未阑，座中雅兴已辛酸。
知音才有同情泪，休向金身佛面弹。

戊午夏访定远何慕村二首

一

三载重来何慕村，涧深径曲未遑论。
入乡最切丰收象，叱犊歌声月在门。

二

山流新翠落田家，野鸟飞鸣午日斜。
眼底榴花难免俗，也随丰麦献红花。

重阳偕友登舜耕山

登高望远入云峰，放眼才知宇宙宏。
史淠水光明灭里，荆涂山色有无中。
人逢佳节情先醉，霜染秋林叶更红。
俯仰乾坤惟正气，先忧后乐问谁雄。

金陵怀古

长江天堑水汤汤，虎踞龙盘说战场。
胜国旌旗余壁垒，天王旧府付荒凉。
万家广厦翻陈迹，几处寒烟送夕阳。
三五渔翁闲散极，矶头把酒话沧桑。

华文明

华文明（1924—1998），安徽嘉山（今明光市）人。青年时期曾办学执教，1949年参加革命工作，曾任会计、区员、股长等职。离休后为明光市诗词协会第一届理事、安徽省炳烛诗书画联谊会会员。

首度“老人节”有感

老人节日是重阳，气爽风清始降霜。
红叶堪称今岁艳，黄花可比往年香？
登高遍览三秋景，越岭犹闻一路芳。
且乐龙钟儿女孝，更邀知己共飞觞。

[编者注]

1988年，中国政府将每年农历九月初九“重阳节”定为“老人节”。

刘　盘

刘盘（1933—2007），别号梅峰主人，安徽东至人，祖籍安徽怀宁。1950年参加工作，历任秘书、科长、区长等职，系中华诗词学会、池州市诗联学会、九江市诗词学会会员。著有《啸庐吟稿》。

村　居

恰似鹪鹩借一枝，聊为生计暂栖迟。
欲求温饱全家乐，安用浮名四海知。
客到共倾新酿酒，兴来频改旧吟诗。
几番索笑梅花下，听任庸人说我痴。

刘才芳

刘才芳（1901—1981），字森芸，又字得三，别署秀斋，号龙塘居士，安徽繁昌人。辗转执教于南陵各地，教读不倦。新中国成立后，因废黜旧学，遂辍教于家，耕读度日。所著诗词由其亲为辑要抄录，题为《老人默草》。

咏春燕

紫燕双双绕画堂，于飞偏喜逐春光。
荒郊觅食随风舞，画栋营巢带雨忙。
幕上不栖安始久，梁间细语兴偏长。
呢喃好似伤离别，半在他乡半故乡。

咏蔷薇

阳春方过夏偏长，一种蔷薇倚粉墙。
雨后含苞添艳态，风前破蕊更芬芳。
孩童争折沾朝露，妇女分来助晓装。
漫道此花西子色，护身荆棘似针芒。

刘凤梧

刘凤梧（1894—1974），名国桐，一字威禽，号蕉窗老人，又署司空遁叟，安徽岳西人。20世纪30年代初毕业于省立安徽大学文学院，曾从桐城胡渊如、潘季野诸先生学诗，从蜀中李大防、周岸登二词学教授学词。任安徽省教育厅视导及安庆多所中学国文教师多年。1949年退归故里改业行医。1957年受聘为安徽省文史研究馆馆员。有《蕉雨轩诗钞》《病蛰吟草》《劫灰集》《绿波词稿》，共存诗词四千余首。

秋夜雨声中闻雁

愁似浓云起，南楼听雁鸣。关河劳健翮，风雨助哀声。
家远书难寄，衾寒梦不成。芦花正萧瑟，云路漫垂情。

春日抒怀

垂老投荒转学医，尝思赤手拯民痍。
驼来薏苡冤难雪，击碎珊瑚恨未移。
绛蜡烧残犹堕泪，春蚕瘁死尚抽丝。
满腔忧愤凭谁诉，吐向青天未必知。

友人咏物诗颇有寓意，依其原韵，次第和之

晚　菊

深畏炎威入世迟，孤芳劲节有谁知。
鸣蛩篱落魂俱冷，断雁关河梦亦痴。
频醉凄风心似剪，每经酸雨泪如丝。
记从陶令垂青后，空盼斜阳酒一卮。

早　梅

黍谷阳回忆故人，一枝十月陇头新。
征鸿偏扰罗浮梦，野鹤争嬉邓尉春。
自是坚贞同铁石，何妨妩媚见丰神。
痴情生怕嗟迟暮，先到江南展笑颦。

红　叶

共怯寒砧怅浣纱，一枝难借各天涯。
思归梦觉空阶雨，薄醉人疑二月花。
方怅飘零同旅雁，犹怜迟暮到宫娃。
漫言憔悴秋风里，悄饰朱颜斗晚霞。

青　琴

爨下余材有特长，火中鸣亦叶宫商。
高山流水凭怀想，白雪阳春任抑扬。
绝调空传嵇叔夜，知音谁是蔡中郎。
风尘伴侣惟寒鹤，一样飘零共惋伤。

老　骥

英年驰骋汗无干，老困盐车展志难。
垂首每怜知己杳，剖肝徒餍美人餐。

嘶风枥牖声何壮，蹀血疆场足未寒。
苜蓿已空休恋栈，邻槽多少负雕鞍！

蹇　驴

生成骏骨倦无眠，仆仆征尘不计年。
湖上莺花消壮志，灞桥风雪滞吟鞭。
闲随名将终无怨，老伴诗人太可怜。
蹇足尚能追病骥，莫嗤长耳瘦垂肩。

寒　笛

夜阑霜重冷衾帏，隔院何人玉笛吹。
明月满窗惊好梦，梅花摇影动相思。
身非向秀犹垂泪，客是桓伊可煞悲。
起倚阑干望天际，行云遏止雁差池。

征　雁

丰毛健翮迥无俦，岁岁飘零作远游。
月黑徘徊青塞夜，霜寒凄绝玉关秋。
深闺思妇抛红泪，异域孤臣怅白头。
赖寄平安数行字，双双消尽别离愁。

病中忆子

去年赴校儿牵袂，今岁游庠我卧床。
枯眼已难流老泪，孤怀真欲断柔肠。
初尝行路风霜苦，珍重添衣早晚凉。
有假得归休滞缓，须知白发倚闾望。

和宿松王淞霞女士梅花八章

（用张船山韵）

一

一抹疏林簇绛霞，春光争向野人赊。
香侵纸帐灯初灺，梦醒罗浮月已斜。
雅洁自然无俗态，风流端不在秾华。

别来芳讯浑难探，拟向瑶台觅此花。

二

初学宫妆百媚生，天然丰韵出华清。
冰霜怀抱浑忘冷，铁石心肠亦动情。
才谢广平难作赋，香浮邓尉早知名。
花开正好同欣赏，怕听邻家玉笛声。

三

独笑群芳着蕊迟，迎春先放几人知。
难忘何逊开清宴，易惹林逋系梦思。
风动微摇东阁影，雪消始见故园枝。
君身自是多仙骨，小谪尘寰似未宜。

四

芳邻昔近苎罗村，畴为消寒酹一尊。
小劫暂难归阆苑，俭妆多为出蓬门。
春回大地无消息，人去孤山有泪痕。
曾荷东皇频宠锡，飘零何忍便辜恩。

五

修竹为邻具夙缘，共从风雪度残年。
芳魂悄悄疑无伴，倩影珊珊俨若仙。
玉骨嶙峋惟自爱，朱颜憔悴有谁怜？
此生不作调羹梦，姓字何须翰墨传？

六

荒亭萧瑟鹤无踪，雪压群山几万重。
倦踏马蹄邀客醉，枯吟驴背冀君逢。
孤标傲世应同菊，劲节冲寒祗友松。
移贮铜瓶供玩赏，暗香尤比水仙浓。

七

冬深万木尽凋残，退隐荒山泪暗弹。
烽火烛天惊梦易，荆榛遍地托根难。
自怜雾重云鬟湿，谁念霜浓玉臂寒。

争说岭南春讯早，一枝应寄故人看。

八

点缀春光仅数枝，任谁欣赏意无私。
香飘野水鱼先醉，艳冠群芳蝶未知。
彩笔应图公主貌，枯肠难和美人诗。
篇中一字方吟稳，正是西楼月坠时。

落帽书怀

一

一顶玄冠重泰山，十年生命系刀环。
友朋冰炭无相契，亲戚参商莫往还。
乍听金鸡颁赦诏，顿教笼鸟转欢颜。
坠巾春雨浑闲事，此后心房不用关。

二

曾着南冠类楚囚，亲朋相见总含羞。
未能仙去同鸡犬，一任人呼作马牛。
已分桑榆沦饿殍，敢将诗酒傲王侯。
春风欲识桃花面，争奈桃花笑白头。

满庭芳·雪里红梅

天布彤云，山铺玉屑，策蹇先过柴门。暂蒙茸帽，踏雪向前村。多少贫家碧玉，低垂首、红泪纷纷。寒衣薄，珊珊倩影，寂寞怨黄昏。　　情根，悲早断，罗浮梦醒，纸帐香分。漫留得、林逋眷属名存。此日临风悄立，回冻脸、犹带啼痕。伤神处，西园今夕，风雪葬芳魂。

木兰花慢·秋夜

一年今夕好，正月朗、晚晴时。睹银汉流辉，玉绳吐彩，桂蕊荣枝。依稀素娥耐冷，笑人间红粉泪双垂。客子离乡更苦，天涯有梦难归。　　低徊，更静漏声迟，悄立没人知。怕苍苔露湿，渐侵罗袜，上溅征衣。相思，芙蓉变色，怅江干箫鼓画船稀。争奈西风起也，忍看鸿雁南飞。

水调歌头

夜午闻刁斗，拭眼望乡关。雁声嘹唳天际，恨不报平安。人若水潮弥漫，我怯秋风萧瑟，烽火遍尘寰。手揽菱镜照，一夜减朱颜。　对银灯，听漏箭，五更残。迩来心力俱瘁，难得白云闲。翠袖貂裘已敝，椒醑菊花同醉，范叔自怜寒。伏枕寻归梦，戎马阻关山。

满江红·春雨之夕

独坐黄昏，听风雨、不堪愁绝。惊又是、铜壶漏响，银釭光灭。孤枕未成蝴蝶梦，横塘转觉鸳鸯怯。怕明朝闲步意芳园，花狼藉。　碧桃看，红杏摘；徒想象，增呜咽。怎花不长开，月偏长缺？欲趁东风归唁汝，恨无双翼生侬腋。却惟余，凄绝断肠声，鹃啼血！

鹧鸪天·癸卯除夕

腊鼓蓬蓬岁又阑，漫天风雪一家寒。衣余敝絮悲难补，柴是青松湿未干。酬令节，荐辛盘，高烧红烛照团圞。儿斟柏酒陪爷饮，女折梅花送母看。

南乡子·乙巳夫人生辰作

薄命是糟糠，卅载辛劳遍体创。年近知非勤不倦，堪伤！骨瘦嶙峋两鬓苍。　鸿案喜相庄，人道贤良比孟光。诗颂笄珈宜醉月，称觞，酒与梅花一样香。

金缕曲·寄友二首

一

旧雨仍安否？忆当年佛狸压境，匆匆分手。各跨征鞍难并辔，路远山遥云阻。禁不住泪沾双袖。世道炎凉应见惯，怎怨他说是谈非口？松与菊，堪要久。　　归裘悉被霜侵透。数家庭、依然团聚，几人能够？比似梁鸿多窘迫，更不如君还有。只故里、饥寒难受。廿载荒山悲寂寞，盼清风明月常相候。书此意，寄吾友。

二

我亦伤怀久！廿年来沧桑变幻，白云苍狗。夙昔亲朋都死散，剩下荆妻蓬首。殊不异黔娄穷瘦。挟瑟常怜同调少，听啼鹃夜午凄凉否？盈腔恨，无从剖。　　余生甲午君丁酉。别多时、光阴荏苒，颜衰蒲柳。文字从今须辍笔，留取精神相守。但愿得冈陵同寿。闲日急删囊内稿，把诗词校定传身后。心何向？在君右。

刘西霖

刘西霖（1928—2014），安徽南陵人。繁昌县教委退休干部。芜湖诗词学会第一届理事。著有《知乐斋诗词》。

一剪梅·怀远

蓼醉轻霜映水红，谢了芙蓉，红了林枫。南归雁字挂长空，目送孤鸿，勾起离衷。　　一片清光照帘栊，夜色濛濛，思念重重。声声夜半警眠钟。睡意无踪，残月如弓。

刘夜烽

刘夜烽（1920—2005），江苏宝应人。长期在安徽工作。曾任一级美术师、中国书协理事、书协安徽分会名誉主席、中华诗词学会常务理事、安徽省诗词学会会长。编有《黄山诗选》，著有《李白及其诗歌》《夜烽诗词选》《学诗门径》等。

题黄山人字瀑图

烟云雾霭数峰青，千尺飞泉白似银。
山水有知谁作主，故书“人”字属人民。

再咏黄山人字瀑

飞下岩阿不染尘，如烟如雾梦无痕。
流经曲折崎岖路，白白青青做个“人”。

怀李白

清平一曲竟遭谗，白雪阳春同调难。
本是青莲尘不染，横眉拂袖出长安。

戏题李白画像

睥睨权贵傲王侯，济世胸怀物外游。
为问青莲如健在，反儒是否亦从流？

赴新马桥强迫劳动自题扁担

英雄从不畏艰难，征路崎岖勇向前。
一担区区君莫笑，千钧重任在双肩。

黄山清凉台观云海

一夜雨潇潇，秋云涌怒潮。千堆初似雪，万岭忽成礁。
玉柱冲霄立，银光逐浪摇。金光喷薄出，一片赤霞烧。

重过荻港板子矶

一九四九年曾率担架团随大军经此渡江。

极目江天忆旧踪，随军担运驾飞篷。
千帆竞渡惊涛上，万箭齐攒虎穴中。
一代王朝沦废土，千秋伟业树青松。
重登板子矶头石，唤起当年气势虹。

眼儿媚·亡妻忌辰感作

津门一别隔重泉，只剩梦中缘。芙蓉逞艳，黄花似锦，但觉凄然。　　而今月下感孤影，空唤奈何天。相思犹在，荻芦丛里[1]，儿女灯前。

［原注］

①指过去一同打游击的宝应东北乡草荡。

刘珍明

刘珍明（1928—2013），安徽桐城人。曾任安徽商贸学院副教授，芜湖诗词学会常务理事、会刊《滴翠诗丛》副主编。著有《野栗闲吟》。

读南怀瑾《金刚经说什么》

佛法最平凡，就在人心里。一如我欲仁，则斯仁至矣。
修行先做人，佛儒同一理。多谢南先生，朝闻夕可死。

读方竚学长《未藏真吟稿》

挥手龙门五十春，漫嗟回首已前尘。
当时数见非今雨，此日重逢即故人。
珠玉琳琅劳赠问，梦魂断续苦吟呻。
自怜何至痴如许，只为平生亦率真。

沁园春·赠史咏梅女士

戊寅子月，史咏梅女士以其《咏梅吟草》见赠。赋此寄慨，并致谢忱。

细味人生，怅惘无名，处此实难。念东雄共事，备尝苦辣；南冠压顶，饱历悲酸。辱赐鸿编，常温雅韵，白发骚坛幸结缘。姑张胆，论梅花品格，诗案全翻。　　争知侬本堪怜，与桃杏同科也怕寒。问冰凝雪冻，几曾欢喜；风狂雨横，宁不凋残！律转阳回，晴光淑气，老树花开更好看。从今后，任畅怀高咏，春色无边。

清平乐·代柬

孙公钱老[①]：春节全家好。《滴翠诗丛》收到了，还有《双溪吟稿》。　　江海不厌其深，包容也及《闲吟》。谨以小词代柬，略申感激微忱。

[编者注]

①孙公钱老：芜湖诗词学会副会长孙大科、钱履正。《滴翠诗丛》系学会会刊，《双溪吟稿》是诗词学会理事林永生的自选诗集，《闲吟》指作者本人的诗集《野栗闲吟》。

刘香亭

刘香亭（1922—2012），安徽萧县人。早年任教新庄，后任县文化馆馆长。工诗词，善书画。

闻刘开渠先生欲返里探亲

惊雷长夜鸣，暴雨滂沱倾！墨发千层影，毫生万里情。
卅年思故里，一夕盼归程。竹报平安字，何时扫径庭？

北泉远眺

晚霞沉绿水，岸柳抚东风。枝碎荻芦影，波摇野鹭丛。
犍牛耕作返，村嫂笑声浓。都道夕阳好，残晖无限红！

刘倚天

刘倚天（1908—1994），又名刘泽云，曾用名刘大光，晚号老榴，安徽合肥人。生于中医世家，20世纪二三十年代于三河开办进化印刷厂、民生烟厂，1949年后任肥西县印刷厂副厂长，精诗词书画、医道。中华诗词学会会员，安徽省诗词学会理事，肥西县雪花吟社创始人，雪花吟社社长，《雪花吟》主编。著有《小补书屋吟草》。

赏　菊

杨大医师家福衰病休养，植菊十余种，秋夜偶暇乘月造访，五光十色，璀璨夺目，为赋五律一章以志。

为访陶潜菊，凌霜踏月来。一庭秋独占，三径孰同开。
质丽轻脂粉，香清润酒杯。东君如获见，定擢百花魁。

戊辰春日重游鹊渚

回思往事渺如烟，三十余年寄此间。
今日来游空忆旧，故居去后尚如前。
四围云树迷村落，一棹烟波漾水天。
离合悲欢成梦幻，盛衰只供后人怜。

咏秋蝴蝶四首

一

万木萧疏秋气森，人间何地有芳林。
落英堕处苍苔老，绮梦醒时晓月沉。
锦绣彰身矜丽质，文章耀彩舞灵心。
自非太上忘情者，一世风流直到今。

二

丽质仙姿姓字芳，风流毋误是轻狂。
已忘惜翠怜红梦，迳入清霜白露场。
镇日探寻新境界，凌风抖擞旧霓裳。
翩翩舞向东篱去，好伴黄花晚节香。

三

摇曳霓裳任意游，平生飘荡不知愁。
阳春得我矜佳日，老圃迎人赏艳秋。
颜色娇妍形妩媚，心情闲逸性温柔。
繁华萧瑟都经过，犹趁余晖舞不休。

四

金粉飘香梦未赊，东家觅遍又西家。

春光一逝无踪迹，秋雨连朝枉怨嗟。
息影不能泯性格，骋怀何处试才华。
自忻老翅犹轻健，飞向蟾宫探桂花。

有所感

一生都被诗书误，未了残棋不认输。
敢诩终身无过失，谁云年老即糊涂。
勾心面目诚堪悯，绝顶聪明实至愚。
尘海茫茫迷望眼，滔天浊浪杂龙鱼。

寒夜忆刘四逸民兼怀仰之、逸非诸老友

寒夜漫漫掩卷思，余生尚有几多时。
陈蕃不至空悬榻，李白能来当赋诗。
屈指故交寥可数，扪怀初志杳难期。
小园梅竹饶清韵，倩影幽香待咏题。

悼念太白诗仙逝世1225周年

公有万古愁，浊酒徒空浇。倚马成万言，济世徒空劳。悠悠千余载，幽愤未能消。遗诗今展读，豪气贯青霄。长安醉卧时，天子亲召唤。金殿草蛮书，一纸弭边患。巨眼识汾阳，赖以平危乱。雄才与大略，今古公为冠。安史乱中华，君主奔西蜀。长安帝王都，竟作胡人窟。国家罹大难，生民遭荼毒。投笔从戎时，疾首椎心日。肃宗争帝位，妄杀亲手足。横诬勤王师，竟尔成冤狱。壮志付云烟，异地长飘泊。终日望长安，有家归不得。登山怀谢朓，慕仰先贤节。临流感逝川，慷慨悲歌发。噫嘻复噫嘻，今古如同辙。深感小平公，沉冤尽昭雪。我来采石矶，拜谒诗人冢。低徊不忍去，热泪如泉涌。春蚕丝未吐，墓木交相拱。生才不获用，我为苍生痛。生才不得主，我痛苍生苦。生才未尽力，我为苍生惜。生才忧愤死，我为诗人哭。公如生现代，奋翮飞无碍。激昂青云间，永世生民戴。何用斗酒诗百篇，潇洒超尘外。

采桑子·吟秋

霜空万里容光洁，秋水芙蓉，红蓼丹枫，气爽天高画不工。　　黄花明日逢佳节，独傲篱东，绚丽雍容，秋到庐阳味最浓。

虞美人·咏榴花

如荼如火人咸赞，五月花开灿。何尝不愿嫁东风，怎奈东君严拒不相容。　　回首风光徒恋恋，时异人情变。奈何失却旧时容，苦叹酸涩丹心枉自红。

水调歌头·向百岁进军

七七衰龄矣，岁月似长河。昼夜无时或息，骇浪激惊波。我有养生妙术，锐利进军百岁，造化奈吾何！漫漫长夜黑，能耐老天磨。　　倦即静，醒即动，感即歌。无欲无忧无怨，随地养天和。早上浇花弄墨，夜半敲诗步月，逸兴一何多。人咸惊老健，我只任蹉跎。

刘逸民

刘逸民（1916—2004），安徽肥西人。安徽省诗词学会会员，肥西县诗词学会顾问。

杨　花

颠狂宁有意，无力着风高。一自章台别，升沉又几遭。

雨后听蛙鸣

半日雨阴半日晴，池塘蛙鼓乱纷鸣。
小虫亦有无穷恨，争向人间诉不平。

次邵希坦闲吟

窗下挥毫罢饮茶，老来那管字如鸦。
石头画了题诗后，徙倚庭前数落花。

病中偶书

身贫复多病，无月不求医。药物终何用，存亡每自疑。
衰羸沈约感，愤慨杜陵诗。不作穷途客，难将世味知。

中秋无月

云雾压神州，金波已断流。人间节空度，天上月难求。
虫语虚窗梦，霜飞落木秋。嫦娥犹解事，不肯照离愁。

假日过周君醒宅

暇日闲过隐者家，沿堤密柳正飞花。
衡门幽客耽书史，嚣市狂童竞鼓笳。
举目中原泣麟凤，惊心大地斗龙蛇。
怜君高卧情难遣，一榻春风鬓欲华。

闻内弟唐德刚自芜返美

方悉还乡度弋水，如何旋即别江干。
固因忆子归心切，转觉辞亲慰语难。
我滞故园非豹隐，君行异域效鹏抟。
欲倾离愫共樽酒，其奈飞身无羽翰。

浪淘沙·松

拔地势横空，矫若游龙。参差影压树千重。那管霜飞和雨雪，卓立山峰。　　晴日独吟风，雅调谁同。森森画意出云中。蔽日撑天忘岁月，不问尘红。

刘逸非

刘逸非（1931—2013）,安徽肥西人。1959年毕业于安徽中医学院，曾任安徽省肥西县三河医院中医科主任，中医副主任医师，中国国际名医名药联合会副主任医师。政协肥西县第三届常委，中华诗词学会及安徽省诗词学会首批会员，《雪花吟》主编。除医学专著和剧本外，古典诗词集有《寄庐吟选》《逸非作品选》《长筝短笛》《又寄庐醉墨》等。

过阿炳墓

蹭蹬穷途久，茕茕剩一身。目盲厌世浊，心正苦求真。
《映月》留遗韵，《听松》响绝尘。惠山一抔土，有幸瘗斯人。

读《聂绀弩旧体诗全编》有感二首

一

投荒万死鬓毛斑，炼入烘炉庆又还。
绿野春回人已老，青萍淬后锷无残。
低眉荷戟天难曙，当酒烹茶夜不寒。
地狱天堂惟一笑，宵深拍遍旧栏杆。

二

浪涛千古大江东，过眼咸知万事空。
天地生予当有用，古今多事恍如同。
笑看逆境人诚杰，留得奇诗鬼亦雄。
读罢心潮几澎湃，悄然夜月照帘栊。

秋蝴蝶二十六首选五

一

众芳摇落景萧森，犹自翩翩舞上林。
消减风流余怅惘，凋残粉黛感浮沉。
傲霜幸有黄花友，爱日还存赤子心。
曩昔繁华何足恋，淡妆深觉不如今。

二

露冷霜严历劫多，铅华洗尽影婆娑。
身轻自诩仍潇洒，骨瘦偏怜耐折磨。
好使庄周留梦幻，漫教谢逸入诗歌。
隔墙一样秋萧瑟，莫遣纷纷任意过。

三

觅得藤萝便作家，风餐露宿漫兴嗟。
历经百劫难成佛，缘正三生只识花。
旧伴凋零空眷恋，故园岑寂绝喧哗。
等闲欲作逃禅客，无是无非看晚霞。

四

万花酣睡近重阳，访绿搜红绕画廊。
春梦好从昨日醒，舞衣犹带昔时香。
丹枫金粟堪为友，白荻黄芦欲作床。
多谢深情有知己，千秋绘影感滕王。

五

徘徊重过故园门，旧径纡回夕照温。
追昔自怜余粉翅，抚今莫叹近黄昏。
疏林霜重情无改，冷月风高梦有痕。
太息春花随逝水，千秋谁为赋招魂！

无题十首

一

玉溪传世数无题，我是牛蹄逐马蹄。
明月多情辉上下，秋风肆意掠东西。
百身莫赎亲恩厚，一世难忘故里迷。
徒叹春花随逝水，茫茫寂听杜鹃啼。

二

几番雨过转秋凉，飘渺神游遍八荒。
碧水舟摇苇渚近，青山亭隐草坡长。
窗前红烛迷残影，榻上缁衣剩暗香。

惝恍卅年犹似昨，天涯何处觅仙乡。

三

迢迢世路永逶迤，霜剑风刀袭有时。
清夜朦胧茅店月，凌晨回荡石桥诗。
杯中残酒怀中忆，河畔低言案畔痴。
谁是敌仇谁是友？红尘扰攘费猜疑。

四

百千万亿劫余生，何日能观四海平？
名马不堪鞭酒醉，美人未必识情诚。
十年烂漫悲歧路，一代风流失故城。
极目荒原腾野火，春云底事误行程？

五

谢尽残红剩绿荫，怀中抱子自情深。
心无明镜身无翼，座有空杯壁有琴。
歌罢阳关人作古，稿焚牛舍我伤今。
彷徨不识蓬山路，蹀躞刘郎霜鬓侵。

六

捧读遗函半字无，灯旁泪眼已模糊。
檐边铁马声如碎，窗外银蟾影亦孤。
忍向玉楼寻往迹，莫从金谷卜前途。
年来悟得阴阳理，始识今吾逊故吾。

七

离别何如相见难，天涯咫尺梦中看。
春风送暖心无暖，美酒驱寒泪有寒。
剑戟消沉豪气散，琵琶幽怨烛光残。
人生瀚海谁知己？怅望闲云思百端。

八

空言定国与安邦，老去枯斋对晓窗。
厌整残篇添旧恨，怕听靡曲换新腔。
风云得意香千里，狼狈为奸臭一双。

散读《红楼》诸续作，任他飞梦到西江。

九

故里淝津暂驻骖，酒醒断续忆江南。
青山云起村长静，野店花香果倍甘。
缥缈赤绳难系足，瞢腾白首欲归庵。
白沙岭上饶诗兴，佳句无多只二三。

十

十首无题箧内存，聊将有感记朝昏。
半生鹊渚新诗本，四月莺溪旧梦痕。
颠沛红尘伤阮路，萧疏黄发忆程门。
颓然又寄庐中客，且藉涛笺续断魂。

刘朝兰

刘朝兰（1938—2017），安徽宿州人，曾任宿县文化馆馆长，《拂晓报》副刊部主任，《红杏报》总编，中华诗词学会会员，安徽省诗词学会副会长等。著有诗词集《天鸟》、新诗集《火鱼》等。

警　句

警言一句百年香，压倒平庸诗万行。
不信可朝星海望，独教明月捧华章。

诗　人

诗人自古气凛然，宇宙悠悠胸内悬。
砚有豪情驮碧海，笔无媚骨柱青天。
江山起伏歌吟里，日月浮沉字句间。
魂系九州风带雨，俗尘一扫铸奇篇。

满江红·秋月

秋月高悬，正审视、人间天外。歌舞场，几多男女，万千情债。黑夜当为天合眼，冰山曾是春如海。叹人生、一梦到红楼，知成败。　　圆又缺，失还在；乐转悲，愁成爱。上天今有路，鬼差神派。云似功名看一瞬，月如诗胆悬千代。试秋波、五岳并三山，全都矮。

刘道源

刘道源（1915—1995），安徽望江人。教师，有诗集《兰藜阁》。

七十生辰戏作二首

一

梅仙或恐是同乡，每值生辰辄有香。
更有素娥怜独影，团圞过后又临窗。

二

一叶扁舟浪里颠，半生独对月儿圆。
学诗懒学陶朱业，难怪东施不上船。

［原注］

生辰为正月十七。

野菊花

地种天浇苦薏花，金风点染绕山家。
平生不识陶彭泽，纵有幽香那个夸。

刘富强

刘富强（1941—2013），字崇光，安徽望江人。农民出身，当过樵夫、纤夫、林业工、采石工、搬运工、采药者、泥瓦匠，务农近二十年，1979年9月招工后任中学教员、望江县图书馆馆长，副研究员。中华诗词学会、安徽省诗词学会、安庆市诗词学会、中国民间文化艺术家安徽分会、安庆市作协会员，望江县诗词学会副秘书长、芜湖诗词学会会员。著有《寸草集》。

爱对梅花忆故人三首

一

爱对梅花忆故人，不干风月但相亲。
少年心境淳如酒，点滴生香入味真。

二

赋别清溪路几程，风霜每令客心惊。
若然重入江南去，只恐梅花论不清。

三

绮梦无因枕上温，青衫不着雪霜痕。
忘知玩月人皆老，访到梅花竟断魂。

菩萨蛮·夜行纪韵

金乌驶去南风好，徐行四廓情缘老。景泰慕延年，时乖性乃迁。　闲言劄魍魉，磊落襟怀敞，快语品沧桑，清和岁月长。

采桑子·都市禾场

沉沉一线分河界，百尺重楼。千顷田畴。不复同场说午收。　漫云咫尺堪丘壑，稼事筹谋。物序春秋。人竟犁耕意未休。

菩萨蛮·南郊行

无车安步农郊去，绿陂苇泽留连处。稻菽莽连云，野乡无旧村。　通衢牵远市，大业干农事。千载老家山，明朝安未安？

踏莎行·咏鸭

绅士派头，官家模样。摇摇摆摆闲游荡。无天无地侧目行。不分场合嘴先上。　欲壑难填，飞升无望。偏生能把高腔唱。山寒水冷最先知，可怜总少王侯相。

踏青游·邑中咏小孤山众篇读后

五岳曾游，始识孤山真貌。石一拳，楚天难傲。水云间，渔樵事，风情亦老。神祇杳，佛阁梵音缭绕。破译人生玄妙。天本无情，人自徒添烦恼。彭郎误，洁身难好。怅妆台，临晓镜，蓬山难到。滋吟啸。苍烟古道残照。玉簪螺髻春草。

刘墨邨

刘墨邨（1915—1996），号古燕，北京人。当代诗人、书法家、京剧艺术家。生前系九三学社社员，中华诗词学会会员，安徽太白楼诗词学会理事，安徽省书法家协会理事，马鞍山市书法家协会副主席、政协委员。著有《墨邨诗词手稿》《刘墨邨书法选集》。

答谢老友柯文辉先生

每思旧雨道相亲，未卜何方乞谷神。
惠我佳章情义重，枉劳椽笔勖残身。
三缸尽染非荒诞，五柝青灯觅古人。
此际龙蛇生幻化，老经蛰起望逢春。

遥祝启功先生八十寿辰

嵚崎燕岭横，名士启先生。不慕身居显，甘为桃李耕。
诗成惊众座，学富夺冠缨。书继钟王意，画传赵董名。
彦先羸瘵肓，陆撰问疾情。漫滤谁分野，多尊灼见明。
与人谦未已，克己老更行。世谓仁长寿，晚霞照赤城。

西江月·寄西安李斌植老友

春已阑珊消逝，桑榆晚岁堪留。梨园景好乐相讴，檀板筝声齐奏。百里秦川如画，把杯交错相酬。他乡忆旧更情投，休向灞桥折柳。

刘麟生

刘麟生（1894—1980），字宣阁，安徽无为人。幼从其父刘体蕃学诗，从南社词人虞树柏学词。毕业于上海圣约翰大学，历任商务印书馆、中华书局编辑，南京金陵女子文理学院国学系主任兼教授，圣约翰大学研究院教授。抗战期间，辗转四川等地，后赴台湾，1956年前往美国，1966年起任职于哥伦比亚大学，后病逝于旧金山。其著述等身，除《春灯词》《茗边词》《宾鸿馆文存》《燕居脞语》等文学创作外，另有多种研究论著，如《中国文学史》《中国文学概论》《中国诗词概论》《西洋文学通论》《骈文研究法》等，译著有《中国印刷术源流史》《犯罪学》《经济地理学》等。

思嘉客·和梦窗词①

幽梦迷离夜欲沉，哀弦疑诉少年心。半生日月琴书里，短鬓难知有浅深。　　烟已烬，薙仍斟，婆娑倩舞待同吟。榴花宜作罗裙看，夏日能消几度阴。

［编者注］

①梦窗，宋代词人吴文英（1207-1269），字君特，号梦窗，浙江宁波人。著有《梦窗词》。

鹧鸪天

袨服初成丽有余，乌衣曾记旧家居。春风似伴夭桃舞，南浦仍教细柳梳。　　溪欲语，鸟相呼，海天云气艳阳书。千秋枉费陈思笔，难写蘅皋税驾图。

清平乐

寒鸦争树，岁晚愁离绪。飘泊只今无可语，那得闲情寄汝。　　酒醒高唱新词，哀时惟有天知。惆怅分携节候，婆娑犹恋腰肢。

浣溪沙

睡起熏香自荐檀，繁英扑地令心安。他生重见事应难。细雨曾随帘外语，晚风为惜鬓边残。几回戏谑几回酸。

浣溪沙

永忆西风伴浅凉，半遮秋色菊初黄。不矜颜泽那矜香。露湿中庭寒有泪，云归远浦淡成妆。龙城终古月如霜。

浣溪沙·芜湖车中

黄满郊垧看菜花，水田新绿涨晴沙。祁祁春日唤春茶。心事只今萦故国，梦魂应不到天涯。尊前小语惜桑麻。

谒金门·和浣花词答容宓

深情忆，误了故人消息。南国欢悰难再识，钗钿谁与觅。 渐觉登山无力，灯火犹怜踪迹。乍暖乍寒花寂寂，海天浮浪碧。

蝶恋花·清明

轻暖轻寒无意绪。晚唤芳春，已被芳春误。昨夜东风吹碧树，多情泪似无情雨。 逝水年华归别浦。寥落郊原，忍踏青春路。悔向花间留隽语，尊前啼笑新非故。

望江南·题《箫心剑气楼纪事诗》用东坡韵①

伤春侣，吟墨醉歌斜。千古兴亡风里絮，三生哀怨鬓边花。垂老顾无家。 尘海劫，濡笔莫频嗟。丹殿森森攀紫桂，云山处处挚新茶。平淡是清华。

［原注］

公诗云：“自笑平生太平淡，更从何处着奇文。”

[编者注]

①《箫心剑气楼纪事诗》，作者孙肇圻（1881—1953），字北萱，号颂陀，晚号蒲石居士，江苏无锡人。光绪二十八年秀才，历任山东省教育研究所所长，江苏省教育厅秘书长，工书善画，尤精诗词，为近代著名古文诗词家。

满庭芳·玄武湖

碎影横波，幽窓拂晓，梦回几度游车。醉欹湖艇，人语暮烟斜。乱入芙蕖阵里，凉飔过、时闹新蛙。深沉夜，轻桡竞泛，知傍阿谁家。　　归来栖海国，旧时芳思，不到天涯。想牵裳翠盖，仍舞年华。惜取无尘玉宇，怕片时、还被云遮。相将去，一枝醮水，留作玉壶花。

离亭燕·与铢庵含章登钓台[①]

台石东西争霸，相对嶙嶒如话。今古兴亡谁与问，贞介千秋相射。世乱复登临，莫道溪山堪画。　　轮与榜人呕哑，忙了征夫游冶。痛哭空山忘却钓，应妬子陵闲暇。载酒过扁舟，剩有幽情难写。

[编者注]

①铢庵：瞿蜕园（1894—1973），名宣颖，字兑之，以字行，号铢庵，自称铢庵居士，晚号蜕园，湖南长沙人。现代文史大家、书画家。

摸鱼儿·庆均属题明胡元润《春江烟雨图》

莽江山、祛愁无计，东风何苦驰骤。金焦北固溟蒙影，轮与榜夫渔叟。凝伫久、算大好芳菲，闲却杯和酒。舷歌似扣，任八表同昏，层涛飞越，粉本不离手。　　莺花恨，拚得年年僝愁，伤春人比春瘦。非烟非雾迷空幻，折了隋堤新柳。清泪透，猛一阵狂飚，一阵蛟龙吼。千家雨后，待云敛晴岚，波平孤屿，归棹五湖又。

[原注]

汤定之君跋云："金陵八家画流传于世者，元润最少，而画亦最高。此卷笔墨超妙，得元人三昧。"

金缕曲·威阁五十初度

公亦中年矣。算平生、联床共舸，互为终始。簪笔殷勤赢传食，在莒难忘心事。剩译稿、盈箱多累。试换浮名成浅酌，步莺花十里寻题记。狂与悁，两相似。　　烽烟南北争驰驶，也偷闲、濯缨岭表，侧身燕市。安得龙泉千尺水，净洗人间刀匕。愿揽辔、澄清从此。今日蜡梅应早放，透新春消息，为君醉。才益老，国之瑞。

齐天乐·谢蠡甫画箑[①]

江山憔悴余才思，重逢更伤怀抱。栈道艰虞，涛音怨抑，都是惊魂萦绕。清愁便扰，画一片沧波，异乡情调。馈我秋林，忍疏班扇惓衰老。　　烟云终寄浩渺，恨溪风浪雨，难渡深窈。翠屿盟心，霜厓觅句，应为伊人写照。何时共眺，绘抱病哀蝉，倦飞孤鸟。翰墨纵横，十年吟啸了。

[编者注]

①蠡甫：伍蠡甫（1900—1992），广东新会人。当代著名翻译家、文学家、美术理论家、国画家，与其父伍光建被称为"中国译坛双子星"。画箑（shà）：有画饰的扇。

百字令·日光初雪，游华严泷、白云泷诸胜

飞泉千仞，讶东西峙立，如临劲敌。霁雪高寒天尺五，黄叶仍嬉秋色。甃石穿池，虹鳟睹队，鲼頳承平迹。不辞瑟缩，山中汤沐初觌。　　回顾东照楼台，消磨霸业，燕雀喧金碧。独爱中禅湖畔路，清景斜阳堪惜。驰逐松岗，摩挲竹屿，尘思烦剪涤。神桥归去，暾容原自闲结。

关大护

关大护（1901—1951），字崇汤，安徽霍邱人。家境清贫，1949年前为塾师，1949年后从事小学教育工作。创作诗词数百首，多散佚。

夜饮汪氏小园

清谈危坐试新茶，百尺梧桐漾碧纱。
正是良宵无限好，二分明月满庭花。

五友庵即景

斯庵小筑傍沣河，镇日村前看绿波。
每届春来花烂漫，林阴静处鸟声多。

重九登高

佳景每临寻旧游，霍王坟上小勾留。
蝉鸣黄叶家家晚，木落青山处处秋。
渔唱吹从红蓼岸，疏钟敲自夕阳楼。
细推物理须行乐，转眼韶华似水流。

江　城

江城（1912—1990），安徽庐江人。早年参加革命。曾任中共县委书记、市长、地区专员等职，著有《江城诗稿》。

园居杂感

东风送得雨潇潇，溪水平添一线潮。
数尺绿荫今又展，最鸣得意是芭蕉。

枕　上

月落山横枕席清，隔窗溪水尚闻声。
休将一掬伤时泪，付与秋风说不平。

过祁门、石台间之赤岭

轻车指点过祁台，溪色山光次第开。
飞鸟惊惶狐兔窜，黑云翻滚雨声来。

昭　关

山势平平一径斜，伍员东去已无家。
行人千载寻遗迹，惆怅春风扫落花。

江兴元

江兴元（1924—2014），安徽桐城人。曾任桐城师范学校高级讲师。中华诗词学会会员，安徽太白楼诗词学会理事，《桐城诗词》第一任主编，桐城诗词学会名誉会长，芜湖诗词学会顾问。著有《且闲斋诗文稿》。

春日城西即事

数株杨柳傍溪流，一树棠梨带雪幽。
小立看山兼听鸟，不知花落白人头。

黄河断流

哺育炎黄子与孙，子孙荣辱倍关情。
年来屡报河流断，更有何人论浊清？

闻　雁

露湿空阶月满庭，茫茫身世梦难成。
羡他塞北江南雁，自在飞翔自在鸣！

过东流七里湖

倦客未归春又归，板桥茅店雨霏霏。
杨花亦解飘零苦，扑上征衣不肯飞。

种　竹

寓居谁作友？种竹以为邻。干直凌霄汉，心空绝俗尘。
闲吟情自适，不食肉何贫！明月窗前影，风来更有神。

秋　怀

百年驹过隙，雁唳又高秋。篱菊团金蕊，斜阳上小楼。
诗文成底事，兼济总难酬。白发催人老，年光不倒流。

谒张五鹏老先生[①]

盛世开文禁，儒林重拔茅。人间存硕果，榆里领风骚。
身厄乱离久，晚膺馆职高。元龙楼百尺，说论气犹豪！

[编者注]

①张五鹏（1914—2002），安徽枞阳人，旅居台湾。毕生从教，曾任安徽省文史馆馆员、枞阳诗词学会顾问。

夜　泊

溪水潺湲夜，孤舟系石湍。林昏山瘴合，露湿月光寒。
客久乡心碎，途穷负米难。干戈遍宇内，何处一枝安？

山中晚归

沉沉涧底寒初重，寂寂峰头月乍生。
万壑声馀泉窦响，四山暝见社灯明。
白云度岭难成雨，杜宇啼林似有情。
十里松阴归路缓，野花如雪晚风清！

雅集翠螺山庄同登太白纪念馆

以文会友足风流，胜概同登楼上头。
小谢青山近可挹，澄江白纻发清讴。
声名已自垂千古，鹏翅何曾展九秋？
忧乐万家时在臆，诗陈大雅望吾俦！

山居杂诗

绕屋千竿竹，穿篱一水闲。松阴微露日，云气半衔山。
寂寂崖花落，翩翩谷鸟还。乡心闻杜宇，愁伫夕阳间。
乱峰横积翠，幽静绝尘氛。宫羽群泉合，阴晴一岭分。
感时空抚剑，倚槛又斜曛。旋转惭无力，山前看白云！

冬日书怀

急景暗凋年，云寒雁唳天。似屏山带雪，如练水含烟。
哑哑鸦翻树，凄凄风入帘。牛棚人换骨，还坐旧青毡。
踪迹同萍梗，栖迟岁月迁。出门人指背，时见突无烟。
馀子庆荣宠，微躯幸苟全。升沉何必问，旷达即神仙！

冬日杂咏

书生逢治世，无辱心自安。屡遭大劫难，不复叹辛酸。
一室乐居处，姜芥足腴颜。间或有客来，把酒共言欢。
林峦时纵目，兴会奔笔端。佳句偶一得，胜人得高官。
诗穷而后工，此理岂漫漫？庭前苔径绿，逃俗长闭关！

披雪瀑

城西有瀑布，一径入溪烟。三春新雨后，奇景足留连。倾泻如奔雪，声同雷霆喧。潭翻江海浪，沫散万珠圆。谷口危崖赤，临流磐石坚。拂苔闲坐卧，云水荡胸前。履石循源入，清溪流蜿蜒。松筠含远韵，兰蕙自芬妍。涧转谷愈狭，两山高插天。峰回崖合处，飞瀑挂其颠。法雨洒何世？琼花撒万千。真人不可接，凡骨难飞骞。且乐此中景，尘劳暂息肩。剔藓摩巉壁，题名觅宋贤！

[原注]

潭上崖壁有石刻，文曰："敷阳王孚信道、建安陈信臣、荥阳张子原、合肥皇甫升，绍圣丙子正月甲寅。"凡三十六字，中损六字。此为北宋人题名，姚姬传《观披雪瀑记》亦有记载。

汤竹贤

汤竹贤（1901—2005），名瑞林，字竹贤，号壶隐，安徽怀远人。出身中医世家，一生行医。1957年、1959年先后在南京中医学院、安徽中医学院任教。安徽中医界"五老"之一。怀远县诗词楹联学会顾问。有《壶隐诗草》存世。

赠余子介先生

春风梓里早知名，绛帐弦歌遐迩钦。
大树常留空谷荫，源泉还是在山清。
乘风归去谁知己，阴雨连绵众望庚。
我欲浮槎淮海上，相邀携手可同情。

咏　雪

东风吹落玉纤纤，腊半春回冷尚严。
野老齐言年有兆，居家莫叹食无盐。
长淮泥岸留鸿爪，六出飞花扑帽檐。
放眼乾坤都一色，荆涂南望失峰尖。

残　菊

菊花冷落竹篱旁，犹有残枝不畏霜。
三径萧疏留晚节，一庭寂寞伴斜阳。
风前老瓣蜂围抱，雨后枯英蝶恋忙。
莫为荣衰伤岁暮，吟诗酌酒自清狂。

依韵酬许彩文主任

十年动乱冷如秋，一任人呼作马牛。
世态原宜舒望眼，诗情只合赋闲愁。
医林无术名难副，圣代重逢愿已酬。
惟祈众生康且寿，微躯此外复何忧。

汤明珠

汤明珠（1965—2014），安徽凤阳人。曾任中学语文教师多年。后在安徽省民革工作。曾为中华诗词学会、安徽省诗词学会会员，凤阳《春泥诗词》常务副主编。

临江仙·抒怀

浩浩长风嘶劲骑，乾坤快意匆匆。倚天长剑气如虹，霜威从压顶，铁骨自撑空。　　未死相逢先一笑，传杯唤起诗翁。长歌啸罢卧花丛。青山支枕看，梦入大江东。

唐多令·读《三余轩诗选》呈陈葆经诗丈

江海忆曾游，兴豪雁字收。要遣诗上最高楼。漫道襄河流日夜，而今涨，水边舟。　　一卷炳千秋，何须万户侯。老去谁放过一头。待寄相思无好句，聊祝健，豁吟眸。

汤柏林

汤柏林（1921—2009），安徽无为人。安徽大学中文系毕业。长期从事教育和英语编译工作。著有《启微轩吟草》。

严子陵钓台三首选二

一

先生祠宇在，过客驻征帆。莫道沧桑变，此滩仍姓严。

二

遁世非欺世，逃名反得名。桐江尘不染，清澈似先生。

谒米公祠二首

一

不纳赃污拒蚀侵，米公拜石意何深！
笑他狗苟蝇营者，终日弯腰只拜金。

二

坚贞最是石堪师，下拜呼兄岂可嗤？
我拜米公兼拜石，深嗟异代似同时！

答表叔杨尚模

甲寅夏，故乡讹传余病殁。尚模表叔驰函文因相询①。赋此以答。

千里驰函问死生，展笺欲复涕先零。
昨宵几度风兼雨，不碍庭松旧日青。

[编者注]

①文因：作者夫人马文因。

附：

杨尚模《喜读柏林告存诗，并付故里戚友共阅，以正向者之谬传》："一绝诗来喜告存，开缄字字是传真。即今分付山阳笛，翻作新声慰故人。"

镜湖竹枝词六首选三

一

连日春阴乍放晴，笙歌统管满江城。
闲来买得瓜皮艇，且向游人多处行。

二

吴娃弄水湿船头，意态娇憨逗客留。
万缕柔情寄眉语，相邀同上酒家楼。

三

双桡荡漾乐无涯，摇荡春心不恋家。
低首欲谈心里事，东风红遍小桃花。

咏西楚霸王

叱咤咽呜盖世雄，舟沉钜鹿想英风。
八千子弟纵横处，百二关河指顾中。
难识淮阴凭只眼，剧怜垓下困重瞳。
头颅掷罢无征战，烹狗藏弓任沛公。

新年书感

癸丑岁除，得表叔杨尚模诗札，原韵奉答，兼简江金惠、王裕思、王剑青诸君。

楼宇参差花满枝，故园春好鹤归迟。
生逢盛世惭功业，病入新年忆别离。
镜里鬓丝缫感慨，窗前梅影绘相思。
何当共饮屠苏酒？促膝围炉话昔时！

附：

杨尚模《岁暮寄柏林》原诗："玉梅花发岁寒枝，窗外云浓雪意迟。不恨流年入衰眊，但嗟良友久分离。新诗欲作凭谁和？短札聊抒寄所思。安得相於犹一室？青灯夜语似儿时！"

过贾谊故居

城西太傅祠，陋室空无有。鹏鸟日斜归，应难觅户牖。城东马王堆，观览遍童叟。华屋贮晶棺，蛾眉真不朽。当年问鬼神，何日重琼玖？穷巷独徘徊，茫然搔白首。

许孔璋

许孔璋（1934—2016），安徽枞阳人。1957年毕业于安徽师范学院中国语言文学专业。“文革”中以理发谋生，自学《伤寒论》，并将所学心得写成《伤寒证治通论》。改革开放后受聘于青山中学、浮山中学，被省教育厅调任安徽中医学院医古文教研室主任、副教授。退休后被聘为安徽省文史馆馆员。作有《浮山赋》《合肥赋》《黄山赋》《进学赋》《天体赋》《枞阳赋》《枞阳中学赋》等，另著有《文史精华韵读》《饭牛集》《域外千家诗》等。

雨中望江心洲

小雨空蒙晚不收，烟堤如带绕江流。
嫩黄轻晕垂垂柳，一片春心在绿洲。

沙　溪[①]

石堤垂柳绿藏桥，山水来时只半篙。
我问沙溪还记否，桥头饮马夜磨刀。

［编者注］

①沙溪在枞阳县青山冲，曾是新四军抗日游击区。

感怀选三

一

钩玄提要费沉思，月影移窗霜满枝。
二十一年虚掷了，如今才是读书时。

二

日操翰墨骋文词，夜伴妻儿闲憩时。
春水新秧屏幕里，蛙声十里动乡思。

三

自怜衰瘦历沧桑，却怪耄年体尚康。
忽悟天公寿我意，好留健笔写文章。

许永璋

许永璋（1916—2005），字允臧，号我我主人，亦自号跌翁、石城左杖翁，安徽桐城人。1936年毕业于无锡国立专科学校。曾任江苏省文史研究馆馆员，兼职南京大学中文系教授。著有《抗建新咏》《一炉诗钞》《诗词备课笔记》等。

题杜子美画像

白发青衫硬骨头，万钧诗笔压千秋。
可曾沥尽丹心血，彩翮依稀十二楼。

春泛玄武湖

明镜新开落影清，一湖山色半湖城。
人浮蛱蝶穿花过，篙逐蜻蜓点水轻。

题江油李白纪念馆二首选一

采石望江油，巴山点点秋。千年生死地，一斗鬼神愁。
身为文章累，名因浩劫留。怀才何必遇，历久见沉浮。

许世英

徐世英（1873—1964），安徽东至人。历经晚清、北洋、国民政府，曾任中华民国国务总理、驻日大使，安徽省省长，台湾“总统府”资政。

感　怀

万籁俱清寂，惟闻夜雨声。潇潇鸣木叶，瑟瑟响银筝。
凉意村前送，乡心枕上生。宵声犹未歇，晚起看潮平。

祝右任院长尊兄八十寿

关河戎马一书生，少壮风华已令名。
白发长髯今未老，丹心溢气古之英。
惊人翰墨誉龙虎，振世文章胜甲兵。
风静柏台春昼永，桃觞菜里益欢情。

许同寿

许同寿（1928—1995），安徽枞阳人，年六十一移家铜陵市。合肥师范学院毕业，长期从事中学教育工作。与其堂弟许孔璋合著《历代养生诗选注》，自著有《杜诗七律艺法》《杂论》等。

席上赠张海鹏同志

今古一炉熔翰墨，联床夜雨话生平。
春秋史笔君称健，湖海诗人我愧名。
万里风清惊险阻，百年忧患见交情。
相逢且尽杯中物，漫听琵琶马上声。

赠吴月兰

结婚于今十七年矣，十年浩劫，历尽艰辛。此日相倚南窗，殊觉宇霁风和，春意盎然，爰成此律。

文君偏爱寒司马，婉转含情慰短长。
两手清贫绣岁月，一肩沉重担风霜。
可怜因我受羁绊，堪羡如君放眼量。
旧梦凭窗成缥缈，檐梅雪后更芬芳。

戊戌晦从上海乘轮归

顺潮背海归心急，雾净江空望楚门。
画鹢乘风裁素练，苍山衔日酿黄昏。
芦花点点粘霜鬓，秋雁声声动客魂。

今夜妻儿猜泊处，蒲州渔火月无痕。

许兴中

许兴中（1919—2002），本名长舒，字用之，号天白，又名秣陵太瘦生，病不倒词人，金陵三可斋主，安徽肥西人。四川大学农业经济学系毕业。曾任江苏农业科学院研究员，《华东农业科学通报》主编，《绿野诗刊》编委，肥西县雪花吟社顾问。著有《三番吟草》《三可词选》。

月下听箫

月明风静夜悄悄，独坐湖边听远箫。
断续凄幽吹底事，气寒露重到中宵。

谒中山陵

缔造共和不世功，废除帝制大英雄。
皇王政党私天下，唯有先生敢说公。

村　晚

日落胭脂天半红，云山奇特万千重。
苍茫暮色怜新月，摇落庭梧恋晚风。
星斗依稀银汉渺，村墟隐约碧阴浓。
当当钟自庄头响，踏月扛锄下晚工。

临江仙·读史偶得二阕

一

求凤偏常得雀，雕龙却又成虫。养花每每不嫣红。无心插杨柳，十里岸烟笼。　不醒邯郸一梦，犹贪位晋三公。封侯裂土正尊荣。赵钱孙与李，过客总匆匆。

二

攘攘七情六欲，熙熙三教九流。红尘滚滚劲风头。争权何日了，夺势几时休。　　不解名缰利索，难防暗箭阴谋。弄潮下海力拼泅。功成身不退，每令杞人忧。

清平乐·千禧新元思古

金龙飞舞，新纪新元曙。放眼流光真虎虎，阅了沧桑几度。　　驼铃冷月阳关，胡儿丝路楼兰。千古汉唐一瞬，西风落日长安。

浣溪沙·庭院秋晚

灼灼红蕉默默开，翩翩墨蝶偕飞来。斜阳高树影筛筛。庭院秋光何所似，绮霞如火在心怀。热情长贮梦长回。

许宗元

许宗元（1948—2007），安徽歙县人。曾任安徽日报社、安徽文艺出版社编辑，上海师范大学旅游学院教授。长期从事中国语言文学、旅游文化、美学以及徽学等方面的研究与教学。著有《中国词史》《宋词百科词典》《宋词精华分类品汇》《历代辞赋鉴赏辞典》《金元明清词鉴赏辞典》及散文集、剧本多种。

汉语学习班三首

上海师大首次开办暑期汉语学习班，学习者为十八位美国友人。此为中美友谊一段佳话，吟以志之。

一

六月薰风一路香，绿园斑烂彩衣裳。
风尘仆仆何方客？万里祥云渡远洋。

二

有朋乐自远方来，一树榴花火样开。
杨柳依依风细细，漫将友谊路边栽。

三

余公一席话惓惓，谱就新歌伴管弦。
筑得金桥天地久，与君万里共婵娟。

[原注]

余公，华盛顿大学余庆华教授。

阮鸿藻

阮鸿藻（1923—2010），安徽枞阳人。曾任安徽芜湖市图书馆馆长。离休后为中华诗词学会会员，任安徽太白楼诗词学会副会长。著有《五京行吟草》等。

参观骊山烽火台

烽火台荒没草丛，夕阳无语映山红。
可怜文武周公业，都付嫣然一笑中。

吊希伯

国际悲歌曲未终，列身抗敌仰英风。
西方热血东方洒，一样花开别样红。

[原注]

希伯：德国人，共产党员，记者，作家。一九三七年不远万里来到中国解放区，参加抗日战争。一九四一年在抗击日寇斗争中，投笔持枪与日寇相拼搏，壮烈牺牲。

瞻仰淮阴汉侯祠

淮安故里汉侯祠，大将犹存立世姿。
剑按中原平项霸，兵围垓下定刘基。
名垂史册虚麟阁，功盖萧张隐祸机。
千古英雄同一哭，未央宫里事谁知。

孙伯纯

孙伯纯（1926—2012），安徽凤阳人。曾任小学教师多年。明光市《灵迹吟草》编委。

插秧四首选二

一

甘霖降后万家忙，男整畦田女插秧。
车载人挑运秧把，平铺水面绿成行。

二

少女歌停笑语哗，秧针刺水技堪夸。
向来学就人间巧，凭借风丝绣浪花。

孙泽霖

孙泽霖（1921—1988），安徽桐城人。曾任芜湖市新芜区医院干部，芜湖诗词学会会员。

闲居遣兴

小炉汤药沸盈瓯，盛世无功雪满头。
步履艰难疏故友，雁书不到怅清秋。
一枰且共邻翁乐，长夜聊兴下里讴。
斗室犹堪容雅俗，依山傍水胜琼楼。

孙宗溶

孙宗溶（1916—2004），安徽芜湖人。曾任中共皖南特委组织部长、宣传部长，新四军七师随营学校训练处副部长，皖南沿江工委书记等职。1949年后任芜湖市委副书记，合肥工业大学党委书记、校长，中共安徽省委宣传部副部长，安徽省石油化工局党组书记、局长，安徽省委副秘书长兼《安徽日报》社党委书记，安徽省政协副主席等职。著有《孙宗溶诗选》。

题江家场革命历史纪念碑

水阳江畔一沙洲，高举红旗廿二秋。
我与诸君同战斗，回看历史尽风流。

归吴立奇牧马图寄感

为群养马一春秋，图上依然瘦骨头。
莫怨主人未尽力，年来淝水少膏油。

[原注]

吴立奇同志一九五九年来合肥，寄存牧马图一幅，一九六〇年又来合肥，将图还之，走时正是三年困难时期，群众生活艰苦。我深有感慨，作诗以赠。

偕肥西雪花吟诗社诸同志游紫蓬山

秋适紫蓬顶，庐阳第一山。深林古木秀，幽径万枫丹。
细蝶迎诗客，轻蝉噪野烟。临风几回首，历历见晴川。

[原注]

《紫篷山志》载，紫蓬山为庐阳第一名山。

孙绳武

孙绳武（1915—2004），安徽怀远人。四川大学毕业。一生在川皖两地执教四十余年，曾任怀远县中学教导主任、怀远一中校务主任等职。生前为怀远县诗词楹联学会顾问。著有《春泥集》。

秋　兴

金风凉大地，玉露冷群峰。寺静常留月，山深不辨钟。
横行嗟紫蟹，直立慕青松。谁谓秋萧瑟，红颜到处逢。

重九登高得江字

客居忽忽又重阳，偕友登高喜满腔。
眼底醉林迷醉眼，江边秋荻锁秋江。
水天相合浑无际，霞鹜争飞未肯降。
大好河山毋愧对，匹夫有责在兴邦。

孙皖樵

孙皖樵（1925—2015），名嵩，别号再耕，安徽望江人。曾任宿松县花凉中学教导主任。组织“九老诗社”，并主编《茗山吟》。著有《香茗山》《望江民俗文化选》《杂体诗趣话》等。

山　居

疏篱小院乐山居，花影摇窗画不如。
漫道老翁无所慰，一帘风月半床书。

黄山松

黄山无石不生松，石上奇松无一同。
倏忽云腾风雨至，海涛声里化游龙。

中秋望月感怀

一年一度又中秋，隔海难寻一叶舟。
遥望故乡好明月，何时不用苦低头？

花锦城

花锦城（1917—2009），安徽繁昌人。1936年参加革命，曾任延安陕北公学指导员兼队长，中央组织部干事，中共定滁县县委书记，滁县地委秘书长、宣传部长，安徽省高级人民法院院长、省委政法部书记等职。著有《锦城诗稿》。

游太平湖

琉璃万顷峡中开，山色天光尽入怀。
舟似流云峰顶过，鱼从银汉渚边回。
满湖春水筛醇酒，两岸桃花醉粉腮。
寄语谪仙潭畔影，①太平风月待君来。

［原注］

①“潭”指桃花潭，其侧畔为太平湖。李白曾游桃花潭，并赋诗赠汪伦，当时无湖。

杜延祜

杜延祜（1929—2009），安徽颍上人。生前为安徽省凤台县水利局会计师。系中华诗词学会会员、安徽省诗词学会会员、淮南硖石诗词学会副会长兼会刊主编。有诗词集《偶读斋偶读》存世。

喜　雨

溪浊水平岸，野新青满畴。喜看秋稼好，赤脚过桥头。

村居偶兴四首

一

春风先到老农家，芳草青青细柳斜。
红杏依门迎客笑，向人争报两三花。

二

闲池绿树影婆娑，童子挥竿牧小鹅。
莺燕何须翻旧曲，漫吹柳笛唱新歌。

三

柳阴深处有人家，草色荆篱小径斜。
几树桃花一曲水，红浮绿绕好烟霞。

四

柳枝拂浪鱼吞翠，花瓣随风燕逐香。
解释春光三月好，一蓑烟雨钓前塘。

桃园春晓

草色遥看柳色轻，连朝小雨望中晴。
东风一夜花千树，绿水红霞照半城。

李　幸

李幸（1937—2016），字应城，号清寒斋主人，安徽繁昌人。曾任教师、小学校长，繁昌县新港镇教委干部，中华诗词学会会员，繁昌诗词学会副会长、《繁昌诗词》副主编。著有《清寒斋诗词选》。

一字谣

一餐宴席一头牛，一辆豪车一座楼。
一届三年官一任，一夸政绩一方愁。

秋登寨山

寨门横迭嶂，仄径峭崖斜。石试桓温①戟，泉怜蓝玉②家。
峰暝延落日，鬘影著轻纱。千古沉浮事，秋风送落霞。

［原注］

①桓温，东晋征西大将军，后官至大司马。

②蓝玉，明常遇春妻弟，骁勇善战，积功至大将军，封凉国公。太祖杀功臣，他以谋反罪被杀，牵连死者达一万五千人，称为“蓝狱”。其嗣逃来繁昌大磕山定居，生姓胡，死姓蓝，沿袭至今。

江干漫步十首选二

一

风狂云疾浪难平，依岸渔村归棹横。

河道航标灯闪烁，沙鸥芦荻叶遮翎。
灵山入梦曾忘倦，鹊镇终朝总有情。
应世无方常洗耳，临江独眺听涛声。

二

眺望江中虎槛洲，犹如船坞遏波浮。
寒云过尽塞边雁，弱柳凋残叶上秋。
经历凶年多鬼蜮，应时烦恼少良俦。
风侵芦笛难成调，江月涵容照白头。

刘逸非丈《七九生辰抒感》原韵步和

归休安度几经春，往事骋怀忆昔辰。
味过浓时甘淡泊，情于痴处笑天真。
门无车马闲居静，架有诗书可治贫。
今古文章贪饱读，高贤懿德总躬亲。

悼台湾作家姚梦生先生

含悲思恸失知音，西坠文星已断琴。
月落乌啼冰雪夜，水流花谢雨霜侵。
寒烟漠漠伤怀缅，枯叶萧萧悬念深。
曾举觞吟成往事，惟留雅韵梦中寻。

李广嗣

李广嗣（1934—2008），安徽寿县人。大学文化，中学高级教师。曾任寿县中学办公室主任，寿县老年大学文史班教师。六安市诗词楹联学会会员。

闻　雁

汝亦惊弦者，低飞过我庐。悲鸣何急促，踯躅亦多虞。
天地销金镝，江湖尽坦衢。征程应奋羽，试逐彩云趋。

秋夕批卷遇雨

小院秋逢雨，庭除满绿苔。梧桐愁湿重，栖鸟畏风哀。
造化因时异，黄花应节开。忙将朱笔点，暝色上窗台。

李义民

李义民（1930—2009），安徽凤台人。凤台县城关镇退休干部。中华诗词学会、安徽省诗词学会会员，淮南硖石诗词学会副会长。

龙潭古渡

日照龙潭碧水流，榴花似火满山头。
一桥飞架凌空起，从此人消行路愁。

咏环翠楼

水秀山明风景幽，烟云缭绕锁芳洲。
西窗影印三更月，夜咏新声出画楼。

赞硖山口慰农亭

慰农亭下水三湾，千里长淮第一关。
来往征帆穿硖过，风流不让小姑山。

李百忍

李百忍（1927—1999），号蕴威，别署老汪湖人，安徽宿县人。1952年毕业于华东军政大学艺术系。曾任中国书法家协会理事，安徽省书法家协会主席，一级美术师。著有《书法初步》《李百忍书法艺术》《李百忍行草书法集》等。

感　事

岱岳巍巍隔野烟，失真自是有讹传。
东风一扫浮云去，始觉山高入九天。

访泾县宣纸厂

叠嶂层峦一径通，云低天小四围中。
清流汩汩乌溪水，薄雾蒙蒙檀树风。
玉版千翻方作纸，煮锤万响始成封。
几时赢得洛阳贵，不负人间造化工。

李仲玉

李仲玉（1921—2005），安徽枞阳人。1950年在国家政务院预算室任研究员，后在国务院管理局财务处研究科从事行政机关预算管理和会计制度的研究工作。中华诗词学会会员，枞阳县诗词学会名誉会长。著有《仲玉诗文选》《回音集》。

杂　感

花开花谢两由之，惯看星辰起落时。
随遇而安多自重，回天无术几行诗。

李汝和

李汝和（1904—1996），安徽界首人。原台湾军管区中将参谋长，台湾文献委员会副主委，《台湾省通志》总纂，大同工学院国文教授，旅美华侨。曾捐款一万元美金在其家乡（原界首乡）建思源学校。著有《孤松小集》。

湖　上

褪红衬绿半湖秋，风景依稀认旧游。
只有采莲人不见，柳边横系一莲舟。

李如庸

李如庸（1929—2009），河南伊川人。1945年从军，转业后曾任厂长、书记、芜湖房管局调研员。安徽省炳烛诗书画联谊会、宣城敬亭山诗词学会、芜湖诗词学会会员。著有《老兵心画》。

五月农家

五月枇杷满树黄，黎明好趁一丝凉。
出门赶路奔晨市，午后禾干好打场。

故宫游

癸未金秋游故宫，辉煌建筑九州雄。
明清多少兴衰事，尽在红墙禁地中。

李志飞

李志飞（1926—2010），笔名历山樵子，安徽东至人。农民。

梅

瘦岭孤山是故家，冰肌玉骨洁无瑕。
清高太甚难寻偶，独放春前第一花。

送　春

杜鹃啼罢我吟呻，各奏骊歌强饯春。
细扫落花开辇路，轻扬征旆嘱风神。
瑶章已缀行旌满，浊酒难教别绪伸。
莫讶道旁频折柳，怪它无力系芳辰。

李应凡

李应凡（1911—2000），安徽繁昌人。1981年被聘任为安徽省文史研究馆馆员。生前系江南诗词学会、安徽省诗词学会、安徽太白楼诗词学会会员。现存《应凡诗文选》四卷。

过乌金岭三首选一

登山无力几时休，石级如梯似上楼。
一路幽篁笑吾老，风吹相对尽摇头。

中秋怀旧叠韵四十一首选二

一

当年共赏月和花，陆岛今成两处家。
吊影分为千里雁，辞枝散作满天鸦。
四时好景惊心过，卅载远离望眼斜。
别恨离愁情恻恻，临风遥献紫茸茶。

二

秋来木樨尽开花，那有行人不念家。
望去神州如断梗，可怜室漏独栖鸦。
一庭异处繁星散，两地分居皓月斜。
眨眼别离三八载，遥知应恋故乡茶。

李辛白

李辛白（1875—1951），原名修隆，字夔，号水破山人，安徽无为人。清末拔贡。1901年考入南京高等警官大学堂，1904年参加柏文蔚、陈独秀在芜湖组织的“岳王会”，1905年就读于日本早稻田大学，是中国同盟会首批会员。1908年在上海创办《白话日报》，被胡适推崇为我国推广白话文的“开山老祖”。民国初曾任安徽省警察厅厅长、北京大学出版部主任等职。1928年创办《老百姓报》，1936年任徽州中学校长，1937年任安徽省图书馆馆长。后在休宁女子中学、安徽中学、建国中学、右任中学、安徽学院、昭明国文专科学校任职。

过先师绣溪草堂

绣溪溪上柳丝丝，人去堂空燕子知。
一塔斜阳半城水，白头谁与话儿时。

访梅圣俞墓

宛陵秋色满城南，蜡屐寻幽晚未还。
何处都官祠墓在，牧儿指点说羊山。

偕诸生北岳采集

虫鱼草木证葩经，荷锸相偕采药行。
垂老聪明无用处，山花山鸟不知名。

旅舍见一吴语客画虾因感作

草泥郭索叹无肠，残苇萧萧天欲霜。
一种江乡好风味，伤心都让别人尝。

春寒如严冬清明后三日大雪

山窗日日望晴晖，候雁哀鸣尚未归。
今岁风光太奇绝，杨花如雪雪中飞。

车中望敬亭山

宛陵秋色真如画，十二年前此闭关。
遥望敬亭青一点，敬亭山北更无山。

行箧中偶得旧日摄影

草茅家世水云身，偶着衣冠总不伦。
俯仰乾坤无个事，只应赤手作诗人。

寄　内

青霜肃肃下庭墀，抱膝孤吟酒不辞。
夜永窗寒愁线短，定知剪烛课孙儿。

微　雪

微雪如霜不压枝，寒梅正是作花时。
水边林下谁能辨，只有双双冻雀知。

枕　上

潦倒天涯一老翁，有时摇笔气如虹。
生平耳目周遭事，都在深宵苦忆中。

古城岩

亭颓阁圮坏墙低，往事凭谁话水西。
如此溪山竟无主，古城岩上鸟空啼。

中秋书怀

去岁中秋夜，扁舟湖上行。同舟二三子，吹笛弄凄清。
寒意生红蓼，歌声动白蘋。可怜今夜月，不是去年明。

由雄路经止园公墓赴绩城途中望石镜山①

不堪回首忆前程，劫火成灰剩此身。
雄路萧萧征骑疾，止园簇簇墓碑新。
夕阳疏雨林间寺，短策轻衫画里人。
安得抱琴云外住，岭猿溪鸟自相亲。

[编者注]

①雄路：村名，在安徽绩溪县。石镜山，在绩溪县华阳镇东部，又称石照山。山中有峭石壁立,方广2丈,平滑晶莹,光可鉴物,人称“石镜”。

久旱得快雨新霁后感兴

淡云微雨嫩晴天，彧彧新秧绿可怜。
点水白鸥轻似雪，穿花黄蝶小于钱。
欣看溪涨村春活，已卜年丰社鼓喧。
十载流离归未得，故山明月梦中圆。

重　九

霜降天高未降霜，恼人岁月去堂堂。
山枫叶老千林赤，野菊花开万点黄。
雉兔惊疑鹰眼急，关河萧瑟雁声长。
茱萸欲插无兄弟，愁对西风倒一觞。

病后野望

小病才苏倦眼开，夕阳红映好楼台。
桃源本是陶潜梦，江水难消庾信哀。
几卷诗篇成白发，一生事业误清才。
壮怀未老愁肠断，却共何人语劫灰。

兴　来

古刹荒凉佛火微，疏钟寂寂冷斜晖。
豆苗瓜蔓沿阶长，紫蛱黄蜂入户飞。
买醉喜闻新酿熟，加餐好是晚菘肥。
兴来欲共山妻约，到得归时也不归。

赴休宁先内子行志别

深山托迹忽三年，绝似春蚕茧里眠。
求免饥寒勤种菜，枉传薪火苦谈玄。
明知小别无多日，不觉分携也黯然。
极目平畴秋正好，晚鸦如雨柳如烟。

贪食枇杷胃病猝发呻吟中漫然成咏聊尔自嘲

新安果物时时好，芦橘初圆五月黄。
老子枯唇霑坠露，雏孙纤手迸寒浆。
堆盘直敌朱樱美，染袖难夸紫荔香。
误信东坡三百颗，颓然几日药炉旁。

逻者行

大盗持兵刲人肉，小盗穿窬窃腐粟。逻者畏盗如畏虎，有时相依手与足。偶牵小盗系死狱，奖书层层高近尺，手足相依各有得。君不见有人黑夜暗吞声，头破腹饥不敢哭。吁嗟乎，小盗窃钩大窃国。

感旧诗

我昔客鸠兹，粤岁在辛亥。八月十九日，汉水突澎湃。吴楚接长流，汪汪海内外。民歌曷丧歌，衣冠独惶怪。孟轲曰保民，墨翟曰兼爱。岳岳香山翁，民意争推戴。奈何王巨君，阴贼生阻碍。左承汤武旗，右攫侯王带。香山法禅让，罢战民心快。白骨积如山，虏庭乃崩坏。信誓曾几时，居摄变朝代。凶燄灼忠贞，斩刈等萧艾。滇池起惊雷，浙台殲大憝。奄忽卅余年，陈迹复何在。来日悲大难，俯仰增深慨。

李卓绍

李卓绍（1926—2012），亦名李仁洁，号忘我老人，安徽无为人。曾任无为县严桥中学高中语文教师。生前自辑有《听息斋待焚稿》。

哭　子

不信无儿意未饶，天涯海角梦魂劳。
难知存殁真消息，望断归鸿五内忉。

读报上旧体诗有感

一

报上诗篇尽可观，但嫌不足上吟坛。
山林野老无名位，纵有佳章孰予刊？

二

名人未必尽佳词，寒士何尝乏好诗。
底事刍荛遭白眼，个中奥妙不难知。

庚辰冬至

椿萱墓在故园前，冥币遥焚五内煎。
我近杖朝存日少，将成孤鬼孰烧钱？

李官连

李官连（1937—2011），又名李光连，江苏江浦人。安徽师范大学文学院教授。曾任芜湖诗词学会常务理事、《滴翠诗丛》副主编。著有《李白传》《散文技巧》等。

游母校合肥师范学院故址感赋

庐州四载未能忘，“老九”白旗拔讲堂。
入校先开劳动课，坩埚炼铁睡炉旁。
学生菜圃偷鲜果，教授书房刻假章。
只为肠胃无米粒，斯文扫地脸无光。

［原注］

1958年秋入合肥师院，三年困难时期，师生吃不饱，有老师、学生夜入菜圃窃瓜果充饥。

游泾川陈村水库太平湖

满眼澄明景色鲜，杜鹃啼破柳村烟。
巨龙斩断谷中水，小艇摇开库底天。

两岸青山堆翡翠，一湖晚照聚流丹。
芊芊草色净如洗，万斛清新尽可餐。

李革飞

李革飞（1931—2008），安徽桐城人。大学毕业。曾任桐城县教委教研室主任、桐城诗词学会秘书长、芜湖诗词学会会员。

皖南行

油菜千阡尽着花，春风先我到天涯。
一溪绕郭鹅群满，半径环村竹影遮。
岭上行车鸣笛远，岗头扬水激流斜。
桃红柳翠峰如黛，身在江南不忆家。

辛未元日寻梅

寻梅踏雪步城西，几处寒鸦缓缓啼。
卧日老牛闲嚼草，逗人小犬乱追鸡。
新楼临水连亭阁，旧圃依山种枣梨。
皓首老翁欢曝背，疏篱红萼望中迷。

江城子·喜春游

一篙春水荡轻舟。柳丝柔、鸟声幽。湖光山色，任我自优游。万顷波涛鱼最乐，从不怕，网来收。　　晚来新月小如钩。树梢头，浪中浮，也将心事，一股脑儿丢。归去老身欣有托，书室里，作诗囚！

天仙子·吾庐颂

吾爱吾庐深寄慨，曲巷闲庭车马隘。廿年树木长成林，青如盖，花如海，明月清风时我待！　　六尺小门无气派，碧草香花当粉黛。老来得趣欲狂吟，蜂语爱，蝶舞态，卧听莺啼闲自在！

李霁野

李霁野（1904—1997），安徽霍邱人。早年曾与同学创办《新淮潮》《微光周刊》等进步书刊，宣传新文化，系“未名社”主要成员。1949年后在南开大学外语系任教，曾任天津市文联主席、中国作协名誉主席、全国政协委员。先后发表小说、诗文数百篇，著有《李霁野文集》。

家　书

会合茫茫未有期，书来恳恳问寒衣。
心怀稚子思归去，阿母频频叹数奇。

月夜听涛

皓月高悬白浪掀，春衣初着觉轻寒。
年华暗逐涛声去，今夜银辉不再还。

海上观涛

阳光灿灿白鸥飞，意在殷殷伴我归。
我向自由天地去，从今似尔愿无违。

杨有贡

杨有贡（1924—2014），又名竹荫，安徽繁昌人。安徽学院外语系肄业。曾任繁昌县教工会主席、县文化馆副馆长、县电影公司副经理。

壬申新春与佘隽渭学长重聚繁昌

景物开年好，灯红处处春。风轻花似锦，日暖草如茵。
春谷山光秀，峨溪水色新。欣同窗友聚，纵笑话壬申。

重游江村故校

又是黄花九月中，重游故校正秋浓。
江村古柏依然秀，罗岭丹枫别样红。
断塔荷塘寻有迹，轩楼翰院觅无踪。
当年共砚同窗友，劳燕分飞西与东。

杨尚模

杨尚模（1920—2011），字柳溪，号江淮眊叟、两香室主人，安徽无为人。早年入安徽大学攻读教育，兴办私学，后长期在安徽无为师范学校从事文史教学。工诗，擅书画，创红黑派山水。诗书画每融为一体，在江淮一带被誉为“诗书画三绝”。著有《诗苑导游》《两香室诗词》《蜀游诗稿》《杨尚模画集》等。

书所忆

海角天涯各退离，少年同学老相思。
旧时弦柱依然在，可惜光阴不倒移。

书所闻

打工行贾苦经营，十八湾前灯火明。
有户都成脱贫户，不关夏种与春耕。

书所居

窗间野马覆尘埃，墙角苔花静自开。
正感幽居萧索甚，风吹一叶入门来。

有　却[①]

一从吊罢落梅花，每抚孤山重叹嗟。
四十年来老君复，情怀只系旧风华。

[编者注]

①此诗系杨尚模晚年为谢绝续弦一事所作。

孟氏忆母亭[1]

唯余亦是为人子，有母劬劳九十龄。
生未承欢死未葬，不堪来上孟家亭。

[编者注]

①忆母亭是孟子后裔海南孟允安先生为纪念其母而建。

闻楚卿先生蜡屐黄山赋赠七绝三章[1]

先生西辞黄鹤，东谒黄山，一宿温泉，掉头而去，来信谓已得黄山大致面貌，高山仰止，知难而退，其风趣真可共山阴王子猷剡溪返棹相伯仲，笑报三绝。

一

云拥奇峰六六重，登攀难免失从容。
先生巧运神游法，只在山前骋两瞳。

二

诸葛读书三展卷，眼收大略即抛开。
得毋楚子看山法，巧自南阳裁化来？

三

冰寄襟期云寄神，来何飘逸去何真。
黄山蜡履剡溪棹，今古风流两绝伦。

[编者注]

①闻楚卿：1925年生于湖北英山。曾任武汉市第三十八中学教导主任。中国楹联学会顾问，湖北省楹联学会名誉会长。著有《对联选》《散文诗联选》等。

老退轩题壁

老去浑忘老，闲来不作闲。敲诗酬胜友，积墨画秋山。
故爵时三倒，强弓偶一弯。儿童笑相告：头白尚坚顽。

作著书庐图题赠萧山周明道先生

何处寄闲心，结茅傍古岑。清风非俗客，流水有佳音。
杯瀹卢仝茗，壁悬陶令琴。著书高一尺，愈解惜分阴。

山窗下习草书数纸

门静无过客，林深不噪蝉。风漪生歙砚，玉版展泾笺。
健鹄伏忽击，苍虬偃以缠。平生痴绝处，挥翰藐张颠。

唁溶川诗兄新罹延陵之悲①

同有躭吟癖，同臻大耋时。何堪储箧稿，共有哭儿诗。
顾我仍余痛，知君难遣悲。相期宗太上，黾勉养斯衰。

[编者注]

①溶川，张溶川（1915—2006），安徽定远人。诗人，毕生从教。延陵之悲，指丧子之悲。春秋时吴公子季札受封于延陵(今江苏武进)，史称延陵季子。他得知长子死了，没有表现出过度悲伤，而是让死者尽早入土为安。孔子称赞季札的做法合乎礼法。

赠照海

白牡山寺僧。一九七二年春赠以是诗，今春复至寺，则已化去。

金刚设喻终成相，明镜为台只自容。
炼到六根如许净，照来五蕴岂能空?
天风吹发无由白，海日烘花自在红。
借问达摩常面壁，何如曳杖踏青峰。

北窗题壁

俗虑炎蒸两屏除，北窗蕉雨起清娱。
静裁蜀纸临唐贴，细爇兰香读汉书。
兔死狗烹常尔尔，鲸吞鼍作亦区区。
一缄喜得黄山信，淡水交情老未疏。

赤壁咏怀五首

一

江上东风虎豹鸣，当年战阵忆犹新。
波涛怒蹴荆襄湿，顺逆俄分胜败因。
油荻吹为千道焰，老瞒逃脱一条身。
作诗小杜言偏俏，谓与周郎护美人。

二

朱幔鱼膏指上游，飞光顿掣北来舟。
东风助火烧强敌，赤壁披云显势头。
布阵极知关胜负，英雄岂仅属曹刘。
横江一战分三国，从此周郎刮万眸。

三

旌鼓昂扬动远空，千军马首瞩曹公。
北来自可横长槊，东去谁知遇逆风。
函谷关前歌太痛，乌桓马上句何工。
雄才杰思戎机外，合在遗篇数首中。

四

想象当年苏子豪，携来佳客过临皋。
江横白露潮初上，霜落黄泥月正高。
风物宛如图画好，赋心恰似茧丝缫。
我来也具千秋兴，放眼中流泛一舠。

五

黄回绿转日升华，南国春来天鼓挝。
胡垒西边蹲虎豹，大江东去舞龙蛇。
楼台重叠笼朝气，舟辙纷驰拂绮霞。
指点风光地更好，长虹飞跨碧波斜。

［原注］

赤壁大桥时兴工中。

鸡毛燕子山纪行[①]

长空云漫漫，半岭风浩浩。行上鸡毛山，大雨落苍昊。
飞身度危巅，跨步越险峭。侧行悬崖根，数米及石窍。
急呼同侪入，藏身岂嫌小。据石作小休，静听百木啸。
云开雨顿停，骄阳四山照。欣然出窍来，倍觉双瞳皎。
阴崖龙长骨，绝壁虎伸耳。收罗入药篮，云阖雨复到，
踉跄下山去，那计泥泞淖。所得在有济，尝幸为惬抱。

［编者注］

①鸡毛燕子山，位于安徽无为县北部严桥镇境内。

失笔叹

此身垂老心余热，爱以余阴弄笔墨。松烟千杵不可致，中山之兔尤难得。寻春行入铜陵肆，瞥见一翰束马鬣。金光晔晔璨千芒，购之却苦囊空竭。归来思慕入梦寐，三年缩食勇始决。驰函购取喜充怀，报言空肆无陈列。微物于我求何艰，独望南天气自咽。

临江仙三阕

一

偃月城西初过雨，长郊草树葱茏。一川野水远连空。春烟浮岸白，晓日映波红。　好幅天然图画稿，问谁模拟能工？归来试泼墨华浓。略参潭渡法，还带石磎风。

二

绕廓徐行三四里，和风迎面轻吹。缓寻芳草到城西。朝霞红烂漫，春水绿参差。　历尽沧桑千万劫，浮生剩却须眉。迳临半亩小明池。昭然吾见我，一笑对涟漪。

三

今日闲情何处著，依然湖上花蹊。蹊花落去已成泥。可怜痴蛱蝶，犹绕故枝飞。　未得诗肠新鼓吹，行来但觉无违。十姨名字岂为非？人间多俗耳，不必责黄鹂。

杨霖生

杨霖生（1914—1991），名汉泽，安徽颍上人。生前系阜阳师范学院副研究员、阜阳市诗词学会副会长、《聚星诗坛》主编。著有《霖生诗词选钞》《颍州西湖诗词选注》等。

秋蕊香·书《万代师表陶行知》后

谁继孔丘中土，师表万年今古？人民教育开新路，经几番风和雨！　　峥嵘五六年华度，忘辛苦，捧心一颗尘寰住，不带半根草去。

鹧鸪天·重阳登高

九日登临老大身，风光满目觉情亲。菊无元亮花仍放，诗有少陵事却新。　　观去路，鉴前尘，吾行吾素觅吾真。后来往往能居上，何必当仁让古人。

鹧鸪天·述怀

为士应先天下忧，范公名句记心头。少年未作黄粱梦，晚岁还为白璧谋。　　思去辙，看来舟，乘风万里海波浮。鸢飞鱼跃晴空阔，心事浩茫连九州。

吴　拯

吴拯（1933—2010），号大经，字拯乞，别号拙吾，安徽枞阳人。中医师。枞阳诗词学会常务理事、会刊《枞阳诗词》副主编，安庆诗词学会、芜湖诗词学会、中华诗词学会会员。著有《遣志吟稿》《本草吟稿》《拙吾诗词选》。

瞻仰桐城六尺巷

宰相传书足解颐，让他三尺又何奇。
争名争利终无用，闲是闲非应远离。
小巷长存房易主，雄篇永在史为师。
我来凭吊思前哲，忠恕仁风万古垂。

寄柯文辉兄诗

二十三年才一见，人生能得几相逢。
关山阻隔天涯远，电话交谈咫尺通。
往事云烟如梦幻，眼前风雨尚朦胧。
弟兄共有灵犀在，哪管东西南北中。

吴　朗

吴朗（1927—2009），安徽灵璧人。曾任中小学教师、小学校长、县教委教研室主任等职，1989年离休。生前系中华诗词学会会员、宿州诗词楹联学会常务理事、灵璧诗社副社长。著有《学海千帆》，主编《垓下古今诗词选》等。

悼亡妻

仰望星空夜已阑，秋花落后再开难。
谁怜失伴孤飞燕，霜落风寒一影单。

杂感二首

一

桑榆黄叶映危楼，气爽天高好个秋。
更喜晚晴人意好，小窗敲句月如钩。

二

门外红尘滚滚飞，葡萄架下果儿肥。
榴花满树红如火，小院不闻人是非。

归田赋

寺废僧来少，巷穷车马稀。时过宾客远，篱破犬鸡飞。
拜李难谋面，求张久扣扉。人情何冷暖，只为解朝衣。

张园梅影

与君初识琼崖处，谁向张园篱下栽。
玉貌天姿仙子会，冰肌缟素美人来。
月移疏影琴三弄，风送幽香酒一杯。
不与群芳春意闹，凌寒铁骨傲霜开。

卜算子·小院晚凉天二阕

一

叶底噪声蝉，闪闪萤流院。仰望星空赏玉盘，把酒吟诗卷。　我乃武陵仙，小院真堪羡。只恐西风又逐秋，暗地流年换。

二

月上柳梢头，牛女银河岸。百鸟填河赤线穿，并蒂心花绽。　天上世间情，只影卿卿盼。西望凤山神黯伤，唯梦偿心愿。

吴于廑

吴于廑（1913—1993），安徽休宁人。1935年毕业于苏州东吴大学。曾任武汉大学副校长、历史系教授。在世界史研究方面多有建树。

鹧鸪天二首选一

第十五届国际历史学会闭幕后，罗马尼亚主人邀往东喀尔巴阡山布拉肖夫及西奈亚度假三日。两地皆风景区，林木苍郁，间有牧地。旅游者傍山野宿，张帐幕绿色斑斓。有电缆车，直登喀尔巴阡山顶。西奈亚乃一小山镇，飞泉百尺，故王卡罗尔一世夏宫在焉。建筑精美，秋海棠铺地如锦，恍入画境。

百尺飞泉十里城，楼台如梦旧宫廷。海棠醉了胭脂径，山桧围来翡翠屏。　三日假，一身轻，异乡多似故乡情。惊秋燕子留人住，争奈明朝又远行。

吴小如

吴小如（1922—2014），原名吴同宝，号莎斋，安徽泾县人。著名书法家、诗人吴玉如先生长子，俞平伯入室弟子。著名古典文学专家、戏曲评论家、历史学家、教育家，北京大学教授。著有《读书丛札》《莎斋笔记》《今昔文存》《读书拊掌录》《吴小如诗词选》等。《吴小如诗词选》获中国《诗刊》首届“子曰”年度诗人奖。

题范洛森藏吾皖画家黄叶村遗作

世运推移百艺哀，天公无复惜人才。
穷愁潦倒寻常事，尺幅江山待剪裁。

题近人画牡丹三首

一

纸上胭脂色乱真，人间烟火等轻尘。
平生不作非非想，淡饭粗茶自有春。

二

丹青壁上见精神，何必寻芳到洛滨。
我笑时贤奔竞苦，一朝失足羡清贫。

三

画上牡丹看不足，世间富贵等云烟。
人人识得此中味，无俟飞升已是仙。

题李平安君诗集

晚近群贤竞写诗，缘情言志见真知。

莫嫌人海喧嚣甚，大浪淘沙会有时。

贺郑立水君新居

师道陵夷甚，郑生独我亲。时时问寒暖，往往济清贫。
欲觅忘忧草，惭为盛世民。喜君卜新宅，善避软红尘。

咏兰三首

一

屈子佩秋兰，陶公惜衰柳。兰比素心人，严霜柳易朽。
荣悴各有时，何必卜休咎。惟期方寸间，固持在操守。

二

绘兰贵有韵，莳兰贵培根。施肥宜适度，浇水勿盈盆。
早晚见花发，自幸窥其门。淡香溢襟袖，知有天机存。

三

昔闻郑所南，画兰不置土。岂不谙物性，国亡郁悲苦。
我慕忠贞士，慨今不如古。争爱康乃馨，数典浑忘祖。

丁亥中秋前七日偶成

世路谁厘浊与清，暂安衣食便承平。
山妻病久徒增虑，文债缘悭懒速成。
雨后新凉惊逝水，枕边残梦倦余情。
忘怀得失心长健，何必生前身后名。

题韩嘉祥自书手卷①

信笔涂鸦六十年，痴儿难与父争先。
北碑尚质失高古，南帖求精少自然。
学浅何来书卷气，时移翻羡野狐禅。
共君磋切伤迟暮，正富春秋快著鞭。

［编者注］

①韩嘉祥（1948—），天津人，1982年毕业于天津师范大学中文

系。师从著名学者吴玉如先生，是吴派书法艺术的传人，现任中国书法家协会会员，天津师范大学书法教授。

题所临魏碑

重写六朝碑，幡然顿憬悟。菁华蕴于中，法门启无数。
先君重元略，世罕知其故。二王作础石，魏隋随心驭。
一旦牖天衷，宛若神相助。师古不乖时，变化悉有据。
纵横任驰骋，点化皆合度。时贤妄逞臆，自许开新路。
下笔令人惭，翻讥我顽固。书道陵夷久，途穷兼日暮。

鹧鸪天·和周敏庵汝昌

千古才情一脉亲，风行水上自多纹。红楼佳丽原非梦，春草池塘孰与芸？　　人换世，笔销魂，仙家警幻事疑真。漫嗟尘海知音少，满纸荒唐脂共芹。

吴子忠

吴子忠（1930—2011），安徽枞阳人。曾任中学校长，枞阳诗词学会顾问。

贤内陈杰梅于朝阳村工作四十年荣退志庆

清风满袖庆归旋，村务奔忙四十年。
重义轻财人共仰，扶贫怜弱里争传。
夜观明月怀千户，日走朝阳路几圈。
喜见乡邻皆致富，囊空独我亦怡然。

谒包公塑像齐山

威仪瞻谒久低回，千古官风独树魁。
泾渭两分疑案解，是非一辨覆盆开。
龙头圣铡惊天勇，獬豸高冠旷世才。

公正严明堪仰止，名山以此更崔嵬。

清明忆先兄子安烈士

从戎一去未生还，东望来安泪涌泉。
战地不曾归马革，家山何以卜牛眠。
鹡鸰千里萦乡梦，蝴蝶多年飞野钱。
今日中华正崛起，莫将愤怨托啼鹃。

吴东儒

吴东儒（1911—1996），安徽枞阳人。1933年毕业于安徽大学化学系。曾任安徽师范学院副教授、化学系主任，安徽大学教授、生物系主任、教务长，民盟第五届中央委员、第六届全国政协委员。较早从事碳水化合物研究。主编《糖类生物化学》《真菌毒素专辑》等。

夜宿百子桥斋舍

湖光初霁雨霏霏，踯躅长堤独夜归。
曾记红楼深院静，倚栏悄语绿蕉肥。

八十述怀

清流净腐草，末俗励儒生。昨是非真是，今非未必真。
临危翻悟本，同患岂为忠？大味原来淡，知音到处逢。

［原注］

八十岁生日时，安徽大学为主办一次学术讨论会，以庆贺余八十岁生辰暨执教五十八载，因作诗志之。

鸦溪偶成寄怀

归来诗兴两悠悠，付与残花夕露收。
羌笛传来情似水，寒云散去月含愁。
珠帘绰约留春梦，紫燕飘流恋旧游。

多少故人千里外，病馀书信更难求。

满庭芳·怀安徽大学旧址

才近重阳，早凉未透，窥窗斜月微明。酣眠乍醒，倚枕数残更。难忘燃藜旧地，湖心亭，九夏荷清。百子桥，三春柳浪，少小记曾经。　　书斋深院静，桂香拂晓，梧影黄昏。听秋檐夜雨，冬雪钟声。六十年华似水，浪淘沙，何计浮沉。而今是，琼楼玉宇，往事不堪寻。

吴光祖

吴光祖（1882—1952），字述伯，安徽桐城人。安庆安徽公立政法专门学校毕业后，入浙江蚕学馆攻读农科。1907年毕业，从事教育工作。曾任中学校长，大学教授，创办高甸中学。著有《回照轩诗稿》。

登射蛟台

江村日暮北风狂，杖策登临吊汉皇。
目击中原无限感，勾留遗迹送斜阳。

过姚休那先生墓

墓在县治（桐城县治）南七十二里义津桥兔儿山，碑曰：“明读书人姚康之墓，宛平友人史可法预题。”左右有联曰：“吊有青蝇，几见礼成徐孺子；赋无白凤，免得书称莽大夫。顺治癸巳卒时前一日自题。”道左有墓表，同里姚鼐题。

古墓对朝晖，松风霭翠微。渔樵知敬礼，碑碣表遗徽。
义水环如带，浮山远作扉。千秋传胜概，鹤抱白云归。

吴则虞

吴则虞（1913—1977），字蒲庼，居室号“曼榆馆”，安徽泾县人。当代国学大师。21岁被章太炎收为入室弟子，专攻文学、音韵学和训诂学。毕生从事教育工作，曾任衡阳扶轮中学教员、广东中华文学院、南岳师范学院、重庆女子师范学院教授。新中国成立后，历任中国公学教授、西南师范学院中文系主任兼图书馆系教授，1957年调入中国科学院哲学研究所任研究员，并在北京大学、中国人民大学讲授中国哲学史、文学史、校勘学等。校勘整理达260余卷，另著有《晏子春秋集释》《清真集》《曼榆馆诗》《曼榆馆词》等。

声声慢·和邵次公①

鱼罾月静，蚓曲风凄，天涯寒与愁兼。不为吟商，商声递入零缣。身世惟馀孤盏，倚疏更挑尽缠绵。情最苦、又调筝人远，谁共幽研？　　长记销魂湘岸，趁衰兰送别，锦字偷怜。莫惜匆匆，胡麻已换千年。流杯重寻去路，变红心都化秋烟。且絮得、耐今宵推枕无眠。

[编者注]

①邵次公：名瑞彭（1886—1937），浙江淳安人，字次公。曾任众议院议员、临时参政院参政，耿直敢言。1923年曹锟通过贿赂议员当选总统，其贿选内幕被邵瑞彭及时揭发，丑剧大白天下。邵后任北京师范大学教授，1931年执教河南大学至病殁。擅长经史，工词。著有《扬荷集》《山禽余响》等三十余种。

庆春泽·答陈匪石①

雁断人归，花眠客散，些些渐了知闻。一笛酸风，吹回万种愁根。中年何事非蛇足，对空卮枉费逡巡。漫深颦。才傍南枝，便觉孤恩。　　鬓丝飞入鱼天水，并相思点点，都上秋雯。遥睇丹山，泪河应比潮浑。橘边书到知何日，迟云槎百腊千春。酒无神。倦枕支愁，梦也难温。

[编者注]

①陈匪石（1884—1959），名世宣，号小树，又号倦鹤，南京人。1906年赴日学习法律，加入中国同盟会。1908年返国，任法政学堂教员，又随朱祖谋研究词学，并参加南社。著有《宋词举》等。

三株媚·木芙蓉，用梦窗韵，和庞石帚[1]

云阶曾见惯。对重逢琼娘，古欢何限。索绪追凉，怕万妆争妒，背人梳浣。倒影楼台，红半压、阑阴虬蔓。恁是伶俜，还避珠丛，去莺来燕。　　消息仙城初断。记手种鸦锄，稚株人短。换土霜根，甚梦瘦虫天，蚁槐荒宴。老色西风，秋易倦、芳心难变。化作龙香，洒入鱼笺恨满。

[编者注]

①庞石帚（1895—1964），名俊，重庆綦江人。曾为塾师，擅诗词。曾任成都师范大学教授兼中文系主任、四川大学教授、光华大学教授兼中文系主任。1949年后在四川大学任教授兼古典文学教研室主任，并指导研究生。著有《养晴室笔记》《养晴室诗录》《养晴室词录》等。

木兰花慢·夜泛太湖

素秋秋在水，木叶下、洞庭初。看渺渺琼田，茫茫玉界，黯黯平芜。晴湖。沼吴去后，莹柔澜犹似女儿肤。万顷海惊化石，一泓月浸成珠。　　籧篨[1]。呵壁狂呼。谁主客，甚黄苏。叹无用年华，无功文字，无准乘除。踌躇。鬅鬙我发[2]，过仙山宜濯不宜梳。夜半宫城近也，回桡怕有啼乌。

[编者注]

①籧篨（qú chú）：粗竹席。

②鬅鬙（péng sēng）：头发散乱貌。

金缕曲

白发催行色。叹穷途、老病兼愁，况惊悲诀。归计未成儿女累，家似寒潮败叶。未敢信、春宽壶窄。春亦惜春春不住，便春风也是长亭客。君去也，那堪说。　　天涯我益添衰孑。对荆花、一尊凉照，酒兵骚屑。万卷烂馀徒白眼，只有红鱼共唼。怕更教、词肠吹裂。分影渔灯江上宿，愿孤光莫向离人缺。波渺渺，迟书尺。

采桑子

一程芳草清明近，吩咐莺鹂。休恁悲啼。留得春魂稳处栖。　　绮罗未必真成障，诗到无题。人到无依。故国东来雁北飞。

采桑子

红楼天远迷离处，鸾镜波凉。紫佩萸香。银烛高帘隔晓霜。　　而今事事堪惆怅，灯炙西窗。悄自思量。反觉秋宵不是长。

采桑子·杜鹃

先春误作催春鸟，啼到窗西。梦到辽西。二月轻阴上柳枝。　　当年肠断低头甫，尔亦何知。天亦难知。故国青山付画眉。

鹧鸪天·题王碧山《花外集》

玉笛银箫写韵幽。中仙赋笔自夷犹①。一生花里迷蝴蝶，七夕星期隔女牛。　　添别恨，负前游，秾华换世冷于秋。可怜半掬黄金泪，不铸相思只铸愁。

［编者注］

①夷犹，犹豫、迟疑不前。

鹧鸪天·新岁寄呈章夫人汤影观老人①

一寸红笺报好音。迢迢罔计问浮沉。未堪半夜传衣重，聊尽千秋植楷心。　　情无极，意俱冥，万端欲语口俱瘖。六经何预人家国，直自尼山误到今。

［编者注］

①汤影观（1881—1980），字志莹，号影观，浙江湖州人，章太炎夫人。

摸鱼儿·蜀中闻杜鹃，分韵得悟字

问年年、乱山冤碧，遗音非钟非缶。人间反舌都成鸟，抵死劳劳还诉。商去住。怪尔自无归，教我归何处。崎岖世路。正三月三巴，三更三点，叫彻千门户。　　偏安局，半霎舟移壑负。空枝岂是胥宇？国亡信有前知在，谁向桥南先悟？延秋树。但头白宫乌，啼拌金茎露。开天工部。过夜月云安，春风渺渺，听汝更凄苦。

长亭怨慢·题黄公渚《东海棹歌图》[①]

记听罢、西司残鼓。拂拭珊瑚，钓竿何处？九点齐烟，数峰清苦。向谁语。宦情如此，生意尽、无根树。历下古亭荒，要那日、杜陵重赋。　　凝伫。怅仙人不见，多恐十洲非故。繁华过羽。休更问、文章尘土。我亦是、万里迷家，迸双泪、绛河同注。倩写入丹青，留取海山宾主。

[编者注]

①黄公渚(1900—1964)，黄孝纾，字公渚，号匑庵、匑厂等，福建闽侯人。擅诗词书画、金石文字，曾任北京大学、北京师大、青岛大学、山东大学教授。

苏武慢·南岳大错和尚墓下[①]

天本无知，君岂忘世，错到六州难铸。荒踪自邈，大节先完，周粟黯然红腐。夕殿飞燐，西风吹泪，来拜墓门寒树。叹南都烟月，江花江草，卷回潮去。　　因甚却触绪添愁，添愁奚益，枉教过今思苦。云山梵呗，雨幔昏灯，旷代尚容巢父。四十年来，海桑桑海，劫末法穷三武。算长房僧宝，篇篇仍是，写兴亡苦。

[编者注]

①大错和尚，俗姓钱，名邦芑，明末清初诗僧。永历年间隐居云南鸡足山，自称“鸡足山大错和尚”。

高阳台·灯下自写词稿

劫罅舒眸，吟边倚笑，篝灯自写秋词。冷月疏风，连宵偏在楼西。有涯能遣终何益，为笺愁每听晨鸡。最凄其。瘦了梅花，不是南枝。　　前身打就霜花稿，到箫慵笛倦，惟有悲啼。碧影炉烟，回肠疑似怜伊。红丝砚上三生泪，怕来生、诗又无题。甚襟期。百念都非，一绝馀痴。

一萼红·割宅

罥蟏蛸。缀游尘坠絮，犹挂户檐高。绕屋蛩声，通帘草色，曾此年年魂销。甚判教、今邻昨主，怕夜吟、误了把门敲。三宿桑悲，半珪桂缺，两戒迢迢。　　我是华堂昔燕，蹴春泥残垒，权当新巢。重理琴尊，量移图史，芳灯初记元宵。回天地、一壶同缩，更何如、人尽化鷦鷯。吩咐玲珑旧月，莫过墙腰。

台城路·泛桃花潭

空潭留得唐时水，桃花不知何世。两岸桑麻，数声鸡犬，别有洞中天地。船来潮尾。正片片飞英，鲤鱼风细。借问诗仙，踏歌当日竟奚似？　　崖边尚寻酒市。翠帘斜矗处，飘损红碎。千尺云深，半篙波直，日淡袷衣初试。离家十里。便换尽乡音，顿成游子。袅袅鞭丝，渡头吾去矣。

庆宫春·悼匑庵，用彊村拜半塘殡宫韵[1]

逝水钟沉，空尊月落，腊灯向晓无明。百啭莺啼，五更蝉蜕，夜台长此深扃。覆蕉悲蚬，偏输与、金蛇有灵。椒浆私奠，半纸秋词，聊抵寒馨。　　山阳笛语愁听。回首蓬莱，倒屣先迎。眼底南荆，袖中东海，举杯狂吸长鲸。薛谭今老，绕梁也，都成曼声。沧波渺渺，云路漫漫，不度凡僧。

［编者注］

①彊村，即朱孝臧（1857—1931），一名祖谋，字古微，号沤尹，又号疆村，浙江归安人。光绪九年（1883）进士，历官编修、礼

部侍郎等。

其原词《庆宫春·结草庵拜半塘翁殡宫作》为："颓堞衔烟，昏钟阁水，野鹃唤近清明。华表羁魂，黄垆吟伴，暗尘房槛深扃。断云玉笥，感词客、依稀有灵。新腔愁倚，一瓾泉华，还荐芳馨。　哀弦冻折谁听？凄唳修罗，山鬼逢迎。蓬岛尘狂，芝田日晏，梦游翻羡骑鲸。泪珠千斛，拚一向、寒原纵声。孤留何事？知世浮沤，休问残僧。"

吴良善

吴良善（1928—1987），安徽庐江人。曾任芜湖市图书馆副馆长、文物商店副经理。芜湖诗词学会首届常务理事、《滴翠诗丛》副主编。

烟雨墩即景

镜湖春涨碧澄天，柳暗花明又一年。
丽日暖烘清昼永，好风时送市声喧。
喜无岚瘴侵襟袖，爱有书香入几筵。
烟雨琅琅同十载，生涯原不负诗缘。

[原注]

我在烟雨墩图书馆和文物商店工作十年。

敬和上海春申诗社李梦寒、陈玉清、顾潜光《金焦纪胜》元玉五首

焦　山

嶙峋大块浩汤中，任是为焦亦自雄。
藓剥崖阴知瘗鹤，云蒸江浒见腾龙。
千秋高隐留芳节，一代诗豪印雪鸿。
雅兴华严开韵事，吟鞭指处气如虹。

金　山

江天古寺豁诗眸，金殿辉煌万象遒。
妙法莲华生铁瓮，香云宝盖罩瓜洲。
山横西北逶迤起，水入东南自在流。

绝巘凭栏风月好，雕龙绣虎看吴头。

北　固

登临北固望瓜洲，犹见茫茫古渡愁。
吴国君臣偏狭窄，宋家天子太风流。
三分作茧终成缚，一隅为安岂上游。
多少衰亡家国恨，尚沉折戟付吟呕。

招　隐

桑麻百亩护山庄，绿竹清阴绕短墙。
好事者为招隐逸，旅游人至说馨香。
济时但有终身愧，误我多因作态狂。
壮志豪情余白发，自将收检入诗囊。

咏而归

南徐北固一杯收，醉把黄花插满头。
更写俚词歌下里，共分雅韵赋神州。
笙簧迭奏鸣方盛，珠玉纷披灿欲流。
诗债万千归去也，片帆高挂楚江秋。

吴卓超

吴卓超（1899—1973）,安徽桐城人。曾任民国临时大总统徐世昌家庭教师及北平特别市政府秘书等职。1949年后曾任安徽省文史馆馆员、桐城县文史馆馆员。晚年随子侨居江西彭泽，教私塾为生。诗文多由弟子口颂，曾注《史记》，稿皆不存。

邻翁赠老母猪肉，次日翁闲话肉味若何？戏吟

昨日蒙君惠，阖家大小欢。柴烧三担尽，水煮两缸干。
肉似新靴底，皮如旧马鞍。齿牙三十二，个个不平安。

吴炎武

吴炎武（1922—2015），安徽五河人。1941年加入中国共产党，曾任区长、县委副书记、滁县地委常委、滁县行署专员、地委书记、中共安徽省顾问委员会委员。曾为明光市诗词学会总顾问。著有《九二回眸》《吴炎武诗词选》等。

甲午春节奉钓鱼岛保岛将士

青衫碧海势浑雄，钓岛英姿一望中。
壮士豪情昭日月，英雄正气贯长虹。
敢教顽敌泯贪念，顿使凶残化恙虫。
甲午百年怀国耻，遇蛟龙处斩蛟龙。

癸酉春与徐其绵同志回潘村湖

绿满田园花满岗，人逢知己话偏长。
身临盛世悲华发，魂系硝烟赋锦章。
新秀建功堪笑慰，前贤遗训未能忘。
光阴易逝心难老，长铗光寒血未凉。

吴宗禄

吴宗禄（1939—2013），安徽马鞍山人。中学语文高级教师。中华诗词学会会员，安徽太白楼诗词学会理事，宣城敬亭山诗词学会副会长，《敬亭山诗词》编委。

青龙湾

烟波十里锁青龙，远黛成峰各不同。
湖到尽头天是岸，游船吟咏画图中。

渡宣城澄江

乌沙堤外柳烟斜，燕剪澄江戏浪花。
船破长空云影乱，春风送我到天涯。

重建宣城太白独坐楼有感

再筑玄晖路，重修太白楼。谪仙云外醉，我辈画中游。
拂袖惊从鸟，开颜向古丘。敬亭留胜迹，浩气满神州。

宣城谢朓楼竣工感赋

漫议南齐事，重修谢朓楼。檐牙争气势，栋宇矗云头。
地脉连黄岳，灵光射斗牛。迎来中外客，千古仰风流。

吴孟复(吴常焘)

吴孟复（1919—1995），原名常焘，字伯鲁，号希贤，又字孟复，以字行，后改字山萝，安徽庐江人。1937年无锡国学专修学校毕业。曾任暨南大学教授。新中国成立后任淮北煤炭师范学院、安徽教育学院教授，民革安徽省常委，《安徽古籍丛书》编审委员会主任委员等。著有《训诂通论》《吴山萝诗存》等。

惠山道中

疏林萧索路回环，古寺钟声白日闲。
黄叶满蹊人不扫，踏将碎语入深山。

三中全会公报传来，喜极赋诗

妙手从来似化工，嘘枯力有速于风。
始知造物成才易，不信诗人到老穷。
好雨滋生新卉绿，晚霞染出暮山红。
一生吟得诗千首，今日诗成兴倍浓。

千帆寄示《天问楼图诗》，赋此寄之

载酒思听匡说诗，读诗顿觉古非奇。
试邀星斗为宾客，自有江山与护持。
功罪论从回首处，文章价在动容时。
千秋一发真当擢，惜此千秋绝妙词。

[原注]

君诗有“擢发罪难数，行吟老益才”语。

陪梦苕先生自合肥同车至桐城

路是渔洋句里过，夕阳红树对吟哦。
扶持白发陪师友，指点青山说涧阿。
雅洁文为天下重，飞腾人望后来多。
闻诗忆向观音阁，风雅龙眠定不磨。

[原注]

观音阁为姚仲实先生故居。

寄纂诂诸公祝春节

东风送暖入屠苏，举酒谈经意兴舒。
又是一年逢令节，旁搜千载出新书。
门多喜气春前酿，学贵精思宋后儒。
南北知交同属望，名山事业在吾徒。

吴组缃

吴组缃（1908—1994），原名祖襄，字仲华，安徽泾县人。作家，文学史家，中国小说史家。曾任清华大学、北京大学中文系教授。主要著作有《西柳集》《饭余集》《吴组湘小说散文集》《说稗集》《拾荒集》等。

八十述怀敬谢诸友

四竖一朝除，神州振以苏。此心随绿水，好梦到平芜。
花发频来燕，萍开富有鱼。莲池何烂漫，满目是玑珠。

吴绍烈

吴绍烈（1921—2002），字静康，安徽望江人。1948年毕业于复旦大学。曾任上海师范大学副研究员、白鹿洞书院客座教授。著有《风雨诗词剩稿》，主编《江河集》，参与《宋史》《续资治通鉴长编》校点。

浣溪沙

欲了相思倍觉难。伤心往事怕重弹。几回梦见影姗姗。好把真珠传密字，暗将消息背人看。千重愁恨万重山。

醉落魄

晚风清软。桐花落尽深深院。离怀难写箫声怨。倚遍危阑，望断千山远。　　梦里依稀怜缱绻。尊前舞罢衣香散。一灯愁对终宵惯。睡也模糊，醒是凄凉伴。

水龙吟·和陈定山先生

几番密约沉沉，相思远系巫山外。层峰障眼，飞鸿不度，难传密意。别久情怀，尊前花下，也应憔悴。便春风重到，催开桃李，归未必，浑无计。　　忍把韶光轻弃。拼今生、痴情无悔。殊乡索寞，伤心凝立，秋江碧水！检点音书，旧时衷曲，都成红泪。待梦中寻觅，愁心一点，为伊人碎。

吴振洪

吴振洪（1924—2007），安徽桐城人。曾任安庆师范学院中文系副教授。

著有《迎翠楼诗词》。

重游浮山有感

不见名山三十春，依然壑秀绕烟云。
小桥流水垂杨绿，一路松花直到门。

新居遣兴

室雅春光满，兰香透碧纱。莺声帘外啭，燕剪雨中斜。
风急书开卷，轩明墨吐华。新居清兴足，诗写一园花。

吴鸿翔

吴鸿翔（1926—2016），安徽宿松人。1947年3月入伍，1965年转业到太湖县工作至离休。曾获共和国“解放奖章”。中华诗词学会、华夏书画研究会会员。著有个人诗集《东山集》《笔声集》。

史　镜

慢将史镜拭朦胧，河水十年西复东。
奸桧秦城还旧债，忠飞新厄屈开封。
咸知冬柏参天翠，毕竟秋葵向日红。
狐笔盖棺三默口，余冤难瞑九泉瞳。

对月有怀

桂魄天边静，清凉此夜情。凄凄孤榻暗，寂寂半窗明。
影伴新愁枕，光窥老病更。人归何处去，怕听杜鹃声。

虞美人·宋江杀惜新传

官人二奶同床梦，许愿怀中哄。偷香金屋暗藏妖，情种花心玉臂枕良宵。　　风流又惧风流碍，抛却鸳鸯债。宋江杀惜又今传，免得纠缠藕断再丝连。

［原注］

《新安晚报》载：50岁的安徽芜湖市委原常委、政法委书记周其东，因其情妇孙某催促其尽快离婚，并以举报其受贿等罪行相威胁。周便指使赵征和等三人将孙某杀害，构成故意杀人罪。

吴朝晴

吴朝晴（1927—2014），安徽枞阳人。枞阳县粮食局干部。曾任枞阳诗词学会会长，《枞阳风雅》副主编，中华诗词学会、安徽省诗词学会会员，芜湖诗词学会顾问。著有《枞阳丽咏》《晴窗存稿》《晴窗风月》《枞阳山水》等。

咏枞阳先贤选五

方　苞

黄华故里赏黄花，饮誉江南第一家。
案坐南山遭极律，狱批礼记析疑差。
首倡义法弘论理，独数儒宗传迩遐。
锦绣文章当济世，莲湖春柳锁烟霞。

刘大櫆

陈洲堤柳宿莺鸣，仕路维艰白发生。
折服华章惊海内，尊称国士动京城。
黟县教谕培桃李，云集黉门听史经。
文赋神情滋藻饰，高亭重建月长明。

姚　鼐

文宗衍派帜高悬，薪火相传数百年。
物序辞章重严谨，刚柔济克起回旋。
扬州振铎梅花院，设帐钟山弟子缘。
八五高龄犹把卷，大成治学誉空前。

吴汝纶

莲池书院十三年，执教弃官义凛然。
融合外中传绝世，推崇格物利当前。

京师讲席位居首，桐邑黉宫孕育先。
道德文章称楷范，抡才为国辟新天。

黄　镇

长征风雨历艰程，百战军威铸铁营。
万里随军存画集，八年抗战出奇兵。
印尼夺席匡危局，驻法持旌使节声。
高馆旗山桑梓爱，书山文海育群英。

石　舫

性耽淡泊度平生，自得幽奇物外情。
财纵富人难买命，石能庇我直呼兄。
云开宿雨窗迎月，诗出新裁客解酲。
方寸五湖天地阔，书声停处起鼾声。

何伟成

何伟成（1928—2007），安徽枞阳人，毕生从教。曾任枞阳诗词学会编委、顾问。著有《蜗痕集》。

耦山纪游选四

一

东风嘘暖日生烟，桃正芬芳柳正妍。
闻遍南山春更好，踏青邀伴意欣然。

二

古今世事若云浮，指点遗碑论未休。
忽地一声莺语滑，顿惊游侣竞回眸。

三

酒酣联臂踏层巅，洞险崖危不可前。
胜迹逗人扪不得，御风何处学飞仙。

四

白云古寺荡然平，但见桃林坠落英。
独喜大江流不尽，春来依旧碧涛生。

何仲棠

何仲棠（1923—1998），安徽望江人。毕生从教，退休后曾应聘望江中学教职十余年。曾任《雷池吟》副主编，著有《何仲棠诗集》。

首届教师节

首届教师节，雷城盛会开。全民兴学校，举国重人才。
白发身尤健，青春去复来。不为甘苦论，再把李桃栽。
朝夕勤浇灌，枝杈细剪裁。十年容易过，伫看栋梁材。

调望江函授师范任教

学浅才疏早自知，十年执教愧人师。
而今函校传薪日，应是蚕丝快吐时。

游祁雨山

衣冠茅舍古风存，松竹青青桃满村。
鸡犬相闻人意泰，俨然一幅武陵源。

游值雪山

值雪山头话劫灰，战争废垒却依稀。
清平岁月而今始，欲觅清莲共举杯。

接平反通知书

二十年来是与非，欲求明辨总心违。
栉风沐雨诗魂慰，蜗室蓬门客影稀。
不信浮云终蔽日，难忘直笔扫流诽。

春回露滴花千树，芳草天涯绿正肥。

咏　梅

清影横斜三两枝，岩阿傲放少人知。
炎凉饱受神如故，风雪频凌志岂移。
松竹为俦俱耐冷，山川钟秀独多姿。
不求名显群芳谱，自发幽香报岁时。

何志清

何志清（1923—1992），安徽铜陵人。曾任小学教师。著有诗词集《映山红》。

清平乐·村居

清溪芳草，绕舍梨与枣。翠柳因风鹂啭巧，阵阵飘来香稻。　任人笑煞狂翁，朝朝策杖桥东。欲借斜阳久住，好将醉舞长虹。

何琳仪

何琳仪（1943—2007），号樗散，江西九江人。生前任安徽大学中文系教授，博士生导师。著有《战国文字通论》《古币丛考》等。

青玉案

太湖渺渺波声缓，汩没了、沧桑变。遥想姑苏移棹返。破吴功就，烟霞未晚。一舸红裙软。　清秋无价宜登览。刬地浮沉碍人眼。万浪黏天云自卷。凭阑望尽，水平帆远。渐把眉山展。

踏莎行

远雾痕轻，铁轮声尽。春来春去凭谁问？黄昏细雨倍缠绵，一丝抽出一丝闷。　　画本难成，忆还难认。而今暗悔端相慎。薄情不肯梦中来，醒时却觉朦胧近。

念奴娇·登严子陵钓台

富春江上，舍渔竿、宇内尚余何物？自古息心飘渺地，百仞纶能垂壁①。云洗柔波，山含爽气，是处缁尘雪。枯肠搜尽，琼瑰惭对词杰。　　微径曲引高台，潇潇翠雨，天外幽怀发。如幻飞烟迷落日，依约精灵明灭。槐梦难醒，镜华无据，辜负青青发。怕听归棹，片魂犹系萝月。

[原注]

①《列子·汤问》：“詹何以独茧丝为纶……于百仞之渊、汩流之中纶不绝。”

余良弼

余良弼（1928—2009），安徽贵池人。大学文化，贵池牛头山医院主治医师退休。池州市诗词楹联学会会员。

重阳感怀

百岁人间少，举杯忆旧游。南柯不复梦，东郭几多愁。
风雨交加日，蹉跎历苦头。重阳今又是，晚境乐悠悠。

余叔文

余叔文（1909—1998），原名鸣萃，字涧草，号余子，安徽来安人。晚清拔贡余钟秀之子，世代书香，夙承家学。抗战兴，叔文创《铎报》任社长兼主编。诗宗少陵，多道山川形胜，有隐逸之风。著有《余子诗文存》。

醉翁亭记游

岩岩古亭，载依石岭。泠泠让泉，乃掬以饮。
坦然心清，松风自鸣。无人问答，禽鸟相狎。
烟峦苍翠，坐护茫昧。亦有耳眼，何为愦愦。
旨酒时鲜，淡乎无味。空负一囊，未饮先醉。

奉赠汪道涵副部长

——公参与中央访问团往欧亚三国归来时而作

四罪人咸服。三年国有纲。南山开豹雾，北斗射龙光。
大地青春焕，参天老柏长。良时云色好，鹓鹭入新行。

酬天腾凰赠近著《殉道者吕萤》一书

礼失求诸野，幽明潜德彰。结交具终始，正义赖伸张。
季子观风远，庄生梦蝶祥。读君书万句，语重更心长。

滁　州

琅琊接迹又腾王，翠谷青梧下凤凰。
山聚铜源金色贵，泉通天阙紫薇香。
兵家用武传千载，林壑争奇冠一方。
漫道金陵龙虎气，北门长与拱江防。

西江月

默诵杜诗忘倦，偶观书谱成规。神随真迹思俱飞，道在耐人寻味。闹市不关久聩，窥图取代垂帷。春风燕子啄泥归，物我一时陶醉。

余鸣皋

余鸣皋（1922—1984），字良焱，号龙马负山人，晚号银河叟，安徽岳西人。1949年前随父余春桥从事农会工作，担任文书；1949年后任供销和税务干部。1979年于岳西县店前税务所任上退休。

咏　燕

只为趋炎去复还，常因附势就低檐。
寻花问柳穿阡陌，窝里呢喃蜚语闲。

赞秤砣

一身虽小压千斤，道德权衡识重轻。
恪守中庸不偏颇，高低自有定盘星。

收税难

七里冲有穷家常年打草鞋卖，以此获取一点微薄工钱度日，亦被列为工商户，实无纳税能力，故常常躲避税收员。

挥汗跋崔嵬，山深少劫灰。清泉流石涧，彩蝶戏花隈。
筚户非常扣，蓬门竟未开。穷商难纳税，不忍我徘徊。

塘畔自悼一首

上午文衡来视病，座谈良久，相互感伤人生唯“而已”二字。其辞归，送至塘边，忽心有所动，立占自挽。

游鱼乐逐碧粼粼，岂解伤心岸上人？
将跋仙踪三岛路，欲除俗世一身尘。
塘边柳老吹绵少，膝下儿多用命频。
总算完成宗代接，回归宇宙影无垠。

绝命吟

时逢甲子，人到暮年，所谓历尽沧桑，方知世事维艰；人情冷暖，世态炎凉，皆如过眼烟云，不必苦予纠缠；儿女何益，夫妻何幸，不过传教而已，岂宜过于认真；一生劬劳，两袖空空，从来不卑不亢，总算死无余辜。故赋歌自哀，预立遗言，子孙听之：

六旬驹隙又三秋，俯首邦家做马牛。贱诞欣逢传马列，束脩恰遇抗倭酋。呕心沥血兴农会，涉水爬山为税收。今日退休休不得，公私事事系心头。半个纸钱都不要，一双空手见阎罗。生前未做亏心事，马面牛头奈我何？速架樟枝火化吾，谁堪世俗鬼揶揄。密封胶袋防遗臭，胜似灵车伴鲍鱼。一腔心血化烟飞，百结愁肠付劫灰。傲骨岂宜添鬼火，遗磷应作稻粱肥。阴司亦或是非多，诬陷栽赃奈若何？不惜遍身都化尽，偏留一舌战群魔。无权海岛住仙山，玉宇琼楼要让“贤”。死后坦然投地狱，任渠鸡犬去升天。狗苟蝇营蚁附膻，黄泉无鬼不趋炎。沿途罗刹如盘问，诈说娘家也姓阎。不行贿赂不求情，地狱甘居十八层。生路未通通死路，后门莫走走前门。阴阳一理官相护，办事无钱即靠权。梦见阴司来外调，儿云父职是专员。吾儿不必怨贫寒，冇得今钱有古钱。光绪铜元秦半月，一囊收尽几千年。同根萁豆莫相煎，孝悌家风代代传。深望吾儿绳祖武，子孙和睦我安眠。

余养初

余养初（1896—1965），安徽枞阳人。毕生从教。曾任枞阳县人大代表、政协委员。

次房秩五《视鹞石中学》

英雄能放自能收，万里鹏程展壮游。
小试牛刀犹彻底，大排虎阵应从头。
创基既赖先贤略，宏业端由后进猷。
历数人才思往昔，唐虞以降孰如周？

敬步业师章梧岑《斋中咏夏》

不论英雄但学痴，几人归赋去来辞？
五千参透方为道，三百吟成始见诗。
富贵岂因奔走得？心神休为利名疲！
睨看楼阁撑多少，孰若茅亭竹作篱。

余海云

余海云（1897—1980），号瀛仙，安徽霍邱人。颍州师范学校毕业，著名塾师。1949年后从事小学教育工作，性喜吟咏。著有《余海云诗词集》。

阳泉竹枝词二首①

一

水塔巍巍耸碧霄，驰名美酒夜深烧。
行人倘有相如渴，系马高楼醉一瓢。

二

睡足西窗杖履游，皤皤白发兴悠悠。
阳泉山水题吟遍，老竹新枝古渡头。

［编者注］

①阳泉：此指霍邱县西北部的临水镇，古称阳泉。早在西汉时期就在此建立了阳泉县，清同治八年《霍邱县志》记载：“城在古泉水之南，故名阳泉。”

寄学生王光宇绝句二首

一

海内风尘知己少，山头丘陇故人多。
九天未作修文诏，吹彻吴箫奈老何。

二

绛帐空悬谁启予，卅年情重梦华胥。
碧桃喜向人间种，还望分香到敝庐。

自　遣

两眼昏花两鬓丝，风尘回首感流离。
文章教泽传三女，清白家声遗四儿。
赫赫自思无我分，嚣嚣岂愿使人知。

阳泉山水皆堪赏，策杖登临任所之。

满庭芳·阳泉即景

皖北文风，词华藻采，从来惟说阳泉。甘棠白果，景物尽鲜妍。指点名山秀水，钟灵处，多少英贤。怡然乐，垂髫黄发，不亚小桃源。　老夫应自笑，半生白屋，一领青衫。幸国恩矜愍，生事安全。更问闾阎鸡犬，不忧扰，胜却当年。太平节，何妨斗酒，作枕上神仙。

邹人煜

邹人煜（1929—2013），女，笔名紫千、梅次，江苏阜宁人。长期在安徽工作。1946年参加革命工作，曾任《安徽日报》记者、编辑、副刊部主任，合肥市委宣传部副部长、安徽省《老年报》总编辑，安徽省诗词学会会长。著有杂文集《紫千集》《世态百感》《微思絮语》《梅次集》《子思集》《北窗走笔》，诗词集《姜斋杂咏》《姜斋续咏》等。

叹英雄迷失

大难当头忘生死，心如皎月气如虹。
鲜花着锦人迷醉，往事轻烟入梦中。

感赋二首

一

北窗挥笔费神思，来日无多倒计时。
稀里糊涂三十载，补牢岂得再迟疑。

［原注］

三十载指文革十几年，之前搞运动又十几年。

二

学步邯郸究可哀，众长博采是高才。
古今中外为吾用，明月清风任剪裁。

哀韩信

授柄登坛成大业，阴谋出自未央宫。
张良隐退将军死，靡不有初鲜有终。

秋声四赋选一

梧桐秋至先添色，人到衰年志渐磨。
唯有良知难泯灭，桃花虽艳不为歌。

远方逝世八月祭

似水东流梦渐稀，西风怅对欲何之。
花开盛极为凋始，月到全圆即缺时。
春去春来皆过客，潮升潮落有归期。
情知百岁终须别，老失和弦也自悲。

述　怀

炎凉每自眸中测，风雨常从骨痛知。
老病哪堪儿女远，闲居常忆少年痴。
荧屏面对消长夜，素纸频铺弄小诗。
且喜新书无伪饰，直抒胸臆不趋时。

虞美人

梦中觅雪殊无影，夜半微醺醒。轻裘美酒不知寒，陋屋临风娘正怯衣单。　全球转暖人心冷，北极冰山凛。灵魂生锈迹斑斑，千载文明何日再回还?

[原注]

报载有一大款，住的是高楼，穿的是轻裘，饮的是美酒，他大呼:“今年冬天怎么不冷?”而其老娘却住在四面透风的破屋里。

忆江南·赃官自述六阕

当官好，好处一齐来。报上频频当主角，荧屏日日挂头牌，卫视送天涯。

当官好，亲友尽皆夸。出有轻车超宝马，住有华屋胜皇家，沐浴有桑拿。

当官好，求者日盈门。来去匆匆为赴宴，三陪过后尽销魂，公事了无痕。

当官好，日日是春朝。年节有人争奉送，工资不动鼓腰包，金屋另藏娇。

当官好，快乐似神仙。羊出驴群称老大，妻儿姑舅尽沾鲜，鸡犬也升天。

当官好，乐极必生悲。事发东窗铁槛进，繁华满眼顿成灰，欲返路难回。

南歌子

水自春来绿，桃临日照红。白头人沐杏花风，喜得年年岁岁总相逢。　　小雨疏疏过，芳香日日浓。东君来去自匆匆，留得晴烟翠色遍长空。

金缕曲·包拯颂

魂系庐州路。柏森森、青祠落座，碧粼东去。海角天涯人纷至，敬献心香一股。仰孝肃、高标千古。名振中原权臣惮，胜阎罗、铁面无私语。废关节、罢繁赋。　　从来任宦为儿女。积仓储、多多益善，截流无数。造就万千纨绔子，空宅留予狐鼠。不苟且、孤芳独处。故旧亲朋疏问候，家国事、怕作人情虏。史册载、曲金缕。

邹汝幹

邹汝幹（1913—2007），安徽无为人。曾任无为第一中学教师，无为芝山诗词社《友声吟集》编委。芜湖诗词学会会员。著有《北窗吟稿》。

晨　渡

渔火时明灭，江村四五家。客人争晓渡，残月落芦花。

书所见

溪边立鹭鸶，见人惊飞起。引吭一声鸣，飞入荷塘里。

咏　牛

耕云犁雨度晨昏，赢得君家谷满囤。
底事辛勤嫌不足，常教背上有鞭痕。

咏风筝

骨瘦如柴一纸鸢，彩衣著体亦鲜妍。
只因借取春风力，得势轻狂欲上天。

牛女会

男耕女织乐如何，谁使凄凉受折磨。
修到神仙仍薄命，别离还比世人多。

看戏归来

看戏归来不自安，无因愁绪上眉端。
年来没有伤心事，却为他人泪暗弹。

江上吟

乌江渡口项王庙，采石矶头太白楼。
万里波涛流不尽，英雄名士各千秋，

绣溪五吟

一

老来逸兴不曾休，日日桥头足迹留。

闲荡小舟笑范蠡，绣溪胜似五湖游。

二

绿杨飞絮絮铺堤，亭榭高低东复西。
伫立桥头舒眼望，一轮明月照双溪。

三

浅浅清清淡淡风，轻摇画舫小桥东。
船头荡漾团圆月，无数星星落水中。

四

独立溪头钓晚秋，小孙呼我出城游。
不能回答轻摇手，正有鱼儿欲上钩。

五

环塘马路宽平净，平岸垂杨高大齐。
一抹晚霞披绣水，有人缓步小桥西。

江干闲眺遇暴雨

天气忽然变，阴晴转眼分。船归避浪港，风刮过江云。
急雨滂沱至，惊雷霹雳闻。我非胆怯者，何惜湿衣巾。

闲居抒怀

遁迹蜗庐亦自怡，清和喜遇老来时。
平生最好无如酒，每事常输不独棋。
难与鲲鹏争上下，羞同燕雀逐高低。
凭君莫问臧耶否，笑笑先生世所宜。

邹恩雨

邹恩雨（1911—1991），安徽广德人。曾从事中学语文教学多年，为宣城敬亭山诗词学会顾问。著有《邹恩雨诗词集》。

寄京都范离

雨骤风狂草木惊，萧萧车马断书声。
少陵忠爱惜三别，九十京华一故人。

游广德太极洞

昔时长乐洞，今始识鸿蒙。石窟浮于水，清泉宛若虹。
神游天地外，影掠画图中。真趣知何许，心期偶一逢。

邹笑考

邹笑考（1933—2015），安徽东至人。高级经济师。中华诗词学会会员，蚌埠市诗词楹联学会副会长，《涂山集韵》主编。先后编著有《珠城诗词选》《击水篇》及经济学专著等20余种。

稻香楼

层林曲径见清幽，一带稻花香满楼。
画栋堂前皆上客，呼风唤雨驭春秋。

杖国书怀

风雨兼程年复年，骊歌声里别征船。
七旬未了心中愿，依旧曼吟作苦蝉。

秋兴二首

一

西山红叶带朝霞，煮尽寒风暖万家。
四十年前留一叶，今朝依旧放丹华。

二

权将红叶当春花，爱向枫林唱晚霞。
欲挽西山红日堕，长留丹影照天涯。

改革吟

时代同吟变革诗，群龙起舞唱新词。
乾坤始奠曾无道，尘世初开岂有师。
守旧犹如蛛结网，创新胜似茧飞丝。
处方可否疗顽疾，探索求谋莫稽迟。

《涂山集韵》编辑二十年感怀

春风催动盛时车，客舍相逢唱晚霞。
把臂十年同击水，题诗万首几淘沙。
大潮拍岸惊天地，激水扬帆搏浪花。
检点残篇收拾去，江郎愧对夕阳斜。

穷　祭

清泉做酒草为香，豆菽藿藜祭灶王。
莫怨情长金吝啬，只缘羞涩一空囊。
权将诗稿朝天祀，愧对儒冠暗自伤。
我有禅机心向佛，空教宿愿付黄粱。

破阵子·静思

梦里敲诗选韵，醒来满纸皇皇。五十三年如一日，暮暮朝朝带墨香，为谁做嫁妆。　　蜡烛通宵垂泪，文章尚未收场。写到七旬人已老，白发凋零对夕阳，归鸿万里航。

汪　昭

汪昭（1928—2011年），安徽六安人。出生于徽商世家、书香门第。50年代参加工作，任六安县教育局办事员，后调到六安县供销社工作至1991年。1992年加入六安诗词楹联学会任副会长、副主编，著有《旌侨吟草》。

随吟选二

一

蹒跚碎步出门难，犹忆春塘旧钓竿。
故国神游三万里，却从梦里看河山。

二

一别桐庐四十年，小园石径可依然。
传笺分韵人何在，欲问平安托杜鹃。

《彭德怀自述》读后感赋

遗篇读罢泪涔涔，谁惜将军百战身。
摒弃簪缨征腐恶，倥偬鞍马太劳辛。
万言慷慨针时弊，一怒猖狂逐老臣。
天地长留真理在，悠悠湘水吊忠魂。

游舟山普陀寺

无垠南海捧青螺，万国衣冠拜普陀。
绿树苍崖藏古寺，红楼箫鼓踏蛮歌。
远帆似鸟飞高浪，巨舰如城卧碧波。
云水接天天接水，人间胜迹此间多。

临江仙·丁丑重阳偕诗友登燕山

百代光阴过眼底，人生几度重阳。江山赠我大文章。胸中无块垒，诗兴未全荒。　　忆昔儿时寻栗子，朦胧不识怜芳。尔来鬓发尽苍苍。松风迎旧客，枫叶艳新霜。

浪淘沙·庆澳门回归

往事实酸辛，吏腐朝昏。蛇吞大象竟成真，一片河山沦异土，说也伤心。　　华夏又中兴，风扫残云，龙翔凤翥九州春。共举金杯倾热泪，大被重温。

浪淘沙

细雨没遮拦，雾锁晴岚。日来几度梦乡关。小院杏花开了未，可禁新寒。　　石径网苔斑，蜗篆蹒跚。意慵懒谱解连环。烟雨楼台春湿透，如此江山。

汪　琼

汪琼（1928—?），笔名征鸿，安徽肥西人。曾在县、区、乡金融、教育、交通等单位任职。离休干部。中华诗词学会、安徽太白楼诗词学会、皖西诗词学会、肥西县楹联学会、肥西县诗词学会会员。著有《征鸿吟稿》。

送友人退休归南京

长亭饯别莺啼树，极目云山客影孤。
侬意欲为江上水，渡君安稳到东吴。

瞻仰大禹像

伟哉大禹空今古，恩泽弥天万世夸。
游此百官曾记否，君门几过未回家?

夏日阵雨观蜘蛛结网捕虫而作

雨歇风微云彩稀，趁晴忙碌织新丝。
贪花蜂蝶频投网，多是高飞得意时。

咏新居

晚年为避尘嚣远，山僻幽居此一家。
莫怨春风吹不到，门前依旧有桃花。

扬州瘦西湖

广陵西子谁言瘦，应比杨妃态更娇。

休愧人前轻似燕，须知肥处是民膏。

静夜思

万籁无声夜色茫，飘零身世感沧桑。
崎岖世道皆经历，甘苦人情已备尝。
小草深山无远志，黄花晚节有余香。
投毫一笑灯花落，斜月溶溶照满廊。

汪岳尊

汪岳尊（1905—1999），原名汪嵩，号瘫叟，室曰“石庐”，安徽全椒人。名中医汪文弼之子，家学渊源，学验俱富，从医六十余载，名噪皖东。曾任全椒县医院中医科副主任医师、安徽省中医协会理事、安徽省书协首届名誉理事。工诗词、楹联、书法。中华诗词学会会员。著有《石庐文存》《石庐联存》《石庐诗词存》等。

清　明

如膏细雨满春城，晨听农人叱犊声。
不管催花兼湿絮，门前插柳记清明。

落　叶

凉风乍撼高枝落，细雨新偎断草眠。
省识天工工酝酿，预储生意待明年。

得病家酬石峰一名之曰砚屏并记以诗

心远陶潜天与贱，怀颠米芾客讥狂。
自怜得石如添友，相对无言意转长。

新　柳

旧植门前柳，临风舞细腰。絮轻飞万点，枝嫩挂千条。

庾岭春光早，阳关客路遥。隔溪添画意，伫立望红桥。

漫　兴

无事此静坐，心闲俗虑捐。养生吾奚敢，诗酒自年年。
室陋书填榻，窗虚月在天。忘机对庭树，一鸟落阶前。

赠房文奇

方姚溯文脉，在昔重桐城。宦冷肠偏热，才高气自平。
虚名惭画饼，空谷愧干旌①。风月多谈料，闲鸥敢请盟。

[编者注]

①干旌：旌旗的一种。以五色鸟羽饰旗竿，树于车后，以为仪仗。后以干旌指好善或好善的显贵者。

游　归

数百里程期十日，吟囊满贮赋归来。
江山跌宕携诗笔，风月清狂付酒杯。
石洞探奇洵快矣，布帆破浪亦雄哉。
入门一笑东风暖，尘拂琴床有落梅。

春　暮

春老柳阶风乱絮，晓穿竹坞露沾衣。
径因惜笋余弓曲，门任遮花当幕垂。
漫诧金声能掷地，自怜草色久侵帷。
书生意气终何补，觇国吟成欲问谁。

岁　晚

岁晚山城息见闻，天涯北望尚尘氛。
眼光损后拚捐饮，口过防深罢论文。
绕屋丛篁风飒飒，堆床落叶雨纷纷。
所余结习惟吟啸，时有新诗课夜分。

偶　兴

似水韶光不可还，朱颜久掩老年斑。
层楼偶上宜新月，怪石频堆梦小山。
自捻吟髭删旧稿，客来清话破余闲。
残寒七九应难恋，会见阳和煦大寰。

迟　暮

迟暮赋春光，下笔皆格拒。着色摒丹青，遑论胭脂傅。
秋爽气乍临，老鹤思飙举。比兴饶吟思，清肃忘风露。
岁寒苦自贞，目但松柏寓。道心豁然生，不逐时流誉。
或谓哲理深，自笑虚名误。人生小天地，四时皆合步。
长抱逍遥心，不落文字锢。晨分园叟蔬，夕乞邻厨醋。
一饱从酣眠，乐比冬阳煦。所得实已多，扪腹有余怍。
独善竟何益，至期国本固。真见大河清，倚杖长虹吐。

金缕曲·寿耐诚师七十敬次周匏叟前辈韵

仰止耆英社。数几人，才雄诗伯，相征寿者。端的吾师标格好，领取风流儒雅。占南极，文光高射。冷宦早随春梦觉，喜归来，径剩松枝亚。闲岁月，自天假。　　玉堂日丽帘休挂。美韶华、绮梅欲笑，夭桃待嫁。满列生徒歌帐外，采舞更欣梓舍。共晋祝、精神龙马。老去放翁衔自署，任须眉、团扇家家画。仙酿熟、醉良夜。

汪炎亮

汪炎亮（1927—2015），安徽南陵人。曾任小学教师。芜湖诗词学会会员。著有诗集《射的山房雨霁轩唱晚》。

次杜甫秋兴原韵抒怀八首选三

一

早眠早起沐朝晖，四顾峰峦缀翠微。
日畔浮云欣远散，梁间雏燕喜高飞。
满腔余热为人献，一片良心不我违。
瘦骨嶙峋堪自慰，不须急着减身肥。

二

得失人生似走棋，几多欢喜几多悲。
群芳零落风狂日，百卉欣荣春暖时。
种草莳花酬晚趣，修身养性不神驰。
恢弘国粹传薪火，窃喜年高尚敏思。

三

山溪出谷自逶迤，一股清流入绿陂。
野外扶筇穿草径，身旁剔刺护花枝。
家贫好客情犹在，齿豁吟诗兴不移。
笑看春华桃李杏，年年硕果满园垂。

汪定执

汪定执（1871—1955），字允中，号慕云，别署旷公，安徽歙县人。善画梅。以课徒为生。著有《慕云诗存》《慕云文存》等。

夏日杂咏三首

一

清晨漱齿诵金刚，一片青毡一瓣香。
宛似老僧惟蓄发，几忘世态有炎凉。

二

儿孙作客我居乡，终日呻吟无事忙。
传语平安凭竹报，吟风弄月写新篁。

三

年登大耄竟犹存，一家经营黄叶村。
骨肉团圆堪自慰，白云咫尺侍椿萱。

归途口占示内子吴修月十首选二

一

频年作客怅离群，偶得还家意倍欣。
不觉近乡心更切，梦魂夜夜逐归云。

二

曲曲峰峦叠叠山，始知形势近乡关。
旁人莫笑囊羞涩，带得诗还胜锦还。

悲秋悼修月二首

一

帘卷西风一室空，返魂无术恨无穷。
人难再聚生如梦，月不常圆曲似弓。
秋冷荻花头尽白，痕留斑竹泪都红。
延陵娇女今何在？劳燕分飞转瞬中。

二

诗歌偕老老难偕，徒叹黔娄遇合乖。
徐淑何堪辞浊世，元稹空赋遣悲怀。
病深未蓄三年艾，骨瘦浑如一束柴。
自愧负人炉火债，累卿几度拔金钗。

雁字二首

一

鸟篆流传最久悠，江涵飞影又新秋。
八行迢递百千里，一字纵横大九州。
写入瑶琴原可读，书成华衮总难留。
银钩铁画谁能拟，振翮凌云到凤楼。

二

群鹤游天焕彩霞，输君整整复斜斜。
书传人字兼之字，韵入芦花又荻花。
戏海居然成大笔，印泥亦足擅名家。
一丁不识惭何似？羞说庸庸泼墨鸦。

俞曲园先生惠《春在堂集》

一编著作鬼神惊，私淑徒殷杖履情。
风雨孤灯传大节，湖山并寿仗先生。
啼残鹃血痕犹在，名列鸿文死亦荣。
今日又题修月稿，黄门余庆尚纵横。

［原注］

先后承赐题《四节图》及修月诗稿。

汪挺生

汪挺生（1921—2007），安徽安庆人。安庆百货公司干部。善书，曾参与《汉语大词典》的编纂。

新笋破土

阳气缘时至，严寒自尽消。不甘长蛰伏，破土欲冲霄。

大龙山怪石雄鹰展翅

久抱凌霄志，曾忧乱矢飞。幸颁“生态”法，展翅逐朝晖。

谒云岭新四军军部故址

三秋微雨霁，云岭谒先贤。向晓炊烟直，凝霜柏叶妍。
淡云烘日暖，众鸟迓人喧。叶挺桥头柏，株株势接天。

汪稚青

汪稚青（1919—2005），号晚霞老人，安徽黟县人。民国诗人汪石青长子。退休前任芜湖邮电学校教师。曾任芜湖诗词学会《滴翠诗丛》编委，著有诗词集《晚霞韵语》。

黄同书(伯如)先生挽诗

辛苦园丁老，瑚琏费琢磨。清兮缨可濯，惠也圣之和。
论齿如昆仲，谈诗共切磋。哭君行自念，吾日亦无多。

[原注]

君品高性巽，律己严而待人宽，深得李耳“和其光、同其尘”之旨。

咏史十首选二

一

王齐王楚气英英，云梦归来感不平。
降到淮阴羞哙伍，无双国士负虚声。

二

奏罢长杨衣锦旋，文君眉妩对嫣然。
长卿不是知几早，蚕室将先司马迁。

隐园书感二首

一

早从燕语契心知，一点灵犀三载迟。
小组论文同赏析，长江判袂酷相思。
散班缓步肩常并，观剧伤情泪共垂。
吹皱春池干底事，书痴一例是情痴。

二

程姑林妹久飘零，何幸桑榆得遇卿。

偃蹇钝根惭我拙，矜持慧眼对侬青。
春山黛蹙三生恨，秋水凝含万叠情。
坦坦襟期落落语，相怜无愧是光明。

旅　感

涯角栖栖路几千，为人为己两茫然。
陌头杨柳惊思妇，镜里头颅负少年。
国士无双羞哙伍，江河万古愧卢前。
绮怀壮志都如梦，悔读渊明赋一篇。

甲申迎春曲

——步韵和赵南村先生四首选一

花甲六周又甲申，重翻故纸拂埃尘。
朱明刚愎坠先业，李闯骄淫召暴秦。
功罪分明昭鉴戒，兴亡勃忽析缘因。
荧屏旒冕供嬉笑，民主风来酿好春。

我　思

我思在何处？思在月之夕。清辉坠裳衣，幽室生虚白。
携手萼绿华，翩翩步绮陌。脉脉无一言，惺惺各相惜。
何以喻两情，团圞指皓魄。皓魄有缺时，此情矢金石。
红尘任沧桑，素心盟松柏。赤城起绛霞，焚琴惊暴客。
离魂销黯然，悠悠生死隔。揽月动沉哀，回眸伤影只。

临江仙·陶塘晚步

赢得浮生闲一刻，长堤缓缓行行。绿杨深处是书城。斜晖争电炬，霞彩映新晴。　　百亩方塘清似镜，月明风静舟横。双鬟凭桨诉衷情。高枝嗔蝉唱：“知了”一声声。

汪福润

汪福润（1925—2005），又名汪潜，安徽潜山人。1952年毕业于安徽大学中文系，阜阳师范学院古籍整理研究所副研究员。曾任《聚星诗坛》主编。

西湖记游

三月西湖处处花，农林牧副竞相夸。
风流最是渔舟子，载着斜阳上酒家。

赠吴孟复教授

癸酉年仲秋，吴孟复教授应我院中文系之邀莅校讲学。赋此奉赠，兼有敦促调来我院之意。

金风习习小春来，黄菊东篱烂漫开。
编纂已逢江子笔，传经又遇马融才。
五车坟典须师训，四化良材要手栽。
漫道庐阳风物美，三清贯颍胜蓬莱。

沈茹松

沈茹松（1919—1989），浙江嘉兴人。长期在安徽工作，曾任安徽阜阳师范学院美术系副教授。

黄山途中杂诗五首选一

如烟似雾覆前村，一抹群山水墨痕。
竹树微濛新雨后，不知何处有山根。

采石矶吊李白

捉月骑鲸万事空，江天一览月明中。
应教美酒千钟醉，莫使名花一日红。

但有歌诗祭学士，难凭采石忆江东。
不知牛渚风波恶，竟与长安市上同。

鹧鸪天·莫愁湖登胜棋楼

陌上新桑望眼收，却教占断帝王州。胜棋未必全盘足，道是无愁总有愁。　凭夕照，漫登楼，风帆点点数归舟。莫愁湖上盈盈女，几见红颜变白头。

完慕韩

完慕韩（1916—1999），安徽肥东人。曾任无为中学教导主任，无为芝山诗社编委，无为县楹联学会秘书长。

归　梦

岁暮思归客，家园入梦频。梦中无远道，夜半返羁魂。
飞度荒山雪，徒依故里门。惊闻野犬吠，怅对一灯昏。

咏巢湖银屏山白牡丹

玉貌琼姿绿锦裳，云崖高蹈守孤芳。
名姝耻藉铅华色，素质难为浓艳妆。
不屑邀荣居御苑，自甘抱璞入山乡。
独钟天地英灵气，乐为农家卜歉穰。

临江仙·秋夜思

饱受风霜桐半死，断鸿声咽残阳。伊人何在夜茫茫。凭窗凝伫久，凉月照空房。　欹枕音容来入梦，家常旧日衣妆。带愁含怨诉衷肠。醒来原是幻，何处话凄凉？

宋亦英

宋亦英（1919—2005），女，原名宋惠英，笔名宋梅、宋蕴，安徽歙县人。1936年毕业于国立北平艺术专科学校西画系。曾任安徽省群众艺术馆副馆长，安徽省诗词学会副会长等。著有《宋亦英诗词选》《宋亦英集》《春草堂吟稿》《春草堂诗词》等诗词集。

记丙寅菊花诗会

四十年前画一张，披离秋色恍闻香。
行藏抑是生前定，姓氏还从劫后彰。
“敢向西风矜晚节，自无媚骨射东皇”。[①]
悲欢事过休垂涕，且对黄花笑一场。

[原注]

①四十年前余曾绘《菊花》水彩画并题诗二句如腹联。

浣溪沙·杂感

自笑书生议论空，钱权于我马牛风。漫忧人海混鱼龙。敢以微言针盛世，唯期天听耳常聪。何妨说我“老冬烘”。

蝶恋花·暮春经安徽师院艺术科校舍

花外高楼楼外路，百啭流莺，唤得游人驻。正是江南三月暮，桃花十里迷红雾。　　杨柳低垂风万缕，琴韵铿锵、传出花深处。如此春光关不住，明年看发花千树。

蝶恋花·西楼感事[①]

五月轻寒寒恻恻，药灶茶炉、隔断春消息。数载西楼成旧识，包河一片伤心碧。　　风花过眼都成客，断水抽刀、更惹愁千尺。枝上杜鹃空泣血，春归何处人难觅。

［原注］

①指省立医院西楼病房，余女及媳均殁于此。

南歌子·便有

便有珠成斛，难酬玉化烟。小楼睡起思联翩。试问冰轮几度照人圆？　　花好蜂争妒，庭幽草自怜。黄昏时候燕归帘。又是一番春老柳飞绵。

点绛唇·题王石岑《江山清丽图》二首

一

咫尺烟云，岷峨雪浪江南柳。风波惯受，谈笑船头叟。为雨为云，佳话流传久。然耶否？几回搔首，但听天风吼。

二

一舸东流，江花江鸟陪君醉。临风披袂，山逐晴波翠。乱石崩云，骇浪兼天坠。佳丽地，千年犹记，闲话前朝事。

水调歌头

戊辰中秋，值梅妹自台归来，召诸妹、诸侄聚餐，欢甚，人散酒醒，良宵无寐，赋此。

卌载人离散。此日大团圆。料是嫦娥怜我，今夕伴婵娟。满地月华似水，一室温馨笑语，情景忆当年。小孙似解意，绕膝复攀肩。　　东逝水，南飞雁，几桑田。旧友相逢惊问：谁夺尔朱颜？且莫悲悲切切，过了狂风恶浪，大海镜中天。良宵花弄影，借月展吟笺。

沁园春·纪念包拯诞辰一千周年

史册流芳，宇宙垂名，世颂青天。仰一朝良相，关心民瘼，大哉学士，敢犯龙颜。灭害除亲，清心治本，色正芒寒气凛然。问谁比，喜胸多韬略，操守清廉。　　悠悠往事千年，看古柏崇祠拥碧烟。恨时虽异代，也谈关节，今还逾古，更爱金钱。鼠窃狼吞，公挪私取，国脉如斯一发悬。歌复愿，要人师铁面，官鉴廉泉。

宋静元

宋静元（1914—2001），安徽望江人。曾于朝阳大学学习文科，肄业后转投北平军需学校第三期，于1936年毕业。有遗稿《匏园诗草》。

悼妻四首

一

卅六年前妻别离，萧疏满目有谁知。
命之修短虽云故，病不能治只怨时。
潘岳悼词和泪写，邓攸无子为情痴。
自怜孤寂凭何慰？寄托精神酒与诗。

二

回溯从戎八度秋，壮怀抗日赋同仇。
结缡遽感燕幽别，战报频催京沪投。
原为人民多杀贼，不教夫婿觅封侯。
言犹在耳人何处？九转肠回涕泗流。

三

年来非病即愁中，受尽炎凉世态攻。
亡妇有知应有恨，丈夫能死不能穷。
呼牛呼马千声应，无怨无争百事空。
骨肉可怜虫几个？春寒似剪类孤蓬。

四

抒怀连续写词章，字字含哀引恨长。
只望终身为伴侣，何期半路赴泉乡。
江淮滚滚流难返，冷雨潇潇夜独伤。
常想遗容无觅处，依依梦里诉衷肠。

［原注］

1960年苦无医药。

回　顾

回顾年华六六过，半身振奋半蹉跎。穷途启学嗣宗哭，逆境兴怀宋玉歌。不信升沉由数定，堪嗤下放鬓毛皤。千家恩怨非书罄，满腹忧愁感折磨。涸辙苏鱼肠欲断，猪栏馈食泪潸沱。立新破旧摧文物，血雨腥风斗武戈。错铸九州悲反右，夺权到处起妖魔。红兵猖獗生狂浪，国步艰难渡劫波。幸喜三中全会后，红旗引路舞婆娑。投荒枭獍清平日，四化前途好景多。

张　建

张建（1921—2012），安徽含山人。曾任中共含山县委书记，安徽省民政厅副厅长，巢湖地委副书记，芜湖地委副书记、行署专员，宣城地委书记等职。著有《张建诗词选集》。

卜算子·怀农六首选一

四十五年前，一扫三山倒。土改农家喜悦时，分得田如宝。　　丰产享平安，勤作争分秒。路不拾遗夜户开，如此风光好。

临江仙·芜湖长江大桥建成

万里长江波浪涌，隔江相望茫茫。小船千载渡人忙。汛期波浪滚，屡见受灾殃。　　盛世桥横南北岸，多年梦想如偿。车行来去任飞扬。鸠兹原富埠，来日更辉煌。

张　逵

张逵（1925—2006），原名荣梓，笔名庸子，安徽肥东人。离休干部。生前为中华诗词学会会员，淮南市《红叶诗刊》副主编。著有《庸子情歌》。

菊

支离瘦骨立斜阳，落落孤标晚节香。
甘傍荆篱傲霜雪，不随桃李嫁东皇。
托根应向陶公宅，结伴须登屈子堂。
厌俗独醒难共赏，莫因遁世意彷徨。

水　仙

玉台金幄蕊宫仙，小白轻黄剧可怜。
素靥依人香缕缕，翠翘待月影翩翩。
曾经洛浦姑成约，更向湘皋话昔缘。
应是凌波仍怯步，还从归梦认娟娟。

张　强

张强（1920—1998），山东莱西人。曾任安庆市教育局局长，安庆市诗词学会第一任会长。著有《半世子吟草》。

秋　兴

因生白发便称翁，侥幸余年火样红。
九日登高身骨健，寒来不觉赛青松。

狱中思句自慰

一自从戎三十年，功名富贵若云烟。
平生最恨为伥鬼，大难来时只苟全。

[原注]

一九六七年八月三日，被指“黑手”，六日入狱。

醒了歌

争名逐利事茫茫，百忍谦和绝妙方。
才见春来芳草绿，又看秋老菊花黄。
鹿因茸贵身招灭，蚕为丝多命遂亡。
赫赫威权终一死，北邙山上草烟荒。

张　锲

张锲（1933—2014），原名张书宝，安徽寿县人。曾任蚌埠市文联主席、安徽省文联副主席、中国作家协会副主席、中国文联副主席、全国政协委员。著有长诗《生命进行曲》和《鸿爪集》《张锲诗歌诗论选》等。

西湖畅游

烟雨迷茫若有无，画船载客逐鸥凫。
谁将杨柳三千树，梳理人间第一湖。

过泾县赠宣城地委书记并黄山市人大主任等同志

山山水水碧苍苍，油菜花开地也香。
我祈风流贤太守，辛劳莫负好风光。

登山遇雨，北海宾馆小憩，敬和马万祺先生原韵①

想是黄山把客迎，故将微雨洗尘轻。
峰峦尚掩娇羞面，先听枝头鸟数声。

[编者注]

①马万祺（1919—2014），广州市人，澳门东亚大学工商管理荣誉博士。曾任十一届全国政协副主席，中华文学基金会会长，澳门中华总商会会长，澳门大华行投资有限公司董事长。

张　鹤

张鹤（1917—2005），字白翎，又字柏龄，安徽枞阳人。曾旅居台湾，后居安庆。著名诗人。曾任空军文职人员及司法官训练所记室。退休后曾任中华诗词研究所研究员、枞阳诗词学会顾问。著有《白翎诗草》《一唱百和集》《江南吟》《剑影心声》《海国唱酬集》等。

哭慧中胞妹二首

一

十年两度纪还乡，靠墓难将夙愿偿。
故国湖山同揽胜，且拈诗句入奚囊。

二

千秋一别恨如何，怜我衰颜哭当歌。
父母在天希妹告，阿兄康复写诗多。

九日登高怀大陆

九日独登台，风霜两鬓摧。秋光偏易老，客抱却难开。
遣兴诗千卷，浇愁酒百杯。遥怜故山里，松菊待吾回。

奉和刘子元双溪八景

丹霖夜雨

怀沙叹息屈灵均，古庙朝朝风雨痕。
沛泽料应来汨水，丹霖断是慰忠魂。
上官鼠辈庸何责，楚主枭雄实寡恩。
好为双溪留胜景，梅花夜夜降天阍。

赖子回帆

散步闲观赖子桥，舟行至此必停桡。
杯盘几辈泛明月，名利多般逐迅飚。
帆饱常如悬劲弩，樯高知是涨秋潮。
溯洄怕诵蒹葭句，惆怅伊人隔水遥。

琵琶积雪

山形奇特肖琵琶，谁锡嘉名洵可夸。
虎豹嶙峋藏积雪，虬龙苍翠乱飞霞。
每疑弱柳刚铺絮，屡认寒梅正着花。
好景惜无苏玉局，拈将险韵斗尖叉。

鲟鱼落雁

蓼红芦白满鲟鱼，一阵惊寒雁落初。
岁岁来南因就食，年年为客远传书。
飞鸣行列序无乱，宾主后先礼不疏。
薄海待寻崔白手，会须画出晚秋图。

三官晓钟

三官古刹镇溪东，平旦常闻报晓钟。
馀响偏能惊客梦，清音亦足豁尘胸。
方疑风杂重簷铁，忽讶涛奔古殿松。
我亦提诗遗老衲，他年可有碧纱笼。

断桥渔火

日暮断桥景色幽，沿河两岸到渔舟。
荧煌数点星同灿，欸乃一声月共浮。
错认流萤来渚上，误猜腐草化滩头。
清高合有严光辈，几愿泛家结侣俦。

莲塘秋月

秋来结伴步莲塘，荷净尤堪纳晚凉。
最爱波心珠一颗，剧怜水面影千行。
清光荡漾风初起，皓魄浮沉夜未央。
漫道西湖烟景好，三潭印月有低昂。

水村夕照

风景双溪洵不穷，水村掩映夕阳中。
相看莫叹桑榆晚，静处须存葵藿衷。
几处门迎残照白，一篷人带水光红。
独寻往事增惆怅，雄气挥戈忆鲁公。

丁丑秋寄怀宜城诸亲友

宜城小住半年过，诗酒留连快若何。
海内论交知己少，天涯入梦故人多。
江山一统将重见，风月双清好放歌。
寄语亲朋休念我，会同归隐旧吟窝。

次韵寿郭留园词兄八十

倘问春秋长一年，交如金石老尤坚。
诗词同好称知己，林壑优游不羡仙。
笑我尘缘犹未了，喜君大病幸能痊。
夕阳更比朝阳好，珍惜晴光照满天。

迎江寺感赋

还乡两度入宜城，城郭依然百感生。
拜佛有缘来古寺，论诗深幸缔新盟。
英雄滚滚淘难尽，大笔堂堂写不平。
风月无边频唱和，好从劫后遣闲情。

暮春回大陆探亲感赋

一别双亲四十年，梦魂频绕绿杨边。
母归佛国妻存世，女作童师子种田。
人海那堪伤契阔，天伦幸许庆团圆。
此行重揽湖山胜，好结山灵未了缘。

丙寅七十初度感赋二律

一

今吾初度古稀年，独立苍茫思悄然。
天许诗人宜抱雅，佛容弟子合参禅。
山河待补金瓯缺，霄汉遥看玉镜圆。
最爱蓬瀛好风景，寻吟且自着吟鞭。

二

挥笔挥戈感不穷，飘然一鹤任西东。
情闲差拟渊明淡，律细难追子美工。
薪胆卅年羁左海，莼鲈千里怅秋风。
龙眠他日容归隐，啸傲林泉慰素衷。

张九痴

张九痴（1934—2015），安徽枞阳人。生前为桐城市血防站医生。《桐城诗词》第二任执行主编。著有《医吟小阁诗钞》。

春夜闻雁

春夜难成寐，啾啾北雁过。闺中念遥夕，聚少别时多。

七　夕

得失天难问，星河架鹊桥。有情成眷否，相望可怜宵。

闾阎春早老梅树街随笔三首

一

严冬过尽又春来，满眼生机化剪裁。
万树千花胎甲动，风刀一割应时开。

二

小园红紫斗芳菲，草色离离树色齐。
叶底花开人不见，一双蝴蝶已先知。

三

遮莫青垂柳万丝，踏歌重伫板桥时。
去年此地伤心别，惟有街头老树知。

一九六九年元旦开门即目口占

朝来大雪满神州，无限银川塞不流。

又是玉龙三百万，昨宵酣战九重头。

［原注］

时当文革我正在故里劳动。

戊申小除晨起漫吟二绝句选一

风雪关山晓梦残，岁除守眷不团圞。
半窗空对梅花冷，枕簟冰心各自寒。

［原注］

身处逆境，内子久居沪上，已萌去意。

黄山旅途行眺

一犁烟水重，秧绿菜花稀。柳巷吹绵老，莺声出谷迟。
春风无厚薄，云水自东西。到处潜恩泽，乾坤鼎盛时。

罗塘雪后口号

连日雪消晴，湖山照眼新。埘鸡都向暖，林鸟也啼春。
故地栖奚我，泥涂陷此身。万千蒙祸者，为害是何人。

秦甲老小园牡丹盛开

毕竟浓华堪作赋，倾城一顾万花降。
端庄不售文君酒，富丽能欺武媚娘。
妆对紫薇先夺色，芳邻绿萼合称王。
翁家小苑春来早，足领时流百品香。

题抱瓮园盛东桥先生画梅见赠

忆向兄台索画妙，当春见惠梅花笑。入眼铅华水墨清，格高韵古稀同调。由来好画不多传，梅花身份百华先。始信先生春满手，铁干繁枝影万千。论君篆刻成名早，诗书画隽文坛少。啸傲湖山林逋吟，郑虔毫素风霜老。翘楚大邦罕与齐，抱瓮孤标一画痴。门山老干新枝碧，继美功成进学时。君有两儿聪莫比，能攀老树巅崖里。吞吐烟云画管新，要应媚笔泉中洗。①桐城了了画中豪，三杰一门今有几。不信君无后世名，九痴薄论先存史。有谓先生画道宽，吴牛韩马更溪山。足茧行年万里路，域中何岳不曾看！近复闻，龙眠儒雅时言及，大刊画展匡名实。艺林品藻誉君多，山城异代公麟出！

[原注]

①宋代大画家李公麟归老居龙眠山庄，媚笔泉为先生洗墨处。明宰辅何如宠摩崖题刻“媚笔之泉”仍清晰可辨。

张九歌

张九歌（1926—2011），又名酒歌，学名张金鉴，号醉花居士，湖北石首人。曾为安徽省作家协会、马鞍山市作家协会、中华诗词学会会员，安徽省诗词学会顾问，马鞍山市诗词学会副会长，《太白诗刊》副主编。著有诗词集《万锦向荣》等。

踏歌词·岳王千古

一役朱仙镇，山河顿改容。精忠天地动，遗恨满江红。

忆江南·一国两制颂

春至矣，争赏紫荆开。三岛愁兮花落去，九州欢也凤飞来，端赖补天才。

张力生

张力生（1925—2006），字砺之，安徽涡阳人。生前在五河县任教。曾任五河县诗词学会顾问、蚌埠珠城诗社副社长。著有《力生吟草》。

洗衣女

晚风拂柳夕阳斜，村女溪边尚浣纱。

翠浪银星飞腕底，水中揉碎满头花！

秋　兴

摇落梧桐树树风，雉河暮色正朦胧。
枯枝倒影鱼疑钓，冷月斜悬鸟误弓。
划破长空千里雁，唱残清夜满园虫。
风光岂独春常好，枫叶桃花一样红。

张五鹏

张五鹏（1914—2002），安徽枞阳人，旅居台湾。1938年毕业于省立安徽大学中文系，获中文、数学两个学士学位。毕生从教，治学严谨，曾任中学及滁州师专教师，安徽省文史馆馆员，枞阳诗词学会顾问。参修《枞阳县志》，主编《枞阳诗选》。整理校勘百万字的桐城派诗文，在台湾出版发行。

答方国祯老友

俯首维摩只自知，故人梓里最相思。
江天寥廓窗明雪，老眼犹能读好诗。

次和许永璋自南京大学见怀之作

我与故人俱白头，关河远隔秣陵秋。
遥知尊酒登临地，文物江山第一流。

读钱田间先生集

岭峤崎岖万死回，田间岂是子陵台？
旧交古刹皈高座，离黍宗周痛劫灰。
华表文章垂宇宙，斜阳丘垄没蒿莱①。
遗书命世成孤愤。一瓣心香鬓已摧。

［原注］

①先生墓在桃花山麓，前年余曾拜谒，望溪撰表犹存。

和马后文见寄之作

风尘出处百随缘，世业青毡未肯迁。
每恨年华抛壮岁，深惭白首对时贤。
鸦山一老肩承启①，先辈声名仗笔传。
诱掖情殷思不见，萧斋窗月未成眠。

［原注］

①君有《鸦山皖水诗存》。

辅英老侄年七十得告致政，筑新居台北县缑岭赋寄

昔慕君家世孝友，怡怡耕读乐天伦。
岂知天地玄黄血，长作东西南北人。
烟月竹湖留过雁，云霞缑岭起芳邻。
当年子晋骑仙鹤，何似今朝向日民？

步施仲岳《七十寿辰感赋》原韵

白鹤峰前举寿卮，儿孙绕膝室家宜。
中年哀乐原春梦，晚节优游值盛时。
有作早闻刘七略，抒怀争读剑南诗。
交亲继世人同老，黄发青山百岁期。

寄唐济上海

早闻身价冀群空，弹压河山要此雄。
千里江鱼腾雪浪，一窗晴影读骚风。
识君牝牡骊黄外，顾我形骸土木同。
师友龙眠半丘垅，文章终古有吾桐。

寄李则纲先生二首

客有近归自合肥者，为言年前见则纲先生，询及余近况，意极殷勤。昔先生主安徽省文献委员会，屡招余往；余以亲命未从。先生今年八十有几，老病退休，不下床榻，仍手编《安徽历史述要》，成一家言。丙辰七月。

一

鸿宝翻传海外珍，邦人争欲识先生①。
曾承宠诏征文献，近复殷勤问耦耕。
人滞周南世望重，书成《班志》异时名。
秋风不用嗟摇落，伫看东篱菊满英。

二

血雨腥风横海吹，高轩避乱此栖迟。
一时少长同修禊②。雅谑宾朋妙解颐③。
花木已荒孺子宅，风尘空写渭南诗。
何当把卷长趋问，笑指龙舒气尚奇。

[原注]

①先生考究古史图腾之说流传日本，彼邦学者多征引之；而中土知之反在其后。

②日寇陷安庆，先生来我里，寓其外家方姓，时来余家与先父畅谈。其时方姓鼎华、光熙、光汉及张国钧、国铨、国铮兄弟与余俱因乱回家，时相晤聚。

③抗战中，肉类难得，一日先生来余家，先父戏曰："'肉食者鄙'，君雅人，不敢以'鄙'相待。"先生笑曰："我鄙人也，甚欲一'鄙'。"满座大笑。

张仁寿

张仁寿（1920—2009），安徽桐城人。安庆师范学院中文系副教授，安庆老年大学第一任诗词课授课教师。有著作多部。

李　白

落拓江湖二十秋，几回明月醉高楼。
可怜一曲清平调，断送功名到白头。

答友人

一从诸左苦相煎，换骨何能自坦然。

逐客生涯忙里老，流年似水不知年。

酬台湾张先华

先华夫妇台湾来，设宴招待安庆诸故旧，席上赋诗以酬之。时为1990年11月。

历史沧桑后，相知会面难。开怀谈往事，把酒问平安。
白发休言老，苍松岂畏寒。烦劳俱忘却，一室气如兰。

戊寅谷雨寄台湾张白翎

书法前朝有二翁，翎公锋利亦称雄。
如椽大笔酬佳客，似水新词振国风。
世界翻新杨柳曲，人心向上万家同。
期颐还望高朋集，始信吾侪道不穷。

张文荣

张文荣（1933—2017），安徽霍邱人。曾任乡民兵大队长、大队党支部书记等。著有《淮上吟稿》。

初冬见瓠秧

业已罢场将作灰，馀生惨淡短墙隈。
萎藤不管霜将至，犹放残花忙作胚。

蓬　蒿

本是溪边一蓬蒿，乔迁山顶测天高。
先天无奈骨头软，只可权充风向标。

张东荣(张景仲)

张东荣（1908—1966），字景仲，以字行，安徽太和人。曾任高中文史教员。1935年在阜阳执律师业务。1937年后历任皖北抗日人民自卫军第五路军指挥部参谋，阜阳专署行政督察室主任，骑兵第二军军部中校秘书兼法官，十五集团军总司令部上校秘书兼军法处副处长，第十战区副司令长官部少将秘书兼执法副监。著有《时孤诗剩》。

寿县署中闻调训之命

阿侬生小不风流，耻向蛾眉逐队游。
未料长年遣嫁后，犹烦婆母教梳头。

诗　魔

病魔不退诗魔兴，寤寐相煎难暂屏。
为问欠君多少债，苦吟到死未偿清？

城东别业落成

别业开生面，环溪树作墙。夏敲莲叶雨，秋啜菊英霜。
柳浪牵鱼浪，花香带墨香。倦来书作枕，有梦异黄粱。

景山怀古二首

一

揽古荒荒寄慨长，景山冷压旧阿房。
昔时虞夏卑宫室，今后英雄不帝王。
十叶曼殊沉祸水，一株罪树锁秋光。
兴亡何预虫禽事，蛙鼓齐挝鸦阵狂。

二

云山犹拱旧都门，一角乾坤余泪痕。
春色棠花妃后血，秋声杜宇帝王魂。
十三陵寝摧骸骨，百二金汤误子孙。

我欲南归归便得，茨溪剩有绿杨村。

秋草二首

一

惆怅西风昨夜霜，严威直欲尽群芳。
青山未老添华发，大地惊秋换素妆。
客梦空怜三径冷，天恩不及一年长。
悬知晚节多同命，伴菊迎梅莫自伤。

二

塞北江南总是愁，铜驼涕泪几时收。
于今留色惟青冢，自古多情易白头。
空际盘旋鹰眼疾，道旁深浅马蹄稠。
凭栏无限怆怀感，日暮天寒怕倚楼。

雨　夜

打窗风雨暗孤檠，笔不生花剑不鸣。
出位贻讥珍国手，忧天无补钝心兵。
美人红袖争怜态，雄鬼黄河唤渡声。
民族精神终卫夏，儿孙莫自坏长城。

张汉侯

张汉侯（1922—2003），安徽铜陵市人。曾任供销社系统职工。

兰　花

空谷深山里，幽幽独自开。清香藏不住，惹得蝶飞来。

江城子·悼妻记梦

白头恩爱叹分离，早与迟，是常规。大限来时，无计可徇私。惜别匆匆留不住，回首盼，泪淋漓。　　连宵有梦约归期。

杖筇携，步轻移。假使迷途，问老指东西。握手相逢应一笑，谈往事，记依稀。

张仲明（张东昕）

张仲明（1911—1997），名东昕，以字行，安徽太和人。1938年毕业于上海复旦大学。1949年前曾任皖北人民抗日自卫军第五路第二支队支队长；1949年后任芜湖民革宣教组组长，芜湖市人大代表、政协委员。曾任芜湖诗词学会顾问。著有《新庄人诗稿》。

盆　松

阶前时作老龙吟，盘错犹存铁石心。
何日移根归上苑，春风一夜长千寻。

剪　枝

手把柔条下剪难，几回直视复旁参。
横生斜出天然好，忍作荆榛一例看！

赤壁泛舟图

一

英雄割据久成空，赤壁山前落照红。
千古风流淘不尽，铜琶犹唱大江东。

二

一词两赋壮千秋，馀子纷纷总下游。
流水行云无界限，何妨赤壁在黄州。

赠尚荣光

击钵声终韵亦成，笔惊风雨意纵横。
百年细水风骚歇，东野诗篇始一鸣。

农村初夏

弹指园林花事无，日长渐有睡功夫。
柳阴处处鸠呼妇，篱落家家鸡唤雏。
赌酒客来黄犬怒，采桑人去绿条疏。
谁将一幅云蓝纸，画出农村初夏图。

麻家集送别余指挥官亚农

泪满征衫再拜辞，西风猎猎马长嘶。
愁云惨淡咽寒角，落日苍黄照大旗。
人忌廉颇年易老，天穷李广数难知。
东山暂住终当起，八皖苍生迟后期。

开国大典志庆

黄海泱泱唱大风，五星旗映满天红。
授勋四级酬飞将，勒石千秋纪鬼雄。
文采自当凌汉祖，风骚更不数唐宗。
江城处处铙歌发，愿献新词入九重。

张仰超

张仰超（1900—1971），原名张庆班，号仰超，字少文，安徽萧县人。1922年毕业于江苏省徐州市第七师范学校。先后担任萧县黄口小学、萧县第一高等小学校长。生前创作500多首诗词歌曲，其中著名的《实小校歌》被誉为“五四”以来萧县籍人士四篇佳作之一，至今广为传唱。1999年萧县政协为其整理出版了《张仰超诗集》。

感　怀

心绪年来乱似麻，半为学校半为家。
人情共逐俗情薄，世路宁同云路赊。
学问不成宜勉励，时机未至漫咨嗟。

等闲会展鲲鹏志，种得龙城满县花。

献诗“北辰文艺社”社友

得近他山感夙因，斯文毕竟属斯人。
欣从多士开东阁，莫负群星拱北辰。
轨范不妨遵古旧，精神应是一番新。
毫端各蕴沧桑痛，风雨同舟道义亲。

秋　风

昨夜芸窗忽洞开，寒香阵阵入帘来。
纷纭枫叶辞红树，历乱葵花拂碧苔。
摇落寒蝉声断续，吹翻归燕影徘徊。
关心最怕穿林急，减却梁园好画材。

[原注]

梁园，即兔园，汉代梁孝王刘武所造。也叫“梁苑”，故址在今河南商丘市东。

张充和

张充和（1914—2015），女，祖籍安徽合肥。民国教育家张武龄第四女。在父亲的影响下，“合肥四姐妹”个个才华横溢，在近代中国，声名仅次于“宋氏三姐妹”。大姐元和与昆曲名家顾传玠结为连理；二姐允和与语言学家周有光结为伉俪；三姐兆和与作家沈从文结合。张充和在1949年随夫君傅汉思（德裔美籍犹太人，著名汉学家、耶鲁大学教授）赴美后，50多年来，在耶鲁大学等20多所大学传授书法和昆曲，为弘扬中华传统文化默默地耕耘了一生。被誉为民国“最后一位才女”。著有《张充和诗文集》《张充和诗书画选》等。

小园即事五首

一

寒暖分明土最佳，及时培种洛阳花。

归来见叶知花瘦，去后无人护短芽。

二

游倦仍归天一方，坐枝松鼠点头忙。
松球满地任君取，但借清阴一霎凉。

三

一径坚冰手自除，邮人好送故人书。
刷盘余粒分禽鸟，更写新诗养蠹鱼。

四

当年选胜到山崖，今日随缘遣岁华。
雅俗但求生意足，邻翁来赏隔篱瓜。

五

乳涕咿呀傍笛喧，秋千树下学游园。
小儿未解临川意，爱唱思凡最后篇。

菩萨蛮·寄郑泉白二阕

一

嘉陵景色春来好，嘉名肇锡以充老。案上墨华新，诗书绝点尘。　鸦翻天样纸，初试丹青指。翠鬓共分云，何如梦里人。

二

座上群贤掩墓草，天涯人亦从容老。渺渺去来鸿，云山几万重。　题痕留俊语，一卷知何所。合眼画中人，朱施才半唇。

张异希

张异希（1925—1995），安徽定远人。1942年入伍，同年入党。历任游击队长、区长、县团委书记、县人大常委等职。系曲阳诗社创始人之一并任副社长。著有《异希诗词选》存世。

无　题

屈指行年六十三，旁观闲议岂无端。

权魔钱痞钻心窍，浊水邪风刺骨寒。
纵立千规禁不止，遍尝百草病难安。
老夫忧愤情无奈，北望都门咽苦酸。

水调歌头·哭周总理

泪落江河涌，低首拜昆仑。人间评论功业，今古迈同伦。大智大仁大勇，无限无私无畏，彻底为人民。肝胆昭日月，正气满乾坤。

巨星坠，哀声起，泣鬼神。痛折擎天玉柱，八亿仰慈云。纵有河山带砺，并见人文蔚起，东海叹扬尘。肃穆瞻遗像，默默吊忠魂。

浪淘沙·闻刘少奇平反昭雪

无事弄烽烟，绝后空前。凌烟阁上炮连天，二号伟人头号贼，举世茫然。　　历史不容偏，正本清源。终看海底起沉冤。忧患元元心自白，岂在强权。

张远齐

张远齐（1939—2009），晚号云盘居士，安徽含山人，定居宣城。1964年合肥师范学院毕业，先后从事教育和司法行政工作。中华诗词学会会员，安徽太白楼诗词学会常务理事，宣城敬亭山诗词学会常务副会长兼《敬亭山诗词》主编。著有《濡须长短句》《云盘诗钞》等。

街　行

时近中秋人倍忙，长街短巷试新装。
村民归去提篮满，犹带桂花一路香。

敬亭山诗词学会成立十周年，呈王鸿树会长

宛水悠悠千载流，匆匆过客治宣州。

谁将惠政传青史，问取昭亭独坐楼。

临江仙·看电视剧《水浒传》

瑟瑟芦花摇水泊，悲歌演唱千年。兴亡成败莫须怜。生民堆白骨，垒起一家天。　　纵使联盟倾宋室，依然秦汉金元。清平世界梦难圆。仙姬追浪子，短楫入湖烟。

江城子·留别

不堪杯酒忆朝阳，碧池旁，断人肠。清溪桥下，初约月昏黄。杨柳依依撩雾鬓，情脉脉，水汪汪。　　卅年魂梦绕山乡，岭苍苍，路茫茫，不该相见，相见应相忘。针线为拈缘底事？缝旧恨，缀新伤。

鹧鸪天·遥祭郭珍仁先生

闻道真人驾鹤归，繁昌欲去我看谁？十年鱼雁师兼友，一卷“词钞”喜抑悲？　　方运转，又时违，寒庐吟到蜡成灰。魂兮招向河滨驻，依旧清风白鹭陪。

临江仙·痛悼张文祥先生

几度徘徊门已锁，隔墙犹见花红。西风萧索雨濛濛。枝垂清泪满，窗压碧纱重。　　未送先生终有恨，重来顿觉心空。家乘未竣失音容。秋山云黯黯，秋水浪嘭嘭。

满庭芳·弋矶山览胜

弋矶山医院缘山临江筑长廊，其间建两亭一塔，彩绘山川人物。居高临下，诚登览之胜境。

飞角欹空，曲栏临水，似悬如坠逶迤。绿杨千缕，樟朴竞高枝。向此凭栏远目，流天际，波渺烟迷。洄漩处、几番怅望，激浪荡胸池。　　熙熙。曾几度、狂沙淘尽，矶石难移。绘千古江山，历代名医。济世华佗仲景，问卿相，谁可相提？牵情是，餐风饮露，枵腹乱蝉嘶。

念奴娇·宣城谢朓楼落成

名楼千载，喜英姿重睹，陵阳增色。举手长空指落雁，唤起飘然无敌。曲奏迎宾，欢声笑语，同赴玄晖席。风清月朗，不知今夕何夕。　　漫道酒后狂言，宛溪淘尽，多少风流客。惟有澄江如静练，长伴孤云仙迹。满耳丝弦，几家忧乐，吟自心声出。诗魂如缕，碧空缭绕今昔。

水调歌头·四月廿六日，陪张建书记、浦经洲老师访梅尧臣故居遗址

为觅双羊路，高下拨榛丛。凝神垅上，街头楼阁展新容。叹此荒园废沼。剩得残碑断碣，犹嵌小桥中，惟有一溪水，千载响淙淙。　　士有守，不可苟，自然穷。登山临水，风云鱼鸟寄情浓。纵使春风扑面，难为歌吟雅颂，忧乐与民同。今日斜阳里，矫首仰高风。

张贤仪

张贤仪（1933—2016），安徽枞阳人。曾任中学教师。

别台湾归来外甥卢汝麟

乍逢疑是梦，未语泪先流。云海三千里，沧桑四十秋。
叙情惊散席，惦眷复登舟。怅别同留影，舅甥皆白头。

酬答老友许孔璋教授

同遇风波忆昔时，书生年少正英姿。
劬劳廿载颜伤悴，灾害三年腹忍饥。
冤错澄清遥互庆，交情到老更相知。
枕边多少思君梦，醒后吟哦惠我诗。

寄怀宜城诸亲友

宜城小住半年过，诗酒流连快若何。
海内论交知己少，天涯入梦故人多。
江山一统将重现，风月双清好放歌。
寄语亲朋休念我，会当归隐旧吟窝。

张治中

张治中（1890—1969），原名本尧，字文伯，安徽巢县人。曾任国民革命军上将。1949年春任国民党政府和平谈判代表团首席代表，参加国共和谈。国民党政府拒绝在国内和平协定上签字后，他被挽留在北平。为促进民族团结作出了较大贡献，被称为“和平将军”。新中国成立后曾任全国人大副委员长。著有《张治中回忆录》等。

挽张自忠将军①

裹革沙场骨尚温，捐麋顶踵为生存。
黄河浩荡流奇气，襄水斑斓洒血痕。
风雨中原恢汉土，衣冠此日认黄孙。
忠贞已是昭千载，我欲狂歌民族魂。

［编者注］

①张自忠(1891—1940)，字荩忱，山东聊城人，国民革命军第三十三集团军总司令，著名抗日将领、民族英雄。1937年至1940年先后参与临沂、徐州、武汉、随枣、枣宜会战等。1940年在襄阳与日军战斗中壮烈牺牲。

张织云

张织云（1900—1992），原名张承纬，字织云，号慎独老者，安徽五河人。1924年毕业于南京法政大学，曾任中学教导主任。抗战爆发后投笔从戎，任第十战区临泉指挥所上校秘书，皖南事变期间利用特殊身份秘密给共产党员欧远方发“特别通行证”，拯救了家乡子弟多人。1949年后任五河县政协委员、一中老师。中华诗词学会会员。

枕上偶得

惭愧南冠客，寸心吾自知。豪情悲白发，大梦醒来迟。

登北大闸有感

怅望城头百感生，汤汤流水去无情。
当年志气消磨尽，白发而今剩几茎。

雨夜有怀

生离死别原无异，死去无知万恨消。
毕竟生离多痛苦，哪堪细雨下连宵。

除夕二首

一

爆竹声声夜幕开，谁家天使戏亭台。
几时子女全相聚，共饮屠苏酒一杯。

二

年年岁岁度新春，故我依依仍食贫。
幸有稚孙嬉膝下，竟无斗酒荐先人。

杂感三首

一

当年底事读诗书？赢得今朝一技无。
垂死春蚕犹作茧，失缰老马走迷途。

二

缅怀往事悔蹉跎，六十年华瞬息过。
垂老夫妻情倍切，只因相聚日无多。

三

芋田寂寂夜阑珊，明月西斜好梦残。

韩愈送穷终未果，少陵有幸得加餐。

久　雨

久雨天阴暗，寒风袭绿蓑。棉衣思未至，湿屋叹如何。
运蹇嗟谋拙，穷愁苦闷多。邻人常笑我，独自放高歌。

浩劫余生

晴雪梅花映夕阳，苍茫岭外幻春光。
屈平窜去满腔怨，靖节归来三径荒。
千古艰难惟赴死，百年寥廓几成狂。
前生造下弥天孽，耻辱辛酸今倍尝。

八十咏怀

频年缧绁乱心神，八十光阴半苦辛。
因遇圣明宣德政，为平冤狱证纯真。
惭无余荫庇儿女，羞有清名肇后人。
咄咄书空呼负负，何颜地下见双亲。

忆　旧

动魄惊心日夕煎，十年浩劫史无前。
欣逢盛世怜衰朽，珍惜残生待曙天。
大地春来臻治理，百花齐放竞争妍。
我今愧做黄昏想，每一回思一潸然。

张荫庭

张荫庭（1920—1997），又名张荫，安徽亳州人。曾任亳州市政协委员、阜阳地区书协常务理事、亳州市书协副主席。有自选集《张荫庭诗选》。

观颜语先生《万壑千峰图》

万壑千峰叠翠明，烟云无处不闻莺。
忽然枫树飘红叶，已觉秋山画里行。

赠红学家冯其庸同志

拜读华章锦绣篇，羡君五度上黄山。
席间醉对周公瑾，座上欣逢李谪仙。
翰苑飘香腾墨海，挥毫落纸起云端。
雪芹才调君堪伍，惠我珠玑结胜缘。

张修钺

张修钺（1915—2004），安徽芜湖市人。安徽太白楼诗词学会、芜湖诗词学会会员。著有《燕游杂咏》诗集。

感　怀

才越古稀喜早聋，是非褒贬耳边风。
河山自有擎天柱，雨散云消夕照红。

咏李花

桃花讥笑李花愁，正值青春已白头。
知否诗人偏爱素，不施脂粉更风流。

张恺帆

张恺帆（1908—1991），安徽无为人。1926年投身革命，曾参与组织无为县的六洲暴动，后因叛徒告密被捕，被囚禁达四年之久，坚贞不屈，赋诗明志。新中国成立后历任中共安徽省委书记处书记、副省长、省委书记、省纪委第二书记、省政协主席、中华诗词学会副会长。著有《张恺帆诗选》《张恺帆回忆录》《张恺帆书法作品集》。

访贫问甘

建国十年长，黎元尚菜糠。“五风”吹不禁[①]，惭愧吃公粮[②]。

[原注]

①“五风”即：共产风、浮夸风、强迫命令风、瞎指挥风、干部特殊风。

②1959年7月4日我下乡视察，由肥东经巢县到无为县，沿途见到农民生活十分贫困，每到一处，揭开公社办的食堂锅盖，见到锅里多是菜叶、树叶、米糠等，心中十分不安，非常惭愧。

书　愤

画栋深山里，哀鸿大路边。石关关不住，民怨已冲天[①]。

[原注]

①省里于1959年在岳西县石关镇大兴土木，建造豪华别墅，群众很有意见。

龙华悼念死难烈士

龙华千古仰高风，壮士身亡志未穷[②]。
墙外桃花墙里血，一般鲜艳一般红。

[原注]

这首诗原是用铅笔写在龙华监狱的墙上，因为我睡的是双层床上铺，写得比较高，难以被人发现。新中国成立后，我军在清理敌人监狱时，发现了这首诗，误认为是烈士遗作。萧三同志在他主编的《革命烈士诗钞》中收集了这首诗，署为“佚名”。后来，萧三同志发现是我写的，特来信向我说明并致歉。我在复信中说：“我是幸存者，能获烈士称号，当不胜荣幸，何歉之有！”

②凶残的敌人经常在夜里秘密枪杀革命者和进步人士。烈士柔石、殷夫、胡也频等左联作家以及进步学生，就是在深夜被集体枪杀于龙华的。这首诗就是我为纪念柔石、殷夫、胡也频等烈士而作的，时间约在1933年底或1934年初。

下放劳动途中

三十一年还旧我，一肩行李出庐阳[1]。
凫长鹤短谁争得[2]，自有春秋玉尺量。

［原注］

①1959年，我被错误开除党籍，扫地出门，忆及1928年加入中国共产党以来，三十一年经历，感慨系之。

②是非功过自有评价。谚云：“凫胫虽短，续之则长；鹤胫虽长，断之则短。”

病中逢春节

一病缠绵一岁更[1]，家书欲寄笔难擎。
遥知父母新年里，老泪纵横对酒樽。

［原注］

①在苏州监狱得了伤寒病，由于狱中条件极其恶劣，得不到治疗，足足拖了一年之久，始稍见好转。听墙外传来爆竹声，想起新年快到了，心中思念父母。

述　怀

不看风向竟扬帆，秉性如斯改亦难。
多少亲朋因我累[1]，伤心不复见南园[2]。

［原注］

①1959年，我二弟昌选和堂兄祝三、堂弟昌树等人，均受我冤案的株连，被迫害致死。还有更多的亲朋故友和数以万计的同志，因我而受到错误批判和处理。

②王试之同志是民主人士，抗日时期曾任皖江参议会的参议员，后来随大军北撤。1949年后，曾担任安徽省文史馆馆员和无为县图书馆馆长。1959年受我冤案株连，被迫害致死。“南园”即王试之同志在无为的故居，现为绣溪公园。

相城怀古

濉水环山处，依稀旧相城。宋公尝建业，此地亦都门。

杏烂贤姬墓，榴烧宰相坟。两千年外事，传说尚津津。

被诬陷狱中随感

神差鬼使到无城，为报真情获罪人。
五十一天伤乱箭，万千张口说曾参[①]。
无心偏惹“三还”恨[②]，有口难吹“七字”尘[③]。
北望都门泥首拜，不难化骨见忠贞。

[原注]

①“曾参”是孔夫子的学生，七十二贤人之一，有人诬告他杀了人，遭到众人指责，事实真相后来终于得到了澄清。

②“三还”：指吃饭还原，房屋还原，自留地还原。

③我将在无为、巢县所了解的情况，如实向省委作了汇报，却反遭诬陷为“反党反社会主义”，被错误批判斗争五十一天。“七字”：指“反党反社会主义”七个字。

缅怀吕惠生同志[①]

故园昔日忆初逢，正是山河破碎中。
执手歔欷肝胆热，并肩歌啸海天红。
艰难敌后开新宇，慷慨江头尽厥忠。
汉贼未除遗恨在，长河幽咽悼英雄。

[原注]

①吕惠生同志毕业于北京国立农业大学，四十年代曾担任皖中革命根据地无为县县长，后任皖江行署主任，为根据地建设做了许多有益的工作。抗日战争后，在北撤途中，不幸被敌人逮捕，壮烈牺牲。

感　怀

三十一年生死结，奈何此日赋伶仃。
忍看饿殍横沟壑，敢以虚言乱假真。
遮莫烧城夸赤舌，不难指日表丹忱。
一场辩论终输我，无限情怀寄短吟。

[原注]

作于1959年。

张恨水

张恨水（1895—1967），原名心远，笔名恨水，取南唐李煜词《乌夜啼》“自是人生长恨水长东”之意。安徽潜山人。新中国成立前，长期服务于报界，先后担任《世界日报》（北京）副刊主编、《新民报》（重庆）主笔兼副刊主编。新中国成立后被聘为国家文化部顾问、中央文史馆馆员。著名章回小说家，也是鸳鸯蝴蝶派代表作家。他五十几年间创作了一百多部通俗小说，总字数近两千万言。以《春明外史》《金粉世家》《啼笑因缘》《八十一梦》四部长篇小说为代表作。有杂文近五千篇，诗词集有《剪愁集》。

北海散步二首

此日小雾

一

新阴阵阵满湖烟，平水飘飘一叶船。
心比春波随处绿，人同老柏未知年。

二

深沉大地停风日，迷梦层层得雨天。
山鹊似明吾意远，双飞息影画栏前。

[原注]

作于1960年。

中海荡舟玩十六夜月

凉风拂衣袂，一雨夜如秋。树暗天无际，云浓月带愁。
试听前朝水，还鸣旧御沟。伤心人两个，横桨看牵牛。

夜坐小忆

隔墙榆柳最知秋，落叶如潮夜不休。

叶落阶荒平谷冷，潮过月白大江流。
三年病久难提笔，万里家空怕上楼。
莫待明朝消息到，断肠风雨五更头。

[原注]

作于1952年。

春柳三首

一

不向隋堤怨别离，亦无梁苑古今悲。
十年大道车如画，一树春情客有诗。
烟雨迷楼浓雾起，夕阳送笛软风吹。
碧栏终是低留处，红板桥头挂酒旗。

二

扬子江边絮也飘，春风曾引白门潮。
缕丝牵恨怜芳草，媚眼送人渡绿桥。
雨落淡寒留恋地，烟遮冷月过良宵。
徘徊依旧鹅黄里，斜靠长枝话六朝。

三

莫将逐水问前因，飘泊生涯果是真。
雨霁斜条迷上苑，夕阳淡影卷芳尘。
东西驿道迎新马，长短亭头几熟人。
休说流莺啼不断，依依堤畔可怜春。

[原注]

作于1953年。

癸巳除夕

花甲匆忙五九秋，镜中半白雪盈头。
十年不卖凌云笔，千里频航逆水舟。
好梦易圆欢子夜，远乡将至上层楼。
眼前多少风颜客，一指长江万古流。

［原注］

作于1954年。

甲午初唱

梦里惊逢照眼红，五云初拂客窗东。
频呼如愿年方始，莫学刘伶日又中。
天运已知今古异，地形不变海山雄。
愚公铲去崎岖路，正是当时淡淡风。

［原注］

作于1954年。

南下杂感三首

乙未六十只身南下，路过合肥，在东野兄处过旧历四月廿四，予生日也。回来，六月初一因补记之。

一

遍传六十忽然来，单影孤征笑口开。
尚有老兄将弟唤，且由阿侄背人猜。
因缘乱植相思豆，文字难成锦绣堆。
淡泊不多春意在，窗前几朵是残梅。

二

六十年前是此天，举家拍手笑窗边。
像龙伏浪云何淡，如月追弓影不圆。
南下青山安寓好，北来白手暮烟连。
回头无限缠绵意，一幅沧波梦里缘。

三

卅年前发陇头枝，偏觉东风得意吹。
浪写官僚牛马走，眼看金粉夕阳时。
偷生病愈方辞药，伴读兴来偶作诗。
若问衰翁老去意，化云孤鹤或相知。

菜　花

芳草微依小道旁，桃花影里看斜阳。
平原麦破千层碧，大地金铺一片黄。
美女羞簪频蝶闹，农夫笑指济人装。
风吹土后祠边过，尚有村庄饭味香。

[原注]

作于1955年。

悼亡吟十一首选二

一

不学庄周赋鼓盆，无情事铲有情根。
柳枝细响疑莲步，画像双瞳出泪痕。
花果一盘供素影，心香三炷吊芳魂。
书声断续何人理，小院窗闲昼掩门。

二

梦破迷胡别泪倾，犹思私语忆多情。
休订职业归深夜，愿听终身唤小名。
山径四方来寻我，波航千里可怜卿。
生平好处无从记，只记双飞未计程。

[原注]

作于1960年11月20日夜。

上黄帝陵

山河万里发奇兵，始祖当年起纵横。
日照青陵夸虎踞，风吹翠柏作龙鸣。
欲知炎帝无文字，但识蚩尤有战争。
拭目中华疆界阔，子孙不是浪博名。

[原注]

1961年9月5日补作。

幽　居

微吟犹得息痴顽，日在明窗净几间。
墙上寒苔青到屋，门前高树碧于山。
翻经不觉消愁疾，对镜何须念旧颜。
扫地焚香盘膝坐，半因学佛半因闲。

秋　兴

隋苑唐宫不忍看，红尘消歇一凭栏。
已无燕子栖纶阁，尚有鲇鱼上钓竿。
对镜忽疑真面目，登坛先改旧衣冠。
狂儒只合江湖老，羞向荆州说慕韩。

文　人

频鼓惊人入武昌，过江名士尚嚣张。
何须洛蜀分门户，自有归逃辨墨杨①。
裙带衣冠悲气节，庐山面目在文章。
诗翁新得登龙术，日候朱楼马厩旁。

[编者注]

①墨杨：指杨朱与墨翟的学说。杨朱主张“为我”，墨翟主张“兼爱”，是战国时期与儒家对立的两个重要学派。

枕上作

检点青衫半是尘，卅年沧海未归身。
家藏书旧残犹好，手种花开看更频。
含笑每忘人负我，率真无碍鬼为邻。
别来两鬓三分白，犹把平安报老亲。

用“能除烦恼何妨死”之句敬答诸和者

百年都是镜中春，湖海空悲两鬓尘。
身外皆为无用物，劫余转羡太平民。

能除烦恼何妨死，若道因缘莫当真。
应愧相如还卖赋，文章学得只医贫。

南歌子二阕

嫩草春绵地，夕阳碎玉天。行来唤艇画波前，爱弄倚人双桨入波圆。　　坐久凉生骨，飘思水上仙。诗魂招处白云边，只见明湖静止月西偏。

高阁风烟隐，回廊宝带弯。悄来东路看南山，独个行来小岛不知还。　　摘柳穿三径，随花路一湾。眼前桥隔两湖船，人去回林紧抱水云天。

［原注］

作于1958年。

踏莎行·夜深独步

斗柄横天，月痕挂树。六街沉静轻幽步。夜阑悄悄语声稀，个人独自闲来去。　　怯冷寒衫，明灯滴露，低头只管搜诗句。九城以外有吟魂，飞驰不觉寻何处。

［原注］

作于1958年。

浣溪沙

此日江南豆叶黄，邻家麦饭隔篱香。支颐端坐忆江乡。小病恰逢花又落，贪眠不觉日初长，抛书闲看燕归梁。

念奴娇

十年湖海。问归囊，除是一肩风月。憔悴旧时歌舞地，此恨老僧能说。旭日莺花，连天鼓吹，宴都休歇。凭栏无语，狐城残照明灭。　　披发独上西山。昂头大笑，谁是封侯骨？斜倚长松支足坐，闲数中原豪杰。芥子乾坤，蜉蝣身世，坠落三千劫。怆然垂涕，山河如梦环列。

张海鹏

张海鹏（1931—2000），安徽枞阳人。著名的明清史研究专家，徽学研究专家。先后执教于安徽师范学院、合肥师范学院、安徽师范大学。曾任安徽师范大学校长、中国史学会理事、中国明史学会副会长、朱元璋研究会会长、安徽省历史学会会长、芜湖诗词学会会长。

游阳朔

奇峰峭壁引游踪，泛艇漓江兴不穷。
阳朔归来思胜境，此身犹在画图中。

游芦笛岩

一峰拔地接云烟，芦笛岩中别有天。
洞里若无“孙大圣”，龙王驻跸也流连。

赠市村金次郎教授

乙丑秋，日本高知女子大学市村金次郎教授应邀来师大主讲日语班课。几月来，市村先生勤于讲学，善于诱导，深得受业者敬佩，日前至寓所拜望，归成一律以赠。

菊花时节莅江城，弹指惊闻腊鼓声。
万里风尘来远客，一衣带水系深情。
经筵膏雨滋新秀，道德文章启后生。
料得灞桥难送别，笑谈不敢问归程。

张涤华

张涤华（1909—1992），安徽凤台人。1937年毕业于武汉大学中文系。曾在湖北、湖南、四川、重庆、安徽等地中学、大专院校任教。1949年后，在安徽大学、安徽师范学院、合肥师范学院、安徽师范大学讲授“目录学”“校勘学”“语言学概论”“现代汉语”等课程，1978年担任现代汉语硕士生导师，执教长达六十余年。曾任安徽省语言学会会长、安徽省哲学社会科学联合会副主席、芜湖诗词学会名誉会长。著有《毛主席诗词小笺》《类书流别》《古代诗文总集选介》。曾任《汉语大词典》副主编、《全唐诗大辞典》主编。

春郊所见二首

一

舞烟眠雨溪边柳，小白长红屋角花。
多少游人寻胜去，不知春在老农家。

二

门对春山石径斜，清溪新涨浴娇鸦。
东风未必偏桃李，一样浓妆到菜花。

晋谒宋庆龄故居

赫赫功名四海尊，芳徽未远故居存。
画堂清室遗容在，犹想当年笑语温。

冬日游香山公园

缆车来往翠微间，霜后园林分外妍。
我趁暄风丽日到，纵无红叶也欣然。

赠赵朴初先生

秀出文林笔一枝，多年海内诵君诗。
别来应是奚囊满，妙手新成绝妙辞。

安徽师大语言所新楼建成喜赋

华屋峥嵘仰望时，老犹得见未嫌迟。
新开芳岁刚三日，便赋东风第一诗。

携儿辈游赭山

雨洗山林着意妍，攀枝扪石竞登先。

江城风景真如画，绝顶重来又一年。

村居春日杂赋十首

一

避地祛尘事，移家住坝塘[①]。候门蛮女喜，补屋老农忙[②]。
庐小偏宜静，交疏恰称狂。好风如有意，时送野花香。

二

花事溪边好，春来胜画图。闹红云锦烂，堕白雪衣铺。
村酿家家熟，山鹂处处呼。有时林外去，筇竹自相扶。

三

北郭遥相望，溪桥东复东。平畴新麦满，曲涧众流通。
急瀑珠千斛，晴虹影一弓。幽栖随处好，何事入城中。

四

曲曲村前路，绿菌绣白沙。隔帘鸠唤雨，绕舍树垂花。
笋长成新竹，燕来依旧家。吾庐饶胜概，多谢此春华。

五

久在樊笼里，归田更不疑。溪山留旧约[③]，云树起新诗。
风力桐花识，春心杜宇知。物情欣应节，卜隐计何迟。

六

小院春晖永，闲居乐若何。家贫为客惯，亲健得天多。
好鸟鸣修竹，轻花落碧莎。自甘冰抱寂，渐喜少人过。

七

一雨炎凉变，凄然忽似秋。中庭犹寂寂，远树已飕飕。
急电欲穿户，惊风乱入楼。终宵劳转侧，谁解为花愁。

八

日暮罢游归，归来坐翠微。小塘春鸭闹，远渚野禽飞。
清净涵真趣，澄心契道机。沙头多钓伴，应是鳜鱼肥。

九

鸟梦先晨醒，窥檐抵死催，晴光初滉漾，美睡尚依徊。
凉月当门坠，遥山逐雾开，起来无一事，花下走千回。

十

茅舍疏篱上，春来满薜萝。市遥沽酒远，蒲长聚鱼多。
鸡骨占年祭，村锣祈谷歌。睢盱欢媪叟，不醉欲如何？

[原注]

①坝塘：地名，永绥（今湘西土家族自治州花垣县）城北一小村。

②蛮女：湘西人最小女之为“蛮”。

③留旧约：屋系先祖。

独　坐

寒雨霏霏镂细尘，客窗独坐正伤神。
来书疏似经霜叶，去日疾于下坂轮。
那许君平真忘世，可堪烛武已输人。
何当一舸成归计，紫苋青茄不厌贫。

岩　壑

岩壑幽奇许尽探，一枝栖息傍江潭。
酒兵早撤多缘病，书癖难医只为贪。
鸟作比邻花作伴，山如罗带水如蓝。
湘中风味君须记，日啖霜盘桔柚甘。

惊闻刘弘度师(永济)谢世泫然有作

通才鸿笔两兼之，教泽清言俱可思。
霁月照人犹入梦，春风坐我竟无时。
卅年珍秘馀空椟，几岁甄陶感导师。
今日侯芭头亦白①，江皋吟望只深悲。

[原注]

予卒业上庠时，君集句书联以赠，后又为予书近作《咏草》词，并为拙作《类书流别》作序。诸件藏之三十年，“文革”期间悉散失，思之凄然。

予学倚声及作毕业论文，皆就君请益，启迪良多。

[编者注]

①侯芭：西汉文学家扬雄的弟子。

宋大鹤先生以悼井翁诗见寄次韵奉和[①]

扶病犹曾过炼村[②]，那知转眼赋招魂。
石填碧海身难赎，月堕沧洲梦未温。
旧雨情深悲挂剑，遗文价重怆悬门。
山阳无此凄凉曲，满纸斑斑是泪痕。

[原注]

①井翁：淮阴张煦侯先生（须）晚年别署。先生才高学博，"文革"中以冤案含愤殁。

②炼村：予旧居名。

黄山纪行词八首录三

蝶恋花・黄山宾馆阻雨作

山约流云行复住。卧听涛声，又是天将暮。迭嶂当窗疑无路，望中一片青青树。　　犯暑远来应小驻。多谢山灵，为洒清尘雨，明日放晴扶杖去，会须遍记经行处。

采桑子・文殊院道中

呼朋同上文殊路，百折山程，蹑绿扪青，树杪泉流戛玉声。　　松阴小憩半山寺，绕屋云生，隔壑琴鸣，更向天门坎上行。

浣溪纱・丞相原

石磴回旋下碧空，连桥架涧饮长虹。玉屏遥在众山中。依约钟鸣云谷寺，扶疏叶认异萝松。明朝归路避眉峰。

浣溪沙・咏梅

一夜天寒雪压庐，平明独出见残株。远山也似二分癯。照水仍怜姿态好，倚风微恨影形孤。此时应悔占春无？

张继饮

张继饮（1927—2002），毕生从教。曾任蚌埠市诗词楹联学会副会长、会刊《涂山集韵》主编。著有《听涛集》《张继饮诗文集》等。

大江行

借得春风作壮游，扬帆踏浪遍三洲。
神飞欲逐凌波鸟，摘取江花忘白头。

寄友人

北国秋情入梦时，西山红叶韵风姿。
醒来打点三更月，遥寄乡音一页诗。

夜雨运肥

辂辂辗城乡，千夫夜夜忙。黄尘浇冷雨，短褐护刚肠。
呼喝惊秋雀，嘘唏绕幕荒。五更来去者，惨笑话风凉。

心歌一曲送小平

含笑人寰别，丹心可对天。铁肩承危命，巨手挽惊澜。
细雨滋江表，春风沐玉关。大哉君子度，肝胆寄元元。

涂山怀古

化熊跳鼓误鸾俦，半带惊慌半带羞。
为泄洪涛归瀚海，甘输大骨辟荒丘。
山崩地裂灵渠现，电闪雷鸣碧水流。
两岸稻花香漫野，神鸦暮烛飨千秋。

西江月·退休十年行踪寄意

了却纷纭往事，归来磊落诗翁。痴心笔下识蛇龙，人道春风拂动。　　燕赵当年闻笛，江湖昨夜听钟。沙洲月色意朦胧，曾唱梅花三弄。

金缕曲·迎香港回归

往事从头越，叹神州，千般物候，百年霜雪。烽火硝烟天南路，海上妖星明灭。山河泪，金瓯破缺。甲午沉沙千古恨，况名园断壁垂碑碣。流不尽，炎黄血！　　苍凉最是芦沟月。伴乌云，狂飙奔马，怒涛声咽。长夜幽幽何时了，忍待桃都啼彻。眺望处，朝阳吐烨。两制空前诚创举，且看他、雾岛今三折。雪国耻，谱新阕！

张维琳

张维琳（1933—2008），女，笔名梅篱，号清园居士，江苏睢宁人。长期在安徽工作。大专文化，中学高级教师。生前系中华诗词学会会员、安徽省诗词学会会员、安徽炳烛诗书画联谊会会员、庐州诗词学会会员、宿州诗词楹联学会常务理事。著有诗词集《槐园新咏》。

玉楼春·剜荠菜

春来草色迷芳甸，荠菜溪头青一片。手携银剪柳条筐，隔院频呼剜菜伴。　　茸茸嫩叶清溪畔，饺馅拌成香又软。一边采集一边歌，林外夕阳归鸟乱。

鹧鸪天·惊闻长兄长春在台去世，泪而赋之

乍听惊雷噩耗传，谁知兄长竟长眠。举家泪化虹乡[①]水，隔海声吞阿里山。　　心已碎，月难圆，今生再见已无缘。夜阑人静三更后，相会吾兄在梦间。

［原注］

①虹乡：泗县古称虹县、虹乡。

蝶恋花·三月山村

三月春深深几许？似海无边，比酒浓千度。崖畔梨花凝玉树，夭桃坡后沾红露。　　黛瓦粉墙三两户，叠叠峰峦，芳草遮溪路。水鸭蹒跚塘畔去，苍鹰冲向云天处。

鹧鸪天·后塘种园感赋

水草青青覆后塘，桐枝密密掩高墙。向阳石岸垂芦叶，遮雨茅檐绕蔓秧。　　鲜果脆，韭芹香，豆棚瓜架避炎凉。曾栽桃李三千树，又治园蔬百十行。

南歌子·待约

几弄长裙带，频望小阁楼。夕辉一缕慢悠悠，天畔残霞游荡几时休。　　且待娟娟月，须眠片片鸥。只闻阿母梦鼾浮，淡扫蛾眉悄步去溪头。

钗头凤·暗约

灯方灭，人初歇，柳梢已挂娟娟月。排忧虑，安心绪，暗瞒儿女，换新衣履，去、去、去。　　头如雪，心犹热，塘边灼等人如约。篱疏处，听伊步，急忙迎去，迭声相许，娶、娶、娶。

渔家傲·深秋咏菊

柳瘦榆憔衰野草，雁归燕去蛩音少。桐叶满阶红乱绕，朱颜老，香残色减黄昏到。　　历尽西风秋菊笑，几经寒露东篱闹。细梗纤枝真窈窕，分外俏，金须银髻临霜傲。

蝶恋花·童心霜鬓

乌发齐眉年最小，曾记当时，最盼春来早。苜蓿田中追蝶绕，翠衫红裤嬉芳草。　　飘尽柳绵春已老，饮露餐风，桃李知多少。一片冰心如月皎，霜欺绿鬓无烦恼。

张朝典

张朝典（1926—2006年），安徽六安人。曾任六安市解放路小学、皖西路小学、城南小学校长。喜爱诗词楹联，兼善画鹰、虾等。著有《蔷薇轩吟草》。

闲居杂咏二首

一

步出公门散淡郎，分身花事作闲忙。
碧云拖地春初老，青果衔珠夏渐长。
薜荔墙间堆翡翠，蔷薇轩里溢芬芳。
莫愁霜雪凋群卉，犹有梅花伴月香。

二

避市营斋百忍堂，衡门常掩锁春光。
夭桃映日红镶紫，丛菊迎秋翠捧黄。
露溢盆莲珠有韵，雪封梅蕊玉生香。
瘦翁岂有偷闲日，撷萃采英一派忙。

苏幕遮·游桃花坞

望洲头，红树杳。积玉凝珠，越女初妆晓。匝地云霞辉旭照。浪蝶狂蜂，魂梦犹缠绕。　　过长桥，莺燕闹。革履朱轮，争睹桃花俏。更有流畅歌载道。吟韵晴霞，莫教和春老。

沁园春·八十回眸

半壁烽烟，大别呻吟，负笈乡城。正少年气盛，请缨欠岁；“大刀”歌壮[①]，抒我豪情。立志攻书，临矶磨剑，八尺楼头寒暑灯。皋城月，照龙津濯足，淠浦谈兵。　　金戈铁马铮铮，迓万米平沙战鹰[②]。献壶浆箪食，群情激荡；英雄俄友，忘我牺牲。国际精神，雄狮力量，八载风雷劈巨鲸。书声里，看樱凋富士，日坠蓬瀛。

［原注］

①我爱唱“大刀向鬼子头上砍去……”歌曲。

②抗战中期，苏联志愿空军，在武汉空战后，降落苏埠沙滩，受到群众热烈欢迎。

临江仙·登霍山南岳山

处处山花烂熳，层层松柏葱茏。茶香伴我入高峰。天池储净水，汉帝有遗踪。　　遥想当年驾幸，玉言南岳金封。山呼万岁转头空。孤峰千古秀，万木几重荣。

张楚善

张楚善（1913—1999），字俊宝，安徽当涂人。曾任安徽省文史馆馆员、省书法家协会会员、中国老年书画研究会会员、马鞍山书画院顾问。作品多次参加省内外展出并获奖，多幅作品被作为政府礼品送往日本、美国等地。有《张楚善书法集》。

登翠螺山

三面环山一面河，孤峰突起翠如螺。
登临已觉秋光老，劫后余生乐境多。

李白祠

旭日华光耀，和风春意浓。小桥流水急，高岭积云封。
墓阜千秋盛，祠堂万古崇。缅贤归来晚，回首夕阳红。

登太白楼

偶来此处独登楼，枫叶如丹正晚秋。
隔岸芦花空瑟瑟，临檐山鸟自啾啾。
风帆一片连天远，江水千程匝地流。
也趁夕阳闲晒网，渔翁惊起数沙鸥。

张煦侯

张煦侯（1895—1968），名震南，字煦侯，笔名张须，斋名秋怀室，原籍安徽桐城市，先祖居江苏淮阴县。著名史学家、语言学家。执教文史50年，曾任复旦大学教授、合肥师范学院教授。著有《通鉴学》《国史通略》《秦典》《秋怀室诗草》《补蹉跎词钞》《鸣盛集》等。

赠徐炎文

庶户树成栋，当窗山作屏。是真孺子宅，宜草太玄经。
我畏天边赤，未分眼底青。何时汤饼熟，更看小宁馨。

[原注]

徐炎文为安徽师范学院中文系老师。

迎春会即景

衰白怯残腊，登临得早春。雨添杨柳色，风送管弦音。
才弱陪嘉会，楼高拱北辰。吟成听天乐，十国正归仁①。

[原注]

①十国：谓周总理访问十国事。

奉调就皖省师范学院事承大鹤兄一再劝留仍按韵奉答以广君意

惠诗似酒淡犹醇，宋荦由来意气真。
感子几番折杨柳，怜余六十作征人。
时隆我惜千茎雪，诺重宁辞五斗尘。
各憩水滨养雏鹤，春风对对羽毛新。

张鹏选

张鹏选（1925—2002），安徽泗县人。历任杭州市教育局历史教研室研究员、泗县中学教师。生前系安徽省诗词学会会员、安徽省炳烛诗书画联谊会会员、宿县地区诗词楹联学会理事、泗县晚香诗社副社长。著有《张鹏选诗文集》等。

新汴晚晴

新汴澄波敛晚晴，东流润物似无声。
一川明月绕淮甸，万里清光沐泗城。
夹岸嘉禾弥浅浪，连天芳草寄深情。
牧歌渔唱苍烟里，散入千村乐太平。

虞美人·虞美人花

传为虞姬血沃地而生，虞姬墓颇有之。

红颜岂是命如纸，自古谁无死！独怜幽恨对重瞳，尚念八千子弟出江东。　　秦关百二汉家土，名花依旧主。娇柔婀娜舞春风，恰似芳魂袅袅楚歌中。

张溶川

张溶川（1915—2006），名其赣，安徽定远人。诗人，毕生从教。著有《溶川诗选》《溶川诗续集》等。

漫　兴

青虫乱吐丝，白牯下污池。病树花开少，炎天日落迟。
夜凉才有笛，春去久无诗。厌听群蛙叫，纷纷各为私。

谷　雨

谷雨丛林绿四围，桃花零落牡丹肥。
卑枝争日多斜出，小蝶迎风却退飞。
林密不妨新鸟路，春寒先入老人衣。
漆园能识虫鱼乐，久矣胸中了是非。

读史有感

汉水方城岁又春，鸠江牛渚景常新。
子兰靳尚当权日，张珀杨妃得意辰。
今古有时来太白，乾坤无处着灵均。
纵观廿五神州史，多少才高落拓人。

偶　感

乐在虫鱼草木中，旷怀原不计穷通。
嚣嚣客自招非议，默默人常抱隐衷。
恕是福因安是果，愚为怒始悔为终。
王侯盗贼缘成败，莫向南华问异同！

闻郑福华谈时事有感

令难行处禁难休，郿坞金多已外流。
不肯先忧却先乐，居然无耻胜无愁。
豪华一饭中人产，痛苦千村赤地秋。
谁是敢言真直士？徒令怒气满神州。

田　家

门外桑林门内花，鸡豚分隔竹篱笆。
侵吞菜圃翁孙竹，爬上松棚子母瓜。
楼影阻回飞鸟路，电波响彻野人家。
但教廉耻风长在，物质生涯不厌奢。

寒夜偶成

玉梅花下酒香时，月姊风姨竞献诗。
风鼓松涛团雪屋，月筛竹影画冰池。
倦凭乌几闲行少[1]，寒恋红炉独睡迟。
几度沧桑家国史，灯前说与少年知。

[编者注]

①乌几，即乌皮几，乌羔皮裹饰的小几案。唐杜甫《风疾舟中伏枕书怀三十六韵》：“乌几重重缚，鹑衣寸寸针。”

忧 愤

几回索靖叹铜驼，人海阴霾瘴雨多。
牛鬼黄泉争路出，花妖白日上台歌。
沐猴漫作弹冠庆，指马其如戴角何。
倘有燃犀亭上火，会从幽壑烛潜魔。

悟言示子女

恕己太频如积恶，责人无已似寻仇。
几经桑海知应广，多读诗书理易求。
冒雨鸡能鸣旦暮，趋炎虫不识春秋。
守身立品都无憾，自是人间第一流。

校址由小董庄迁至大夏村，移家来住，赋三言诗一首示家人

借名山，择仁里，砚为田，笔为耜。门织蓬，窗糊纸，院铺沙，篱编枳。涧光清，岚气紫，林果摇，松鼠至；岩花飞，溪禽起。先生勤，门人喜，革命文，科学理，童性真，诗味美。招家人，同居止，伯鸾妻，儒仲子，杖负薪，瓮汲水。雨声中，月明里，读书灯，挑绣几。紫笋茶，红莲米，菜根香，芋魁旨。不仕赢，不相芈，我无能，卿莫耻。

杨汉章远征凯旋，荣升县座，招宴索诗，因赋短歌奉贺，即以留别

闻君万里长征苦，白山战火月正午，短兵十面银蛇舞。纷纷弹雨逼秦城，火药连山恶臭生，髑髅如瓜乱纵横。奇兵黑夜破残敌，战袍千孔穿荆棘，玉蹄白马红珠滴。平明逐北雪花飘，洒血银沙万朵桃，兜鍪一尺戴鹅毛。乘胜南旋受上赏，东城三载生民长，儒吏风流近无两。六扇槐厅为我开，戎装含笑下瑶阶，故人犹是布衣来。携将佳偶花能笑，抱出娇儿玉光耀，喜君丰貌如年

少。锦筵红烛夜三更，握手胡床话未停，交深总角不胜情。柳衙残月东风晓，湘箸殷勤劝醉饱，咫尺城郊怨来少。戟门揖别日光明，方召钟镛子晋笙，请从今后庆升平。

太白楼怀古歌，赠太白诗会邓竹虚会长①

竹虚会长曲阳人，频年游宦寓江滨，骚坛盛会执牛耳，太白楼中招众宾。感君折简乡情重，逸兴横空忽飞动，举杯邀月月不来，醉拍栏杆呼供奉。翰林供奉等俳优，散职何尝与庙谋；况复宫廷饶百舌，何如湖海适闲鸥；沉沦借酒消英气，流放求仙避罪尤；阴符无效，大药难求；浮云富贵，粪土王侯；常年来去沧江上，朝朝散发弄扁舟。读书碎叶儿时事，蕃语兼通蛮貊字；射鸢穿虎剑术精，少年早具凌云志；黄金散尽游侠心，绿酹浇伤瑚琏器；坐令草诏谱新词，大鹏莫展抟风翅。“赤羽连天明”，“群鸟皆夜鸣”；“糟糠养贤才”，“豺狼尽冠缨”。（以上四句是集太白诗句。）忧时心事重重在，岂真长醉不愿醒。暮年尚欲从军去，刘琨肝胆见忠诚。未能谈笑靖胡埃，落拓飘零剧可哀；天遣高歌入世来，随风咳唾生琼瑰，壮气昆仑力可排；一扫六朝秽浊气，凿破鸿濛奇境开；熔骚入雅轻炉冶，缩史为诗快剪裁；天马行空踏日月，神龙沛雨驱云雷。长将诗卷留天地，画舫锦袍无复至；但觉声名久愈高，千古神州独一帜。时流好事发奇情，神话凭空骇众听；长星堕地成豪士，浪里捉月骑飞鲸。醉仙之楼矗峥嵘，龙山牛渚增光荣；倘不当年来此客，天门采石亦虚生。可叹奇才不世出，终唐之代无此笔。放翁人呼小太白，若论才气已降格。黄仲则，张船山，青莲再世美名传；风流人物看今日，楼上豪吟谁谪仙？

［编者注］

①邓竹虚（1926—），安徽定远人。曾任县委书记，地委、市委宣传部长，安徽省文联秘书长等职。诗人，书法家。1985年发起成立安徽太白诗社，为改革开放后全国成立最早的诗社之一。

风入松·定远春感

蹁跹蝶是美人魂，花好数虞墩。漆园水涨银鳞跃，庄周去，钓石长存。游客沾濡红雨，居民呼吸香云。　　常将廉耻教儿孙。要与浊流分。古风古意原非古，不曾离、退士衡门。榜作南塘邻屋，署为子敬乡亲。

［原注］

鲁肃字子敬，戚继光号南塘，皆定远人。

沁园春

周明道医师以所著两种书并华章见寄，赋长调以寿之。

千里同堂，浙水萧山，皖水曲阳。叹多才贫士，常由私学；盛名骚客，不出高庠。君没文凭，我无资历，未碍声华四海扬。堪欣慰，是一身清白，七字芳芳。　　岐黄术乃君长，从未秘千金肘后方。信活人无数，自应寿考；养身有诀，老更康强。恩报师门，功酬慈幄，孝义肝肠品德香。开书帙，羡回春经验，传世文章。

张漱菡

张漱菡（1930—2000），女，安徽桐城人。清代名臣张英为其九世祖，桐城派晚期学者马其昶为其外祖父。曾先后就读于上海天主教启明女校、震旦大学文理学院。1948旅居台湾，以写作自娱。小说《意难忘》成为50年代台湾最畅销小说。后又相继创作出版了《江山万里心》《七孔笛》《碧云秋梦》《愤怒的鉴湖》《翡翠田园》《绿窗小札》《云桥飞絮》《归雁》《师恩》等50多部小说和散文集共1000多万字，是琼瑶之前最负盛名的台湾女作家。有诗集《荷香集》传世。

怀　乡

新月如钩透碧纱，无端心系故园花。
只恐梦魂飞不到，庭前双桂是吾家。

怀人步韵八首选二①

一

梦魂昨夜到桐城，故旧相扶竞出迎。
互贺白头犹健在，也难笑里暗吞声。

二

三更离梦五更风，落寞情怀两地同。
何处可穷千里目，故人消息托飞鸿。

[编者注]

①张漱菡的表姐马华正（亦名方茜）与其夫陈仁卿在“反右”和“文革”中饱受摧残。1979年平反，同时安排在安徽教育学院任副教授。次年，马华正通过侨居美国的姚宜润女士得知表妹张漱菡在台北的近况，情不自禁写了八首《怀人》诗作，托表弟舒芜寄到香港《文汇报》上发表。张漱菡在《文汇报》上读到表姐的《怀人》诗，泪如雨下，随即命笔作了《怀人步韵》八首。

张慧中

张慧中（1921—1996），女，字白香，号雅英，安徽枞阳人。枞阳籍台胞疏影先生妻室。早岁执教于枞阳双溪、孟侠诸校。工刺绣，擅书法，尤喜吟咏，与夫疏影时赓唱和。著有《白香吟草》一卷。

夜 读

学欲足三馀，芸窗苦读书。长邀明月伴，未与古人疏。
灯影寒摇壁，鸡声远破庐。夜阑知味永，把卷乐何如！

次白翎兄七夕原韵

碧海青天细细风，萧疏银汉望无穷。
人间艳福知多少，不及双星岁岁逢。

和外子感怀原韵三首录一

淡饭粗茶酒可赊，天伦团聚乐无涯。
小园喜有平安竹，不羡人间富贵花。

张镇英

张镇英（1904—2005），原名张祚伦，安徽萧县人。终生从教。1942年创办萧县中学。1949年去台湾，退休前为台中师范学院教授。2005年卒于台北，享年101岁。2002年萧县中学举办建校60周年庆典，张镇英先生寄来了《贺词》《颂词》，题写了“良师兴国”四个大字。萧县中学院内立有张镇英先生雕像。

思　家

故园八千里，思乡五十年。有家归不得，老病更情牵。

颂萧县中学

凤岭巍巍兮，卿云飘飘。岱水泱泱兮，碧水滔滔。
良师循循兮，唯善为宝。学子欣欣兮，青云可蹈。
桃李芬芳兮，腾蛟起凤。社会栋梁兮，功成业绍。
日新又新兮，群伦光耀。长才济济兮，青史可造。
国运昌隆兮，洪范为久。民族瑰宝兮，萧中称豪。

陆子权

陆子权（1911—2004），江苏新沂人。安徽师范大学中文系副教授，曾任芜湖诗词学会顾问。著有《三余室诗烬》，编纂《诗词格律十讲》。

答窦君天

访戴同登处士轩，梨花香里续新篇。
当年胜侣今余几？回首前尘一泫然。

赏菊归来

黄花紫蟹斗秋光，胜侣如云聚一堂。
会友辅仁联道义，开轩把酒话沧桑。
喜看晚景逢昭代，每指遥天颂夕阳。
一笑拍肩归去也，晚风习习送轻凉。

黄鹤楼放歌

新旧黄鹤楼，我均未一履其地，然神游梦想者有年。老友书公归自武汉，为道黄鹤新楼之胜概及其观感，并绘示详图、口讲指画，巨细靡遗。爰效范希文据《洞庭晚秋图》作《岳阳楼记》故事。戏为《黄鹤楼放歌》一章。

人世几沧桑，鹤去楼仍在。踵事以增华，旧貌翻新态。明瓦灼白日，栋宇敷藻绘。高矗远市声，松风来清籁。盱衡楚天低，俯挹江汉汇。形胜擅天然，三镇环襟带。崇楼与高囱，迤逦云山外。长桥绾八水，一水连九派。登楼感今昔，遐思萦五内。时易境因迁，趣亦异前辈。崔颢日暮起乡愁，烟波江上曾兴喟。我则天涯到处可为家，民胞物与充此爱；青莲有景道不得，谦抑佳话传千载。我则不揣下里与巴人，凭栏击节多慷慨。寄语费文伟：胡不学化鹤归来丁令威，重游旧地骋一快？旧时城郭已全非，今日人民作主宰；胡不学山中观棋烂柯人，刮目重看新世界？科技穷究天人际，微观宏观得真解。吁嗟呼！前贤后哲俱往矣；喜看今朝，联翩人物纷文彩。江流淘不尽风流，山川灵秀代复代。

陈　亮

陈亮（1925—2012），安徽当涂人。曾任宣城地委、县委统战部干部，宣城粮油食品局干部，宣城敬亭山诗词学会副会长、《敬亭山诗词》副主编。著有诗集《从心集》。

临江仙·金婚漫忆

慈命媒言强结发，抗倭烽火霜辰。离多聚少互思频，白头情似旧，伉俪倍相亲。　　忆昔闻鸡投笔去，怜卿独守家门。奉亲育子倍殷勤。悠悠如一梦，忽忽五零春。

陈　新

陈新（1925—1996），字志超，号山石。安徽青阳人。铜陵五松山诗词学会创立人之一，曾任《五松山诗词》常务副主编。著有《打油集》《山石诗词集》等。

观严光钓台有感

百丈渔台钓日光，时人惋惜叹荒唐。
讵知未解其中妙，钓得山高与水长。

观机器人有感

争夸铁骨是豪雄，雅韵高情自不同。
愿展经纶添锦绣，哪将名利系心胸？
性无奸诈千人颂，脑有灵犀万事通。
忘我只知勤奉献，笑他禄蠹可怜虫！

陈广松

陈广松（1925—2009），笔名耐寒，安徽泗县人。历任区长、县卫生局副局长等职，1985年离休。生前系中华诗词学会会员、安徽省炳烛诗书画联谊会会员、宿州诗词楹联学会理事、灵璧诗社社长。著有《耐寒诗词》。

秋日远眺

金风乍起道清凉，划破晴空雁几行。
云敛烟收枫正赤，天高气爽菊初黄。
山村落落川原阔，桑柘萧萧橘柚香。
满目秋光人欲醉，酣歌一曲兴徜徉。

答友人

问我为何不觉愁，诗词满柜胜封侯。
门庭若市常欢笑，骚客如云互唱酬。
首首铿锵迎夕照，声声清脆起红楼。
云川千里归眸底，白雪阳春逐水流。

陈布新

陈布新（1919—1998），安徽枞阳人。曾任芜湖航运管理局干部，芜湖诗词学会会员。

还　乡

客窗凉月思乡切，白荡湖山入梦频。
四十年来偿宿愿，一帆顺水载归人。

旅台友人来信感赋

宣城折柳唱骊歌，弹指春秋四十过。
忽接鱼书疑梦寐，共怜霜鬓已婆娑。
欣闻海峡风涛静，更喜中原气象和。
拭目金瓯归一统，相逢赭麓共吟哦。

陈仲贻

陈仲贻（1929—1997），安徽淮南人。生前供职于教育战线。著有《词调探源》《洛涧沧桑》。

洛河怀古

残阁颓垣迹尚留，长淮滚滚逝无休。
芳华池已沉波底，挹爽居曾驻客舟。

仿佛高丘唐古刹，依稀丛莽宋钟楼。
一声牧笛斜阳里，寂寞荒原满目秋。

临江仙·重阳

露白蟹肥秋已老，岁华荏苒重阳。紫萸携臂冷浮香。龙山吹帽落，兔圃绽花黄。　　小集名园皆博雅，尖叉闲斗毫芒。升平盛世庆天长。劝君歌一曲，莫负好时光。

陈华英

陈华英（1910—2001），浙江诸暨人。芜湖市百货公司干部退休。曾为中华诗词学会、安徽省诗词学会会员，诸暨诗社名誉社长，芜湖诗词学会常务理事。编纂《古今回文缀辑》。

滴翠轩偶成

湖上烟岚雨后时，半帘花影一楼诗。
白云回望窗前合，似笑山翁得句迟？

八秩抒怀

湖海飘萍岁月迁，年逢八秩齿犹全。
韶龄忧世情偏激，晚景逢辰志益坚。
细草当风舒韧劲，丛篁经雨发新妍。
老来喜遂升平愿，纵目长江水拍天。

陈克满

陈克满（1918—2010），号石莲，又号药农，安徽无为人。曾任无为中正学校校长等职。后自学中医，70年代后，于无为一集体诊所内担任中医师至去世。工诗词，所作多不示人，遗诗散失殆尽。

怀卢采芬

引吭高歌大礼堂，情深如海亦如洋。
歌中仿佛频飞泪，记得将军为国殇。

[原注]

将军名张敬，福建人，采芬之初恋，与张自忠将军一同殉国。

浣溪沙

三阕代柬，有赠安徽学院同学张以绪、卢采芬伉俪。

双　候

白发鸳鸯羡二仙，几生修得此因缘。缔盟烽火正连天。久历冰霜人未老，喜看松柏碧如前。芬芳岁月忆当年。

怀　绪

山外嘤鸣求友生，英年汗漫汴梁行。稽公文甫座曾倾。画阁低吟怀旧雨，蕉窗长啸乐新晴。瑶笺蒙及不才名。

诵　芬

不羡虚名不羡人，要将富贵等浮云。自甘藜藿老天民。漫道无才方是德，须知有学始难贫。斫轮英语冠群伦。

陈独秀

陈独秀（1879—1942），原名庆同，字仲甫，号实庵，安徽怀宁人。著名的思想家、政治家，中国共产党主要创始人和早期领导人之一，也是新文化运动主要倡导者之一，创办了著名白话文刊物《新青年》。1927年被共产国际剥夺中共党内领导职务，1929年因反对当时中共提出的“武装保卫苏联”口号，被开除党籍。1932年被国民政府逮捕囚禁，1937年抗战爆发后出狱，1942年逝世。主要著作收入《独秀文存》《陈独秀诗存》《陈独秀思想论稿》《陈独秀著作选编》等。

华严瀑布十四首选四

一

湖水深且碧，波静敛微白。东注落为泷，高悬一千尺。

二

矫若天龙垂，倒挂玲珑石。飞沫惊四筵，无语万山碧。

三

仰瞻接奔雷，俯视迷霾雾。回首觅归途，夕阳满红树。

四

日拥千人观，不解与君语。空谷秘幽泉，知音复几许。

[编者注]

华严瀑布是日本栃木县内日光山中一大胜景，是日本三大瀑布之一。1908年秋，陈独秀由日本回国度假，临行前游览日光山，观赏瀑布胜景，作《华严瀑布》诗十四首。1911年2月19日上海《民立报》刊发其中八首。

本事诗十首

一

双舒玉笋轻挑拨，鸟啄风铃珠碎鸣。
一柱一弦亲手抚，化身愿作乐中筝。

[原注]

南汉黄损词云："愿作乐中筝，得近佳人纤手指。"

二

深夜沉香沃甲煎①，隋皇风雅去茫然。
羊车我若过卿宅②，细饮番茶话夙缘。

[原注]

番茶，日本茶名。

[编者注]

①甲煎：香名，又名"甲香""夹煎"。唐李商隐《隋宫守岁》诗："沉香甲煎为庭燎，玉液琼苏作寿杯。"

②羊车：古代精美的小车，佛教以车乘喻佛法。羊车为小乘，即

声闻乘；鹿车为中乘，即缘觉乘；牛车为大乘，即菩萨乘。

三

湘娥鼓瑟灵均泫，才子佳人共一魂。
誓忍悲酸争万劫，青衫不见有啼痕。

四

丹顿裴伦是我师[1]，才如江海命如丝。
朱弦休为佳人绝，孤愤酸情欲语谁？

[编者注]

①丹顿裴伦：丹顿，即但丁；裴伦，即拜伦。

五

慵妆高阁鸣筝坐，羞为他人工笑颦。
镇日欢场忙不了，万家歌舞一闲身。

六

少人行处独吹笙，思量往事泪盈盈。
缺憾若非容易补，报答娲皇炼石情。

七

目断积成一钵泪，魂销赢得十篇诗[1]。
相逢不及相思好，万境妍于未到时[2]。

[编者注]

①十篇诗：指苏曼殊怀念恋人百助眉史的《本事诗》十首。

②万境：佛家语，指一切事物的景象，亦称“万象”。

八

多才天子神山女，未必高唐定雨云。
相见烦君惟一曲，不教红泪落湘裙。

九

空劳秦女为吹箫，孤负天门上下潮[1]。
周郎未遇春衫薄，沽酒无颜过二桥。

[编者注]

①孤负：即“辜负”。天门：指心。老子《道德经·十章》：“天门开阖，能无雌乎？”

十

昭王已死燕台废，珠玉无端尽属卿。
黄鹤孤飞千里志，不须悲愤托秦筝。

[编者注]

陈独秀与苏曼殊唱和的《本事诗十首》，原作于1909年。当时陈独秀与苏曼殊、邓以蛰常相聚首。一月初与苏曼殊同住日本东京神田猿乐町二丁目一番地清寿馆内。苏向陈学诗。苏的《本事诗十首》是写自己与东京乐伎百助眉史的爱情。陈唱和是步其原韵倾诉与苏的友情，二十首本事诗的出现，在当时文坛上影响颇大。

附：苏曼殊《本事诗十首》

本事诗十首

一

无量春愁无量恨，一时都向指间鸣。
我亦艰难多病日，哪堪重听八云筝。

二

丈室番茶手自煎，语深香冷涕潸然。
生身阿母无情甚，为向摩耶问夙缘。

三

碧玉莫愁身世贱，同乡仙子独销魂。
袈裟点点疑樱泪，半是脂痕半泪痕。

四

淡扫蛾眉朝画师，同心华髻结青丝。
一杯颜色和双泪，写就梨花付与谁？

五

愧向尊前说报恩，香残玦黛浅含颦。
卿自无言侬已会，湘兰天女是前身。

六

桃腮檀口坐吹笙，春水难量旧恨盈。
华严瀑布高千尺，未及卿卿爱我情。

七

乌舍凌波肌似雪，亲持红叶索题诗。
还卿一钵无情泪，恨不相逢未剃时。

八

相怜病骨轻于蝶，梦入罗浮万里云。
赠尔多情诗一卷，他年重捡石榴裙。

九

春雨楼头尺八箫，何时归看浙江潮。
芒鞋破钵无人识，踏过樱花第几桥？

十

九年面壁成空相，持锡归来悔晤卿。
我本负人今已矣，任他人作乐中筝。

金粉泪五十六首选六

一

放弃燕云战马豪[①]，胡儿醉梦倚天骄。
此身犹未成衰骨，梦里寒霜夜渡辽。

[编者注]

①燕云：五代时，后晋石敬瑭以燕、云十六州割让给契丹，借外力巩固自己的统治，造成了中原地区长期的战乱。燕、云十六州，地处今河北、山西两省的北部。

二

民智民权是祸胎，防微只有倒车开。
嬴家万世为皇帝[①]，全仗愚民二字来。

[编者注]

①嬴家：秦始皇姓嬴，这里是双关语。

三

德赛自来同命运[①]，圣功王道怎分开。
忏除犯上无君罪，齐到金刚法会来[②]。

[编者注]

①德赛：指民主（democracy）和科学（science）。

②金刚法会：佛事活动。当年4月，国民党要人和社会人士在报上刊出《启建时轮金刚法会启事》，将定期在杭州灵隐寺举行法会，“希望十方善信如期到会恭候大法”。此诗后两句的意思是，为了忏悔

犯上作乱、目无领袖的罪恶，都要到金刚法会上来听法修行。

四

感恩党国诚宽大，并未焚书只禁书[①]。
民国也兴文字狱，共和一命早呜呼。

[编者注]

①焚书：指秦始皇焚书坑儒。禁书：1934年6月6日，国民党中央宣传部为推行反动的文化专制，在上海设立“中央图书审查委员会”，潘公展任主任委员。9日，公布《图书杂志审查办法》十条，在全国实行禁书。

五

珊珊媚骨吴兴体[①]，书法由来见性真。
不识恩仇识权位，古今如此读书人。

[编者注]

①吴兴体：书法的一种体势，创始人为浙江吴兴赵孟頫。书界曾有人讽评赵字妩媚无骨气。

六

自来亡国多妖孽，一世兴衰过眼明。
幸有艰难能炼骨，依然白发老书生。

[编者注]

《金粉泪五十六首》是陈独秀在南京老虎桥监狱中写成，末署“所谓民国二十三年”，没有署名。他的挚友亚东图书馆的汪孟邹探监时将手稿带出监狱，经辗转密藏，保留下来。1953年2月，汪将原稿上交，现存于上海中共“一大”纪念馆。《中共党史资料》1982年第4期首次刊出。

曼上人赴江户余适皖城写此志别[①]

春申浦上离歌急，扬子江头春色长。
此去凭君珍重看，海中又见几株桑。

[编者注]

①此诗作于1913年二次革命爆发之际，署名陈仲甫。当时，柏文蔚再任皖督，陈独秀也刚从南京到上海，拟返回安庆再任都督府秘

书长，适苏曼殊也将于此时赴日本江户省亲，陈独秀为他赋诗惜别。

灵隐寺前

垂柳飞花村路香，酒旗风暖少年狂。
桥头日系青骢马，惆怅当年萧九娘。

对月忆金陵旧游

匆匆二十年前事，燕子矶边忆旧游。
何处渔歌惊梦醒，一江凉月载孤舟。

[编者注]

陈独秀1939年5月下旬移居到四川江津鹤山坪一个小山村，此诗当作于移居山村以后。诗后陈独秀写道：“壬午暮春写寄静农兄。独秀自鹤山坪。”

闻光午之瑜静农及建功夫妇于屈原祭日聚饮大醉，作此寄之建功兄

除却文章无嗜好，世无朋友更凄凉。
诗人枉向汨罗去，不及刘伶老醉乡。

[编者注]

本诗末题有“民国三十年七月于蜀之江津”字样。诗题中的光午，即周光午，湖南宁乡人，时任聚奎中学校长，新中国成立后任武汉大学教授。之瑜，即何之瑜，湖南人，毕业于北京大学，当时任教于江津国立第九中学，受北京大学同学会委托照顾陈独秀。台静农，字伯简，安徽霍邱人，现代小说家、文史学家，时任白沙女子师范学院中文系主任。魏建功，江苏海安人，曾任北京大学教授、副校长。他们曾于1941年屈原祭日聚饮醉酒，陈独秀闻事感奋不已，慨然而有此作，寄示魏建功。

哭何梅士[1]

海上一为别，沧桑已万重。落花浮世劫，流水故人踪。
星界微尘里，吾生弹指中。棋卿今尚在[2]，能否此心同。

[编者注]

①何梅士：又名何靡施，福建人。1903年陈独秀与章士钊在上海创办《国民日报》，曾与何梅士共事。二人一见如故，友情甚笃，陈称“得靡施恨晚”。

②棋卿：沈棋卿，浙江名门闺秀，在沪与何靡施一见钟情。沈家反对，将棋卿送返原籍，以断其往来。何靡施辞世后，为纪念亡友，章士钊以何沈为原型，创作了小说《双枰记》。

寄士远长安①

自君到湖水，天地失清秋。影着孤山树，心随江汉流。
转蓬俱异域，诗酒各拘囚。未及祖龙死，咸阳不可留。

[编者注]

①士远：沈士远，浙江吴兴人，是沈尹默与沈兼士的长兄，世称“吴兴三沈”。

杭州酷暑寄怀刘三沈二①

病起客愁新，心枯日景沦。有天留巨眚②，无地着孤身。
大火流金铁，微云皱石鳞。清凉诗思苦，相忆两三人。

[编者注]

①刘三：原名钟和，字季平，上海华泾人。1902年留学日本，与陈独秀同校，交谊最深。1903年邹容被捕，1905年死于狱中。遗体初置荒冢中。刘三闻讯后星夜前往收尸，葬于其住宅华泾黄叶楼旁。侠骨义行，人称“义士刘三”。沈二，即沈尹默，浙江吴兴人，书法家、诗人。早年留学日本，曾任北京大学文学系教授、北平大学校长。1949年后任中央文史馆副馆长、第三届全国人民代表大会代表。旧体诗词功力尤深，书法造诣精湛，尤以行书著名。

②眚（shěng）：灾异、疾苦，或因过失而造成灾害。

咏　鹤

本有冲天志，飘摇湖海间。偶然憩城郭，犹自绝追攀。
寒影背人瘦，孤云共往还。道逢王子晋①，早晚向三山。

[编者注]

①王子晋：神话传说人物。《列仙传》卷上："王子乔者，周灵王太子晋也，好吹笙作凤凰鸣，游伊、洛间，道士浮丘公接以上嵩高山。"

感怀二十首选八

一

委巷[①]有佳人，颜色艳桃李。珠翠不增妍，所佩兰与芷。
相遇非深恩，羞为发皓齿。闭户弄朱弦，江湖万余里。

[编者注]

①委巷：僻陋曲折的小巷。泛指民间。

二

春日二三月，百草恣妍美。瘦马仰天鸣，壮心殊未已。
日望苍梧云，夜梦湘江水。晓镜览朱颜，忧伤自此始。

三

得失在跬步，杨朱泣路岐[①]。变易在俄顷，墨翟悲染丝。
人心有取舍，爱憎随相欺。八骏虽神逸，绝尘犹可追。

[编者注]

①杨朱泣路岐：典出《淮南子·说林训》："杨子见逵路而哭之，为其可以南，可以北。"逵路即歧路。因为歧路容易迷失方向，变迁不定，使人无所适从，因此感伤，以致悲泣。

四

昔有梁孝王，风流歌吹台[①]。西行见天子，侍从多贤才。
相如虽未至[②]，得见邹与枚[③]。旷世无伯乐，骐骝为驽骀。

[编者注]

①吹台：古台名，在今河南开封市东南禹王台园内。相传为春秋时师旷吹乐之台。

②相如：即司马相如，汉成都人，字长卿。武帝时，因献赋被任命为郎。著作有《子虚赋》《上林赋》等。

③邹与枚：指汉代的邹阳和枚乘。两人皆以才辩著名当时，后作才辩之士的通名。

五

东邻有处子，文采何翩翩。高情薄尘俗，入海求神仙。
归来夸邻里，朱楼列绮筵。今日横波目，昔时流泪泉。

六

魂魂昆仑气，洛洛清溪流。琅玕出西极①，光彩粲九州。
鸾凤一朝去，宫馆颓山邱。崦嵫不可望②，望之令人愁。

[编者注]

①琅玕：美石。

②崦嵫：山名，在甘肃天水县西。古代神话传说中日落之处。

七

女娃为精卫，衔石堙东海。东海水未堙，女娃心已改。
夸父走虞渊①，白日终相待。奈何金石心，坐视生吝悔。

[编者注]

①虞渊：传说中日落之处。

八

天路绝泥滓，人世总苦辛。一念脱尘网，双足生青云。
云中发箫管，悦耳何缤纷。回瞰所来地，泣下为人群。

[编者注]

1910年陈独秀旅居杭州，执教于陆军小学。感时伤事，忧国忧民，作诗甚多。其中《感怀二十首》于1917年5月1日在《丙辰》第3期全帙发表，署名陈独秀。

和斠玄兄赠诗原韵①

莫气薄大地②，憔悴苦斯民。豺狼骋郊邑，兼之征尘频。
悠悠道路上，白发污红尘。沧溟何辽阔，龙性岂易驯。

[编者注]

①斠玄：即陈中凡，原名钟凡，字觉元，别号斠玄，江苏建湖人。著名社会科学家、学者。

②莫气：暮气，日暮的气象。

病中口占

日白云黄欲暮天，更无多制此残年。
病如垣雪销难尽，愁似池冰结愈坚。
斩爱力穷翻入梦，炼诗心豁猛通禅。
邻家藏有中山酿，乞取深卮疗不眠。

夜雨狂歌答沈二

黑云压地地裂口，飞龙倒海势蚴蟉[①]。
喝日退避雷师吼，两脚踏破九州九。
九州嚣隘聚群丑，灵琐高扃立玉狗[②]。
烛龙老死夜深黝[③]，伯强[④]拍手满地走。
竹斑未灭帝骨朽，来此浮山去已久。
雪峰东奔朝岣嵝，江上狂夫碎白首。
笔底寒潮撼星斗，感君意气进君酒。
滴血写诗报良友，天雨金粟泣鬼母。
黑风吹海绝地纽，羿与康回笑握手。

[编者注]

①蚴蟉：同蚴虬，传说中的幼龙，行动起来弯曲扭动，曲折蜿蜒。

②灵琐：古称宫门或庙门。

③烛龙：古代神话中的神兽。在西北无日之处，人面龙身，衔烛以照幽明。

④伯强：古代传说中的疫鬼。屈原《楚辞·天问》：“伯强何处？惠气安在？”东汉王逸《注》：“伯强，大厉疫鬼也，所至伤人。”

远　游

晨风一嘘吸，吹落羲和车。细雨海上来，蒙蒙弥空虚。
骄阳不驭世，冥色惨不舒。寒暄各异恨，晴海晦丙愉。
百年苦劳役，汲汲胡为乎。达人识此意，裂冕轻毁誉[①]。
阳春玩小儿，入眼等空无。小草檐闲碧，青山门外臞[②]。
读书破万卷，只以益懦愚。徒步历州郡，穷途泣海隅。

拿空窥五岳[3]，破碎混中区。忽然生八翼，轻身浮天衢。
初见海如勺，熟视益模糊。撮土载万类，旦夕相诛锄。
强弱不并处，存灭争斯须。寥廓不可尽，星火何稀疏。
微尘点点外，幽暗不可居。归来观五蕴[4]，微命系囚俘。
贪痴杂粪秽，妄葆千金躯。仙释同日死，儒墨徒区区。
佳人进美酒，痛饮莫踟蹰。

[编者注]

①裂冕：意为裂冠毁冕。冠冕为仕官之服，比喻绝意仕进。

②臞：消瘦。

③拿空：手眼向上。

④五蕴：佛教语，也称五阴、五众。即色（形体物质）、受（情欲）、想（意念）、行（行为）、识（心灵）。

述　哀

亡兄孟吉，与仲隔别，于今十载。季秋之初，迭获凶电，兄以肺疾客死关东，仓猝北渡，载骨南返。悲怀郁结，发为咏歌，情促辞拙，不畅所怀。聊写衷曲，敢告友生。宣统元年秋九月，陈仲志于沈阳寓斋。

死丧人之戚，况为骨肉亲。所丧在远道，孤苦益酸辛。
秋风衰劲草，天地何不仁。驾言陟阴岭[1]，川原低暮曛。
临空奋远响，寒飙逐雁群。一月照两地，两地不相闻。
秉烛入房中，孔怀托幽梦[2]。相见不暂留，苦虑晨鸡弄。
牵裙频致辞，毋使薄寒中。言笑若平生，奚以怀忧恸。
起坐弄朱弦，弦乱难为理。凉风扣庭扉，开扉疾审视。
月落霜天冥，路远空延企。掩户就衾枕，犹忆梦见之。
辗转不能寐，泪落如垂丝。扁舟浮沧海，去住随风波。
浩淼不可测，起伏惊蛟鼍。仙人御离合，聒耳如哀歌。
海立天俯仰，安危在刹那。一潮落玄渚，尧桀无殊科。
救死恐不及，岂复悲坎坷。坎坷复踽踽，慷慨怀汨罗。
孤篷岂足惜，狂澜满江河。区区百年内，力命相劘磨[3]。
蓬莱阻弱水，南屏落叶多。所违在不远，隔目成关河。
生别已恻恻，死别当如何。感此百念结，巨浪如嵯峨。
嗈嗈鹡鸰鸟，双飞掠船过。与君为兄弟，忽忽三十年。

十年余少小，罔知忧苦煎。十年各南北，一面无良缘。
其间十年内，孤苦各相怜。青灯课我读，文彩励先鞭。
慈母虑孤弱，一夕魂九迁。弱冠弄文史，寸草心拳拳。
关东遭丧乱，飞鸿惊寒弦。南奔历艰险，意图骨肉全。
辛苦归闾里，母已长弃捐。无言执兄手，泪湿雍门弦[4]。
相携出门去，顾影各涓涓。弟就辽东道，兄航燕海边。
海上各为别，一别已终天。回思十载上，泣语如眼前。
见兄不见母，今兄亦亡焉。兄亡归母侧，孑身苦迍邅[5]。
地下告老母，儿命青丝悬。老母喜兄至，泪落如流泉。
同根复相爱，怎不双来还。朔风吹急雪，萧萧彻骨寒。
冰砾裹蹄足，蹇骡行蹒跚。寸进复回却，蜷曲以盘桓。
盘桓不能进，人心似弹丸。汽车就中道，人畜各喜欢。
一日骋千里，无异策虬鸾。余心复急切，长夜路曼曼。
路长亦不恶，心怯且自宽。吉凶非目睹，疑信持两端。
驱车入城郭，行近心内酸。入门觅兄语，尚怀握手欢。
孤棺委尘土，一瞥摧心肝。千呼无一应，掩面不忍观。
仆夫语急语，一一无遗残。依依僮仆辈，今作骨肉看。
故旧默无语，相视各汍澜。中夜不成寐，披衣抚孤棺。
孤棺万古闭，非梦无疑团。侧身览天地，抚胸一永叹。

[编者注]

①驾言：乘车。

②孔怀：很悲伤。《诗经·小雅·常棣》：“死丧之威，兄弟孔怀。”

③劖磨：意谓折磨。

④雍门弦：意谓闻琴声而流泪。汉刘向《说苑·善说》载：战国时，有齐人名周，居雍门，曾以琴见孟尝君。孟尝君问：先生鼓琴能否令我放悲声？周引琴而鼓，孟尝君听琴声即涕泣增哀，闻弦歌立觉有破国亡家之恸！

⑤迍邅：难行，处境困难。

1908年，陈独秀的长兄陈庆元因肺病客死关东。次年秋天，陈独秀自杭州北上，接扶长兄灵柩回安庆故乡安葬。抵达沈阳后，悲怀郁结，长歌当哭，抒发对长兄的悼念之情。此诗原载于1915年5月10日《甲寅杂志》第1卷第5号。

告少年[①]

太空暗无际，昼见非其形。众星点缀之，相远难为明。
光形无所丽，虚白不自生[②]。半日见光彩，我居近日星。
西海生智者[③]，厚生多发明。摄彼阴阳气，建此不夜城。
局此小宇内，人力终难轻。吾身诚渺小，傲然长百灵。
食以保躯命，色以延种姓。逐此以自足，何以异群生。
相役复相斫，事惯无人惊。伯强今昼出，拍手市上行。
旁行越郡国，势若吞舟鲸。食人及其类，勋旧一朝烹。
黄金握在手，利剑腰间鸣。二者唯君择，逆死顺则生。
高踞万民上，万民齐屏营[④]。有口不得言，伏地传其声。
是非旦暮变，黑白任其情。云雨翻覆手，信义鸿毛轻。
为恶恐不足，惑众美其名。举世附和者，人头而畜鸣。
忍此以终古，人生昼且冥。古人言性恶，今人言竞争。
强弱判荣辱，自古相吞并。天道顺自然，人治求均衡。
旷观伊古来，善恶常相倾。人中有鸾凤，众愚顽不灵。
哲人间出世，吐辞律以诚。忤众非所忌，坎坷终其生。
千金市骏骨，遗言觉斯民。善非恶之敌，事倍功半成。
毋轻涓涓水，积之江河盈。亦有星星火，燎原势竟成。
作歌告少年，努力与天争。

[编者注]

①这首诗作于1939年，是陈独秀晚年所作最长的一篇古风体诗，署名仲甫，于1940年发表于《新新新闻》旬刊第2卷第20期。苏德互不侵犯条约签订于1939年8月23日，此诗约作于八九月之交。陈独秀在寂寞萧条的晚年，仍以火热的激情，强烈反对极权政治的思想倾向。他在复濮清泉的信中直道：“我给所有独夫画像，尤着重斯大林。”（濮清泉《我所知道的陈独秀》，《文史资料选辑》第71辑）并在诗后批注：“伯强，古传说中之大疫厉鬼也，以此喻斯大林。近日悲愤作此歌，知己者，可予一观。”

②虚白：形容心境明朗清静。唐杜甫《归》诗：“虚白高人静，喧卑俗累牵。”

③西海：此处泛指西方世界。

④屏营：惶恐。汉李陵《与苏武》诗：“屏营衢路侧，执手野踟蹰。”

陈葆经

陈葆经（1917—2004），字丽子，安徽全椒人。辛亥革命时期参议员陈丽昆之子。无锡国学专修学校毕业。曾在津浦路西淮南路东的皖东地区从事宣传工作，竞选过南京市第一届参议员。历任记者、编辑、副编审，全椒县政协委员，安徽省文史馆馆员，安徽省诗词学会理事，安徽太白楼诗词学会副会长，全椒县政协文史委顾问，中华诗词学会会员，全椒县政协诗词之友社名誉副社长。著有《三馀轩吟稿丛集》《三馀轩诗词选》。

江亚轮赴汉口白门启碇

滚滚长江水，滔滔东向流。不甘随浪逐，逆上觅源头。

南岳晴霄

无谱戏成曲，繁英却借风。斩他千竿竹，个个腹中空。

栖霞山桃花扇亭

是谁施媚媚香楼，国步私怀两股愁。
扇上桃花花上泪，美人名士一亭收。

陈琏三十年祭

重过王山集，怆然不胜情。行程真百折，遭际慨三生。
浩劫无前古，名言有震声。高寒拼一纵，迸发不平鸣。

金缕曲·乾陵无字碑

此石原无字，历年年，风侵雨袭，了无差异。漫道当时难着笔，留与谁人从事。出奇想，居然如此。纵有几多心曲隐，是梦丝，自应寻端理。同墓宅，合碑比。　　临朝训政常情耳。便何须，开国启绪，断残唐纪。毕竟黄袍身未暖，冯妇重归于李。又位列、中宗先妣。穴共夫皇非女帝，妄文铭、岂服三冤鬼：一公主，双太子。

陈嘉穗

陈嘉穗（1918—2010），号墨愚，笔名绿野，安徽繁昌人。抗战时期任国民革命军某部连长，1949年后繁昌县轴承厂干部退休。中华诗词学会、芜湖诗词学会会员。

重　逢

睽违经半世，相见白头翁。往事犹如昨，深交久愈浓。
峨溪芳草绿，春谷夕阳红。共话南窗下，沧桑一笑中。

临江仙·怀旧寻踪

忆昔镜湖船上饮，欢声笑语情浓。清风漂荡月明中，桨摇波影动，疑在水晶宫。　　回首不堪思往事，重来旧地寻踪。湖光山色换新容，浮生原一梦，聚散总匆匆。

邵子退

邵子退（1902—1984），名光晋，字子蜕，号瓜田、老炊，自谓种瓜老人，安徽和县人。自幼随父邵鲤庭诵习诗文，酷爱书画艺术。早年与林散之、许朴庵结交，时人誉为乌江“松（许）竹（邵）梅（林）三友”。

双　抢

抢种先抢收，我起日未出。燃灯做晨炊，雄鸡正喔喔。

散之在扬州

别时烟柳黄莺语，转眼洋槐白雪花，
无赖春随君去也，为谁烟火煮新茶。

山　夜

早睡无灯火，空山绝四邻。踏松枭叫夜，觅食鼠翻瓶。
霜重破窗入，月生漏屋明。有儿谁负米，寂寂梦难成。

思　君

知君时念我，我亦独思君。耳闭眼能听，手残笔有神。
隔江衣带水，坐雨草堂春。往事不堪忆，旧交剩几人。
踏遍青山后，归来居石城。生涯同老病，笔墨与谁论。
为我删诗草，念君鼓瓦盆。几时春节后，车驾过柴门。

邻　妪

邻翁已谢世，邻妪支门户。二子不在身，一媳病朝暮。
去岁搞三改，中稻未成熟。何处来急令，强迫日夜割。
火速栽晚季，禾穗弃田脚。风雨湿生芽，狼藉遭零落。
晚稻无收成，从此难生活。毁灶土肥田，空厨鼠走出。
大队办食堂，一釜千人嚼。糠核煮浮萍，排队争瓢杓。
谁人夜加餐，食堂明火烛。邻妪饿已死，病媳气犹续。
尚有两小孙，抬尸前山麓。无力取土埋，忍弃在沟壑。

邵庆春

邵庆春（1940—2009），安徽宿州人。毕业于合肥师范学院，曾任芜湖纺织厂纺织中专语文教师。

〔双调〕新水令·看胡荣华下棋

〔新水令〕不曾闻震天金鼓响，不曾见凌空旌旗扬，但见你挥兵越汉界，立马楚河上。盈尺之地，霎时间化作古战场。

〔驻马听〕兵围九宫，马踩八方，驾长车踏破丛峦叠嶂，挥重炮摧毁深沟高墙，破敌营斩将擒王。棋落处，似江海蓦地里潮涨，卷残云凯歌高扬。

〔沉醉东风〕经几番细较量，历几番风雨狂，十连霸，威名扬，终赢得名满棋坛姓氏香。端的是炉火纯青，恰便似江海凝光。

〔鸳鸯煞〕说你是五星上将，却不见军衔奖章，依然是胸藏甲兵，燮理阴阳，参透了天地玄黄，宇宙洪荒。棋枰上哪常有风清月朗，正需要励精图强。相提携盼后来居上，看人间再出棋王。

邵蔚华

邵蔚华（1881—1962），名锷元，字蔚华，别号安乐室主，安徽宿州人。清末秀才。一生从教。抗日战争前后，曾与宿州文士王雪渔等人组织“嘤鸣诗社”，多有忧国忧民之作。新中国成立后，连任宿县政协委员、人民代表，1958年被聘为安徽省文史馆馆员。

哭亡友

丁酉十月杪，老友滕芗林病逝徐州，诗以哭之。

两世盟车笠，非同泛泛缘。论交追孔李，怀旧感桑田。
去岁蒙过我，于今叹逝川。良朋悲永诀，哽咽隔人天。

戒贪诗

贪求嗔恚总因痴，无事庸人自扰之。
即令诸缘如愿想，也如春梦不多时。

武家文

武家文（1929—2002），安徽嘉山县（今明光市）人。1951年参加工作，曾任嘉山县教育、卫生、档案局局长，明光市政协文史委员。明光市诗词学会第一任会长，《灵迹吟草》第一任主编，中华诗词学会会员。著有《梦醒轩吟稿》等。

明光竹枝词十八选二

平湖荡舟

水满平湖绿满堤，划船荡漾夕阳西。
双双情侣柳荫下，阵阵心歌俏语低。

明酒飘香

何处飘来曲酒香？几疑王母赐琼浆。
行人不觉酣然醉，错把明光当故乡。

有　感

长途涉险数流年，事业难成时被牵。
冷雨敲窗惊恶梦，热风扑面写残篇。
武陵归去栽桃李，文字拈来换酒烟。
笑对南山千竿竹，扶摇挺拔绿参天。

范苑声

范苑声(1901—1990)，字抒棠，安徽潜山人。早年考取北平大学，1925年赴日留学，在早稻田大学取得经济学士学位，又入明治大学，研读农村经济。1930年回国任教于北平师范大学等高校，1941年任安徽省第一区行政督察专员兼保安司令，1948年当选国民党经济立法委员。入台后，主持“立法院”经济委员会工作。1990年7月病逝于台北。

赴美探亲归途舟中作

起舞伤头白，秋深爱日红。承欢方霭霭，赋别又匆匆。
夜静风何静，楼空酒亦空。我生为儿女，挥涕各西东。

游天柱山

皖山高出万山巅，此日登临势耸然。
一柱擎天惊虎啸，群峰转岳混龙眠。
仙人桥畔廻孤鹤，良药坪前试酒泉。

南岳烟云收眼底，移神逸事话当年。

范国祺

范国祺（1923—1986），安徽肥西人。曾任中学教师，肥西县雪花吟社顾问。

怀台湾

友邦痛痒尚相关，骨肉焉能断往还。
试向海天遥处望，春风何日度台湾。

巢湖散诗二首

一

群群归雁划长空，十丈桅楼八面风。
蓦地苍茫云雾起，姥山只在有无中。

二

船头斜立张三姐，舵尾横依谢小姑。
双桨荡来云弄影，一篙点去水抛珠。

篱边吟四首

一

蝉声断续夏方长，绿树浓阴午梦凉。
喜看脱巢雏燕子，高低飘忽试飞忙。

二

一双彩蝶戏青苔，榴火高擎莲正开。
忽听村头喧闹甚，儿童追逐棒冰来。

三

蝙蝠高飞逐晚霞，蜻蜓倦舞落桑麻。
邻人忘记一天累，犹自挑灯夜捕虾。

四

江村静谧浴烟霞，燕子多情认旧家。
感谢东皇勤雨露，小园三月乱开花。

林生若

林生若（1921—2007），原名荪若，安徽和县人。原在和县城内工作，退休后被马鞍山市宣传部聘用，从事书画创作。曾为马鞍山市政协委员、林散之研究会副会长、安徽省文史研究馆馆员、中国书法家协会会员、安徽省书法家协会名誉理事、安徽省诗词学会会员。

为市老年书画会作

切磋画有余，欲读五车书。文字三千载，楼台晚景舒。

太白楼诗

温峤燃犀事久闻，矶头采石见絪缊。
小桥连日芙蓉水，曲径通幽叆叇云。
世事翻新诚受益，生涯检点愧无文。
此来学作添香女，捧帙持经侍使君。

林散之

林散之（1898—1989），名霖，又名以霖，字散之，号三痴、左耳、江上老人等，生于江苏江浦县，祖籍安徽和县。诗人、书画家，尤擅草书。曾当选为安徽省第一届人民代表大会代表。1972年中日书法交流选拔时一举成名，赵朴初、启功等称之诗、书、画“当代三绝”，被书法界誉为“当代草圣”。1978年当选为全国政协委员。去世后按其遗愿安葬在安徽马鞍山采石，与李白墓相邻。除书法作品外，著有诗集《江上诗存》等。

感　旧

山色一楼雨，江声两岸秋。旧游多少梦，都付秣陵舟。

未 归

盼断音书却未归，海棠开落又蔷薇。
伤心怕看堂前燕，犹认寒巢旧处飞。

灞桥有思二首

一

芳尘寂寂草萋萋，两岸长杨系马蹄。
千里闺中无消息，痴人已过灞桥西。

二

草阁烟花曾入梦，灞桥风雨更思人。
绿杨不识分离苦，忍自年年送旧春。

访云眉主人不遇

小别已成昨日事，今来不是去年春。
几回欲见未相见，笑对梅花问主人。

薛涛井四首

一

古井依衡一径微，枇杷门巷已全非。
香尘千古余诗酒，犹忆春风带醉归。

二

花事阑珊春事疏，销沉只合薛涛居。
离怜闲阁焚香日？似伴伊人夜读书。

三

浣罢吟笺自写诗，女儿情绪本来痴。
了悟十年人我相，笑将颜色让胭脂。

四

小院沉沉带女萝，浣花心事托身波。
道中已步空山月，懒唱人间子夜歌。

偶 得

坐世多辛苦，寥寥几首诗。为求一字稳，不厌五更迟。
豪气驱山谷，闲情挟牧之。春花与秋月，两不失宗师。

华阴道中

野趣从长发，闲情逐短蓬。路难怜病马，春去忆归鸿。
蹭蹬华阴道，驱驰硖石丛。遥看五峰顶，半在有无中。

寒 思

明月又随秋去了，山村寒思正苍茫。
由来世事层层幻，为底浮生逐逐忙?
衰鬓何堪同露白，凉云无那向人黄。
素娥不识霜华冷，偏照幽人一夜长。

少室关

浪迹平生野性真，名山能到亦前因。
披萝拾级从樵路，问字扪碑认古人。
日午溪声凉入梦，雾微岚影静无尘。
此间风物清奇甚，不似寻常绮丽春。

黄山忆一首赠汝舟

寒夜潇潇山雨急，破窗摇撼短墙湿。灯下忽披黄山图，摩挲回首百感集。黄山之山有天都，莲花莲蕊两相扶。朝既覆云暮翻雨，青峰飘渺太模糊。忆我当年天门立，寒日苍茫西海入。既披薜荔又女萝，恍惚如闻山鬼泣。我抱黄山思，赠君黄山诗。黄山之游能记否？五岳诸山谁与偶。此中怪怪复奇奇，想亦先生胸中有。昔挟东陵一度游，再来之约还相守。松花忽忽才几时，秋复秋兮去已久。昨日东风海上来，吹起殷殷十月雷。玄黄有血龙有战，铜驼之泪满蒿莱。吁嗟此志已尘埃，空馀诗思为君开，知亦读之肝肺摧。

鲁妃庙

怀王初封项籍为鲁公，故虞姬为鲁妃。庙在和县绰庙集北插花山上，俗谓之插花娘娘云。

插花山上春草生，插花山下春水平。庙有靓妆何代神？霸王之姬虞美人。秦皇既死纪纲弛，揭竿纷纷多壮士。怜才不肯嫁王孙，只眼能识重瞳子。定鼎策封列贵嫔，八年行幸干戈里。酸心垓下事已矣，悲歌数阕泪盈眦。瓦冷鸳鸯旧梦违，剑舞雌雄中夜起。长别已苦同逝骓，乱飞岂忍随朝雉。英雄仓皇麾下走，美人婉转帐前死。人生百事难常好，英雄美人总枯槁。春朝秋暮何凄其，寂寂荒榛空山道。天风犹自吹血花，飞入民家处处蚤。怨共子规叫明月，精结苌弘沾碧草。衣裳环佩想依依，古殿尘封久不扫。田翁村子两无知，卜岁求儿空祭祷。

赠蔚农①

连日与蔚农诗词往复、攻错不已，唯素怀未达，情有所伤。因成排律二十韵以广之。

迢递横江路，传书托雁奴。斯人兴不浅，同好性难除。
词到惊频数，诗成更改涂。老来双眼辣，别后寸心孤。
夜雨池塘涨，秋风笔砚芜。隐忧方悄悄，高谊自蘧蘧。
倦鸟宜何集？闲云不可呼。空巢念徙倚，无食计踟蹰。
不遇尝为赋，绝交亦有书。试观今古意，焉用短长吁。
消息存中垢，乘除看太虚。一年潮又落，两地日同疏。
圆缺经常变，阴晴各自殊。志荒韦带士，名重草衣儒。
庾信萧条宅，杨雄寂寞庐。昔贤皆若此，我辈定何如？
稷下风尘客，高阳酒食徒。蹉跎霜鬓白，惭愧醉颜朱。
每作蒹葭遡，时怀薜荔居。相逢有纸墨，访戴写新图。

[编者注]

①蔚农：即刁蔚农。林散之曾倡议成立了一个“求声”读书社，林与其中的和县刁蔚农、许朴庵、邵子退、章敬夫，含山张伯禧、全椒鲁默生，合肥张汝舟、卫仲播诸友，有“皖东九友”之称。

送芷若女赴辽东

有女有女去辽东，去时正值西北风。衣既无棉身又病，如何耐得此严冬？我生儿女数成七，此女最弱无能力。娇养平时实可怜，远嫁忍使长为别。儿女冤家真痛苦，六根未了释氏语。儿方蒙诟女离忧，才罢思儿复思女。抽尽春蕉一寸心，滴残慈竹三更雨。空将此意向河梁，难把遗言嘱肺腑。古有鸟生八九子，死生安乐难期许。东西南北各分飞，等是空巢谁哺乳？迢迢万里关山送，骨肉生离恩情重。十指连心个个疼，一发牵身茎茎动。天寒岁暮逼归程，头白眼花惊昨梦。泪抛如雨自纵横，洒向门闾都成冻。

赠王生香琴师

我不善弹琴，亦知琴中意。虽从十指求，不专十指事。
会心不在远，此道有孤诣。更得书卷情，养吾浩然气。
有法而无法，千古传真谛。在汉蔡中郎，孤桐识材器。
在魏嵇中散，广陵自矜秘。要皆旷代才，各以琴为寄。
非如后世人，胸多万斛累。宫商事征逐，徒为衣食计。
所以百世下，无从觅奇异。生香鲁奇士，羁旅江南地。
爱琴若头目，访琴日有记。抗古得希声，一脉能承继。
辛苦数十年，抱饥不忍弃。今年七月秋，政协召会议。
风尘得相遇，欢聚两心契。一度闻雅奏，清音出绝技。
春暖百花开，习习香生袂。几讶风雨来，冷泉扑空翠。
复惊海潮音，万马列奔驷。此曲久未闻，乍聆疑梦寐。
偃蹇聋聩人，未能悟三昧。雅爱负平生，徒存山水志。
弦外赠知音，二百五十字。

荇庐雨居二首选一

新雨浥秋晨，寒绿荣庭木。旷哉方寸怀，怡怡生小屋。
小屋如渔舟，尚容人五六。以视江上堂，只少千竿竹。
自我来扬州，中情时郁郁。得兹慰所思，忘却形骸役。
人生贵自得，随分宜知足。见小始为明，能安即是福。

功名真刍狗，诗书成鸩毒。释氏戒贪痴，老子惊宠辱。
祸福各有原，大半在多欲。羡彼小麻雀，双双檐前逐。
泊然两无营，数粒已饱腹。

戒　诗

林子戒为诗，戒之又复至。奈何堕理障，不避造物忌。
好诗实耐读，咳唾瑚琏器。一字千金重，微情之所寄。
辛苦杜少陵，晚年诗律细。改罢自长吟，独得其中味。
我生近八十，守此竟何事？推敲常夜半，苦思不能睡。
魅力亦何深，有如醇醪醉。如此云戒诗，难哉诚不易。
可怜长爪郎，半生为此累。奚囊自搜寻，呕出血中字。

欧阳龙

欧阳龙（1938—2000），字云涛，安徽萧县人。1963年毕业于皖南大学艺术系，曾师从萧龙士、李苦禅，专攻写意花鸟，尤擅画鹰。系中国书法家协会会员、中国美术家协会会员。曾任江苏省徐州国画院院长、国家一级美术师。作品被人民大会堂、天安门城楼、周恩来纪念馆、齐白石纪念馆等收藏。

乙卯游皇藏峪

将军拔剑饮龙泉，一片松萝浮紫烟。
山涌白云云涌寺，晨钟声里碧连天。

怀念苦禅先生

励公才调续藤屋，乘兴挥毫泄玉珠。
我亦松烟研数斗，胸中尚欠一车书。

游黄果树瀑布

千寻白练挂遥峰，洒玉喷珠乱石中。
断壁苍崖相对立，烦缘洗尽世尘空。

常　忆

高楼城上逐烟尘，常忆农家景色新。
荠菜挖来根叶煮，煨锅红薯带皮吞。

尚荣光

尚荣光（1931—2018），别名尚可，号颍庐叟，安徽太和人。曾任《太和县志》副总编辑，中华诗词学会会员，太和县友声诗社首任社长兼《友声诗刊》主编。著有《颍庐吟稿》《颍庐胜稿》《太和古今诗词选注》等。

谒北京文丞相祠

寂寞城东日已曛，古祠冷对故宫春。
千秋俎豆今犹是，风雨龙楼几易人。

与老妻游东湖戏作

无边水色映天光，荡桨东湖莫笑狂。
未必风流尽年少，春波不弃老鸳鸯。

坏　枣

青青一树尔偏红，底事惊秋不禁风？
坠地捡来翻转看，原来内里早生虫。

纸　鸢

莫追此辈学腾飞，远近高低听指挥。
不若颍庐檐底雀，飞来蹦去任东西。

咏玉簪花

几番风雨后，小院带秋开。叶覆青罗伞，花擎白玉杯。
东君随意去，西子捧心来。不作炎凉态，偏宜慰老怀。

静夜抒怀

细雨新晴后，春潮悄悄来。华灯催暮尽，淑气逐云开。
望月舒胸胆，听风扫雾霾。明朝田野上，信手拾吟材。

闰九月九日偶成

隔壁呼诗友，篱边再举觞。谢它双九月，赠我两重阳。
腰腿疼何碍，冠心病不妨。黄花同起舞，莫笑老来狂。

国产两栖大飞机

鼎革飞行器，两栖科技新。犁波耕碧海，振翮上青云。
戍塞守望者，强军圆梦人。回头看域外，黄叶落纷纷。

欣闻我国第二艘航母下水

伟业开生面，寰宇振天声。又添新利器，来觅大和平。
国际须防变，邦交岂在兵？扬威海洋上，息祸敢屠鲸。

庆祝神舟五号①发射成功

中华特色铸神舟，问鼎苍穹自有由。
一代宏图开玉宇，百年大计固金瓯。
功成俄美三分局，势壮东西两半球。
圆得飞天千载梦，卧薪尝胆也风流。

［编者注］

①“神舟五号”，是指我国于2003年10月15日首次成功发射的神舟五号载人航天飞船。飞船乘有1名航天员杨利伟，在轨道运行了1天。此次飞行标志着中国成为第三个有能力将人送上太空的国家。

编修县志感赋

故乡风物最相关，信史新修一镜悬。
梳理百科襄大业，剪裁千古鉴新天。
读书久慕董狐笔，伏案常忧祖逖鞭。

一点丹心溶细水，江河不弃汇成川。

吊圆明园

登高认取旧阿房，杜宇声声柳絮狂。
已是沉沙埋折戟，依然流水过宫墙。
旧藏脂粉余无迹，新辟厅堂尚有香。
国耻长留遗址里，付于后世鉴兴亡。

读史志感·秦始皇二首

一

荡涤乾坤扫战云，严刑峻法铸强秦。
六王毕矣山河一，二世哀哉楚汉分。
同轨同文邦有道，毁书毁士国无人。
至今犹忌批苛政，造罢新神造旧神。

二

一炬阿房死不知，忽焉兴废祸由谁?
十年政酿红羊劫，万里城堆黔首尸。
未解使民先果腹，岂知亡国在燃眉。
兴邦不以人为本，崛起难开万世基。

过汨罗吊屈原

屈子捐生事已赊，跳江台畔遍桑麻。
丹心永照中流水，碧血深涂两岸花。
异代同悲彭老总，此情谁共贾长沙。
古今多少经纶手，俱作人间吊古嗟。

石钟山清浊亭揽胜

湖口衔江势转斜，天生一个大杈丫。
洪流卷起风云气，巨浪分翻泾渭花。
挟带山河归海曲，尽收涓滴到天涯。
登临莫问沧桑事，清浊终于是一家。

淋浴跌伤肋骨有作

汗流浃背赴瑶池，溽暑全消乐不支。
银瀑高悬瓷壁滑，金鸡独立玉山颓。
胸中难忍三更痛，榻上横陈一具尸。
苦难平生经历惯，脊梁骨在不须悲。

老　伴

转眼人成伛偻婆，妙龄香梦付蹉跎。
面如春水生波皱，顶似秋山落叶多。
黛玉苗条难执爨，貂蝉妩媚不锄禾。
寒门还是村姑好，偕老百年情不磨。

读　诗

读罢清诗欲忘机，直若云山探翠微。
情似江河航道畅，语多凄楚调门低。
金衣不保孟郊暖，玉食徒增贾岛肥。
今古文章无定准，有人说是有人非。

今日秋分

今日秋分秋又分，平分秋色亦均匀。
休伤夏去飘黄叶，且看冬来挺绿筠。
世态炎凉权作梦，人情冷暖莫生嗔。
古今中外皆如此，都是地球村里人。

卜算子·咏梅

映雪数枝红，寒室添春意。不妒群芳沐艳阳，别有新天地。　荣谢且随时，一任离枝去。若遇多情赋落花，化作生香句。

八声甘州·大树进城

一排排大树出森林，瞬间植名州。纵腰横支架，身缠稻草，创痛难廖。药袋连连输液，绿树剩光头。争似郊原里，叶茂枝稠。　　何若移苗于圃，作十年打算，成活无忧。浪掷包装费，不惜巨资投。只贪图眼前风景，似这般作秀几时休？须珍重理财如水，逝水难收。

念奴娇·登老龙头

老龙头下，正潮回，千叠雪峰如立。北望群山，苍莽里，拔地雄关百尺。雉堞俨然，塞垣依旧，曾驻将军戚。追奔逐北，海天烽燧销迹。　　词客乘兴登临，被儿时事引起山河惕。放眼东瀛，五十年桑海，波涛难息。作雾迷人，凭空掀浪，变幻风云激。笑谈声里，莫忘修我矛戟。

沁园春·书愤

早岁天真，壮岁痴情，晚岁糊涂。只深宵伏案，幽灵酷似；长街叫卖，乞丐奚如？醉起狂歌，诗成大笑，坐卧无端振臂呼。凭谁去，问颜回陋巷，阮籍穷途！　　孤怀枉唤嗟乎，看天理人情还有无？任良心昧了，青云有路；奇冤沉尽，白刃无辜。屈子行吟，贾生献策，反使他人笑腐儒。无聊甚，更蔬添剩碟，酒尽残壶。

金缕曲·姜女庙怀古

此事难评说。且拄杖山前，寻昔春闺贞洁。谒庙巡碑风雨里，苔滑云深山厄。可也似秦皇时节？新妇仆仆黄泉路，更那堪望断边城堞。思往事，痛长别。　　长城万里苍生血。想此时嬴秦北塞，侵疆祸烈。白骨积山，金汤固，劫火烽烟同灭。怎剖析武功魔孽？伟绩告成姜女死，忍望夫石上听呜咽。哀未已，起陈涉。

岳劭之

岳劭之（1920—2002），原名岳举才，安徽省凤台人。曾为凤台二中教师。安徽省诗词学会、江南诗词学会会员，淮南硖石诗词学会名誉会长。

咏牡丹悼亡友

名花小院独芳菲，犹忆月明扶醉归。
谁料洛阳流散后，苍苔满径蝶蜂飞。

渔夫咏

冰河解冻柳抽丝，正是鱼群出没时。
连夜网罾修整好，一蓑风雨载归迟。

岳松乔

岳松乔（1927—2008），原名岳其铮，安徽凤台人。肥西县离休干部。华东大学皖北分校肥西校友会副会长兼《肥西华大通讯》主编。中华诗词学会、安徽省作家协会、合肥市庐州诗词学会会员，肥西县诗词学会副会长。著有《养心拾萃》《岳松乔诗词》等。

迟暮信笔六首选四

一

瞬息人生八十年，何尝往事化云烟。
故乡树倚蓬窗旧，高柳絮飞归棹先。
远引清风添雅韵，漫将孤愤寄蛮笺。
皈心不作黄粱梦，一过邯郸一怃然。

二

秃笔曾书鹬蚌争，穷通成败总难评。
书生长伴文章老，白发终随岁月增。

世路凄迷心气折，诗情跌宕客愁萦。
相逢共话当年事，只问征程不计名。

三

似日衔山莫自嗟，能抛俗虑寿堪赊。
情多宁作庄周梦，问字诚趋隐士家。
讳问亲朋缘化鹤，喜观归雁憩平沙。
老来始识闲滋味，小院悠然数落花。

四

宝刀久挂自生尘，岁月蹉跎志抱真。
祝嘏家贫无美酒，舒怀长啸喜良晨。
江山依旧左魔杳，晚霁天新好梦频。
细雨当年杨柳渡，怆然难觅旧船人。

步韵酬屏山一尘先生二首

一

岁月奔波逐浪过，喜看同室止操戈。
山河劫后呈祥瑞，亲友樽前发浩歌。
欲绝尘侵抛物念，行崇德范远邪魔。
清吟自可消胸垒，觅句飞舟乐趣多。

二

如烟旧事感迷蒙，斜倚柴门一野翁。
诚笃书生空爱国，嚣张鬼魅竞登龙。
流云幻影成苍狗，瘴气横山阻返鸿。
古寺疏钟知佛意，炎凉尽在笑谈中。

鹧鸪天·忆童年故居

茅屋土墙庄户家，门迎淝水蔽桑麻。院荫十丈老椿树，窗掩百年大叶茶。　　邀小友，钓鱼虾，姬沟庙会探龙牙。而今衰暮常怀旧，仍忆驰风掠阵鸦。

金缕曲·劝君何必愁欲绝

秋尽芳菲歇。只延留、宅边松菊，傲霜经雪。景物依稀人去远，暗感月圆月缺。君曾道、栖霞红叶。应识痴情多自苦，岂如吾、诗酒共欢悦。歌一曲，飞云遏。　　人生最苦是离别，更何堪、春云秋雨，客愁千叠。落木萧萧西风冷，说甚人情凉热。身已憩、何须愁绝。尘世风云无定准，人际间、反复难猜测。心底事，凭谁说。

朝天子·斥浮夸

浮夸，假话，吹得人肉儿麻。为的是邀功请赏向上爬。管什么，黎民骂。“大跃进”乡里人听了愁，城里人听了怕，举国皆知全是假。勿须核查，谁敢核查，还是装聋作哑莫去惹火烧身罢。

金玉洁

金玉洁（1929—1996），安徽枞阳人。曾随解放大军南下，在贵州省工作多年，后回安徽，芜湖市科技情报所调研员退休。芜湖诗词学会会员。

彝村即景

蔗叶层层黍叶青，阴阴神树晚风轻。
绣衣广袖彝家女，低对情郎笑语频。

返皖后忆贵州

踏遍黔中忆旧踪，苍山凝碧绣旗红。
彝家木叶吹神树，苗寨笙歌唱晚风。
盘水东流舟似箭，乌蒙西望月如弓。
幽思一缕凭谁诉，况隔云山几万重。

金克木

金克木（1912—2000），字止默，笔名辛竹，安徽寿县人。文学家，翻译家，学者。自学多国语言，从事翻译和写作。曾任香港《立报》国际新闻编辑、湖南桃源女子中学英文教师兼湖南大学文学讲师。1941年经缅甸到印度，在加尔各答游学，兼任《印度日报》及一家中文报纸编辑，同时学习印度语和梵语，走上梵学研究之路。1946年回国，任武汉大学哲学系教授。1948年后任北京大学东方语言文学系教授。著有《梵语文学史》《印度文化论集》《艺术科学丛谈》《比较文化论集》《挂剑空垄：新旧诗集》等。

读黄君治水诗

昔有南冠今右冠，书生报国本来难。
大堤蚁穴谁先见，太息泥沙塞巨川。

[原注]

黄君为水利专家。见其诗未见其人。

枕上作

空庭闻鸟语，存没倍关情。难遣人间意，安知天地心。
雨余星错落，风定漏深沉。欲逐朝霞起，宵寒不可禁。

庚午新春试笔

试演连珠竟不成，堪惊此岁又逢庚。
心常伴友北邙去，身是吹竽南郭生。
午夜观天星错落，丁年仗剑意纵横。
欲持杯酒江湖隐，浩淼烟波何处寻。

西来二首

一

西来有客感蹉跎，天问无灵奈楚歌。
三学难期嗟薄祜，五天怅望但长河。

花宫遗址无忧柱，鹿苑斜阳窣堵波。
老去冤亲如梦幻，且看云影自婆娑。

二

西来求法溯千年，绝域孤征向五天。
万顷惊沙欺衲破，千寻浊浪试心虔。
争知胜业空今古，应有嘉名耀简编。
寂寞何堪尘土里，徒余脉望识神仙。

鹧鸪天·读《柳如是别传》

寒柳金明俱已休，哪堪回首旧风流。纵横盲左凌云笔，寂寞人间白玉楼。　　情脉脉，意悠悠，空怀家国古今愁。何须更说前朝事，待唱新词对晚秋。

金庭柏

金庭柏（1932—2017），安徽潜山人。1950年参加工作，曾任潜山县委秘书、安庆地委办公室主任、潜山县委代理书记、望江县委副书记、安庆地委副书记、阜阳地委副书记等职。1983年任芜湖市委副书记，1988年任芜湖市委书记。1993年2月任安徽省政协常委至退休。

过三峡大坝望神女峰

秋风未改旧时妆，默默含愁对夕阳。
壁立西江云雨断，不知何处会襄王？

过秦岭

横跨甘陕卧长鲸，南北炎凉一线生。
草木荣枯风向背，山川参透世人情。

听韩再芬唱黄梅戏

浓如醇酒郁如兰，摇动心旌震百川。

曲罢直疑天上有，回肠三日不能餐。

也赋大林寺桃花

当年寺院早尘埃，白塔斑斓半是苔。
唯有桃花情未了，含苞苦等故人来。

［原注］

白居易有《大林寺桃花》诗：“人间四月芳菲尽，山寺桃花始盛开。常恨春归无觅处，不知转入此中来。”

大　树

参天蔽地立乾坤，九十年轮正妙龄。
久历风霜磐石稳，常凭光合与时新。
根藏沃土繁枝劲，气播神州万象清。
毒液祛除须药猛，身康寿永荫苍生。

年过花甲学电脑

面似银屏脑似箱，个中奥秘费思量。
鼠标点击传符令，盘键轻敲织锦章。
网络接通天地小，菜单列出盛筵香。
人生易老心难老，再作蒙童也不妨。

马　赞

（五言排律）

生与人为善，无言独顺从。佞臣诓指鹿，天质应称龙。
负重躬如月，奔腾气若虹。铁蹄丧敌胆，慧眼识英雄。
乌骓忠项羽，赤兔义关公。难忘秦琼别，常思伯乐逢。
烽台初息雾，赛场显威风。跨栏殊洒脱，舞步益从容。
识途非老迈①，尽职有始终。伏枥思千里，由缰梦九重。

［原注］

①识途老马，非指年迈的马，是指军中服役时间较长的马。

周　醒

周醒（1926—2017），字觉庵，安徽肥西人。中学教师退休。为肥西《雪花吟选集》主编。有《觉庵诗词钞存》。

采莲曲四首

一

年年相约在横塘，棹入花间喜欲狂。
却怪南风太无赖，偷翻荷露泼衣裳。

二

女儿荡桨晓烟开，时样梳妆姊妹猜。
摘罢莲房人不见，绿云深处等谁来？

三

翠影红香弥望时，清歌一曲诉相思。
引他背后抛莲子，弄水低头佯不知。

四

风荷万柄碧团团，小艇穿行夏亦寒。
人面芙蓉谁较美，含情一笑任郎看。

小巷两首

一

小巷深深静不哗，家家庭院绿交加。
退休邻叟闲难耐，早起门前扫落花。

二

焰焰朝霞印碧空，花开小巷压墙红。
骑车上学谁家女，一路铃声一路风。

自　解

造化故欺人，花开已过春。大贤宜在位，狂客合垂纶。

暇豫游书圃，沉冥养谷神。从来天下士，忧道不忧贫。

读剑南诗集书后

壮岁从戎戍汉关，雕戈夜拥铁衣寒。
腾身刺虎三军竦，磨盾挥毫列将观。
匹马秋风穿剑阁，小楼春雨客临安。
功名不遣斯人了，信有人间蜀道难。

岁暮书怀

极目寒云接地阴，北风吹面动孤吟。
谋身计拙逢天怒，入世情多坐陆沉。
刖足谁教曾献玉，抚心自问未偷金。
归来欲掩蓬门卧，聒耳群鸦噪暮林。

闻杭州西湖岳墓劫后重修，喜而赋此[①]

风雷号令岳家军，收拾山河灭寇氛。
三字埋冤成大错，四凶肆虐毁孤坟。
重修高冢供凭吊，再树丰碑当策勋。
何日携尊湖畔去，栖霞山下酹飞云。

[编者注]

①岳飞墓建于南宋嘉定十四年（1221），“文革”中被毁，1979年重修。

感　事

五陵公子竞豪雄，长在歌云梦雨中。
一曲舞酣鬈髮绿，满堂花醉彩灯红。
偷来玉笛宵吹月，买得香车日斗风。
共沐恩波糜国帑，有谁图报励清忠。

抒　怀

文章事业两无成，混迹蓬蒿误半生。
大盗未能移汉祚，小儒幸免落秦坑。
眼中尘网浑如梦，笔底风雷空有声。
击案高歌思慷慨，奈何岁月暗中更。

秋夜吟

老来南面拥书城，诗酒陶情足此生。
好句喜邀同辈赏，虚名耻与世人争。
一窗灯火秋先到，万里乾坤月正明。
堪笑细君相约法，夜吟不许过三更。

老　况

渐觉龙钟不自由，出门每惹老妻忧。
慕名来札称前辈，序齿登筵占上头。
客笑三冬惟伏枕，我夸六月尚披裘。
此生懒把须须染，一任人间有代沟。

咏红梅二首

一

匀得胭脂点绛唇，妆成绝艳照溪滨。
绿珠漫自矜尤物，红拂原来是可人。
为有肝肠真似火，敢凌风雪独先春。
渔郎昨日挐舟过，误认桃花夹古津。

二

万朵千枝破寂寥，伊人风采倩谁描？
朱衣被体霞应妒，赤焰烧空冻欲消。
影为横斜添妩媚，花能香艳始风骚。
世间何物堪相比，碧血红心一样娇。

梅花岭吊史可法衣冠冢

独立难支胡马来，相公碧血洒黄埃。
满城白骨天应泣，一片丹心世共哀。
悍将惟知挠大计，权奸自古忌贤才。
至今凭吊衣冠冢，犹见梅花带怒开。

喜　雨

无计分秧秧过龄，农家终日望苍冥。
忽闻天外雷声至，已觉帘前水气腥。
一雨宽心千耦动，五更放手万畦青。
城中多少繁华子，歌舞升平醉不醒。

冬郊闲眺

苍茫急景欲凋年，拄杖门前望远天。
大野悲风吹落日，荒村老木锁寒烟。
麦苗涸雨青犹浅，菜叶经霜绿可怜。
闻有穷乡贫未脱，一时忧思到吟边。

诫　猫

烂熳众鸡雏，主人爱颇切。虽设笱笼防，犹遭黠鼠啮。
狸奴抱头眠，酣然无所觉。若论失职罪，直宜加鞭挞。
施恩且原宥，从宽行薄罚。来日撤残肴，禁汝恣大嚼。
倘能有悔心，入夜勤侦察。护雏使平安，评功载简册。
主人不吝赏，买鱼柳穿颊。听言其勉之，在位当尽责。

纪念诗人李白逝世1225周年放歌

李白逾弱冠，仗剑出夔门。豪气吞八极，眼底小乾坤。漫游楚越交贤士，东临齐鲁访隐沦。惟恋江南佳丽地，携家千里来南陵。笑傲沧洲虽自适，先生岂是池中鳞。道士吴筠相荐举，九重征召到山林。出门西向忽大笑，此去朝阳作凤鸣。关中人物睹丰采，孤霞高映超其群。笔驱造化惊时辈，知音独许贺季真。狂人狂客两狂遇，狂名震动公与卿。醉掷金龟偿酒债，千觞日醉长安春。谪仙身价倏腾起，一朝奏草答番文。睥睨雄姿蔑权贵，脱靴曾辱高将军。宫中赏花媚妃子，传呼学士撰新声。先生大醉犹未醒，风前辄作玉山倾。天子优容赐颜色，亲手调羹为解酲。一曲清平妃子笑，宠遇胜过东方生。无端谗口生贝锦，君王左右多青蝇。妃子不欢贵人怒，敕放还山离西京。奇才如公不世出，俳优畜之何其轻。凤皇不鸣岂德衰，潜龙勿用嗟时屯。东归裘马游梁宋，喜同高杜初合并。人之相知贵知心，一龙二虎相追寻。清秋射猎竞走马，日暮登台还呼鹰。黄河九曲来天上，雪浪如山涤烦襟。腹有经纶空自许，风期难与明王亲。颇知边将蓄异志，有策无由叩帝阍。不能作虎变，何妨效鸿冥。远向东海探禹穴，复上黄山求容成。足蹑黄山石，手扪黄山云。黄山泉洗面，黄山松挂巾。飘摇误入神仙界，驾鸿凌烟戏太清。白鹇飞时添逸兴，哀猿啼处生归心。借宿野人家，乐其风俗淳。五松山下感荀媪，桃花潭畔辞汪伦。往还不厌敬亭山，诗人长慕谢宣城。自拟卜居姑孰水，幽妍独悦青山青。豫章送妇入匡庐，双凫再落庐山岑。坐对五老观瀑布，雷訇雪溅惊心魂。烟霞瞬息生万变，连峰岚翠张云屏。恨无双翮终堕地，长歌举手谢山灵。卧疾浔阳郭，胡马日侵凌。难辞永王聘，且为入幕宾。欲清六合拯黎庶，孰知获谴累孤身。流放夜郎长已矣，偶逢赦下归江滨。蹭蹬余生谁庇荫？当涂邑宰李阳冰。为爱长江绕采石，时时登览发高吟。锦袍白日照江水，箫管中流疑若神。牛渚浪翻秋夜月，长江水带故乡情。满腔幽愤在，万盏不辞频。醉中一笑骑鲸去，崖前捉月空留亭。先生逝去已千载，海外皆知李白名。诗人倾心爱祖国，同情人民忧战争。神仙美酒多寄托，风格浪漫追灵均。山川到处供题咏，至今诗句犹清新。开国于兹四十载，振古铄今人所钦。惟有骚雅风渐歇，菁华委弃如飘尘。文艺着眼两服务，民族传统当遵循。已闻太白楼头诸君树大纛，八方风雨会江津。今闻中华诗词学会又成立，恢宏大雅同扶轮。努力继承前辈业，伫看今人胜古人。

周孝杰

周孝杰（1930—2016），安徽合肥人。合肥一中退休教师。中华诗词学会、安徽省诗词学会、省音乐家协会会员，省炳烛诗书画联谊会常务理事、《炳烛诗书画》《炳烛文坛》编委，合肥市诗词学会常务理事、《庐州诗苑》副主编。著有《飘蓬集》三集等。

登采石矶怀李白

归去谪仙空剩祠，莫将得失计当时。
翰林若得登台阁，可有流芳一卷诗？

庐山谣

立马横刀百战功，舍身只为九州同。
可怜霜冷庐山月，无语秋枫一夜红。

游紫蓬山归晚

千山林海噪归鸦，雾霭蒸腾笼碧纱。
更有松杉筛碎影，一天冷月照梨花。

秋晨包河独坐

老妻新逝，终日以泪洗面。挚友频劝：“君心脏不佳，万万不可写悼亡诗”。然睹物情生，悲从中来，岂能自已。

纷纷黄叶鸟哀鸣，冷露为霜晓色清。
柳老荷残秋瑟瑟，蓼红芦白水盈盈。
病床别后离魂远，浊酒斟时热泪倾。
从此孤灯人一个，晨听雁唳夜观星！

一剪梅·八五自况

跋涉人间八五年，红褪腮边，皱生眉间。酸甜苦涩自连连。忧在心尖，愁在心尖。　　老矣垂垂还似仙。乐写衷言，苦写诗篇。还将老骨去肥田。播个春天，收个秋天！

女冠子·丁宁一百十周年祭

（倚柳耆卿韵）

小记：丁宁（1902—1980），女，原籍镇江，后迁扬州，16岁适黄氏，遇人不淑，毅然离异，终身独居。20世纪30年代与夏承焘、龙榆生、王叔涵等名词家交往，其词连续刊于《词学季刊》，蜚声江浙。日寇侵华时，随大母流寓沪上，母死，孤苦无依。50年代初，调至安徽省图书馆，历任古籍部管理员、主任、研究员。有《还轩集》行世，被郭沫若、施蛰存等词家誉为当代李清照。

苦风凄雨。幻梨云，昙魂沮。笔凝血，《还轩》咽诉。啼鹃泣血，瑶筝弹彻，都凄凉语。何堪以猫为侣。春心历乱行无路。风高水阔，萍漂梗泊，家归甚处？　　百劫余生，书就平生血泪，狷洁耿介悲吟苦。寄身淝上，隐红尘，易安今又，烁彩流辉如许。冰心侠骨肝胆，犹忧祖国哀黎庶。不同流俗，西风满鬓，留芳万古！

渔家傲·春归思絮

红瘦绿肥梅似豆，乱飞紫燕春波皱。拂水飘绵风戏柳，春如旧，白云转眼成苍狗。　　圆缺阴晴朝暮有，自珍敝帚秋风后。不改痴情诗共酒，漫回首，坦然一笑心无垢。

南乡子·园丁颂

衣素伴青鞋，夤夜孤灯照小斋。雨雨风风终不悔，何来？万树繁花绣九垓。　　强国育雄才，壅土扶苗着意栽。秀干明朝皆作栋，开怀，蜡炬成灰亦壮哉！

鹧鸪天·水仙

曾是凌波独步身，金杯银盏总宜春。嫦娥帐下仙姿影，洛浦东边绝代人。　　梅傲骨，互知音，直追真水更无伦。南园秀共萧斋洁，合与陈王赋此神。

[原注]

“真水无香”为道家最高修炼境界，兼指至清至洁者。

周茂溪

周茂溪（1906—1986），原名周传书，安徽凤台人。早年毕业于南京钟英中学，考入武汉大学后因家庭经济拮据而返乡。一生从教，曾任凤台县金石中学校长、凤台一中语文教师。

怀故友

榆寒秋风冷，孤鸿落楚天。潇潇三峡雨，漠漠五溪烟。
音断荆襄外，梦萦淝颍间。黄龙何日会，伴我听于阗。

吊史可法

筱部笙歌夜未阑，湖城烽火照江干。
千秋党祸朋兴厉，四镇骄兵驾驭难。
凄恻遗书辞骨肉，庄严梅岭葬衣冠。
行人廿四桥边过，邗水深深五月寒。

周济仁

周济仁（1909—1993），安徽霍邱人。大学文化，中学一级教师。皖西诗词学会、安徽太白楼诗词学会会员。著有《填词初阶》《周济仁诗词选》等。

钗头凤·田家乐

屋东角，桃花灼，秀野芳菲飘嫩萼。早犁田，晚锄园，快心怡目，绿水青山。欢，欢，欢。　　沉红箸，噪归雀，荷锄低唱回村落。畜禽关，汗衣湔，烩烹煎煮，老幼加餐。鲜，鲜，鲜。

采桑子·城西湖晚眺

晚来雨霁湖如镜，日映霓虹。燕舞晴空，绿水青山一抹红。　　网鱼归棹悠悠里，帆影随风。舣向村东，袅袅烟烟鳜出笼。

周维华

周维华（1927—2009），安徽枞阳人，曾任基层干部。曾为枞阳诗词学会副会长、会刊主编、名誉会长等职。著有《浪花集》《涛声诗词选》《枫湖吟草》等。

论诗绝句选六

一

不爱浓妆爱白描，语言朴实味偏饶。
水流花放无拘束，神韵天成格调高。

二

注解成堆事可哀，休罗僻典逞英才。
名篇一例无雕饰，天籁多从信口来。

三

小题莫作巨篇吟，惜墨端宜似惜金。
量体裁衣精选料，休将夏葛制冬衾。

四

忌医讳疾病难除，诗友磋磨获益殊。
一字点睛通首活，虚怀从善莫踌躇。

五

诗成犹自细推敲，反复增删莫惮劳。
淘尽泥沙金自见，连城美玉在精雕。

六

诗才人品极相关，逆意违心调不弹。

要与梅花同气质，迎风傲雪抗严寒。

旅途中秋

淡淡星河隔女牛，乡情黯暗上心头。
三杯浊酒酬佳节，万里清辉动客愁。
断续虫声难入梦，婆娑竹影倦凝眸。
一年最好今宵月，偏在天涯独倚楼。

江城子·偶过农家留饮即兴

偶然闲步过农家，隔篱笆，话桑麻。言语相投，邀我试新茶。半亩池塘临小院，鱼戏水，蝶穿花。　　举杯谈笑乐无涯，日西斜，兴犹赊。腊酒春鲜，香色味堪夸。更喜热情东道主，须似雪，面如霞。

周暮樵

周暮樵（1918—2008），安徽枞阳人。曾任芜湖市副市长、市政协副主席，芜湖诗词学会首任会长。

过湾沚

两江流水碧潺潺，夹岸人家尽笑颜。
湾里黄沙湾上稻，黄金铺遍好河山。

[原注]

青弋江、水阳江汇流于湾沚。采沙为芜湖县农民主要副业之一。

九华阻雨

天台高处最清凉，冷雨消残半热肠。
我本人间凡俗骨，羸躯那可住仙乡。

［原注］

九华山遇雨，患感冒数日。

谒鲁生墓

抗日期间，鲁生任桐庐县委书记，1941年1月27日，在日寇扫荡中壮烈牺牲，葬于枞阳县水圩花园村。

为吊忠魂百里来，春花万树墓前开。
山环水绕怀人杰，日暖风轻惜栋材。
已扫虾夷安宇内，应将事业慰泉台。
英雄仪范垂千古，天地长存堕泪碑。

周衡甫

周家鉴（1921—2012），字衡甫，笔名甦生，安徽省凤阳县人。曾任教师、水利厅职员等职。系安徽省诗词学会会员、凤阳县春泥诗社副社长兼副主编。

新置《辞源》喜赋

久爱诗文卷帙香，延师请益入书房。
未翻新页心如激，乍解难题喜欲狂。
读作无间嫌日短，明心有术助天长。
只因四化中兴业，草野人添宝炬光。

西江月·村居写趣

喜得层山绕翠，细听涧水潺潺。新居四傍树婵娟，沟里游鱼隐现。

耕罢平畴日暮，烟茶饭后清闲。荧屏轻拂稻风甜，膝上童孙入倦。

郑家风

郑家风（1920—2000），安徽池州人。曾任铜陵中学高级教师。首届铜陵市诗词学会副秘书长。著有《破吾庐诗草》。

听　鹃

斜阳芳草天涯路，水底红云似画屏。
杜宇焉知人意苦，晓啼残月晚啼星。

读《彭德怀自述》

公将碧血争天运，我为苍生惜霸才。
字字看来都是血，一编读罢有馀哀。

清明感赋

岁岁清明节，年年客里过。红花凋异地，白首醒南柯。
亲友飘零尽，文章感慨多。逢人惟一笑，蚁命几蹉跎。

旅夜书感

书剑飘零四十年，可怜归梦付炊烟。
事难如意从头数，诗到无题信口编。
一度缠绵伤酒后，几番憔悴落花前。
半规冷月空庭照，无限乡思到枕边。

《南唐遗事》观后感

此身错入帝王家，万种风流度岁华。
不识干戈空误国，沉迷粉黛听悲笳。
凄凉独对西楼月，绮丽常思御苑花。
一代文才称后主，不堪吟唱《浪淘沙》。

仲秋怀远方友人

黯然一别已经秋，难忘江边古渡头。
满载离情归北国，独留余兴在南楼。
三年翰墨狐公简，半世风尘杜老舟。
挥手征鸿天际远，黄花白首共悠悠。

郑道焿

郑道焿（1928—2004），安徽泗县人。终身从教，曾就职于明光市管店中学、明光市教师进修学校等。曾任明光市诗词学会副会长、副主编等职，安徽省炳烛诗书画联谊会会员，中华诗词学会会员。

老嘉山茶歌

三春好雨不嫌多，万叠祥云压翠螺。
初采坡田轻步舞，新添机具细揉磨。
铮铮老干发新叶，袅袅柔条漾碧波。
如画如诗年景好，满箩欢笑满山歌。

谒凤阳明皇陵

龙兴朝罢谒皇陵，汽笛声声伴我行。
翁仲列班迎远客，师生联袂踏新晴。
为僧为帝皆千古，亦辱亦荣萦一生。
横扫西风成大业，苍松翠柏满方城。

菩萨蛮·观斯里兰卡国家歌舞团在明光演出

乍开帘幕灯明灭，轻敲棍子鸣仙乐。含笑扭腰肢，飞旋袅鬓丝。　　霓裳加跣足，南亚风情舞。危髻坠金冠，婀娜菩萨蛮。

郑福华

郑福华（1935—1998），安徽定远人。先后从事行政和理论教育工作，历任区委书记、镇党委书记、定远县政协副主席。系曲阳诗社创始人之一，并首任社长。有《福华吟草》《百家酬唱集》《愚怡轩遗稿》存世。

一剪梅·杂感

满面西风春似秋。蝇营狗苟，欲壑难休。一双脚踏两船头，金要全收，名要全收。　　恃力孺牛无以求。狐鼠何功？甘醴轻裘。应惊白蚁倾高楼，未解新愁，又上新愁。

宛敏灏

宛敏灏（1906—1994）,字书城，号晚晴，安徽庐江人。著名词学家、教育家。历任国立女子师范学院、省立安徽学院、国立音乐院、安徽大学、安徽师范学院、合肥师范学院、安徽师范大学等校副教授、教授，曾兼任中文系主任、图书馆馆长，《汉语大词典》《词学》编委等。安徽省政协常委、安徽作协理事、安徽省诗词学会顾问、芜湖诗词学会名誉会长。著有《二晏及其词》《张于湖评传》《张孝祥年谱》《词学概论》《张孝祥词笺校》《于湖词编年笺注》《晚晴轩诗词稿》等。

悼亡三首

一

叶落萧萧夜梦惊，对床不复听鼾声。
同甘共苦寻常事，死别生离万古情。

二

一去宁知更不归，神山昨夜雪纷飞。
此生永诀从今始，回首前尘万事非。

三

鹤话尧年讶苦寒，小春未尽雪漫漫。

妥灵祭罢儿孙哭，从此人间一见难。

初游黄山二首

宿云谷寺

云谷松风送晚凉，披襟跣足话长廊。
人生几得名山宿，梦里微闻百合香。

晓望散花坞

深山幽谷鸟相呼，松石玲珑秀气殊。
应是昨宵天女过，千红万紫散云衢。

迁寓小红楼宿舍

十年伤动乱，五度苦迁移。冬尽多春意，新来忆旧时。
风烟萦老树，桃李发芳枝。禽鸟知同乐，窥窗伴觅诗。

试为老伴理发戏作

千年佳话传京兆，绝代风流擅画眉。
老子未能追韵事，细君却倩理青丝。
当窗对镜情如昨，渥泽膏兰恨已迟。
短鬓萧疏梳洗罢，却看一笑二毛时。

骤　雨

飞沙折木走风雷，倒泻银潢骤雨来。
天地低昂摧腐朽，湖山瞬息荡尘埃。
霞明柳外蝉鸣润，水漫桥头蛙鼓摧。
好是晚凉香满径，玉簪栀子一时开。

新　凉

人间有味是新凉，秋意潜滋夜入窗。
四野鸣虫疑急雨，半窗明月想清霜。
已拼暗里流年换，聊博宵来一枕香。

寄语热中趋附客，西风从此送炎光。

丙寅七夕感赋

素壁空余倩影悬，蓬山一去渺云烟。
平生常味温馨梦，昨岁还矜钻石缘。
风雪翻江惊逝水，鹊桥遥望倏经年。
昔怜牛女相逢少，今羡双星毕竟仙。

[原注]

1985年为予结婚六十周年纪念，西俗所谓钻石婚姻也。七夕曾与老伴闲话及此。今卿溘逝已逾八月，欲每年一度相逢亦不可得矣。

南乡子·《滴翠诗丛》创刊志庆

胜地话中江，曲误湖阴事渺茫。却喜昔贤沾溉远，温张，滴翠归来泽并长。　港市灿朝阳，人物风流意气扬。健笔凌云追雅颂，琳琅，诗卷长新共景光。

庆春泽

雪霁镜湖迎春，寻张于湖归来堂遗址，回顾赭山安徽师范大学

快雪时晴，芳洲柳醒，镜湖又见春苔。指点山阿，依稀欲绽梅腮。岁寒松竹葱茏处，更树人，乐育英才。待春深，锦绣湖山，桃李争开。 词人韵事留佳话，尚墩传烟雨，堂说归来。遥想当年，空歌望断长淮。而今日月新天换，奋风雷，涤荡尘埃。喜凝眸，春色无边，春意盈怀。

满江红·观安徽省话剧团公演《胆剑篇》

千古兴亡，英雄事、翻新演出。想当年、会稽禹庙，忍辱含戚。一片丹忱盟胆剑，五千壮志坚金石。笑从来，但说大夫功，西施策。　恃强暴，一时力，持公理，终无敌。看十年生聚，十年训迪。凌弱难醒图霸梦，越民气早吞吴国。发深思、最是苦成言[①]，垂千亿。

[原注]

①剧中人物越国庶民苦成说：“一时强弱在于力，千古胜负在于理”。

唐多令·阵雨惊梦，晚晴散步经平章里有感[1]

阵雨袭南窗，新秋一枕凉。笑平生梦里还忙。一字推敲犹未稳，周与蝶，两相忘。　　旧里过平章，斜阳树影长，不堪听、邻笛悠扬。极目江东云缥缈，山隐隐，水茫茫。

[原注]

①故友张君勉旧寓平章里，卒葬当涂青山。

卜算子

曾上长江头，也到长江尾，晚住中江便作家，为爱湖山美。　　日夜大江流，故旧多新鬼。却喜同心皓首时，脉脉常如水。

天仙子·雨后小立白龙桥头观人字瀑

怒卷雪涛人字瀑，椽笔大书惊在目。白龙狎浪下山溪，溪喷玉，山初浴，七十二峰青可掬。　　一片晚霞铺锦褥，几处淡烟萦古木。归禽啼罢又蜩鸣，歌一曲，忘三伏，四入此山看未足。

鹧鸪天·柳

客舍青青记昔时，晓风残月动离思。江潭摇落征人远，巷陌凄凉旧梦稀。　　情袅袅，意依依，春来新染万千丝。玉关羌笛何须怨，且喜梢头见靓眉。

虞美人·居与老妻夜话

西风淡月朦胧夜，金粟飘香谢。一年容易又秋深，正是黄花紫蟹满江浔。　　白头闲话平生事，荏苒青春逝。劫余喜却见河清，今夕银灯着意向人明。

浣溪沙三首

芜繁道中

柳陌菱塘接大江，青山隐隐水茫茫。平畴弥望稻初黄。路转三山[1]圩势尽，风生万木晓阴凉。轻车一瞥过繁昌。

[原注]

①过三山小镇，渐入山区。

青阳午休

行尽南陵渔米乡，茂林修竹入青阳。丰年是处好风光。一枕午窗回客梦，九华新茗涤诗肠。登程犹喜颊留香。

越丛山至太平　遥望黄山一角

峻岭悬桥一线通，飙轮辗转碧山丛。当头时见插云峰。林密岩阴惊昼晦，峦开视展又晴空。黄山一角有无中。

浣溪沙·蒙城县庄子祠落成纪念

火箭长征挟亚洲，扶摇直上大鹏游，今情古思两悠悠。濠上观鱼融物我，漆园梦蝶自风流，崇祠道学共千秋。

[原注]

1990年4月7日，得蒙城县函示重修庄子祠。是夕，适从荧屏快览长征三号火箭发射亚洲一号卫星壮观，予谓此逍遥游鹏徙图也。喜成小词一首，即以致贺。

房宗岳(房秩五)

房宗岳（1877—1966），字秩五，晚号陟园老人，安徽枞阳人。教育家。早年留学日本，归国后曾与陈独秀等创办《安徽俗话报》。1911年先后担任《东三省日报》《司法公报》主笔、主编。1912年任湖道尹，1924年回乡创办浮山中学。1951年为特邀代表，赴京参加全国政协会议，后任安徽省人大代表、省人民政府委员、省政协副主席。著有《浮渡山房诗存》，译著有《教育心理学》。

悼三爱[①]

君是降龙伏虎手，拈花微笑散诸天。
苍茫五十年前事，贝叶重繙亦惘然。

［原注］

①三爱为陈独秀在《安徽俗话报》笔名。

挽陈仲甫二首[①]

一

纵浪人间四十年，我知我罪两茫然。
是非已付千秋论，毁誉宁凭众口传[②]。
野史亭中虚左席[③]，故书堆里绝韦编[④]。
古人菲薄今人笑，敢信斯文未丧天。

二

盛唐山下昔婆娑，斫地悲哀发浩歌。
舌战雄能逃竖子[⑤]？环诛严更慑群魔[⑥]。
留人别馆三秋雨，送我晴江万里波[⑦]。
往事苍茫谁与语？侧身西望泪滂沱。

［原注］

①君以壬午年五月二十七日逝于蜀之江津县。

②世人多谓君非孝，其实君事母极孝，母目瞽，每食君必亲奉菜至母碗中，君母逝江津时，君时著麻衣，匍匐痛哭，至为其徒某非议。

③曩见有人著中国经济史，内夹装白纸三页，审之，皆当序君事，恐触时忌，不敢书耳。

④君往年著石安字说数种。

⑤光绪壬寅夏，君偕余在安庆藏书楼开会，演说辞侵某巨绅至鼠窜遁去。

⑥光绪甲辰春，君与余在安庆创办《安徽俗话报》。

⑦光绪甲辰秋，余东渡道出芜湖阻雨，与君在科学图书馆小楼聚谈三日，行，君亲送至江心登轮。

同李晦庐消夏浮山别后赋寄

故乡山色今犹昔，十载游踪复此经。
世乱僧随人眼白[①]，寺荒苔上佛头青。
百年息壤藏身约[②]，万壑归云入梦醒。
天外烟霞纷缭绕，思君独上望江亭[③]。

［原注］

①晦庐先生到山寺，僧不延纳。
②相约归老浮山。
③妙高峰顶有望江亭遗址。

岁暮朱蕴山寄示北京赠沈子修长句依韵奉和

易水萧萧吊古燕，悲歌酒市忆当年。
万方同慨陵为谷，一笑相看海又田。
孟说王齐犹反手，老言治国欲烹鲜。
河山销尽兴亡迹，赢得成城众志坚。

房章汉

房章汉（1918—2001），安徽桐城人。芜湖市税务局退休干部。中华诗词学会、安徽省诗词学会、芜湖诗词学会会员，纽约四海诗社基本社友。著有《松竹斋诗存》。

登铜陵天井湖通天阁

小阁通天矗绿洲，平湖细浪拍轻舟。
飞花夹岸风摇柳，春满江南烟雨楼。

七十初度感怀

七旬初度小阳天，红叶如花分外妍。
人坐春风忘却老，雨施万物润无边。
兴来绿蚁浮三盏，醉后黄庭草几笺。

为爱夕阳无限好，清波江上且流连。

相见欢

癸亥中秋后三日，再游西湖，旋赴海宁观潮，经苏州归。

西湖桂月浮舟，好清秋。今日又来花港，隔年游。　　潮观罢，情未尽，客难留。还是去年归路，过苏州。

承忠委

承忠委（1935—2006），安徽芜湖人。曾任芜湖地区卫校中医师，地区中医学会副秘书长。1991年获“全国名医”称号。芜湖诗词学会会员。

自　吟

研医心力瘁，敢惜老来身。但愿人无病，何妨我独贫。

孟　超

孟超（1928—2005），字青坪，安徽寿县人。安徽省政协《江淮时报》经济顾问，国际炎黄文化出版社特约编审。中华诗词学会会员，江淮诗社社长。曾主编《江淮风韵》《当代中华诗词文丛》《八皖风物吟》《当代中华诗词家名录》，编著《江淮当代诗词选》《青坪诗草》等18部。

重到梅山水库二首

一

春色连天碧，梅山景更幽。茶花红胜火，闸坝涌清流。

二

绿雨微风岸，山坡映彩霞。山村小儿女，斜插一枝花。

重读聂绀弩诗集

我爱弩翁卷卷诗，松风梅骨见清辞。
毫端不作虚言颂，留取诗词证史时。

忆淠河

淮浪沉沙一叶舟，暮年更忆淠河头。
平生最好家乡水，不肯清流入浊流。

涡淮渔家女

岸柳船头寄，飘然水上游。荡舟霞映桨，束发雾擦油。
渔火风中闪，繁星枕上流。行情今日好，笑语话丰收。

参加北京西山诗会寄友

挚友京华聚，讴歌醉晚霞。铮铮承古韵，灼灼孕新葩。
乡梦关山远，诗魂故国佳。推窗望明月，故旧在天涯。

临江仙·蓼城归来赠亲友

数日与君言旧事，夕阳送我南归。古来良友世间稀。青衫同苦乐，白首久相违。　湖海人生云影散，莫当荣辱嘘唏。回头蝶乱石皆非。吹箫明月下，修竹绿窗围。

阮郎归·暮春淮上

滔滔淮水溅飞篷，榴花万点红。河边燕子去匆匆，远飘云雾中。　垂钓处，钓东风，潇潇绿雨浓。山城喜卧百花丛，白帆惊落鸿。

高阳台·登采石矶怀李白

柳叶藏莺，惊涛拍岸，登山极目舟斜。滴翠峰岚，试看春在谁家。飞星白鹭两三点，落日圆、暮色云遮。水悠悠、满树清香，满地黄花。

而今漫道潇潇雨，况衣冠冢在，乱噪林鸦。逝者江流，游人怕说年华。青莲遗泽生芳草，向长空、恨隔天涯。怎消他，几度东风，几度桑麻。

孟醒仁

孟醒仁（1914—2004），安徽寿县人。曾在中央军委总政治部任编辑，后历任西北师院、西安师院、绥德师院、安徽大学等院校教授。安徽太白楼诗词学会名誉会长，安徽省诗词学会理事，庐州诗词学会顾问。著有《吴敬梓年谱》《吴敬梓评传》《评儒林外史》《在兹堂吟稿》等。

早暖听蛙

清明才到已听蛙，出水秧针喜万家。
更爱平原光景好，春风送绿到天涯。

纪念乡先公柏烈武

将军百战尚儒冠，返日挥戈敌胆寒。
老去潇湘又风雨，长鸣伏枥寸心丹。

重游九华山

一别名山五十春，依稀花鸟识亲人。
白头未负名山约，又结名山未了因。

赵一初

赵一初（1933—2011），江苏南京人。退休前为明光市人大文教工贸委员会副主任，退休后在老年大学诗词班任教。曾任明光市诗词学会第二任会长、安徽省炳烛诗书画联谊会会员、中华诗词学会会员。

八秩抒怀二首

一

瞬间八秩不言愁，怎教时光付水流。
回首征程无缺憾，前瞻坦道有奔头。
心随运祚月连岁，笔伴风雷春到秋。
待看夕阳红世界，余晖璀璨耀双眸。

二

回首前尘八十春，时光暗换几浮沉。
如烟往事时时念，似水流年刻刻珍。
老趣横生新趣足，童心未泯锦心存。
宽怀知命天伦乐，举酒吟诗永葆真。

长相思·女山湖泛舟

山嶙嶙，水粼粼。远岸霓虹锁翠屏，画廊伴楫行。　　网丰盈，仓丰盈，夕照归船紫气腾，棹扬万顷金。

赵朴初

赵朴初（1907—2000），本名荣续，晚年自号开翁，别署无尽意斋，安徽太湖人。卓越的佛教领袖，杰出的书法家，著名的社会活动家。早年就学于苏州东吴大学。新中国成立后，曾任中国佛教协会会长、中国佛学院院长、全国政协副主席等职。长期从事佛学研究，擅长诗词、书法。著有《滴水集》《片石集》《佛教常识答问》等。

妙香山访普贤寺二首

一

到此心清闻妙香，妙香山上礼空王。
普贤行愿无穷尽，夜半溪声出广长。

二

乍认溪声是雨声，起看月照万松明。

休凭闻见分真幻，大地山河一味清。

咏　风

噫气成风下大罗，秕糠一扫净山河。
拔关岂费吹灰力，解愠何劳拍柱歌。
草偃微怜囊口怒，蝉噤不待洞庭波。
天公妙愿无穷已，万籁齐鸣意若何？

焦山壮观亭得句

生子当如孙仲谋，不缘年少万兜鍪。
关心岂限眼前事，启后宜先天下忧。
浮玉中流迎北固，真堂隔岸望扬州。
壮观二字应无负，第一江山第一楼。

陈独秀墓

途穷不改寸衷丹，定论终难到盖棺。
照世心光无愧怍，破关虹气处艰难。
直呼益显行高狷，遗著犹能激肺肝。
一束生刍千古泪，谁欤何处不须参。

偕政协宗教组同人游潭柘寺有作

枫叶红已酣，柳条绿犹恋。郊游乐良辰，秋色正烂缦。
息心入初地，古寺壮楼观。境辟幽州先①，气摄太行半②。
仰钦庭前柏，千载凌霄汉。俯爱台下竹，万竿挺葱蒨。
坐拥群山环，雍容俨南面。所恨成独秀，四望皆秃巘。
僧人护山林，厥功不可掩。少师习静处③，室迩人已远。
平生慕风云，老去师恬澹。不泥比丘相，傥具普贤愿？
岂知众生力，浊世净土现？异代不同时，惜哉不吾见。

［原注］

①寺建于西晋，后魏以幽州治蓟；至唐，遂以北京地区为幽州。故俗“先有潭柘，后有幽京”之称。

②寺为太行八景之一。
③寺后有“少师静室”，乃姚广孝退休所居。

忆江南十四首选三

访缅杂咏

和平海，浩荡汇群流。又趁星槎游佛国，携来花雨自神州。声气好相求。

南国话，草木有千般。照眼藤花腾火焰，举头树杪挂风兰。斑叶有龙蟠。

山城好，景物爱东枝。地静疑非尘到处，气清最是晓来时。花鬟映峰眉。

［原注］

①东枝，掸邦首府。

临江仙

游昆明西山，次日将飞缅甸。

分与云南缘不浅，月馀两度昆明。西山景色一番新。前来花似锦，今见绿连城。　　难得平生闲里趣，闲山闲水闲寻。未妨馀事作诗人。垂天方一息[1]，明日又风云。

［原注］

①《庄子》：鹏翼若垂天之云。

临江仙·故乡行咏之九华山

影静心苏山色里，是何意态雍容。朝霞暮霭映群峰。神光离合处，秀出九芙蓉。　　安立道场端正好，清风清磬清风。众生无尽愿无穷。可能空地狱？三界佛香中。

临江仙

一九九〇年九月十七日，由合肥乘汽车至九华山，二十一日，下山。

影静心苏山色里，是何意态雍容。朝霞暮霭映群峰。神光离合处，秀出九芙蓉[①]。　　安立道场端正好，清泉清磬清风。众生无尽愿无穷。可能空地狱[②]？三界佛香中。

［原注］

①李白诗：“昔在九江上，遥望九华峰。天河挂绿水，秀出九芙蓉。”

②“我不入地狱，谁入地狱？”“地狱未空，誓不成佛。”地藏菩萨之大誓愿也。

卜算子·观苏拉·曼辛演古典印度舞

挥手片云飞，顿足群山动。乍一回眸秋水明，摇鬓春花弄。　　人世乱悲欢，俯仰千场梦。凝对恒河不尽流，兄弟恩情重。

清平乐·围棋，赠陈将军

纹枰坐对，谁究其中味？胜固欣然输可喜，落子古松流水。　　将军偶试豪情，当年百战风云。多少天人学业，从容席上谈兵。

自度曲·书赠太湖县人民政府

老大始还乡，惊见天人尽换装。喜学舍工房，新兴穷镇；茂林佳橘，旧日荒岗。更雄心，三年五载熙湖，绿遍东西南北方。　　神驰远景无疆，尽尽情领受，千重山色，万顷波光。不教往事惹思量。任故宅水深千尺，抑又何伤？问还馀几多光热，报我乡邦。

浣溪沙·泰姬陵[①]

玉殿疑看玉骨清，端严池影晚妆明。经年尝梦泰姬陵。长恨君王殉望眼，千秋月夜耀奇珍。佳人难得是佳城。

［原注］

①泰姬，十六世纪印度皇妃，美而早死。帝为造墓宫，先后役工二万人，费时十余载始成。雕栏玉宇，宝石琼花，构造之美，镂刻之

精，世罕其匹。来游者多喜于月夜中观之，如明珠耀彩，夺人魂魄。帝晚年为子所幽，朝夕望妃陵自遣，终至失明而死。

浣溪沙·咏佛香花[①]

水晕鹅黄上素衣，清馨时度一丝丝。香严自是佛前宜。微笑早参言外意，嘉名今入箧中诗，落英拈起海天思。

[原注]

①岭南有花，玉洁而微含黄晕。香味略如栀子，而无其烈，俗呼之为“鸡蛋花”，嫌其俚而不切。余去夏在锡兰曾见此花，落时五瓣连蒂而下，锡人多拾以供佛，称其树为“庙树”。因为易名“佛香花”，作小词以纪之。

某公三哭[①]

秃厮儿带过哭相思

哭西尼

我为你勤傍妆台，浓施粉黛，讨你笑颜开。我为你赔折家财，抛离骨肉，卖掉祖宗牌。可怜我衣裳颠倒把相思害，才盼得一些影儿来，又谁知命蹇事多乖。　　真奇怪，明智人，马能赛，狗能赛，为啥总统不能来个和平赛？你的灾压根儿是我的灾。上帝啊！教我三魂七魄飞天外。真个是如丧考妣，昏迷苫块[②]。我带头为你默哀，我下令向你膜拜。血泪儿染不红你的坟台，黄金儿还不尽我的相思债。我这一片痴情呵，且付与你的后来人，我这里打叠精神，再把风流卖。

[原注]

①第一首原来题名《尼哭尼》，第二首原来题名《尼又哭尼》，第三首原来题名《尼自哭》。一九六五年二月一日发表时加上了《某公三哭》的总题，每首副题也作了相应的更改。

②旧社会官僚绅士人家死了父母的，儿子发出的“哀启”中惯用“苫块昏迷，语无伦次”这句话。古礼，子女在居丧期中，应当睡在草垫（苫）上，用土块作枕，叫作“寝苫枕块”。

哭皇天带过乌夜啼

哭东尼

掐指儿日子才过半年几，谁料到西尼哭罢哭东尼？上帝啊，你不知俺攀亲花力气，交友不便宜，狠心肠一双拖去阴间里。下本钱万万千，没捞到丝毫利。实指望有一天，有一天你争一口气。谁知道你啊你，灰溜溜跟着那个尼去矣。教我暗地心惊，想到了自己。　　“人生有情泪沾臆”。难怪我狐悲兔死，痛彻心脾。而今而后真无计。收拾我的米格飞机，排练你的喇嘛猴戏，还可能合伙儿做一笔投机生意。你留下的破皮球，我将狠命地打气。伟大的、真挚的朋友啊，你且安眠地下，看我鞠躬尽瘁，死而后已。呜呼噫嘻。

哭途穷

哭自己

孤好比白帝城里的刘先帝，哭老二，哭老三，如今轮到哭自己。上帝啊，俺费了多少心机，才爬上这把交椅，忍叫我一筋斗翻进阴沟里。哎哟啊咦，辜负了成百吨黄金，一锦囊妙计。许多事儿还没来得及：西柏林的交易，十二月的会议，太太的妇联主席，姑爷的农业书记。实指望，卖一批，捞一批，算盘儿错不了千分一。那料到，光头儿顶不住羊毫笔，土豆儿垫不满沙锅底，伙伴儿演出了逼宫戏。这真是从哪儿啊说起，从哪儿啊说起。

说起也稀奇，接二连三出问题。四顾知心余几个？谁知同命有三尼？一声霹雳惊天地，蘑菇云升起红戈壁。俺算是休矣啊休矣。眼泪儿望着取下像的宫墙，嘶声儿喊着新当家的老弟，咱们本是同根，何苦相煎太急？分明是招牌换记，硬说我寡人有疾。货色儿卖的还不是旧东西？俺这里尚存一息，心有灵犀。同志们啊，还望努力加餐，加餐努力。指挥棒儿全靠你、你、你，要到底，没有我的我的主义。

[编者注]

题目中的“西尼”指当时的美国总统肯尼迪，“东尼”指印度总理尼赫鲁，“自己”指苏共第一书记尼基塔·赫鲁晓夫，作者将他们并称“三尼”。

1963年，肯尼迪遇刺身亡，赵朴初写了《尼哭尼》；半年后尼赫鲁去世，赵朴初写了《尼又哭尼》；又半年后苏联的赫鲁晓夫下台，赵朴初写了《尼自哭》。1965年，毛泽东指示公开发表时，三个曲子分别改名《哭西尼》《哭东尼》《哭自己》，加了一个总题《某公三哭》。

赵璧还

赵璧还（1914—1999），笔名柏寒，江苏邗江人。民革党员，原为董其武部下，后定居安庆，在安庆地区百货站工作。中华诗词学会会员。著有《鸿泥集》等。

悼　亡

垂髫儿女已成年，往事萦回亦自怜。
读赋每兴潘岳感，持家常忆孟光贤。
身当垂老思多涩，事到难求意不牵。
喜值明时奔四化，不辞驽钝竞催鞭。

戒香烟口占

漫道香烟韵味奇，偶然兴奋解人疲。
质含尼古丁堪虑，养缺维生素可知。
积习从来容易染，常情未必不能移。
即今戒绝何消遣？浊酒清茶一卷诗。

应采石太白楼征诗

捉月骑鲸事或真？先生原是谪仙人。
雄才笔落惊风雨，浩气诗成泣鬼神。
名并杜公垂不朽，志同屈子抑难伸。
崇楼纪念追前躅，华夏骚坛又日新。

荒　芜

荒芜（1916—1995），原名李乃仁，安徽凤台人。抗战期间在重庆从事文学翻译工作。1945年应聘到夏威夷美军语言训练中心任教。1948年在解放区北方大学、华北大学作研究工作。1949年后，先后在国际新闻局、外文出版社、中国社会科学院文学研究所和外文研究所工作。与聂绀弩、黄苗子、杨宪益、李汝伦诸家形成当代诗坛杂文诗流派。著有《纸壁斋集》《纸壁斋续集》《麻花堂集》《纸壁斋说诗》。

赠自己[①]

羞赋《凌云》与《子虚》，闲来安步胜华车。
三生有幸能耽酒，一着骄人不读书。
醉里欣看天远大，世间难得老空疏。
可怜晁错临东市[②]，朱色朝衣尚未除。

［原注］

①此诗写于一九七六年五月邓小平被明令撤职之后。

②刑场。

喜闻邓小平复职

骏骨成尘忆郭隗，黄金销尽已无台。
十年人共长安老，一夜春从大地回。
箫鼓缓归街里去，心花争向酒边开。
从今燕赵皆兄弟，乐毅裁书报北来。

感　怀

不写风花雪月辞，苍生霖雨系相思。
欲将一管狼毫笔，直指千秋鬼魅祠。
卖稿但期言路广，买蔬渐觉客囊亏。
何当平准书成后，会见弘羊大有为[①]。

[原注]

①桑弘羊为汉武帝时理财专家，主张平准均输，通天下财货。

胡　邵

胡邵（1907—1983），字苹秋，安徽合肥人。曾任太原晋剧院导演。

落花四首选一

胜春浅夏操芳华，莫为残英怨日斜。
燕子不离微雨伴，荼蘼亦是后凋花。
不须长篲除幽径，却喜轻红印浅沙。
设想御沟流叶去，应无红粉恨天涯。

七娘子·初秋有感

新凉枕簟秋眠熟，梦痕欲染淮山绿。寥落晨星，萧疏雁足，天涯怕展登临目。　　劳生沉没笙歌窟，梁尘散尽韩娥曲。沉醉悲凉，朱弦哀促，凋年更比修蛇速。

惜余春慢·挽梅兰芳

绝代佳人，一生花底，列国周游将遍。百花头上，法曲人间，都被暗香熏染。一朵能行牡丹，管领春风，丽韶何限。记春明日下，百年歌舞，粉香脂艳。　　经媚眼、历劫沧桑，棋枯人去，几见蓬莱清浅。载胥及溺，悍将佳兵，泪入乱弦哀管。休说东邻寇侵，去国八年，痛深吞炭。近黄昏时候，夕阳虽好，柳丝难绾。

胡　适

胡适（1891—1962），原名嗣糜，学名洪骍，字希疆，后改名胡适，字适之，笔名天风、藏晖等，安徽绩溪人。中国现代著名学者、诗人、史学家、文学家、哲学家。出身徽商之家。1910年留学美国，1917年回国任北京大学教授。因提倡文学革命而成为新文化运动的领袖之一。抗战期间曾出使过美国，1946年任北京大学校长，1958年任台湾“中央研究院”院长。著有《中国哲学史大纲》《五十年来之中国文学》《白话文学史》《尝试集》《胡适文存》等。

希　望

我从山中来，带得兰花草，种在小园中，希望开花好。一日望三回，望到花时过，急坏种花人，苞也无一个。眼见秋天到，移花供在家，明年春风回，祝汝满盆花。

生查子

前度月来时，仔细思量过。今度月重来，独自临江坐。风打没遮楼，月照无眠我。从来没见他，梦也如何做。

临江仙

隔树溪声细碎，迎人鸟唱纷哗。共穿幽径趁溪斜。我和君拾葚，君替我簪花。　　更向水滨同坐，骄阳有树相遮。语深浑不管昏鸦。此时君与我，何处更容他。

去国行

木叶去故枝，游子将远离。故人与昆弟，送我江之湄。执手一为别，惨怆不能辞。从兹万里役，况复十年归！金风正萧瑟，别泪沾客衣。丈夫宜壮别，而我独何为？

满庭芳

枫翼敲帘①，榆钱铺地，柳棉飞上春衣。落花时节，随地乱莺啼。枝上红襟软语②，商量定，掠地双飞。何须待，销魂杜宇，劝我不如归？　　归期，今倦数。十年作客，已惯天涯。况壑深多瀑，湖丽如斯。多谢殷勤我友，能容我傲骨狂思。频相见，微风晚日，指点过湖堤。

[原注]

①枫翼者，枫树子皆有薄翅包之，其形似蜻蜓之翅。凡此类之种子，如榆之钱，枫之翼，皆以便随风远扬也。

②红襟者，鸟名。

翠楼吟·庚戌重九

霜染寒林，风摧败叶，天涯第一重九。登临山径曲，听万壑松涛惊吼。山前山后。更向何处能寻，黄花茱酒。沉吟久。溪桥归晚，夕阳遥岫。　　应念鲈脍莼羹，只季鹰羁旅，此言终负。故园三万里，但梦里桑麻柔茂。最难回首。愿丁令归来，河山如旧。今何有。倚楼游子，泪盈襟袖。

水龙吟·绮色佳秋暮

无边橡紫榆黄，更青青映松无数。平生每道，一年佳景，莫如秋暮。倾倒天工，染渲秋色，清新如许。使词人憨绝，殷殷私祝。秋无恙，秋常住。　　凄怆都成虚愿。有西风任情相妒。萧飕木末，乱枫争坠，纷纷如雨。风卷平芜，浅黄新赭，一时飞舞。且徘徊，陌上溪头，黯黯看秋归去。

沁园春·誓诗

更不伤春，更不悲秋，以此誓诗。任花开也好，花飞也好；月圆固好，日落何悲？我闻之曰，“从天而颂，孰与制天而用之”。更安用，为苍天歌哭，作彼奴为！　　文章革命何疑！且准备搴旗作健儿。要前空千古，下开百世，收他臭腐，还我神奇。为大中华，造新文学，此业吾曹欲让谁？诗材料，有簇新世界，供我驱驰。

沁园春·新俄万岁

容子何思，冻雪层冰，北国名都。想乌衣蓝帽，轩昂年少，指挥杀贼，万众欢呼。去独夫沙，张民主帜，此意如今果不虚。

论代价，有百年文字，多少头颅。　冰天十万囚徒，一万里飞来大赦书。本为自由来，今同他去，与民贼战，毕竟谁输？拍手高歌：新俄万岁！狂笑君休笑老胡。从今后，似这等快事，后起谁欤？

沁园春·别杨杏佛

将之纽约，杨杏佛以词送行，有“三稔不相见，一笑遇他乡。暗惊狂奴非故，收束入名场”之句。实则杏佛当日亦狂奴耳。其词又有“欲共斯民温饱”之语。余既喜吾与杏佛今皆能放弃故我，重修学立身，又壮其志愿之宏，故造此词奉答，即以留别。

朔国秋风，汝远东来，过存老胡。正相看一笑，使君与我，春申江上，两个狂奴。客里相逢，殷勤问字，不似当年旧酒徒。还相问，岂胸中块垒，今尽消乎。　君言是何言欤。只壮志新来与昔殊。原乘风役电，戡天缩地，颇思瓦特[1]，不羡公输。户有余糈，人无菜色，此业何尝属腐儒。吾狂甚，欲斯民温饱，此意何如。

[原注]

①瓦特：发明汽机者。

胡　坦

胡坦（1916—2000），安徽明光人。曾任小学教员、嘉山县县长等职。新中国成立后历任巢湖行署专员、芜湖行署专员、安徽省财政厅副厅长兼税务局长、粮食厅厅长、省委财贸部长、省财办主任、池州地委书记兼军分区政委、六安地委书记、省革委会副主任兼财办主任、副省长兼财办主任、省政府顾问。

淮南解放

当年离别几时回，喜见同侪并马归。
千里江淮今解放，红旗猎猎满天飞。

忆江南·故乡情八首选二

嘉山是我生长的故乡，又是我战斗过的战场。最近几年三返旧地，一九五八年三月，又踏乡泥，抚今追昔，感慨万千。

一

屈指数，别离半纪长。少小不识家山美，老来尤念故土香，梦里似还乡。

二

悲浩劫，重得见天霞。最喜南国春来早，东风吹到百姓家，芳草接天涯。

胡大侔

胡大侔（1911—1972），字殊庵，安徽太平人。曾任安徽省立医院中医科主任、安徽省政协常委等职。

题黄山芙蓉洞

癸酉元夕大雪，晚宿芙蓉庵，晓起将行，留二绝句。

一

自若灵池水一湾，十年尘垢走人寰。
今朝暂息浮生念，卧听萧萧雪满山。

二

芙蓉洞口白云封，洞里梅花雪万重。
一夜天风吹不断，梦携明月上莲峰。

逍遥津散步口占

岸草迷蒙绿，园梅零乱香。寒塘明积水，弱柳系残阳。
忽觉春将至，难堪老更狂。仰看归鸟尽，诗思落苍茫。

纪念杜甫诞生一千二百五十周年

满眼胡尘白日昏，杜陵老叟独声吞。
千秋诗史人谁续，万里桥边宅尚存。
雪涕山河悲战伐，呕心歌咏动乾坤。
光芒独有文章在，今古骚坛定一尊。

胡世民

胡世民（1907—1995），安徽太湖人。抗战爆发后，从事抗日救亡工作，任动委会主任。1949年后从教，1958年被打成“反革命”，1981年平反。

暮春柳村访旧

蝶去花残静掩扉，重来崔护意多违。
可怜只有门前柳，犹似当年作雪飞。

渡口晓行

西湖歌舞早时休，柳畔谁家系钓舟。
隔岸浣纱人已去，砧声犹接浪声流。

花亭湖游

千秋湖上花亭在，花落花开岁易新。
酒醉花前今日我，诗题壁上旧时人。

咏　竹

傲雪三冬友，披云九夏凉。虚心能受益，劲节自留芳。
斑渍湘妃泪，笋欢孝子肠。悬岩偏立足，曾伴晋贤郎。

江城初雪

一夜狂风下大荒，开窗凝望白茫茫。

堤边不是三春絮，城上犹疑九月霜。
江畔有谁频把钓，门前惟我倍思乡。
家贫学子青衫薄，愿睹苍天早太阳。

观龙舟吊屈原

韶华荏苒又端阳，湖上龙舟竞渡忙。
早惜孤忠难世出，转逢奸佞更情伤。
怀才莫怨湘潭逐，大节犹留宇宙香。
不是怀王终不悟，千秋怎得姓名扬。

胡仲英

胡仲英（1923—2006），安徽芜湖人。芜湖市第六中学退休教师，中医师。曾任芜湖诗词学会理事兼《滴翠诗丛》编委，芜湖晚晴诗社副主编。

春江夕钓

半篙春水涨清江，三月渔村打桨忙。
自笑老夫闲不得，一竿高举钓斜阳。

清平乐·春游

穿花拂雾，信步前村去。断续砧声堆浣素，敲碎一池绿玉。　　纵横阡陌交通，彩旗漫舞东风。不辨仙源何处，春来遍是桃红。

钗头凤·友人奉调边陲惜别

长亭柳，翠拂首，劝君更尽一杯酒。湖山恋，情无限。今朝一别，何时相见。念，念，念！　　菊花秀，凉初透，计程应到霜飞后。羌歌遍，楼兰艳。草原驰马，油田飞焰。羡，羡，羡！

胡松叔

胡松叔（1906—1992），安徽桐城人。北平朝阳大学法律系毕业，1934年经专业考试录任上海特区法院检察官。抗战中任朝阳大学法律系教授。抗战胜利，任合肥地方法院院长。新中国成立初期任芜湖安徽学院副教授，不久去职，全家移贵池种瓜菜维生。1965年，应聘到安庆市立五中任语文教师，遂移家安庆市。“文革”中被辞退，困居市区。十一届三中全会后，以民办小学教师待遇为长江小学司阍。曾参加《汉语大词典》编写。1982年被聘为省文史馆员。1984年芜湖市法院给予平反，办退休手续。

哭女二首

一

自省清如水，人讹浊似沙。城中惊市虎，郭外问桑麻。
三种陶家秫，连栽邵氏瓜。田园殊可乐，喜汝幼当家。

二

汝母归蒿里，汝兄又远离。寒闾嗟独倚，赖汝慰孤凄。
蔡琰传经典，谢娥咏妙词。心期成逝水，肠断夜乌啼。

往　事

偶温片事忆幽燕，《大学新闻》谬主编①。
名士逸闻如实录，美人花絮必真传。
从无片语阿权贵，敢有连篇议要员。
文学忤人终获谴，藏身法廨晚秋蝉。

[原注]

①作者读朝大期中，曾主编《大学新闻》，因报导真实，被人诬以思想左倾，排挤出社。

胡铁华

胡铁华（1923—2007），安徽太和人。阜阳电视广播大学副教授，曾任阜阳市诗词学会顾问、《聚星诗坛》主编。

有感二首选一

世路如同蜀道难，崚嶒满目夕阳残。
千回百转折磨尽，履险始知天地宽。

金缕曲·步韵答黄海波老友

黄老安康否？读华章，如亲芝宇，泪飘襟袖。坎坷世途风雨蔽，已是黄昏时候。且将息，修清尘垢。都道夕阳无限好，盼故人、抵掌连宵昼。君共我，尽心久。　　沫濡辙鲋情深厚。觅知音，海天渺渺，永怀知友。一沤浮名真如幻，原本空虚乌有。窗牖外，帷浸月透。得失鸡虫无足虑，看群峦，松柏经霜茂。长相忆，仰星斗。

胡家燮

胡家燮（1925—1995），号塔塘钓客，安徽芜湖市人。博有文才，尤以诗书画见长。自辑稿本《吟秋楼诗词钞》，今不存。

春日述怀二首

一

江南处处又春风，柳眼初舒色未浓。
雨雪何妨芳草绿，桑榆偏爱夕阳红。
世情莫解难随俗，诗债能偿不算穷。
赭塔晴岚人有约，踏青步履尚轻松。

二

时节芳菲燕子来，又看新绿映亭台。
春回南国三江暖，策决中枢两会开。
稳步富强酬壮志，深推改革仗雄才。
闲居老朽无他事，小树房前屋后栽。

病中吟

生前死后两茫然，短暂春秋作梦看。
不讶膏肓来二竖，但愁胃口减三餐。
案头书卷尘新积，砚底渣花墨久干。
病榻欲闲闲未得，孤吟成癖改犹难。

胡敦民

胡敦民（1906—1985），安徽枞阳人。曾任安庆四中总务主任。著有《古今诗选》。

黄镇部长来访浮山中学喜赋

故园秋正好，万里访亲朋。入院花枝笑，凭栏梦境同。
风涛半世纪，云水五洲踪。笑约离休后，还来倚旧松。

胡溟天

胡溟天（1919—1997），安徽肥西人。曾为肥西县雪花吟社社友。

读宋潘大临满城风雨近重阳句，作辘轳体四绝

一

满城风雨近重阳，篱菊花开暗送香，
唯羡孤高陶靖节，兴来把酒话麻桑。

二

熟睡何曾厌夜长，满城风雨近重阳。
潘郎忽遇催租至，断句无由续锦章。

三

袅袅炊烟薄暮起，秋容惨淡遥山紫。
满城风雨近重阳，作客他乡怀故里。

四

饱经世态感沧桑，虚度年华两鬓霜。
读罢离骚天欲暮，满城风雨近重阳。

秋　晚

日斜天欲暮，缓步小桥行。远岫千林立，长空一雁鸣。
志原甘澹泊，性不惯逢迎。排闷唯诗酒，功名负此生。

短歌行

中天月朗照高楼，几杯竹叶且消愁。犹喜今朝逢圣世，天翻地覆换神州。我生已被诗书误，莫展一筹年已暮。同学当年皆俊杰，而今都步青云路。自嗟潦倒愧无才，花木当阶亲手栽。待到阳春花放日，花前月下独徘徊。羊裘三径陶潜宅，别有幽居尘嚣隔。晨诵文章夕写词，不羡高官名烜赫。云烟过眼叹浮生，百感交加对短檠。夜来窗外萧萧雨，破晓忻闻鹈鴂鸣。避世郭钦轻利禄，弃家恨不如梅福。万般欲虑尽蠲除，一枕黄粱还未熟。

浣溪沙·旅游书怀

高卷湘帘对夕阳，远山隐隐暮烟苍。平畴十里稻花香。佳节中秋今又至，连年作客在他乡，明年孰料去何方。

青玉案·送别友人用贺方回韵

断桥烟柳长堤路，挥手送、君归去。雁阵惊寒云外度。离亭风笛，碧波南浦。今夕归何处？　　栖巢林鸟天将暮，题壁自惭无妙句。晚岁平安心默许。萍踪靡定，但期常聚，那管晴和雨。

冒效鲁

冒效鲁（1909—1988），原名景璠，别号叔子，江苏如皋人。先祖冒辟疆为明末四公子之一，父冒鹤亭系近代著名学者。冒效鲁十六岁入北平俄文专修馆，以第一名毕业，即入哈尔滨政法大学。20世纪30年代历任国民政府驻苏大使馆外交官、商务印书馆特约编辑，后任复旦大学外语系教授，1958年为支援安徽教育事业，任安徽大学外语系教授。曾任安徽省文学学会顾问、安徽太白楼诗词学会会长。著有《叔子诗稿》《冒效鲁论翻译》《文艺回忆》等。

鲁迅百年祭寄题

荷戟彷徨彼一时，寒星寄意竟谁知？
破除迷信思良药，求实精神百世师。

忍寒嘱题哀江南图

终古长江水，沉舟复载舟。看携彭蠡月，来照秣陵秋。
事往怜青骨，哀多易白头。山川供画稿，俯仰怆前游。

八月十六夜广州望月有怀内子北平

清辉似怨迢迢夜，独客能无悄悄悲。
万里羁孤此身贱，九秋憀栗百虫凄。
娇儿恋父知谁枕，弱母将雏赖子慈。
愁绝吟成惟苦语，临风忍便说相思。

次答墨巢丈喜余偕默存见过①

劳生珍重竹风凉，慰眼园林似我乡。
愿夏弥怜蝉噪苦，初秋犹喜日阴长。
多歧世路争夷险，九等人伦任否臧。
倒屣已叨宽礼数，却愁无药可医狂。

[编者注]

①墨巢：即李拔可（1876—1953），号墨巢，清光绪二十年（1894年）举人，能诗，工书法，著有《顾果亭诗》《墨巢词》。出宰桃源县、泗阳县，候补知府，有政声。民国时期，入商务印书馆，与张元济、鲍咸昌、高凤歧等合称“商务四老”。默存，即钱锺书（1910—1998），字默存，号槐聚。中国现代作家、文学研究家。

和硕果亭长掷园感赋韵

万念如灰一掷轻，空余块垒不能平。
蝉声渐与暑俱退，蚁旋犹争天左行。
抚树岂真生意尽，看花无奈乱愁成。
区区愿力终何补，望断银河洗甲兵。

葱奇归自天津相聚旬日后与之别[①]

霜风吹子犯黄埃，才见秋风遂即回。
促座雄谈仍往昔，弥襟兵气荡尊罍。
饥驱一世贫为祟，语业多生忏未灰。
稍借酒杯壮离色，不妨怀抱暂时开。

[编者注]

①葱奇：叶葱奇（1904—1985），原名叶元，后改名叶虔，字葱奇，以字行。安徽桐城人，古典文学家。著有《李商隐诗集疏注》等。

次韵默存九日伊旬园小集

近日无山不可寻，招携裙屐入园林。
重阳难得是晴日，百劫犹存惟古心。
粲粲黄花宜令节，翩翩白鸟度轻阴。
清谈何与兴亡事，肯信神州遂陆沉。

秋夕寓楼看月作

溥溥白露望秋零，凉入人间洗郁蒸。
表里自澄毫发鉴，烟云何碍太空升。
指呈顷刻华严相，光满诸天无尽灯。
一世将心齐向月，琼楼须蹑最高层。

讯默存疾

示疾悬知世已非，朋簪寥落惧多违。

围城惝恍犹能记，落照苍茫遂不归。
耿耿心同空迹象，纷纷耳学炫渊微。
栖皇夫子无宁处，忍便挥弦睨鸟飞。

次答默存见怀

鷦鹩暂喜一枝安，逋客而今也属官。
挥手五弦聊送日，转喉千偈任翻澜。
当筵尔汝愁颠倒，历劫风花阅险艰。
睡过东风君莫笑，举头明月许同看。

寄钱仲联吴门即祝其七十生日①

垂柳丝丝罥梦长，白头都讲尚金阊。
频摩老眼观蜗角，依旧危心懔鹫章。
乞食岂同吴市客，医诗待丐越人方。
栖栖道上亭林叟，生日骑驴有底忙？

［编者注］

①钱仲联（1908—2003），号梦苕，生于江苏常熟。著名诗词家、古典文学研究专家，苏州大学终身教授。1981年被评聘为全国首批博士生导师。

送人北游

短榻高斋睡每迟，难忘瀹茗夜鏖思。
篱边犬吠频惊梦，窗外蚊雷欲袭肌。
顾我宁无三宿恋，交君已辱七年知。
男儿出塞浑闲事，趺马冰天好赋诗。

次答映丈论近事①

侧闻天道似张弮②，止盗当师胠箧篇③。
未泯是非存腹议，但供俯仰得身全。
市金秽史成佳传，发冢遗书有纪年。
岂畏雷霆妨直笔，枝头宁要费声蝉。

[编者注]

①央丈：即夏敬观，字剑丞，晚号吷庵。近代江西派词人、画家。朱孝臧称其词可与文廷式相颉颃。

②桊（qūan）：弩弓。《汉书·司马迁传》："张空桊，冒白刃，北首争死敌。"颜师古注："桊，弩弓也。"

③胠箧篇："胠箧（qū qiè）"的意思是打开箱子。《庄子·胠箧篇》深刻揭露了"仁义"的虚伪和社会的黑暗，指出"窃钩者诛，窃国者为诸侯"。

重来白下作

重来白下更寻谁？惘惘都成隔世悲。
乞食不为明日计，追欢宁复少年时。
断垣废垒添萧索，湖桨竿灯荡梦思。
惟有台城旧烟柳，临风犹自斗腰肢。

蔬畦斋中为欧公作生日分韵得轮字

少日扬州梦已尘，平山堂畔涌冰轮。
一生口语随泡灭，万古文章与世新。
名并苏梅风月主，手栽桃李党碑人。
更番好事仍吾辈，辛苦陈诗共此辰。

九月朔飓风大雨作

天公恶剧戏吾曹，故遣秋霖破寂寥。
震撼楼居疑泛海，须臾涂潦竟通潮。
便从屋漏参书法，暂喜车稀减市嚣。
莫笑闭门勤煮字，平添诗思晚萧萧。

偕仲联过榆生新居①

朝见钟山青，暮挹钟山紫。山容虽自殊，寸心持静理。门前过牛羊，墙外卧畦水。绕堤树扶疏，一碧摇十里。主人日储书，丹黄烂盈纸。闭户谢世争，哪复问成毁？二客闯然来，清淡极娓娓。儿女了不喧，肃客颇知礼。壁间何所有？狼藉陈篇耳。案上何所有？笔墨砚罍洗。昔闻旷士庐，无乃类乎此。安得千万间，尽共寒畯庇。

[编者注]

①榆生：龙榆生（1902—1966），名沐勋，字榆生，号忍寒，晚年以字行，江西万载人。曾任暨南大学、中山大学、中央大学、上海音乐学院教授。词学成就与夏承焘、唐圭璋并称，是20世纪最负盛名的词学大师之一。

述怀寄协之丈①

我穷宁坐诗，翁老幸有子。每思欧苏言，辄复一莞尔。忆昔少年日，意气风雷驶。大言夸炎炎，小慧矜比比。轻心历险艰，敝屣视朱紫。云程鹰奋羽，泥途龟曳尾。蹉跎遂至今，无成颡有泚。十年经丧乱，观空了真理。浮生牵万缘，通塞岂殊轨。雕虫壮夫羞，识字忧患始。安心本无方，既悟焉用悔。徇名与徇财，龊龊同一鄙。谰言持溷翁，笑谢应洗耳。端居养天和，物竞我知止。

[编者注]

①协之：即陈融（1876—1956），字协之，号颙庵。原籍江苏，迁居广东番禺。1942年归于广州市立图书博物馆，该馆编有《陈融私藏目录》1册。工书，尤精草书。编有《越秀集》，著有《读岭南人诗绝句》《颙园诗话》《竹长春馆诗》《黄梅华屋诗稿》等。

倪寿川嘱题《江上云林图》①

富人好聚书，满架不满腹。宋元夸一廛，射利转眼鬻。书成至富资，北面久受辱。翻笑昔人迂，武康山鬼哭。亦有江湖士，游谈矜狗曲。朝陪富儿饮，暮入马厩宿。倘来五乘赏，舌在万事足。倪君趣独殊，善本辄过录。手抄付佳儿，绳绳书种续。黄金散垂尽，抱书甘仰屋。丑簃为写图，云林宛在目。图成索我题，语拙手屡缩。他年献僧寮，一继阮芸台梁节庵躅。

[编者注]

①倪寿川（1898—1975），书画家，江苏镇江人。系清末民初书画大师曾熙的入室弟子。

钟鼎文

钟鼎文（1914—2012），安徽舒城人。曾任复旦大学教授、台北《自立晚报》总主笔、台北“诗人学会”会长、世界诗人大会发起人之一兼荣誉会长。曾获西德文学联盟颁赠的最高奖章。著有诗集《三年》《行吟者》《山河诗钞》《白色的花束》《雨季》等。

九华黄山图片触动乡思

画里黄山更九华，天涯魂魄若归家。
淮南故宅如犹在，辜负庭梅卅载花。

首丘吟二首

一

蓬岛吹箫四十秋，梓乡谬许属名流。
海东合有江东恨，怅望家山卜首丘。

二

此生无计了恩仇，羞向人间论去留。
合有浮名共逝水，敢将清白付源头。

段熙仲(段天炯)

段熙仲（1897—1987），原名天炯，以字行，安徽芜湖人。东南大学文科毕业，从吴梅治词曲，与赵万里、任讷、唐圭璋、王起等同门。生前任南京师范大学中文系教授。

蝶恋花·辛巳重阳前一日

明日黄花留客住。四度重阳，岁岁渝州路。独上西楼冲晓雾。看他江水东流去。　　归雁能言桃叶渡。依旧园庭，是处花枝舞。夜夜新声调玉柱。隔江曾教盈盈女。

蝶恋花·壬午渝州作

摇荡花枝风乍起。谢了繁英，空自成连理。昨夜月明闻鹊喜。梦中曾渡桑乾水。　　南国经年无驿使。红豆枯时，依旧相思子。乳燕能飞家万里。春归消息凭谁寄？

摊破南乡子·壬午渝州作

乡思托莼波。神州事、说与铜驼。还乡路似长安远，旧时月色，故家乔木，有泪滂沱。　　莫道损修蛾。青青柳、也自婆娑。朝朝望眼登临处，一衣带水，定知夜梦，先渡黄河。

俞宏淑

俞宏淑（1917—2000），安徽芜湖人。曾为芜湖市灯芯绒厂干部，芜湖诗词学会会员。

青山避暑杂吟

一

深山古刹少人家，几领袈裟映日斜。
夜静风轻眠未得，月移花影上窗纱。

二

四面云山崖下林，谢公祠外绿成阴。
闲来趺坐青松下，半学参禅半短吟。

俞步骐

俞步骐（1912—1998），福建福清人。广西大学肄业。民国时期任繁昌县县长、泾县县长。1949年4月率部起义。1949年后曾任芜湖市工商联干部，中国民主同盟盟员，芜湖诗词学会常务理事兼《滴翠诗丛》编委。

酬谢君鸿轩

余昔主政繁阳，与鸿轩兄同寓马家大楼，交谊至笃。近谢老偕夫人自台还乡，阔别四十余年，白首重逢，恍如隔世，曷胜惊喜？而乍聚乍离，则不能无感！

繁阳共系华年梦，卅载重逢喜复惊。
聚散匆匆宁久客，白头黄叶故人情。

念久别弟兄

旅食弦歌客桂林，宁知风起各飘零。
鹄鸿弓弹几回惧，海燕沧溟一羽轻。
岭表寒梅消瘦骨，江东篱菊傲秋刑。
风尘念载惊华发，四处乡心应共鸣。

大哥八十寿诞

八十春秋三局棋，车尘马足眼底驰。
扶桑负笈期经世，闽桂请缨拥义旗。
缧绁数羁忧国罪，琴堂几奏德民诗。
清风座上乡邻寿，矍铄仙翁笑语飞。

赠程虚谷兄

山林锺鼎俱无份，不事工商不事农。
半壁图书皆酒券，满庭宾客尽儿童。
临衢负曝人同燠，对影添香味独浓。
天暗云低风雨日，叙心陋巷有衰翁[注]。

[原注]

程虚谷兄1949年前任中学教师，是工商联的老同事，博览群书，工诗词，是我的诗师和诗友，1958年被迫退职，为糊口经营小书摊，在我门庭冷落、故旧绝迹中，只此君时时过我，风雨如晦，背人偷启金人口，切切纵论天下事，倒也别有一种情趣。

瑶琳仙境

瑶琳洞府出天工，立玉垂珠挂彩虹。
窄处侧身难拄杖，敞厅旋马足弯弓。
微光照影悬文练，薄雾潜形隐秀峰。
景色眼前无状语，留连忘我入迷宫。

感　怀

十月诛妖挥莫邪，三中全会发征车。
成山冤案平哀怨，满目疮痍理乱麻。
野老愁因仓廪窄，妇孺笑自杯盘加。
兴邦自古随多难，盛会宏图景色奢。

告祖兼示闽皖两地儿曹

不辞老耄故园行，躬率儿曹拜祖茔。
报国从戎酬壮志，亲民为政愧浮名。
三千里系乡关梦，六十年怀故土情。
何必同根同志向，但期清白续家声。

吊瀛台遗迹

饱经忧患一衰翁，京华初客思万重。
偕妇附机登玉宇，依姝作杖步皇宫①。
瀛台废帝遗长恨，东市仁人血尚红②。
谋国智囊迷慧眼，铸成大错丧全功。

[原注]

①承唐惠小姐导游，出入搀扶，盛情可感。

②戊戌间，光绪计囚那拉氏，命谭嗣同奉密诏说袁世凯，使赴天津，斩荣禄，收其部入京围颐和园。维新党人有诫嗣同，以袁居心叵测，勿轻进言，建议改由董福祥任其事，不听。卒为袁所卖，光绪被锢，谭嗣同、康广仁等六君子殉难，变法维新终于夭折。

施　惠

施惠（1924—1997），安徽枞阳人。曾任芜湖市总工会部长、市纪委副书记等职。芜湖诗词学会顾问。

游九华山

松迎竹引到僧家，山寺巍巍石径斜。
大壑蒸云翻絮浪，九华耸秀现莲花。
清溪泻玉寒侵骨，曲径通幽静不哗。
最爱东岩经宿雨，天台流瀑映朝霞。

施　普

施普（1884—1976），字括乾，安徽桐城人。1905年桐城中学毕业，公费留学日本早稻田大学，攻读师范理科。曾用日文写成《代数》一书出版，署名“师傅”。1909年回国后历任师范、中学数理化教员。1930年任桐城中学校长，1941因老家居。新中国成立后任安徽省文史馆馆员，县政协委员。著有《有竹草堂诗稿》《虚助词典》。

过函谷关

霜风晓月过函关，空剩犹龙古色殷[1]。
不见当年贤令尹，一天沙气万重山。

[编者注]

①犹龙：指道家老子，亦谓道之高深奇妙，如龙之变化不可测，泛称有道之士。

黄鹤楼怀龙健行[1]

晴川一曲抱江流，水共天长一色秋。
红叶黄花无限思，欲成诗句寄幽州。

［编者注］

①龙健行：即本际法师（1884—1968），俗姓龙，名灿，字健行，号澄澈，安徽桐城人。

浮山秋眺

久住浮山麓，凭栏眺望赊。单椒宾日近[1]，秋影扈风斜。
天际皈寒碧，香林发好花。绿云盘古道，幽壑有人家。

［编者注］

①单椒：孤立的山峰。

施仲岳

施仲岳（1921—1991），字少荃，安徽桐城人。家学渊源深厚。曾任皖江日报编委，县教育局研究员。曾被错划为“右派”，监改务农二十年，平反后被聘为《枞阳诗词》编委。

奉和台北诗人张鹤先生《感怀》诗

陆子才华老更成，动摇彩笔古今情。
冰河铁马追年少，风雨鸰原早日平。
故国啼鹃无限恨，辽天归鹤不平声。
功名未就诗书就，自有千秋慰此生。

七十自寿六首录二

一

幽草几经风雨后，青山无恙夕晖间。
有为方觉人生短，奋勉何曾岁月闲？
彩焰钢炉金出色，绿茵沙漠水开颜。

名园胜景饶清兴，杖履优游任往还。

二

儿女亲朋举寿卮，藐躬德薄岂相宜？
青山埋骨知无日，白发攻书尚有时。
瑰丽清新开府赋，沉雄庄雅少陵诗。
剪裁云锦天机妙。三昧功成未可期。

施剑翘

施剑翘（1906—1976），字谷兰，化名董慧，女，安徽枞阳人。施从滨之女。1925年苏鲁战起，从滨任直鲁豫军前敌司令，于安徽蚌埠兵败被俘，为五省联军司令孙传芳所杀。剑翘时年二十，痛父惨死，时以复仇为念。1935年秋至天津，购得手枪，寻机击毙孙传芳。事后毅然自首，经法院判刑七年。各地均纷纷致电声援，入狱十一个月赦出。后来走向革命，奔走抗战，贡献殊多。

咏　松

生平不解媚东风，雪重霜凝姿更雄。
莫倚寥天怨幽独，调高和寡古今同。

中　秋

回首前尘一笑酬，韶光易逝又中秋。
举杯对影邀明月，归雁横空过小楼。
大地有生皆是梦，清天无限不成愁。
试看历历兴亡事，几许英雄雪满头。

嘉陵江畔二首

一

嘉陵江畔又春风，隔岸桃花映眼红。
白鹭影随波上下，肝蛙声在耳西东。
痴来只道情无限，觉后方知色是空。

但看奔腾流水逝，人生何事不相同？

二

嘉陵江畔雾朦胧，点点残红阵阵风。
渔火参差明灭里，雁声断续有无中。
浮云蔽日悲何限，逝水难留造化穷。
玄武湖心今夜月，凄凉不与旧时同。

施福堂

施福堂（1906—1962），安徽繁昌人。塾师。编有《即事有感律句》。

初冬杂兴

江城冷遇朔风吹，醉饮黄花兴赋诗。
叶落石蹲山露齿，浦寒冰结水生皮。
月沉茅店飞霜候，天剪琼花作雪时。
裘褐不妨还补破，看梅好向野桥披。

施骥生

施骥生（1900—1983），字乐渠，安徽桐城人。幼随父读。先后任天津市政府秘书长、南京中央银行经济研究处专门委员、四川大同银行总经理。新中国成立后，参加中央文史馆工作。安徽文史馆馆员。擅长文学，稿多不存。

读怡老和籁丈诗次韵

忘形交到兼忘老，晴雨无拘互扣荆。
半日浮生闲不易，百年掌故记犹新。
龙眠耆旧今前辈，雁荡烟霞昔主人。
白发临江看逝水，桃花汛里又逢春。

春节前夕

欢度良宵慰此生，东风吹动百城春。
江山绿缀王孙草，花雨红沾国士巾。
千里饱腾喑后马，万家灯火梦中人。
会将阔步英雄胆，跨出长征第一程。

游黄冈赤壁得诗两律

一

一代文雄负霸才，江山如画笔花开。
舳舻千里嘲横槊，风月扁舟对举杯。
胜迹模糊传赤壁，丰碑词藻映苍苔。
西山争买东坡饼，谁向黄冈读赋来？

二

心疑赤壁隶嘉鱼，形胜兵机两不符。
北马急争天堑险，南船亦忌石城孤。
幸从鄂志批旁证，益信苏文据匪虚。
偶坐江天矶上阁，千秋能博赏心无？

洪传经（洪敦六）

洪传经（1907—1972），字敦六，号还读轩主，晚号盾叟，安徽怀宁人。早年留学英、法等国，获经济学博士学位。曾在湖南大学、兰州大学等校任教授。著有《敦六诗存》。

埃及金字塔

千年文物耀中东，兽面人头拱秘宫。
应与长城同不朽，谁怜万骨委沙虫。

芭　蕉

青葱大叶荫庭隅，时引微风动井梧。

断简残编零落尽，却怜斜卷一封书。

竹夫人

夫人应不解卿卿，能伴辛酸即可人。
莫笑床头小竹几，愧他暮雨与朝秦。

赠周明道[①]

文能古拙益清华，诗到真醇始大家。
落笔应规千载上，莫凭时誉自纷拏。

［编者注］

①周明道：一名伯仁，号观沧楼主，1936年生，浙江萧山人。名老中医。酷爱吟咏，人呼诗痴，诗词创作与编著颇多。创办萧山市苎萝山诗社，曾任杭州钱塘诗社副社长，主编《钱塘诗选》。

为宗陈题宾虹先生红梅画幅

冷艳红妆不染尘，能于象外见精神。
宾公画本真奇绝，别占孤山一段春。

赠张强君二首

君原为空军飞行员，以批判苏联在吾国各项设施，五八年划为右派，嗣政府指责苏修，又认为自己并无错误，诸干部谓其顽固倔强，不肯低头认罪，屡予批斗，迄今已十五年矣。

一

十五年前天上飞，戎衣着尽着囚衣。
西湖咫尺身难到，静坐墙边听指挥。

二

我已龙钟忘苦乐，君犹壮志薄云霄。
由来任性招天忌，多少游鱼困怒潮。

吴山古松

千载吴山上，高撑压众芳。吟风声细细，浴雪意昂昂。
针锐疑穿瓦，根坚似护廊。大夫何必学，人世已沧桑。

秋　夜

对月疑临水，闻鸡百感并。愁来残梦断，风定野虫鸣。
序转惊衾薄，容衰怯镜明。头颅空自许，何以慰平生。

纪事诗四首

一

万方酣战伐，四海竞争端。放手抛藤杖，低头著纸冠。
妻儿悲远谪，故旧默长叹。谁识精忠者，宵深也膀棺。

二

饥寒夸饱暖，事事胜当年。谁作硬头汉，时防软铁鞭。
塞流农断市，废学士耕田。唱罢三忠曲，低回暗问天。

三

朝朝锄毒草，斤斧到山林。书改当年事，人量此日心。
兰经依慧剑，蜜语伴刑针。地下输嬴氏，英雄但数今。

四

千古文明史，居然是斗争。教人不怕死，随我莫偷生。
宝像驱神鬼，红书胜甲兵。雄谟震今古，寰宇早知名。

晚游菱湖

菱歌声动晚风轻，也觅扁舟逐队行。
万里青山衔月卧，一湖红芡抱楼生。
小桥曲折通幽径，醉墨琳琅满画楹。
大好风光谁管领？几回举盏问流莺。

杂诗二首

一

千钧棒重欺神鬼，三字狱成真古今。
顾我囊空犹嗜酒，笑渠斗詈尚偷吟。
是非自辨苍生眼，曲直宁移未死心。
谁信储皇今若此，迷离灯影认浮沉。

二

吾生枉自忧天下，末路翻成锁项猴。
甚矣兴亡真顷刻，不堪华屋与山丘。
谁知北郭吟黄叶，也着南冠到白头。
世事纷拏谁管得，欲参齐物学庄周。

冬至独游郊外

南冠久著足难遥，偶犯霜威过断桥。
旷野已无播可乞，枯肠宁许酒常浇。
十年岁月磨双鬓，千古升平困一瓢。
忍对湖山温旧梦，行吟何以永今朝。

过雷峰塔故址

我年二十到钱塘，犹见雷峰古道旁。
净寺钟声回远谷，南屏山色锁斜阳。
蓬头老衲今安在[1]？缄口金人迹又亡。
独倚孤藤吊兴废，浮生万事海茫茫。

[原注]

①杭人有“宝俶如美人，雷峰似老衲”之称。

以仅存诗稿付明道收藏，系以长句

吾生已近古稀年，地下埋忧自得天。
杂著毁讥廿载后，小诗批斗万夫前。
犹思余烬供青史，未必神山化白烟。

万绪填胸如乱茧，题封付与泪潸然。

述怀二首示明道

一

我年甫廿三，名场已逐角。下笔辄千言，豪情吞五岳。
奋志启新知，旧籍束高阁。咿唔斜上字，百家慎搜索。
析理贯中西，人前炫渊博。三十海外归，孜孜勤著作。
深思常达旦，医国重方略。绛帐拥诸生，三湘振铃铎。
狂态每凌人，舌战好相搏。即此构忧端，坛站呼退却。
宦海几浮沉，黉宇甘寂寞。万卷怕侵寻，一尊恒独酌。
始知世事艰，无成惊落拓。五十竟悬车，塞上风云恶。
生涯付尘土，齿发都摇落。武林许淹留，湖山聊自托。
尝过处士居，不见当年鹤。贝叶弃路隅，金刚成废璞。
士女集村墟，腰镰勤刈穫。倦极思小休，何处是兰若。
佛法已消沉，新潮正磐礴。低回思往事，不觉动惊愕。
时序本迁流，春花难久著。未作健鹘飞，敢学鹦哥跃。
穷达任天运，死生一丘貉。掩户发长唏，履成足难削。

二

君年今廿三，遭际与我异。一卷独逡巡，青云志不遂。
举目向乡阁，无外功与利。侍养有重帏，更苦足衣食。
灵素每潜探，诗文亦酷嗜。名山何处寻，高歌夜振臂。
尝作武林游，访师负笈笥。囊家难致礼，落寞为人弃。
交游重黄金，宵深暗下泪。丙申始识余，门前时问字。
独喜性情厚，不计狂与稚。相知日以深，相顾无稍忌。
但患为人师，欲言犹止耳。君能窥我意，曰此亦奚为。
但愿指途津，不啻万金赐。敬我乃如父，爱我过兄弟。
奋勉逾常情，怀锥股潜刺。因喻立身法，复授诗书义。
二年学大进，渐识闳与肆。纂言每钩玄，行文知写意。
颇欲理丝芬，临风更拔萃。余见辄暗喜，旋踵每深企。
人生贵琢磨，博文在强记。老泉二十七，始解悟清邃。
莫叹读书迟，晚成为大器。

洪庆如

洪庆如（1917—1997），安徽芜湖人。湖南大学毕业，曾任芜湖市第十一中学教师，芜湖诗词学会会员。

咏绵阳诸葛祠

一

缘何阿斗厌先生，未必谗言蔽圣听。
路奠一杯君且醉，招魂莫向锦官城。

二

定军山下瘗忠骸，卅载元元愤且哀。
才筑墓前方丈地，祠前已见魏兵来。

洪潄崖（洪存恕）

洪潄崖（1891—1976），名存恕，字潄崖，一作瘦岩，以字名世，安徽含山人。自幼随父亲习医，毕业于保定军官学校预科班。抗日战争前及抗战期间，任张治中随从秘书，胜利后返乡，执教于巢县中学。1949年后以医为业，曾任含山县政协委员、人大代表。著有《洪潄崖诗集》。

失题二首

一

谁煮釜中豆，惯用燃箕力。釜豆尽成糜，箕燃犹不息。

二

地润林烟重，天昏梅雨续。化萤余腐草，何苦当薪束。

书所见二首

一

巨刃光中皙白姿，被裘系缧出城迟。

东风陌上扬鞭惯，垂死仍呼款段骑。

二

转眼故家乔木尽，掩骸中野白茅多。
两髦谁敢服缞绖，忍泪还需挝鼓歌。

治　生

老堕穷乡是遂初，治生儒亦未全疏。
山中种树囊储药，懒读嬴秦烧剩书。

自　述

早掷缠头识美人，收书历历散黄金。
男儿不到须眉白，那有求田问舍心。

咏时事选五

一

益寡裒多谁作俑，寰中渔夺祸无穷。
纵逢五百年名世，难复闾阎揖让风。

二

二月青芜遍麦坡，断炊户户罢锄禾。
等闲饥死无凶耗，但见烧鞋路口多。

三

底须笔舌辨真讹，学似禅宗别派多。
衣钵区区何足道，祖原堪骂佛堪呵。

四

蕨藜惯啖厌乡土，苌楚一看忧室家。
为语天南飘泊者，不须肠断杜鹃花。

五

中邦贫弱百余年，图富图强欲骤然。
驽马前头霜磴滑，正虞一蹶敢加鞭？

书所见

茅屋午烟断，禾田夏草匀。路多新税吏，村少旧耕人。
麦粳如珠玉，鸡豚等凤麟。乐郊何处得，襁负去频频。

经巢城卧牛山志感

忍玩风光城一隅，眼中气类竟成俘。
校庠宰制由驺卒，朋党株连到学徒。
衰世士林同此厄，少年书种自今无[1]。
才人误尽还争霸，攻守谁能较墨输。

［原注］

①黄山谷云：士大夫子弟不可令读书种子断绝。

时事杂咏五首

一

口除饮啖合长缄，人物当前评品难。
世胄绅衿多系械，里儿屠博尽弹冠。
轻猱底用教升木，猘犬由来憎佩兰。
为语人间箕与接，佯狂未必获身安。

二

痴想归来老逸民，乡邦变乱孰曾经。
狂童当面能为盗，儒者修身转近刑。
且废诗书习椎鲁，便抛田宅耐飘零。
等闲失马家无恙，一任呼牛身得宁。

三

维新方颁均田制，去古谁敦同井情。
犬吠鸡鸣非乐土，鼠牙雀角尽愚氓。
头衔一例宠无赖，腹诽居然罪老生。
沮溺犹应无处隐，往年动辄说归耕。

四

老革休矜盖世功，恶氛未靖九边同。

擅权自以为神圣，好战谁甘作鬼雄。
六合谅难称霸主，一生端可谥愚公。
折冲自古凭樽俎，几见强梁得善终。

五

到处横行闯将先，何图好古得灾偏。
郑家带草无余绿，邺架书芸尽化烟。
谁为斯文忧扫地，居然大圣号齐天。
腐儒章句知干禁，百卷丹黄自弃捐。

重阳后独登酒楼

重阳雨阻会朋簪，及霁湖楼尚独临。
积涝原田苏晚稻，落霞山堞艳秋林。
持螯座上难停手，见猎城边不动心。
只对寰中棋劫急，忧来悄立夕阳深。

返乡书怀

寄庐燹后没霜菅，来共田家度岁寒。
粳饭菘羹肠胃适，棉衾草荐梦魂安。
龙钟得免锄犁役，鱼鲁仍寻编简残。
如此百年甘蛰伏，让他万里竞鹏抟。

美人与英雄故事

朋辈酒后谈及美人与英雄故事，颇饶风趣，爰就所谈编成诗句。

身经百战楚重瞳，帐下歌舞虞姬从。
中兴文叔武功伟，娶得丽华愿不空。
三国周郎纳小乔，将才年少显江东。
李卫公佐唐开国，早来红拂梦依松。
此皆史籍所记载，艳称美人与英雄。
书生往往穷未达，伴黄脸婆白屋中。
庑下鸿与隆中亮，妻皆椎髻无妙容。
亦有慷慨奇男子，势扫胡尘陆放翁。

千营指挥安可得，百年伉俪犹不终。
散关空思驰铁马，沈园遗恨失惊鸿。
壮志痴情俱泡影，一生唯余篇什丰。

畜　猫

吾家新畜猫，黑章而白质。身非庞然大，动如虎剽疾。
有鼠无幸存，穿墉患久息。茅屋罅隙多，群雀惯托迹。
持竿驱之去，俄而复来集。初不料此猫，捕雀犹多术。
昼伏榱棁间，处女同静默。伺雀方举翅，竦身便攫得。
舞爪更探巢，卵与壳尽拾。国中标四害，鼠雀各居一。
颁令须痛除，僚吏亲斯役。戎服朝裹糊，荷枪分道出。
窥雀止于林，仰空发弹击。弹发偶然中，草间获坠翼。
晚归更治鼠，暗施巧械殛。兼饵以毒剂，鼠或死在室。
鼠尾与雀皮，献公记其只。如古战场士，杀敌论首级。
而此除害猫，爪牙胜锋镝。立功比诸人，俨然百夫特。
邀赏却无心，努力自给食。养官与畜猫，试问谁得失。

无　题

碌碌复碌碌，种粳两年熟。负轭牛苦哉，刍豆况不足。
羸瘦难任耕，屠肆悬其肉。向来茁壮牝，又多失孕育。
千金昔市骏，今难买健犊。犊幸买到手，加意豢与牧。
隆冬野无青，喂之常在屋。水田三番犁，工应待春续。
吏来责冬耕，掀土限期促。驱人以代牛，违者遭鞭扑。
田冰朝未融，孰敢俟升旭。赤足男妇偕，操锸打冰速。
二三斑白叟，犁梢分掌握。壮男齐挽犁，长绳系膀膊。
水浸入骨冷，冰触裂肤酷。血暗流水中，痛处成皲瘃。
不龟药难谋，重创何时复。

祖保泉

祖保泉（1921—2013），安徽巢县人。安徽师范大学教授，曾任中文系主任、古籍研究所所长，芜湖诗词学会名誉会长。著有《文心雕龙解说》《司空图诗文研究》《丹枫词稿》等。

木兰花令·六十初度舟中作

江边照眼榴花发，船里老人吟不绝。风头哪怕顶三篙，浪里犹能存一叶。　　平生不学撑船诀，爱读诗骚师马列。一分为二看千端，且弄船头分浪楫。

水调歌头·解嘲

著书三五册，写字两箩筐。童头老汉迂拙，所作太窝囊！写字还亏功力，著作偏多失校，不啻是空忙。何必守穷贱，择业另开张。　　年七十，身犹健，不踉跄。无心下海，甘守专业送时光。不怕阿谁耻笑，但得平生志趣，仍写小文章。留着封坛口，也算不荒唐。

水调歌头

游东坡赤壁，小憩于矶头石床，瞭望大江，遐想成篇。

昔有眉山客，到此便流连。登临把酒常醉，竟日石床眠。见说人生如梦，梦有悲欢离合，行止那由天！吐述真豪放，块垒化云烟。　　纵扁舟，随孤鹤，作游仙。管它得失荣辱，忧乐只随缘。且唱大江东去，遥想风流人物，都在浪涛间。坡老文章在，不废水潺湲。

木兰花令·随诸生登莲花峰

云梯直上天开阔，迎面莲花峰绰约。攀援顶上望云飞，琼海迢迢雾漠漠。我身何虑衣单薄，长啸凌云神自若。回音近处也呵呵，鼓掌身边多后学。

眼儿媚·安师大校庆祝词

菱湖泻玉镜湖清，湖畔育群英。莘莘学子，桓桓国士，域外声名。　　赭山楼阁寒窗里，灯火有深情。滋兰树蕙，培桑植梓，时值清明。

［原注］

本校前身为安徽大学，老校址在安庆菱湖畔，故及之。

减字木兰花·贺芜湖长江大桥建成通车[①]

望中奇绝，江上横空桥一抹。桥在谁边？硅插天门激浪间。　一声长啸，桥上龙车如电扫。八皖同春，我祝芜湖是要津。

［原注］

①芜湖长江大桥：位于芜湖市广福矶下游。大桥为公铁两用，一层铁路为一级、双线，全长10624.97米；上层公路为四车道，全线5681.2米。大桥自1997年3月22日正式开工，至2000年10月1日建成通车。

姚　曙

姚曙（1925—1991），安徽枞阳人。安徽学院教育科毕业，曾任桐城县教育局副局长、桐城第二中学校长等职。芜湖诗词学会理事。

有感物价双轨制

清廉为政古来难，双轨价开弊有端。
唯有春风无贵贱，不凭关节到人间。

姚传泰

姚传泰（1929—2003），安徽繁昌人。离休干部。中华诗词学会、安徽太白楼诗词学会、安徽楹联学会会员。

六十初度

学书学剑两无成，历练风霜浩气横。
鹊渚弦歌知雅意，巴山铁马请长缨。

廿年华盖宁知命，几度浮沉不计名。
岁月蹉跎人易老，江关萧瑟不胜情。

甲戌元日感赋

人生岁月苦蹉跎，得意难如失意多。
许国豪情终曲折，立言夙愿亦消磨。
曾经瘦骨耽风雨，剩有馀年足啸歌。
闲比沙鸥洲渚立，喜看春意涌江波。

姚志健

姚志健（1914—2009），安徽铜陵县人。早年参加革命，1949年后从事高等教育工作，曾任上海造船学院副院长、上海外国语学院副院长。著有《烟雨集》。

春上九华山道中

一路多神庙，朝山不敬香。只缘风景好，来此作观光。

为新四军七师皖江地区在沪部分老同志合影题照

皖江南北战旗红，杀敌曾当一代雄。
往日健儿皆白发，献身仍不减威风。

姚佐澄

姚佐澄（1927—2015），安徽枞阳人。退休前在望江县公安局工作。曾为芜湖诗词学会理事。著有《佐澄诗文选》。

鹧鸪天·山上运输队

奋斗人生藐困难，敢挑重担上高山，敞怀吐气冲云汉，纵步磴阶踄岭巅。　　随打杵，便更肩，衣衫湿透汗如泉。路人询问酬多少？十里来回十块钱。

江城子·漫忆

林泉静谧寄吾身，远风尘，结芳邻。日出持竿，柳岸漫垂纶。或下小园观秀色，看蛱蝶，采缤纷。　　花开春暖访朋亲，上烟墩，宿渔村。独荡扁舟，放棹向湖心，呼取白鸥相问讯，波浩淼，几浮沉。

如梦令·三月踏青二首

老耄抗癌憔悴，更晓人生滋味。晨起看芳菲，那是三春妩媚。无悔，无悔，一片心如止水。　　拄杖宽平村路，欣赏芳菲无数。忽悯落红悲，雨打香骸谁护？谁护？谁护？更惜漫天飞絮。

姚承章

姚承章（1924—2006），字雨庵，安徽桐城人。东至县大渡口区杨桥乡秘书退休。安庆长风诗书画学会、枞阳诗词学会、安徽省炳烛诗书画联谊会、中华诗词学会会员。著有《雨庵吟钞》。

采菱曲

面浦盈塘曳绛绡，迎秋叶底遍藏娇。
清歌一曲吟风月，纤手千番碎锦瑶。
舴艋舟摇波荡漾，水晶宫动影苗条。
阿哥待妹坡前喊："满载轻篙莫闪腰！"

虞美人·叮咛

去年挣得钱三万，阿妹心花璨。还家春节过匆匆，又是一年之计荡春风。　　柔情送别临歧路，深嘱郎关注。打工招数学精高，学会回家由咱领风骚。

姚梦生

姚梦生（1918—?），本名有新、友欣，笔名孟荪，安徽繁昌人。曾任台湾《中国民情》杂志社社长，兼任《警民》杂志总编。

怀乡吟四首

一

痴眷云山恋晚霞，苍茫何处是儿家。
闲抛诗卷人慵懒，小坐窗前数落花。

二

春衫初展犹微凉，盆内幽兰透暗香。
客里光阴人易老，黄昏长啸对斜阳。

三

晨昏小院独徘徊，骨肉远离无限哀。
昂首征鸿频寄意，故乡托带信音来。

四

轻暖轻寒二月天，三杯浊酒带愁眠。
梦魂又到江南岸，一晌贪欢倍惘然。

大陆探亲行三首

乍见长江

江水滔滔急奔流，英雄多少浪淘休。
伤心往事脑中现，触起新愁惹旧愁。

重归故里

人事全非景亦非，万千感慨黯然归。
青山不改昔时貌，薄暮斜阳照翠微。

惊　秋

新凉初袭乍惊秋，细雨金风惹离愁。
浪迹天涯怀故国，魂萦彼岸盼归舟。

眼前壮志成灰烬，昔日豪情付水流。
匣内青锋休夜啸，人间已了旧恩仇。

姚薇元

姚薇元（1905—1985），安徽繁昌人。曾任清华大学、南京中央大学、武汉大学教授。著有《北朝胡姓考》《王船山历史初探》。

凌霄花

柔为体质紫为葩，到处攀缘到处花。
老柏一枝依势态，乔松几树寄生涯。
因人哪有凌霄志，怪尔偏妆照日华。
依赖终须归失败，蔓延缠绕岂堪夸。

秦　纲

秦纲（1922—1998），安徽巢县人。曾任芜湖县文化局副局长。芜湖诗词学会理事。

春日随笔

梅映南窗翰墨香，柳丝摇曳日初长。
明朝又是清明节，双燕何时到草堂？

浣溪沙·暮春

梦里吟诗醒后思，推敲不觉透窗曦。鹦哥能语客来知。两盏清茶香胜酒，一春花事啭黄鹂，轻狂柳絮乱沾衣。

秦效成

秦效成（1923—2014），安徽临泉人。1948年毕业于南京中央大学中文系，同年参加革命。历任中学教师、教导主任，徽州师专古代文学教研室主任，黄山学院文学院教授。中华诗词学会、安徽省诗词学会会员，安徽省古代文学研究会副会长，安徽太白楼诗词学会顾问。著有《秋崖诗词校注》《雪沾子吟稿》《徽州文化新论》《无涯斋论丛》《雪沾子诗论》等。

大水，自界首赴南京

帆风掠岸葭，洪水卷黄沙。颍隰多成泽，淮堤半作家。鸿惊鸣远浦，蛇惫挂空杈。腐豕随涡转，断梁任浪划。寿南波万顷，涂北潴千洼。缆系滨江堰，人登蚌市车。追思身所历，忆禹独叹嗟！

［原注］

寿，指寿县；涂，指怀远县内涂山。

鹧鸪天·为高炉挑炭

棘掩山蹊鸟弄晴，晓来络绎队初成。千肩晃荡迎风战，万足奔驰踏露征。　　军事化，卫星升，囚身亦列运输营。棉衣湿尽淋漓汗，跃进声中反右倾。

班友书

班友书（1922—2016）安徽舒城人。著有《中国历代女性诗歌粹编》《庄子、诗人、梦和酒》等。

夏日将晚暴雨将至

落日镕金急鸟回，晚云突起墨成堆。
白鳍豚跳澄江静，万木无声带雨来。

伤逝·悼亡妻

青梅竹马鬓厮磨，寡母同依劫难多。
湖上牵衣惊宿鹭，荷边吻露湿香罗。
飘蓬终遂双栖愿，弱絮因风一梦过。
六十年来肠断史，一花一叶费吟哦。

谒先贤陈独秀墓

九域传真理，先生盖世才。文章拟蒲列，大地醒蛰雷。
申浦缔建党，寒宵报早梅。高山人共仰，霞日敝阴霾。
入蜀唯瓶钵，霜筠节未摧。一部廿四史，谁予任剪裁？
千秋万岁名，无碑到有碑，惜哉无下款，留与后人猜！

袁试武

袁试武（1884—?），安徽合肥人。曾任庐江知县。1948年去台湾。

有　感

折冲樽俎仗群材，衣狗斯须变百回。
华向合成兵未弭，项刘画界战仍开。
运关天数红羊劫，谶验童谣白雁来。
千古河山几豪杰，西风残照使人哀。

清　明

金铺斜插柳枝新，中土遗风见海滨。
扫墓岁时仍楚俗，居民衣服尚秦人。
万方烽火迷归梦，三月烟花媚晚春。
极目乡关何处是，云山叠叠水粼粼。

中秋月

冰轮皎皎照当头，佳节撩人起百忧。
千里相望共明月，一年何意又中秋。
团圞引入还家梦，凄寂添为旅客愁。
满袖莹然忘是泪，只疑凉夜露珠浮。

耿德育

耿德育（1929—2008），安徽安庆人。中学教师，退休于安徽省黄梅戏校。

八十初度与妻共寿

浪迹人间八十年，几经颠沛命犹悬。
春晖幼失肝肠断，弱竹频遭风雨鞭。
家国兴衰一腔热，江湖道路九重渊。
寒冬过去天开眼，日月和谐暖大千。

青玉案·寄友

几年离索深深悟，只剩得诗肠固。吐出新词谁共语？飘飘花絮，绵绵春雨，都是伤心句。　　青衫著破何须顾，忍把余年嫁商贾？惟有江潮知我趣：几多恩怨，几多甘苦，一并滔滔去。

浣溪沙·辛巳冬与在华兄一道再访汪作民先生

磬口黄梅名未知，香甜脆辣饮餐之。主人何雅客何痴。数九寒冬花满院，重来还恨识荆迟。白头愧对友和师。

聂宗鑫

聂宗鑫（1910—1959），字少斋，安徽霍邱人。曾任塾师，东区高等小学堂、公立小学校校长。1949年后任潘集区医院会计等职。爱好诗词，作品多散佚。

芦　花

远水苍茫别棹歌，霜华留影竞婆娑。
晓风残月三叉路，细雨轻烟十字坡。
皓首渐伤能事少，无情亦解感时多。
伊人宛在凉云里，点点秋光唤奈何。

梅　花

冰雪为衣玉作胎，风流宜占百花魁。
春前春后情何限，江北江南梦乍回。
纸帐高眠飞蛱蝶，香云深护近蓬莱。
夜深疏影窥窗外，疑有美人探月来。

蓼　花

鹤汀凫渚偶登临，渺渺烟波怯望深。
芦荻几人悲白首，江湖独自抱丹心。
秋容映水浓如许，醉态临风瘦不禁。
绚烂依然安冷淡，旧盟合共野鸥寻。

夏仰之

夏仰之（1908—1996），安徽肥西人。退休教师，善书法，肥西县雪花吟诗社顾问。

遣怀四首选二

一

多谢天公不计年，豆萁深幸未相煎。
同龄老友稀馀几，曳杖童孙每共牵。

遁迹自矜成独往，居贫聊复乐高眠。
名山事业都无分，归去声声听杜鹃。

二

黔娄从不善操筹[①]，久矣吟坛息唱酬。
焚砚者番思往事[②]，擘笺再次识前游。
万家足食民同乐，一代斯文我独忧。
七一拈毫书所感，满窗风雨又初秋。

[编者注]

①黔娄：战国时期鲁国的平民贤士。

②焚砚：指毁坏文具，不再著述。事见《晋书·陆机传》："君苗见兄文，辄欲烧其笔砚"。

书感并柬逸民、本楷、善盈诸兄

祖龙一炬几无余，怪底人珍劫后书。
从古便嗟文网密，及今始觉世情疏。
忆当月黑风高际，盼得河清海宴初。
太息吾侪俱老矣，天涯何处寄吟庐？

顾茂森

顾茂森（1930—2010），安徽安庆人。旧时南京高等学校毕业，1949年后首任安庆市府职工，经历坎坷，后为办事处干部离休。著有《也是斋诗稿》。

喜　归

聪明误我到今朝，修到聪明亦自骄。
此去江南芳草绿，笙歌遥听凤还巢。

春日感怀

春到江南我未归，累他儿女泪沾衣。
陌头杨柳牵乡思，燕子寻巢自在飞。

折　菊

折得东篱第一枝，于无人处动幽思。
少年豪气均消尽，只有清香似旧时。

病中志感

老病无聊理旧弦，惊心一断十三年。
城高白帝横羌笛，梦醒黄粱泣蜀鹃。
往事千千如逝水，闲情一一化炊烟。
悲欢离合寻常事，各有因缘亦泰然！

钱守真

钱守真（1910—1980），安徽桐城人。塾师。善书法，工诗词。著有《秋心剩草》。

初晴远眺

雨向今朝住，风从昨夜闲。湿云犹作阵，埋尽六朝山。

出门吟二首录一

到家才一旬，匆匆又奔走。满耳鹧鸪声，路畔几回首。

感怀二首

一

栽花种菊思依依，生事年来等息机。
稚子无知偏爱好，朝朝喧嚷索新衣。

二

一卷新诗仔细哦，小窗风雨二更过。
内人莞尔轻相问：明日晨餐是什么？

徐　成

徐成（1924—2006），安徽宣城人。上海复旦大学新闻系毕业，曾任中学语文高级教师。敬亭山诗词学会会员。著有《补蹉跎斋吟草》等。

马年咏马

马年争咏我，容我亦开腔。绊索休层设，皮鞭莫再扬。
知余为伯乐，御我系王良。何惧征途远。长嘶过万岗。

八十初度

翰墨生涯春复秋，韶华易逝雪盈头。
人生不朽文章在，尘世常垂道德休。
北海苏郎犹亮节，东篱陶令岂忘忧。
归林未倦红蚕效，吐尽余丝夙愿酬。

江山易改性难更

惯于午夜听钟声，心比天高事未成。
本质人生甜苦辣，正常气象雨阴晴。
无流可免含污浊，是路当须有不平。
尔我只应甘寂寞，江山易改性难更。

自题《补蹉跎斋吟草续集》

新诗续卷倍艰辛，阅尽炎凉百感身。
抱璞谁怜求索者，负薪自作苦吟人。
娥眉谣诼在公论，鸿爪栖迟历劫尘。
酬唱天涯知己在，清平居好万年春。

感谢远齐张公惠赠《濡须长短句续集》

读罢当阳著典经，充饥止渴振精神。

如糖似蜜甘泉味，解惑除疑雅句真。
敬佩怀仁于德重，承蒙爱屋及乌亲。
锦屏牧笛齐天奏，山路雄风景色新。

一剪梅·癸未教师节

几度风霜几度秋，朝又忙耕，暮又忙耧。时光流逝发华稠，红了枝头，白了眉头。　　沥血呕心何所求？情意柔柔，心意悠悠。三千弟子壮神州，桃也丰收，李也丰收。

徐　味

徐味（1924—2012），字蕴之，江苏沭阳人。青年时代曾在家乡从事抗日救亡运动。1948年奉调入皖，历任报社、出版社记者、编辑、文艺副刊主编、编辑室主任等职。1958年调任中共安徽省委宣传部文艺处副处长。“文革”期间，下放安徽青阳县农村，十年后调回合肥，任省作家协会秘书长，直至离休。曾任省文联顾问、名誉副主席，编审。中国作家协会会员，中华诗词学会名誉理事，安徽省诗词学会名誉会长。著有《云水轩诗词》《云水轩吟稿》等。

宾馆听泉

每看萧艾乱纷纷，略敞情怀对酒樽。
一夜泉声流枕上，轻愁薄怨了无痕。

种　花

紧闭衡门对北风，不将荣辱置胸中。
年来愈觉冰霜厉，手自庭前种忍冬。

梦笔生花

江郎曾此赋销魂，隐约毫端见泪痕。
旧梦如烟飘忽去，花开笔底荡春温。

人字瀑

沉雷如鼓聚狂澜，直下飞流万仞山。
宁为自由成碎玉，不教腐恶占人间。

庐山谣

白云缥缈半山腰，人道庐山气势豪。
一自山中开大会，有人更比大山高。

哀罗秋帆

廿载光阴逐逝波，亲朋犹问近如何。
此君早挂秋帆去，故地空余旧网罗。

[原注]

罗秋帆，广东番禺人。五十年代初，曾任安徽省宣传部副处长。后被错划为右派，早已折磨致死。一九八〇年家乡亲友来信询其起居近况，作者代为拆阅，不禁潸然泪下，当即以此诗书函背退还来信者。

抱璞岩

慧过常人竟祸胎，忠贞秉性更堪哀。
悲啼不是怜双足，只为君王眼未开。

游包公祠

铁面逢时笑口开，包河非复旧亭台。
祖孙同为游人羡，既享清名又发财。

莫　谓

莫谓群氓欠主张，黄巾不犯郑公乡。
奈何举国皆尧舜，反革斯文命一场？

冯 唐

山上蓬茅涧底松，高低位置不相同。
下僚今古多才俊，岂独冯唐遇未公。

有 感

天涯久客竟忘归，欲赋凌云已倦飞。
莫向苍苍问公道，醒人憔悴醉人肥。

辛未重阳有感

聊将菊酒托幽思，陶令襟怀似可知。
倘得征求天下计，高情未必在东篱。

拜谒新四军纪念馆时值大雨滂沱

满腔热血未空流，地覆天翻愿已酬。
时为山河一洒泪，忠魂常抱百年忧。

枫 林

相逢相别总匆匆，未语柔情已暗通。
闻道诗人归去也，枫林一夜竟成红。

自题《云水轩吟稿》

历史洪流涌大波，百年岁月易蹉跎。
风情已共秋心老，忧患相随白发多。
岂冀诗名垂宇宙，要留豪气壮山河。
人生富贵浮云耳，唯有丹忱不可磨。

城父怀古

千载兴亡逐逝波，悠悠白鹭起星河。
英雄剑戟埋沙岸，美女衣裳挂薜萝。
天下不愁佳士少，朝中只怕佞臣多。

名城旧事流云去，踏月归来发浩歌。

感　怀

不因揽镜惜朱颜，只叹胸怀一寸丹。
忍以闲心谈往事，恨无巨力挽狂澜。
当年似觉移山易，今日方知行路难。
留得豪情歌代哭，萧萧风雨暮凭栏。

大泽行

一九八二年四月，予赴宿县参加该地区创作会议，会后游大泽，是日，楚天寥阔，大地氤氲，及至当年陈吴起义处，唯一堆黄土几块残碑而已，不禁感慨系之。夜间明月窥窗，人不能寐，因成此歌。

秦发闾左戍渔阳，九百人屯大泽乡。七月阴云封四野，连天大雨水茫茫。天地茫茫路不通，失期当斩法难容。戍卒人人皆绝望，事逢危难出英雄。英雄陈胜与吴广，皆次当行为屯长。不甘就戮奋求生，挺身率众破罗网。莫轻瓮牖绳枢子，卓识雄才无伦比。赤手敢翻天与地，暗与诸卒论势理。暴政从来积怨深，黎民久困欲求伸。漫言百二关河固，一旦摧拉似雪崩。将相王侯宁有种，暴君安得是真龙？人生自古谁无死，死戍何如死国荣？一席言词服众心，沸腾热血化寒冰。高举义旗天失色，喑呜叱咤鬼神惊。一朝发动从此始，州郡纷纷揭竿起。天下群雄齐逐鹿，咸阳一炬终秦史。我今巡礼大泽来，缓步登临涉故台。千秋往事云烟过，犹觉豪情满壮怀。壮怀激烈思千古，故台只剩一堆土。黯然良久欲有言，无由得向陈王语。君有奇功垂竹帛，英风千载充寰宇。缘何亦作荒唐事？窃意为君不足取。曾言富贵不相忘，何以称王便病狂？佣耕羞说当年事，唯恐尊严受损伤。借口轻威杀故人，无辜伙计却丧生。妄杀一人非小事，寒透身边将士心。寒心将士纷纷去，众叛亲离失旧部。从此势孤军力薄，终于兵败死城父。吁嗟呼！起为群黎唱首功，堪悲善始未全终。若非刘项能相继，六月称王也是空。抚今思古黯伤神，不见超凡入圣人。后人如把今人论，一似今人论古人。

水调歌头·江淮

落日长淮下，流水大江东。千古江淮两岸，何处觅英雄？刘季大言亭长，项籍无谋竖子，成败等鸡虫。往矣曹孟德，功罪笑谈中。　　观陈迹，原非梦，总成空。唯有平原劲草，血里战西风。一旦乾坤易手，故国山河动色，潭底起蛟龙。搅破千重浪，霹雳上苍穹。

蝶恋花·遣怀

自恨书生空白首。几度消磨，哪得豪情有。且喜胸中无积垢。老来一味耽诗酒。　　天下文章谁国手？醉里狂吟，胆大还如斗。仰面笑天天亦丑。白云转眼成苍狗。

卖花声·乡思

沭水绿如绸，日夜东流，无声岁月去难留。火样情怀犹未冷，雪已盈头。　　薄醉赋登楼，故国神游。几番风雨万家愁。多少英雄成过客，天地悠悠。

清平乐·独饮

小斋独饮，怕向深宵醒。明月窗前时窥影，怜我一身清冷。　　眼前沧海横流，心如不系之舟。试问如云冠盖，几人后乐先忧？

徐大本

徐大本（1923—2010），安徽芜湖人。安徽大学毕业，芜湖县清水中学教师。曾任芜湖诗词学会常务理事。著有《渡叟诗词》。

感　事

一圩万顷尽良田，碎割零分为换钱。

都被楼台齐占去，却教何处种粮棉？

小　园

小园堪慰老，无意苦寻春。拾级苔痕绿，掀帘柳色青。
风和心目畅，雨细物华新。日涉以成趣，浮名不绊身。

围炉即事

围炉三老聚，不速客还临。容与歌新曲，悠然鼓素琴。
杯擎兰室暖，雪映画窗明。知己千盅少，如春醉意深。

冬月金陵夜飞羊城

饮罢金陵入太空，繁星灯火我居中。
翱翔玉宇鹏程远，迢递关山鸟路通。
月白天高随上下，烟浮水阔任西东。
薰风夜送羊城暖，且着春衫过一冬。

徐灿如

徐灿如（1911—1985），安徽芜湖县人。曾为国民革命军少将，后赴台湾。

病榻偶吟二首[①]

一

海角飘零四十年，无端往事涌心田。
今宵儿女团圆乐，翘首家山独黯然。

二

壮岁离家老未还，常将心愿诉苍天。
残余岁月当珍惜，重聚西庄赐福全。

［编者注］

①作者在1958年2月的一封家书中写道：“今年元宵节，我一个

人睡在病床上打针。百无聊赖，想到这么几句。”题目是编者加的。

七十感怀

鸿蒙一水判人天，卅载音书绝往还。
生死莫闻劳幻梦，重逢未卜慕飞仙。
茫茫因果诚难解，碌碌浮沉叹苟全。
四十余年酸楚甚，深怜转瞬即云烟。

徐秉铎

徐秉铎（1914—1991），字旬雨，号东野农夫，安徽太和人。曾任太和县友声诗社理事。

东篱访菊

东篱朵朵放黄花，傲骨峥嵘足可夸。
放眼天涯皆是友，知音岂独在陶家。

徐炎文

徐炎文（1913—1999），名大端，字炎文，号恪庵，安徽庐江人。1935年毕业于无锡国学专修学校，1947年到芜湖安徽学院中文系任教，1954年到安徽师范学院中文系任古典文学教研组主任，1959调入合肥师范学院中文系任教，1970年合肥师范学院并入安徽师范大学，遂在安徽师范大学任教至退休。著有《文学史纲要》《恪庵诗稿》等。

溪边桃花

不甘落溷自贻羞，标格由来世少俦。
临水植根原有意，托身惟愿在清流。

还乡偶成

忆昔儿时此钓游，一辞乡国几经秋。
今朝平顶山前望，山自青青人白头。

赠友人南归

误尽平生只为狂，江湖卅载老还乡。
行囊载得黄山去，君比愚公气力强。

寓居芜湖广济寺杂咏二首

一

古木萧疏野寺秋，江山吴楚望中收。
新来逸兴飞霄汉，不禁朝朝喜上楼。

二

千里寒江漾晚晴，烟汀鱼浦雁声清。
南来漫道无人识，草木犹深当日情。

读诗四首

一

诗外学诗方有诗，放翁此语不吾欺。
海洋生活多经历，自见峥嵘万象奇。

二

凌云健笔实堪思，跛蹶难行哪得奇。
试看水深船驶处，应知气盛与言宜。

三

信口吟成岂足看，古人字字贵吟安。
若论韵味有多少，熨贴工夫第一难。

四

休向豪门作乞儿，写诗要写自家诗。
西昆虽有当时体，挦撦终为世所嗤[①]。

[编者注]

①挦撦：亦作“挦扯”。拉撕剥取。特指在写作中对他人的著作率意割裂，取用。

四人帮被粉碎后喜赋二首

一

薄海欢腾齐额手，尧封禹域万斯年。
高天重现曈曈日，永教光明照大千。

二

人人欣际承平日，处处频闻捷报传。
无复十年伤往事，但争四化着先鞭。

喜闻中国女排得世界冠军二首

一

震天雷霆欢呼急，转眼风云变化奇。
举世健儿齐解甲，总因攻守两相宜。

二

弄丸昔道楚熊子，球艺今夸盖世奇。
巾帼疆场同耀武，人间何必羡须眉。

山居即景

又作今年住，淹留任一身。山昏云送雨，地静鸟依人。
老树添新绿，幽花媚晚春。此间真有趣，莫厌往来频。

废书叹

久别羊毫管，思深唤奈何。非缘指病直，未是墨难磨。
我负诗书久，诗书误我多。百年原易尽，随意且高歌。

水调歌调·喜闻高考恢复

九天传嘉讯，四海起欢呼，百年大计，进军科学在攻书。共庆风雷号角，响彻尧封舜址，士习顿前殊。万户秋深夜，灯火下工夫。　　现代化，争四个，莫踟蹰，唯贤是举，抡才盛况更无如。凭仗补天巨手，待取彩丝五色，次第绣新图。绝顶何劳跻，会看步云衢。

徐定三

徐定三（1930—2005），安徽肥西人。退休教师。中华诗词文化研究所研究员，中华诗词学会、安徽省诗词学会、江南诗词学会会员，肥西县诗词学会理事。著有《山南吟草》，合著《雪花八友吟选》。

孤　燕

去岁双双至，今年独自归。凝眸思故侣，不忍复双飞。

春　郊

闲卧东斋久，春郊览胜容。风吹杨柳绿，雨润杜鹃红。
百鸟鸣声脆，千山泼黛浓。晴岚起幽壑，溪水正淙淙。

吟诗志感

生肖轮翻又值牛，忆逢佳什豁双眸。
千年雅韵欣重振，一代风华乐共讴。
铁杵磨针忘岁月，他山攻玉鉴春秋。
捻须集得闲吟句，权作飞鸿爪印留。

西江月

奉献平生汗水，汇成华夏春风。奋蹄老骥已龙钟，乐享天伦侍奉。　　垂饵溪边倚翠，坐观烛影摇红。三杯相属更从容，一曲轻音乐共。

徐速之

徐速之（1916—1993），原名徐显祖，笔名徐闪珠、徐显祈，安徽天长人。曾任天长县长、嘉山县委书记，1949年后曾任安徽省教育厅厅长、安徽省政府副秘书长等职。著有《风雨楼诗词选》等。

再登太白楼

故地重游十八秋，一生岁月几回头。
三年孰料亲朋远，十载何堪骨肉愁。
面对横江来复去，身临牛渚往还留。
人间瞬息风云变，千古江山太白楼。

浪淘沙

郁气化为虹，日月重逢。山穷水尽雾重重。列子御风浑是梦，何去何从？　　天下古今同，物极穷通。大江毕竟只流东。浪里滔滔皆是血，多少英雄。

[原注]

打倒“四人帮”后，一九七九年三月，我平反复职。

徐家震

徐家震（1915—2005），字新宇，安徽太和人。无锡国学专修学校毕业，曾任阜阳育英中学校长，太和友声诗社理事。

自嘲二首

一

自笑行藏太郎当，头童齿豁味堪伤。
连年绛帐匆忙甚，常把冬衣作夏装。

二

乐教安贫任寂寥，三清共灌国之骄。
执鞭未觉流离苦，愿为炎黄再折腰。

殷仲虎

殷仲虎（1902—1974），字驯夫，一字淳夫、纯夫、醇夫，安徽桐城人。毕业于秋浦周氏弘毅学舍。善古文诗歌，颇得其师桐城姚仲实器重，长期任塾师。新中国成立后被聘为安徽省文史研究馆馆员。著有《朔风斋诗文集》《今古文尚书考辨》《周易探微》等，于“文革”中散佚。

一九五〇年余投稿《皖北日报》建议“堵枞阳河口根绝水患增辟耕地”。后据里人传说此稿不知如何传至安庆专署，颇蒙重视。今菜子湖闸坝工程告竣，理想成为现实，喜极成咏

白鹤峰前建筑雄，长堤迤逦宛如龙。
洪流控抑凭新构，万顷丰登乐岁功。
理想百年成现实，鲰生末议赞奇勋。
沿湖从此多佳事，待看社民日日新。

六十初度

绕膝童孙足遣怀，锄犁亲把兴悠哉。
时歌有道人周甲，寿祝无疆酒满杯。
不信华年真老去，喜看春色正东来。
居常岂乏凌云志？报国深惭伏枥才！

一九六二年神仙会上赠与会诸公二首选一[①]

残冬度尽喜春回，绕舍群芳次第开。
万物静观欣有托，一身索取叹无才。
开缄忽报承优诏，罢席深惭负厚培。
应更洗心增涤虑，终教明镜少尘埃。

[编者注]

①神仙会：是通过和风细雨的自由交谈、讨论来提高认识、统一思想的一种会议方式。神仙会最初是毛泽东于抗日战争时期在延安的一次会议上讲的，是对中共党内而言。在1960年前后的困难时期，中国共产党把神仙会的方式运用到工商界、知识界和各民主党派。神仙会的基本特征就是在中国共产党领导下的“三自”和“三不”。“三自”即自己提出问题，自己分析问题，自己解决问题。“三不”即不打棍子，不戴帽子，不抓辫子。

凌绍虞

凌绍虞（1921—2004），安徽巢县人。曾任小学、中学教师，枞阳县文化馆馆长。后定居芜湖清水镇，任教于芜湖县清水河中学。枞阳诗词学会、芜湖诗词学会会员。

九华随吟

欲上天台寺庙多，焚香礼佛午时过。
忽然四处涛声起，雨骤云翻竹海波。

游黄山北海观云

海阔山高壮客心，登山观海倍精神。
挥鞭魏武何曾识，东海洪波北海云。

梦游浮山

独峰耸翠雾朦胧，久仰浮山七二峰。
薄暮云遮天柱目，清晨风送九华钟。
摩崖题刻千秋笔，奇洞墀阶一窍通。
古彦今贤多咏叹，梦回我亦忆游踪。

高绪楷

高绪楷（1924—2008），安徽六安人。1949年2月参加革命，曾任安庆日报政教科副科长，主任编辑。

无 题

昔年两度过横塘，映水亭亭眉黛长。
今日杖藜重过此，惊鸿无影对斜阳。

感 怀

穷年煮字实堪怜，看稿埋头篇复篇。
欣赏春光唯院树，留连夏景只盆莲。
尘封游屐山川恨，俗虑情怀吟诵捐。
一自归休天地阔，闲云野鹤任悠然。

高鹤鸣

高鹤鸣（1919—1983），安徽无为人，1949年前曾任中学校长等职。

归旧居三首

一

楚囚未敢易南冠，总为初心要负难。
漫向旧居寻片瓦，那辞老病与孤寒。

二

枯草堆中营陋室，先生陋室大于天。
得钱即买张三酒，不死终为地上仙。

三

是非眼底等轻尘，万事何妨假作真。

未负头颅只文字，壮能起懦老安身。

［原注］

少壮余思以文章报国，暮年复以代作书信糊口，不亦佳哉。

郭连波

郭连波（1923—2007），字伯雨，号烟波钓徒，安徽太和人。曾任太和县基层干部。中国书法家协会会员，安徽省老年书画联谊会高级书画师，太和县书协名誉主席，太和县老年书画研究会副会长，友声诗社社员。著有《郭连波书法作品集》。

陈福海同志珍藏《醉酒图》一幅转赠友人，诗以志之

醒酒无如醉酒真，醉乡得意自传神。
珍藏一割司空爱，千尺情深赠故人。

郭珍仁

郭珍仁（1924—2002），安徽繁昌人。大学毕业，繁昌县荻港中学退休教师。曾为中华诗词学会会员，安徽省诗词学会、芜湖诗词学会理事。著有《滨河庐词钞》。

相见欢·江村小景

春潮涨满池沟，雨丝柔。三五村童岸水捉泥鳅。　披蓑笠，赶耕急，自吆牛。忙过三春一夏便交秋。

临江仙·雨巷

春入江城增柳色，烟笼几树桃花。暖风柔雨细如纱。深巷闻步急，出巷伞儿遮。　街石凝酥多湿意，邮筒静傍人家。素心一片寄天涯。千言添半语：又绿故园茶。

唐多令·约会

时雨细濛凇，离离幼草萌。约郊游，同觅春踪。挽手相依人悄语："须记取，小桥东。" 归路绿茸茸，伞儿黄间红。掩肩遮面步迎风。行近家门佯不识，今日别，几时逢？

临江仙·红叶

飒飒萧萧风挟雨，翻风枝上蹁跹。飘摇坠落石根边。经霜红蜡染，拾取作书签。 雁字经天千里寄，情思不断缠绵。知秋一叶续前缘。枕书沉梦里，伴读小灯前。

采桑子·石缘

混沌初奠冰霜砺，巧石天成，洁白晶莹，巨变沧桑历几轮？ 案头清供陈年久，世上奇珍，造化精灵，缘结尘嚣乐此生。

长相思·芜湖长江大桥工地所见

褐山青，赭山青。浩浩长江激浪腾，江东不夜城。 千盏灯，万盏灯。江上骤多灿灿星，大桥添一墩。

卜算子·书江村所见

一抹远山青，两岸丛丛竹。船过江湾见桔林，灿灿黄橙绿。 几处小楼红，村上皆新屋。抛向蓝天粒粒金，风里飏新谷。

菩萨蛮·板子矶怀古

皖江板子矶繁昌名胜之一。去秋登临矶上，于江沙中拾得古印纹陶鬲残片十余件，纹饰清晰，有云雷、蕉叶、回形、方胜等，弥足珍贵。

江天邈邈空寥廓，残碑颓塔黄公阁。陶片印雷纹，还留古史痕。 争雄征战处，大浪淘沙去！剑戟早成泥，空余此石矶。

虞美人

二姐珍荃早年就读于芜湖蒲草塘务实女子中学，1934年余十周岁，承以特烧题词薄胎细瓷碗一只相赠，今五十六矣！荃姐早逝，睹物思人，爰以小令悼之。

悠悠岁月离尘俗，慧魄凝脂玉。薄胎素绘手题词，往事如烟梦里忆儿时。　短碑荒草斜阳外，今日人何在？世途坎坷叹缘悭，逝者如斯我独在人间。

卜算子·采菱

新荷立带湖，平远蒹葭渚。浆拨清波摘嫩菱，未识谁家女。　夏雨霎时来，翠盖鲛珠聚。且傍南堤系小舟，惊起苇中鹭。

秋夜月

幼孙丧母，秋夜相依，灯下伤怀，伏案有作。

一年又到秋时，恨如丝。月上窗灯下伴孙儿。　清霜落，秋衫薄，暗歔欷。冬近阿谁为汝结毛衣！

郭崇毅

郭崇毅（1921—2002），安徽肥西人。早年参加抗日活动。曾任安徽省参事室参事。

赴京有感

一九七九年七月一日赴京，反映农民要求农业生产责任到户。时值盛暑，彻夜难眠，遥望北辰，思绪万千。

白发丛生亦自安，为人且喜五官全。
朝闻野老三分道，暮向京师一进言。
敢献刍荛兴盛世，岂因风雨作寒蝉。
声声布谷家千里，北极星晖夜正阑。

郭瑞年

郭瑞年（1931—2011），江苏泰州人。毕业于南京大学农学院。曾任滁州报社编辑，滁县地区文化局创作员、二级编剧，滁县地区文联副主席、主席，中国作家协会会员，中国民间文艺家协会会员，安徽省作家协会理事。创作发表了1000多首诗歌，出版多部诗集。

赠当年吟友

家园东望隔云山，纵使身残志未残。
愿化杜鹃飞故里，与君重唱《忆江南》。

八十虚岁戏咏

蹉跎岁月催人老，历尽沧桑百味尝。
耄耋犹期但长寿，从容淡泊看炎凉。

唐大笠

唐大笠（1931—2010），原名唐象贤，笔名江南子，安徽青阳人。报社编辑，《安庆诗词》首任主编。中国书法协会会员，安徽省炎黄文化研究会理事。著有《垅上堂散集》《中国书法演义》《百梅诗画》《退思集》《唐大笠书画选集》《垅上堂诗稿》等。

美　食

华夏精庖独占先，而今更上几重天。
味兼南北添西果，一掷千金不计钱。

乡思四首选二

庚午六月《百梅诗画》于故乡青阳作汇报展出，重晤少年同窗学友多人，共话当年，感慨系之，爰成四绝。

一

花落花开四十年，故人共仰碧云天。
几番风雨迷蹊径，别梦依稀认旧缘。

二

百梅诗画慰乡思，愧我无才觉梦迟。
细字青灯书味在，相逢一笑鬓成丝。

唐德刚

唐德刚（1920—2009），安徽肥西人。美籍华人、学者、历史学家、传记文学家、红学家，一生著作等身。1939年入重庆国立中央大学（南京大学前身）历史学系，1943年毕业获学士学位。1944年，在安徽学院史地系讲授《西洋通史》。1948年赴美留学，1952年获哥伦比亚大学硕士，1959年获史学博士。后留校任教，并兼任哥伦比亚大学中文图书馆馆长。1972年受聘为纽约市立大学教授、亚洲研究系系主任，曾任纽约文艺协会会长。

重阳偕妹及其安大同班诸友登高

呼僮收拾度重阳，且把书香换酒香。
结伴登临浇块垒，平分秋色入诗囊。
生憎强寇思磨剑，喜率邻娃采菊黄。
应为兆民计兴废，忍看六合自苍茫。

临江仙·和阚家蓂学妹四阕选二

词俏文清君未改，我渐霜鬓稀稀。展笺最忆少年时。三千小儿女，结伴到湘西。　　浮海卅年惊聚散，最怜重结兰与。蜀山修禊竟无期。泪随风后雨，两湿薄罗衣。

照影惊鸿犹惠我，俨然漱玉词笺。人间天上碧云轩，新愁连旧雨，聚散若轻烟。　　翰墨有缘原旧识，馨香岂为逃禅。丝丝缕缕出心田。依稀竹马戏，逐去又回旋。

江城子

癸酉春末，返邱扫墓，承远方先生、人煜夫人宠赐新诗墨宝，书济米舟，词清漱玉，谨步原韵续貂，用答雅意，夜深人倦俚辞，善草章鱼，犹赧对方家，然以游子远乡野人献曝，工拙原非所计也。

归来叠月未嫌忙，闯机房，住阿房，涧笋山姜鲈脍作羹尝，醉后不知身是客，庙堂事，乱雌黄。　危楼百尺自徜徉，把故乡，作他乡，李句苏书乘兴作翱翔，失箸闻雷堪一笑，群词赋，我文章。

附：邹人煜《江城子》

老来底事倍匆忙，出书房，入厨房，拔醋擂姜酸辣味先尝，无轨车开炊职误，汤竭也，饭焦黄。　午间小憩任徜徉，伴书香，入甜乡，一梦归来挥洒意飞翔，百态千姿来笔底，兴废业，费平章。

浦经洲

浦经洲（1927—2008），安徽肥东人。安徽师范大学文学院副教授。曾在芜湖市老年大学、宣城地区老年大学讲授古典诗词。芜湖诗词学会顾问。著有《浦洲吟草》，编辑《诗词鉴赏与格律》（老年大学教材）。

白衣天使颂

谈“非”色变人相避，天使白衣迎上来。
救死扶伤唯奉献，舍身忘我见胸怀。

鹧鸪天·读刘振亚诗兄《独臂翁诗存》

饱历冰霜气益增，胸怀坦荡看人生。天公有意施磨劫，洗尽凡尘倍觉诚。　留史册，示儿孙：应知坦道惜光阴。感君檀板江湖日，唱彻忠良大义声。

水调歌头·登赭山舒天阁参加重阳祝寿会

千古登临地，崖畔菊花香。飞檐画栋层阁，赭岭泛金光。四面苍松环抱，宝刹钟声荡漾，纵目看长江。顿觉舒天趣，逸兴识沧桑。 思往日，于湖客，山谷堂。请缨无路，杯酒高处发清狂。何若今朝满座，戎马功成业遂，白首意轩昂。长者彭聃寿。相与沐朝阳。

［原注］

于湖居士张孝祥《登赭山》诗，抒写郁愤。

诸天锡

诸天锡（1935—2014），安徽南陵人。务农。宣城敬亭山诗词学会、安徽省炳烛诗书画联谊会、芜湖诗词学会会员。著有《田园诗稿》。

雪　景

雪后清晨景色佳，银光耀目引人夸。
千枝凝结晶珠果，万木齐开白玉花。
鸡出栅门留竹叶，驴行场地印枇杷。
檐前滴水无声息，悄作冰悬似象牙。

诗友来访

一壶浊酒并粗肴，说与诸君莫见嘲。
不是乡村离市远，只因囊橐太萧条。
承蒙厚爱常来访，同把诗文着意敲。
待到三春风日暖，电波传讯再相邀。

卜算子·文字贩

写作畅心情，投稿求书看。谁料骚坛隐商机，出现文字贩。　　说你夺金冠，索费千百贯。收到铜皮假乱真，骗了呆头汉。

陶　光

陶光（1926—2011），字南薰，安徽巢湖人。巢湖师专副教授，当代著名诗人。工诗词、书法、金石、考据及歧黄之学。1957年被划为“右派”，历经坎坷，“文革”后平反。著有《焚余吟稿》《无邪集》《无邪集外编》《古典新探》《声闻馆印存》《陶光诗文选集》等。

自题《焚余吟稿》二首

一

俯首奉新章，声名顿可扬。匹夫诗有骨，不借大人光。

二

不为沽名作，端因托事歌。人才空腐朽，实负后生多。

诗　魂

不为身家虑，无求媚大人。诗魂惟一字，所贵在于真。

咏爬墙虎

不艳何人赏，青青满壁缠。终难登大雅，底事苦攀缘。

咏风筝

昂首影翩翩，扶摇直上天。春风恩赐厚，更赖有人牵。

端阳吊屈原

朝斥忠良刚必乱，君惟专暴国多冤。
千秋爱恶分明见，不吊怀王吊屈原。

论诗二首

一

诗从学养见功夫，莫把歌吟当咒符。

雾里看花谁赏得，须知含蓄异含糊。

二

拾人牙慧徒贻笑，自吐冰丝始是珍。
剽窃谁能成大器，新声尤贵在情真。

读诗漫成四首选二

一

一代文章万口评，奇文大半属公卿。
布衣不朽真侥幸，多少名篇未得名。

二

俗子论文徒耳食，腐儒管见失公平。
好诗一例无今古，李杜当时亦后生。

示　儿

不辞鼎镬哀民瘼，束发悲吟到骨枯。
莫怨乃翁无长物，一橱书稿胜遗珠。

诗　恋

世无魅力过于诗，一触神魂便入迷。
爱比娇娥痴更甚，钟情到死不相移。

遣兴二首

一

生涯何足话悲辛，惟此歌吟敢自珍。
九死身残终不悔，天教幸运作诗人。

二

不写闲情不应时，惯将史笔入新词。
老来一任诗如话，犹恐吟怀人未知。

直　臣

直臣莫不为生民，无虑危言祸及身。
一忆庐山心一痛，攀龙几个敢批鳞。

梦童年

韶光回首逝如烟，每忆儿时影尚鲜。
梦里不知年已耄，犹骑竹马戏娘边。

咏史一百首录八首

一

气力空悲世绝伦，沛公何物得臣民。
鸿门却是英雄色，自古江山属忍人。

二

威加海内托歌风，宿将谁无汗马功。
兔死狗烹天命也，汉家鸿业正兴隆。

三

始皇伟业民多难，文帝宽和世太平。
百姓但期恩泽被，管他哪个坐龙庭。

四

除暴堂皇揭义旗，专权始识被蒙欺。
安凭若许诗鸣世，便为奸雄作辩词。

五

卧龙恩幸骄千古，三顾当时尚妙年。
盖世雄才如不遇，一生怀抱付云烟。

六

玄武阴谋慎勿扬，由来功德属今王。
牢笼士子开科第，金殿山呼献颂章。

七

吞元灭虏争王业，淮上枭僧盖世功。

一火凭他千古诟，丈夫无毒不称雄。

八

造谣迎闯不交粮，无饷谁传辟谷方。
自古揭竿先惑众，终归都是为称王。

读诗有感

残编不忍弃，读罢奋还披。盛世无佳句，哀民有好诗。
秦皇枉用火，屈子尚留词。历史终难测，新声应可期。

自编残稿书后

辍笔心潮涌，悲来强自歌。名篇传世少，圣代屈人多。
余悸无时了，新声奈老何。暮窗编剩稿，夜静复轻哦。

思　痛

不羡飞黄作蠹官，每思往痛尚心寒。
逞凶左道弥天孽，肆虐瘟君旷古残。
世界终趋多极化，神州已重庶民安。
我诗岂尽抒忧愤，治国何妨当史看。

漫　兴

不赋三都藻饰辞，但将心史绩成丝。
虫沙事业谁贪恋，蝇狗功名俱昧痴。
拍案敢抨天失道，横眉终见虎悬皮。
神州自有神龙护，海晏河清应可期。

重游杏花泉兼访王乔洞

不访名山二十年，金庭景物尚依然。
杏含嫩蕊饶春意，泉吐清音入管弦。
人世浮沉花几谢，仙源杳渺谛多玄。
重来心事无堪表，却倚灵岩笑问天。

离　合

一息生还幸可期，刑余心事有谁知。
最怜稚幼贫如丐，多谢亲朋婉致辞。
离合悲欢俱梦幻，死生黜陟亦儿嬉。
史迁忍耻端因作，子美吞声只在诗。

八十自述

一梦八十年，酸甜苦辣咸。宛若远航客，飘摇沧海间。
几经骇浪卷，屡触险礁滩。鲨鲸时出没，袭人甚凶残。
深羡守舍翁，垂钓乐安闲。归来还自喜，幸未错乘船。

念奴娇·西山晚眺

入林长啸，震空谷，惊起归禽飞急。极目金波三万顷，脚底峰峦历历。洞隐灵凫，湖腾仙姥，都是曾相识。乘风归去，宁教吹净魂魄。　　思与孤鹤为盟，优游物外，安得生双翼。俯首尘寰相视笑，瓦砾谁家高宅。想见当年，骄奢一世，弹指空陈迹。恍然回顾，不知身亦为客。

满庭芳·秋兴

日落珠沉，彩霞敛影，小窗依约黄昏。满庭衰草，霜叶坠纷纷。岁月如驹过隙，怎消得、多少伤痕。孤灯下、空余白髮，回首暗酸辛。　　青春，都付了、凄风苦雨，惨雾愁云。幸天心慈悯，一息犹存。须趁诗肠尚健，奋史笔、尽写生民，清吟里，悠然长逝，无愧此骚魂。

陶志固

陶志固（1928—2012），安徽寿县人。长期从事教育工作。曾任庐州诗词学会顾问。著有《陶志固诗词选集》。

合肥杂咏

庙貌巍峨孝肃堂，清廉千古姓名扬。
泉台别有伤怀事，依旧贪官论斗量。

癸卯年元旦试笔

窜迹穷乡又几年，柴门依旧换春联。
幸全骨肉宁非福，能庆团圆也任天。
应世才疏思学佛，谋生性懒怕耕田。
文章呕出心头血，今日方知不值钱。

接获改正通知感赋

一纸公文降好音，狂沙吹尽见真金。
消除余悸从头越，指点新诗自在吟。
对镜那堪呈白首，挥毫聊以写丹心。
书生尚有匡时意，晚岁尤宜惜秒阴。

先母逝世两周年感作

秋天落木雁南飞，旅况萧条客未归。
翘首白云徒有泪，履霜游子正无衣。
荒烟蔓草灵犹寄，晦雨盲风事已非。
梦里音容身上线，教从何处报春晖。

桐城罗岭镇吊黄梅戏演员严凤英故居

青山幽径暮云遮，流水潺潺认故家。
一曲天仙成绝响，几张玉照忆芳华。
罡风肆虐摧娇蕊，词客多情吊落花。
今日来游罗岭路，那堪再唱浣溪沙。

永遇乐·访灵岩山韩世忠祠墓

绿树苍崖，灵岩南麓，葬将军处。首将功勋，中兴事业，总被昏君误。金山振旅，几擒兀术，更羡红颜击鼓。剩沙场残垣废垒，人间几度风雨。　　骑驴湖上，沽酒沧浪，未是英雄末路，怅望栖霞，烟封雾锁，泪尽鄂王墓。那堪回顾，秋风衰草，一样荒寒祠宇。伤怀甚，藏弓烹狗，何分今古？

沁园春·安庆留别王球、杨振海老友

壬午春杪，再游安庆，访老友王球兄，球兄又电邀宿松杨振海兄来聚。儿时旧友，重聚一堂，话旧情，谈今事，至可乐也，临歧依依，灯下为赋此解。

卅载重逢，情话连宵，意并云飘。叹五洲风雨，苍黄局变；几番鹿马，鹦鹉声娇。魑魅欺人，权钱结伴，墨吏豪商气焰高。多少事，且由他去也。笑拈霜毛。　　平生白眼频遭，独折童年两故交，正宜城春暖，烟岚可画；松滋月白，诗思如潮。聚散匆匆，予怀渺渺，何日皖江再共庖？夕阳好，待盘空健笔，管领风骚。

陶其平

陶其平（1936—2008），安徽马鞍山人。曾任马鞍山市人民政府秘书长、马鞍山市人大副主任等职。马鞍山市诗词学会副会长，马鞍山市牛渚诗词研究会常务副会长。著有《陶其平诗文集》等。

故　里

吾家五柳绿垂条，水映村前两座桥。
故里牵丝情不断，北窗怅望路遥迢。

陶锦源

陶锦源（1941—1994），回族，安徽霍邱人。曾任霍邱县文化局创作组长。安徽省戏剧协会、音乐协会、文艺家协会会员，六安地区文联委员，皖

西诗词学会、戏剧协会理事。

龙门吊白居易

诗坛千载仰才名，一曲琵琶万古声。
漫道只余荒冢在，胜他巩县帝王陵。

金陵怀古

莫愁湖上水淙淙，漫向前朝访故宫。
千古兴亡多少恨，石城烟月自玲珑。

黄　镇

黄镇（1909—1989），学名士元，又名佩寰，安徽桐城人。著名的“将军大使”，艺术家。1948年底主持并亲自设计了中国人民解放军军旗、军徽。新中国成立后曾任驻匈牙利、马来西亚、法国首任大使，驻美国联络处首任主任，外交部副部长，中共中央宣传部第一副部长，文化部部长，对外文化联络委员会主任。出版有《长征画集》《黄镇书画选集》等。

思　归

1971年，计在外国工作二十年矣，心中渴念祖国。

樱花遍地报春去，叶满枝头夏正长。
异国度年如永夜，何时归去沐阳光。

开罗夜景

开罗新月系明星，疑是滩头灯塔明。
一夜两洲天地阔，天涯今日若比邻。

黄　澍

黄澍（1917—2013），安徽休宁人。黄山学院数学系教授，著名书画家。

系中华诗词学会、中国书法家协会会员、黄山市书法家协会名誉主席、黄山市美术家协会名誉主席、黄山市书画院名誉院长、新安书画社名誉理事长。

登黄山感怀

不畏攀登步步艰，奇峰突兀出云端。
曾经浩劫身犹健，又上人间第一山。

玉屏楼步月

天都峰上月如丸，千丈青光彻夜寒。
不必乘风天外去，琼楼玉宇在人间。

庚午夏应邀游黄山宿云谷山庄二首

一

逶迤曲径护幽篁，一幅鲛绡掩晚妆。
樽酒灯前听夜雨，朝来爽气满山庄。

二

偷闲来作山中客，品茗挥毫昼掩门。
晨起凭栏尘滤净，清泉泻玉一溪云。

夕阳唱晚

老去流光泻砚边，庭花开落自年年。
情怀恬淡如真水，诗思迟滞近涸泉。
耄耋犹称腰脚健，门庭差喜子孙贤。
人间尽有夕阳艳，不乞鸾胶续断弦。

白　屋

书生白屋绿篁中，曲曲清溪一径通。
挂屋藤萝泻皓月，穿篱蔓草动吟虫。
乍回午梦云推雨，偶挹新凉榻趁风。
最是蝉声残照里，远山浅紫暮霞红。

黄正飞

黄正飞（1923—1999），安徽桐城人。出身农家，1949年参加革命，先后任县兵站管理员，文教区员，县第一、二、三、五中心小学校长。曾被划为“右派”受监改二十年，平反后，任周潭中学教导副主任。1983年离休。

难寐

月白风声紧，衾寒入梦迟。名微通信少，地僻故人稀。

“文革”期间教师回原籍

离家六七里，半月一回程。稚子临门笑，贤妻煮酒迎。
行藏多自适，俯仰各相亲。梦中都说梦，荣辱若浮云。

七十生日感言五首录二

受极左路线危害

细微深处狂澜起，欲罪何须问短长。
未识天公真善美，悔交竖子赤心肠。
一朝冷落田间去，廿载艰辛事业荒。
不惑之年终大惑，强睁泪眼问穹苍。

［原注］

1955年肃反，因台属关系受批斗，1957年被划为“右派”，从此便参加体力劳动，1979年才平反。

晚景余霞

老至方知世路茫，是非恩怨费思量。
苍天有幸留筋骨，儿女多情祝寿觞。
往事都随流水去，梅花且待晚霞香。
夕阳深灼黄昏颂，不计邯郸梦几场。

黄叶村

黄叶村（1911—1987），原名厚甫，学名成昆，安徽当涂人。幼读私塾，曾在安徽屯溪、歙县、泾县、南陵、贵池、桐城、安庆等地中学和师范学校任美术教师。书画家，自号“竹痴”，有“江南一枝竹”之誉。曾任安徽省文史馆馆员，芜湖市政协常委，安徽省美术协会会员、书法协会理事，中山书画社社长。

题画墨竹

一生持劲节，处处抱虚心。俏伴青山老，不辞风雪侵。

题画诗

一挥满幅兰芽壮，墨迹初干顷刻香。
山鸟亦怜花色艳，枝头停立不飞翔。

题画诗

流水高山响接天，门前老树笼秋烟。
欲从画里寻幽趣，半似柴桑半辋川。

[原注]

己未巧月写赠石溪大法师。叶村七旬后作。

题画黄山石柱峰

削石成峦气势雄，岿然一柱插晴空。
莫言材大难为用，会有擎天镇地功。

丙寅立冬后七日病中写竹

三月春阴总不开，更惊风雨夜闻雷。
关心近种潇湘竹，乱扫空阶损绿苔。

黄同书

黄同书（1919—1989），安徽肥东人。芜湖市第十二中学退休教师。原芜湖诗词学会理事兼《滴翠诗丛》编委。

出席芜湖诗词学会筹委会口占二首

一

春风和煦草离离，喜看繁花缀满枝。
仰赖东君频着力，江山处处唤裁诗。

二

荷锄荒苑莳兰畦，行看群芳入眼迷。
喜得春温时雨足，与君勤作护花泥。

黄希武

黄希武（1910—1983），安徽无为人。黄埔七期毕业。1933年曾参加徐庭瑶第十七军在长城古北口阻击来犯日军受重伤。著有《泥途诗稿》。

书　愤

西望茫茫何处家，春风吹不到天涯。
三年忍受饥寒苦，百战将军学绣花。

梦　兄

三十年来生死别，梦魂昨夜忽相逢。
如今已是垂垂老，犹见诸兄少壮容。

黄宾虹(黄质)

黄宾虹（1865—1955），初名懋质，后改名质，字朴存，初号滨虹，中年改字宾虹，遂以字行。祖籍安徽歙县，生于浙江金华，1907年移居上海，在报社、书局从事新闻与美术编辑工作，后转事教育，在各艺术学校任教授。1937年迁居北平，被聘为故宫博物院书画、金石、古玩鉴定人，兼任北平艺术专科学校教授。1948年南归，任杭州国立艺术专科学校教授。于绘画、书法、篆刻之外，诗亦功力深湛，出入唐宋，各体兼擅。诗集有《宾虹诗草》。

题西溪纪游图

新晴湖上游，一叶漾扁舟。极目寻源路，溪山深处楼。

[原注]

庚寅秋日，西溪纪胜游。黄山宾虹，年八十七岁。

奉和元韵挹翠阁主人笑正

良医良相悯氓蚩，格物功高尚致知。
潇洒庭前终日夕，虚心常爱竹为师。

[原注]

辛卯八十八叟宾虹草。

题　画

黄山归客滞西湖，通德为邻兴不孤。
南北高峰图水墨，惊岩欲倒看云扶。

[原注]

轶甫先生与余同住栖霞岭，时相过从，看山读画，谈笑甚欢，写此求正。壬辰冬日，八十九叟宾虹。

题挹翠阁图

松筠郁茂荔蕉红，点染南炎入画中。

高阁凌虚人特健，太和常见古民风。

[原注]

挹翠阁新落成，主人工诗善画，盘桓其间，致足乐也。壬辰，宾虹年八十有九。

题山水

不朽先尊立德功，无声诗入有言中。
世称神妙能三品，一艺虽微夺化工。

[原注]

老子言道法自然，人为实胜天造，当非虚语。壬辰八十九叟 宾虹画并诗。

题西湖山水

夜雨添新涨，数帆江上飞。湿云寒不动，空翠欲沾衣。

[原注]

栖霞岭晓望。癸巳宾虹年九十。

题山村图①

冬荣桂海将军树，采焕南天老寿星。
立德功言三不朽，千秋图画照丹青。

[原注]

任老先生大庆。宾虹年九十又一。

[编者注]

①此首诗题，或作《任老先生大庆》。任老先生，指李济深（字任潮）。

题黄山山水

连江雨气初沉白，隔岸山容不断青。
却为吹云风力劲，轻阴冉冉度幽亭。

［原注］

黄山潜口至汤池途中所见写此。子颐先生博粲。甲午九十一叟宾虹。

题西风带雨图

西风淡淡水悠悠，雪照丝飘带雨愁。
何限归心倚前阁，绿蒲红蓼练塘秋。

［原注］

曩岘北宋人画，仿此。忽忽四十年。宾虹甲午年重题。

嘉陵江

图写嘉陵江，绝艺唐画史。日月计工速，选胜三百里。
蜀游我经年，寻流考原委。南充一杭舟，城环衣带水。
对岸山如揖，瞥眼青失喜。蓝本搜开元，煤麝付沉毁。
茫茫灰劫余，沧海扬尘起。昔当岩卉春，向曙云霞绮。
楼台灿金碧，将军呼大李。或者澄夕晖，澹荡秋烟紫。
磊落莼菜条，吴装清复尔。院体内供奉，形肖遍尘市。
坐令损华滋，元气尽凋萎。夏阴今霾濌，流水还弥弥。
云山董巨笔，浏览想经此。上承王右丞，下启米漫仕。
泼墨创雅格，南宗不祧祀。平淡宜永年，娱老无奇诡。
仿佛江南居，山川为淳峙。

题画雁荡山巨嶂

群峰削玉摩青穹，赪霞缥缈神仙宫。花村鸟山瓯海东，波涛蔽日回长风。朅来舍舟蹑宠岚，盘过百涧峦障雄。城墉黝铁连云中，旌旗招展朝暾红。天柱壁立劖鬼工，瀑流上溯银河通。洞明初月梁悬虹，冰晶飞动泉玲珑。梯縆不到睇眄穷，神游邃古开鸿蒙。巨鳌戴负何尊崇，地轴斜陷横流洚。崩崖喷火雷丰隆，炎熛电掣光熊熊。镕沙烁石施磨砻，清宵熠耀晨昏雺。娲皇束手如盲聋，小臣号攀黄帝弓。星楂路迥心忧忡，天荒地老卉木丛。上嘷狷鹤下虺虫，欃枪芒吐浮艟艨。斧戕肆虐千山童，巍峨高阁垂帘栊。中有栖隐丹颜翁，晷影笔砚晴窗烘。蔬盘酒盏春融融，坐对川谷涵虚冲。真灵面目一笑逢，邀我写照窥纤洪。搜罗万态归牢笼，风雨杂沓森岈嵘。追摹僧繇洎关仝，笔耕浩汗元气充。泰华峻厚兼衡嵩，黄海秀异侔阆蓬。烟水滃郁山青葱，欲抉灵秘天无功。拂素信手挥惊潈，起蛰百丈龙湫龙，檐前夜雨声喧空。

画学篇

文明钻燧稽皇初，丹成纯青火候炉。女娲补天石五色，平章作绘开唐虞。凤凰来仪奏韶舞，龙马应瑞呈河图。夏璜殷契周金古，国族标帜通鱼凫。春秋封建既破坏，民学洙泗删诗书。优游暇豫攻六艺，画事附属书数余。图经刻划近匠作，士习重画旋分途。顾恺之陆探微张僧繇展子虔真内美，不齐之齐三角觚。李唐君学书有奴，丹青炫耀阎李吴。魏征妩媚工应制，王侯妃嫔宫廷娱。郑虔王维作水墨，合诗书画三绝俱。兼取众长洪谷子荆浩，嵩华山中结庐居。补缀人物待胡翼，关仝出蓝非过誉。范宽林峦用砂碛，平汀浅渚层层铺。董源巨然二米元章、元晖一家法，浑厚华滋唐不如。房山高彦敬鸥波赵孟頫得神妙，传柯丹邱九思方方壶从义。元季四家称杰出，黄公望吴镇倪瓒王蒙皆正趋。梅花庵主渍墨儒，黄鹤山樵隶体臞。墨中见笔笔含墨，大痴不痴倪不迂。明初遗逸繁有徒，厌弃轩冕甘泥涂。唐寅仇英继起罕真迹，沈周惟求细文征明求粗。自董玄宰其昌宗北苑董源，青藤徐渭毫端露垂珠。启祯多士登璠玙，群才济济均俊厨。邹衣白之麟笔折钗股，恽道生向墨滋藤肤。泾阳张恂莱阳姜实节作文史，黄山李永昌绣水项元汴兼藏储。笪江上重光为郁冈斋，朱竹垞彝尊为静志居。画筌书筏会真赏，殚见洽闻德不孤。朝臣院体宝石渠，渐由市井流江湖。马远夏珪只边角，吴伟技参禅野狐。娄东海虞入柔靡，扬州八怪多粗疏。邪甜俗赖昭炯戒，轻薄促弱宜芟除。道咸世险无康衢，内忧外患民嗟吁。画学复兴思救国，特健药可百病苏。艺舟双楫包慎伯，扐叔赵氏之谦石查胡义赞。金石书法通绘事，四方响应登高呼。夏玉出土今良渚，斒斓色彩实若虚。古文奇字证岣嵝，舜禹揖让无征诛。会稽和协集万国，平成水陆通舟车。天然图画大理石，神工诡秘滇南无。文治光华旦复旦，月中走兔日飞乌。变易人间阅桑海，不变民族性特殊。箕裘弓冶缅矩矱，行之简易毋踌躇。来轸方遒拥先导，负弩我愿随驰驱。群策群力加勤劬，功夺造化味道腴，永寿万年当不渝。

萧龙士

萧龙士(1889—1990)，字品一，名翰轩，安徽萧县人。曾为安徽省文史馆馆员、中国美术家协会会员、安徽省美协名誉主席、安徽书画院名誉院长。自幼喜爱绘画，1923年经李可染介绍进入上海私立美术专门学校学习，在潘天寿等指导下学习绘画艺术。1926年参与创办了徐州私立美术专科学校，此后长期从事艺术教育，1951年正式拜齐白石为师。

题　兰

淡淡花几瓣，疏疏叶数根，风姿多潇洒，香远醉心魂。

题红梅

终年笔墨一无成，欲与梅花共此生。
蘸就龙沙风雪里，只应写取岁寒情。

萧震寰

萧震寰（1922—2003），安徽肥西人。长期从事教育工作。中华诗词学会、安徽省诗词学会、安徽太白楼诗词学会会员，肥西县雪花吟社常务理事。

勉　儿

书山学海最情真，惯爱登攀苦渡人。
莫恃天才骄自负，丰收毕竟靠耕耘。

到处逢人说邓恩二首

一

一自三中揭覆盆，喜凭晚景唱黄昏。
怡情每赏盆花艳，悦性时听笼鸟喧。

二

七秩残躯无病苦，半头华发有余温。
夕阳有限情无限，到处逢人说邓恩。

春郊晚步

闲步春郊看菜花，接天金色灿红霞。
多情伴我蜂和蝶，也向黄昏恋物华。

咏榴花

灼灼红榴满树花，燃将赤焰斗朝霞。
应怜岂独情如火，孕玉怀珠更足夸。

赠　内

难忘蒙冤忆昔时，卿卿美德孰无知。
事亲体贴贤兼孝，教子殷勤爱复慈。
渐失红颜由我累，频遭白眼受人欺。
含辛茹苦终无悔，赢得声名众口碑。

临江仙·感怀

记得当年风雨里，遭逢劫难堪悲。忍教颠倒是和非。输诚图报国，却与愿相违。　　一自三中昌国运，九州十亿扬眉。沉冤昭雪感恩时。可怜双鬓白，何处觅青丝！

梅雪峰

梅雪峰（1888—1968），字鉴衡，原名其藻，号雪峰，安徽宿州人。著名书法家、国画家，安徽省书画界“五老”之一。曾任安徽省第一届政协委员，安徽省第二、三届人大代表，安徽省文史研究馆馆员，安徽省美术家协会理事，安徽省文联理事。

题画荷

60年前为友人画荷花一幅，适成于幅中写侧出莲房，竟有农人见而哗曰“蜂窠”。余感其言，随手画二游蜂绕其上以博一粲。

雨击风翻香未消，娉婷池畔倍生娇。
无端引得游蜂至，误认莲房是故巢。

赠友三首

一

归来松竹未全荒，雪干霜姿照草堂。
种得秋田宜酿酒，年年风雨醉重阳。

二

酒阑灯烬夜茫然，抚事追思十载前。
座上渐看同辈少，眼中常畏后生“贤”。

三

天空始见梅花早，原野霜清落木坚。
皮骨已枯心力尽，谁愁衰朽待来年。

曹　平

曹平（1931—2001），安徽望江人。曾任银行科长。

咏潜山古乔家庄胭脂井

美人自古爱英雄，姊妹胭脂染井红。
铜雀无缘迎国色，东风有意薄曹公。

“无罪释放”后作于车上

遭诬受陷入牢门，无罪归来遍体痕。
念及国家伤更重，男儿热泪只横吞。

祖传书箱改作碗橱有感

尔到吾家百载余，黄金散尽为搜书。
于今比比遭秦劫，转业烦君作碗橱。

曹靖陶（曹熙宇）

曹靖陶（1904—1974），名熙宇，字惆生，号天风，别号看云楼主，以字行，安徽歙县人。暨南大学肄业，后任《时事新报》编辑。善诗，尤以五言蜚声诗坛，郁达夫从其学古体诗。工书善画，郁达夫赞其《村居即景》为“宋人清远之作”，黄宾虹为其作《看云楼觅句图》，梁启超、康有为、林纾、严复、蔡元培等人先后题咏。精鉴别，民国政要张群所藏书画多为其鉴定。新中国成立后寓居江苏昆山，以诗自遣。著有《看云楼诗集》《看云楼觅句图题咏集》等。

连夜月色佳甚，中秋忽为雨败，感而赋此

月色连宵好，流光耿八荒。十分犹待满，一雨忽相妨。
暂翳宁为累，余辉未尽藏。天人无碍相，头晦自堂堂。

出　郭

出郭透迤竹径斜，孤行得句手频叉。
溪云浮水衔山影，村舍开门铺稻花。
万树蝉声空远响，一囊诗思贮朝霞。

却从野老围谈笑，满地绿荫人煮茶。

南归过济南，留别友人

旧雨相逢似弟兄，留连那忍独南行。
千林落叶惊秋老，万户寒砧乱客情。
黯黯青衫缄别泪，萧萧短剑为谁鸣。
奔车一刹重回首，淡日零烟下历城。

牡丹花下作

春来蓬勃发新枝，忍向花前理旧诗。
国色偏舒多病日，天香故散独愁时。
家园摇落身千里，客邸风光酒一卮。
却怕登楼穷远目，暮云无际不胜悲。

秋 宵

秋宵露坐领闲情，群动恬然万虑平。
词笔有灵宁待获，生涯随分欲无营。
凉风到耳鸣桐叶，淡月如眉傍石城。
遥想新安同此夜，离怀乡思若为更。

雨后郊游

雨后郊原蔓草侵，小桥闲立狎沙禽。
怒云破岫驱潮猛，澄涧涵天倒影深。
微会自怜成独赏，忘言且喜付长吟。
才疏只合温山水，明媚乡关惬素心。

秋 怀

秋气恋轻衫，披襟惬萧爽。落叶下空庭，闭门绝人响。
白日衔前山，老兵闲戏马。夜气乱游磷，寒虫吊破瓦。
对此摧心肝，浩歌独慨慷。兀兀此穷年，吾道其安放。

龚佛龙

龚佛龙（1913—2002），上海市人。芜湖市面粉厂工程师，曾领导筹建芜湖市佛教居士林并任林长。芜湖诗词学会第一届顾问。

东岩晏坐

佛国重游秋气清，平明直入翠阴深。
东岩晏坐如禅定，不觉松涛卷暮云。

游安庆迎江寺

古寺迎江峙，浮屠矗碧空。山遥青送黛，江近绿如虹。
鸟语梵音寂，花飞野径红。闲游不知倦，斜日落疏钟。

常任侠

常任侠（1904—1996），安徽颍上人。历任国立艺专、北京大学、北京师范大学、中国佛教学院、中央美术学院教授。著述宏富，诗词有《红百合诗集》。

赴加尔各答途中即景

麦苗盈野可藏鸦，黄蕊伶仃放菜花。
绝似故乡三月暮，香檬林里是田家。

至杭州寓湖滨西泠饭店，坐苏小墓旁成二绝句

灯光照水静无声，淼淼湖波似镜平。
今夜坐傍苏小墓，银河天际看双星。
湖上回头三十年，渐将华发改朱颜。
宵来酒醒知何处，梦断东瀛只自怜。

香山夜坐赠邓白

妙法徐黄早擅名，西湖烟水更怡情。
何时重话巴山雨，夜听潇潇竹叶声。

登岱顶天柱峰

一柱撑天气势雄，曾游五岳此为宗。
俯看大地风云变，劲节谁如岱顶松。

一九七六年七月二十八日凌晨唐山大地震

突然大地起狂澜，滚滚惊雷世界传。
十万人归一抔土，泥犁千劫话唐山。

悼好友田汉

首创南国社，剧坛一代雄。英年期获虎，晚岁耻攀龙。
生与妖婆忤，死为湘水灵。今朝怀往事，不觉泪纵横。

[原注]

田汉早年作《获虎之夜》，演于南国社。

鲁迅先生

桃偶登场日，常钦鲁迅诗。惊雷动地狱，长夜过春时。
野草开芳蕊，朝华展玉枝。横眉看丑类，挥泪恸良师。

至厦门

我从北溟之南溟，惯作东西南北人。
北国冰封寒彻骨，南方风物暖如春。
榴花夹竹红侵径，凤树高榕绿满邻。
最爱厦门新景色，长堤割海碧粼粼。

杜甫川

延安城南路，云是少陵川。杜公遗祠在，荒废已百年。
诗人爱家国，发愤著诗篇。遭时正板荡，身命难自全。
乃欲庇寒士，愿使天下欢。所以名不朽，常留天地间。

入　海

梦中渴念海，又与海相亲。来就海怀抱，海笑迎远人。
坦胸相接纳，抚摩慰旅魂。腾涛举吾体，舒浪压吾身。
一上复一下，冲岸白沫喷。一吸复一呼，畅然开烦襟。
海波如卷发，海歌如雷音。海阔与天接，海深达地心。
海上有仙山，仙乐飘渺闻。海中多异物，海底富奇珍。
海市幻百怪，海客语纷陈。由此达南溟，力士有昆仑。
由此达北溟，有鱼名巨鲲。海为龙世界，夭矫飞乾坤。
日月所出没，云物变晨昏。凌虚一瞭望，牛女隔河滨。
大海日激荡，悠悠迁客心。

常秀峰

常秀峰（1915—2010），始名振锦，后改名秀峰，安徽怀远人。1942年考入国立艺专，1947年留学印度，毕业后在加尔各达从事艺术教育工作，1956年任印度噶伦堡中华中学校长。1961年回国，曾任安徽师范学院教务长，安徽省博物馆副馆长。1982年移居香港，在中文大学讲授国学与诗词歌赋。2007年定居深圳。著有论著《李白在安徽》《黄山考》，诗集《问心堂诗草》等。

狱中吟

铁骨嶙峋梅一丛，枝头好鸟傲寒风。
莫看此刻居人下，他日冲霄逼太空。

忆江南·故园好二阕

故园好，自古米粮乡。淮北江南杨柳绿，斜风细雨燕双翔。情景最难忘。

故园好，遍野稻芬芳。丹桂飘香尝米酒，金风飒爽品鲈汤。游子久思乡。

崔　田

崔田（1928—1992）安徽铜陵县人。曾任铜陵师范学校副校长、县直机关党委书记等职。

故友重逢

皖宁揖别正残秋，卌载重逢两白头。
历尽风霜情未泯，鸡鸣絮语兴方遒。

远眺和悦洲

一江缓泻两分流，疑是天庭降绿洲。
袅袅炊烟夹细雨，千帆上下各争游。

偶　然

偶然（1932—2001），原名偶明凯，安徽肥西人。曾任基层干部。中华诗词学会会员，安徽省诗词学会理事，庐州诗词学会常务理事，《庐州诗苑》主编，肥西县雪花吟社理事、副主编。著有《临流吟稿》。

风雨过巢湖

轻舟载我过巢湖，浪击船舷溅玉珠。
颠沛浮沉增异趣，风波浪里觅通途。

茶市见闻

沿街触目列新茶，翠绿清馨味可嘉。
最是人多拥挤处，村姑叫卖小兰花。

雨中过太平湖二首

群峦清翠拥瑶池，细浪粼粼漾碧漪。
但愿人心如此水，相期共度太平时。
太平湖上雨朦胧，浅浅岚烟淡淡风。
桨动船摇身入梦，任它南北与西东。

巢湖夜泊

藏舟柳堤下，暮宿小船头。露冷身心热，风轻意气柔。
波平湖似镜，云淡月如钩。断续箫声远，悠悠水自流。

章　治

章治（1928—1999），安徽桐城人。桐城诗词学会副会长，安庆市诗词学会、安徽省硬笔书法家协会会员。

咏草书

狂来思泼墨，兴至即摊笺。扫石莓苔乱，临池荇藻牵。
笔锋随电闪，腕力逐风旋。脱颖横风雨，蛟龙欲上天。

章天赠

章天赠（1924—2009），安徽桐城人。曾任铜陵县政协副主席。系铜陵市诗词学会首届顾问。著有《雪窗闲吟》《雪窗闲话》。

题凤凰山相思树

古树诉传奇，天生连理枝。真情春不老，千载说相思。

鹧鸪天·偶得

浩浩长江日夜流，江流沿岸育芳洲。春江花月笙歌夜，碧水蓝天一色秋。　　好光景，莫淹留，人生愧负少年头。一朝镜里容颜老，事事无成暗自羞。

章发舟

章发舟（1927—2006），安徽枞阳人。生前在枞阳县教育局工作。曾任枞阳县诗词学会副会长。著有《消闲集》《消闲续集》。

满江红·登长城

序属金秋，登八达，迎风拾级。烽台望，云消雾敛，高天红日。横卧千年酣睡醒，蜿蜒万里奔腾急。莽乾坤，伟绩记中华，炎黄嫡。　　秦皇论，犹未毕；游客赋，何时一？听沿途评议，笑谈闲逸。御侮功勋虽可赞，苦民劳役终须斥。喜今朝，举世驭长龙，情无极。

章光斗

章光斗（1927—2003），安徽南陵人。曾任南陵县黄墓区文教干事，黄墓镇财政所长。芜湖诗词学会会员。

学诗偶得

金针刺绣牡丹开，秋桂春兰笔底裁。
馅饼岂从天上落，好诗都自苦中来。

章吸华

章吸华（1946—1995），笔名无腔笛，安徽东至人。毕业于安徽师范大学，安庆五中高级教师，英年早逝。著有《短笛诗草》《短笛词草》《短笛联草》。

病中赠忠萍

人生谁不死，难得一知己。千里伴求医，相依唇与齿。

蜡　烛

严父直肠慈母情，不嫌惨淡总经营。
一腔热血流成泪，化作光明达五更。

病中恋二首

一

勤悬绛帐少闲时，多谢癌魔馈送之。
才览汉关秦夜月，又邀李杜赏辛词。

二

勿失良机诗史读，用时免却恨迟迟。
殷期二竖全歼日，重执教鞭策马驰。

章伯钧

章伯钧（1895—1969），安徽枞阳人。著名政治家，爱国民主人士，中国农工民主党创始人和领导人之一，农工民主党主席。曾任中国民主同盟副主席，中央人民政府委员，政务院政务委员，中华人民共和国交通部长，《光明日报》社社长，第一届全国人大代表，第一、三届全国政协常委，第二届全国政协副主席，第四届全国政协委员。

秋雨看山

空斋独听雨声潺，秋雨阑珊步履艰。
白发老翁何所事，药炉相伴对秋寒。

秋兴二首

一

秋雨绵绵秋意清，幽花弱草尚峥嵘。
虫声初起轻如咽，枉费欧阳作赋情。

二

世人都说春光好，吾爱秋光胜一般。
秋雨涤烦天宇润，秋风秋月满秋山。

杂　感

风流文藻非吾事，老兴诗词剧可怜。
传与世人徒供笑，不如投付灶神燃。

章慎之

章慎之（1927—2012），安徽铜陵县人。铜陵学院副教授，首届铜陵市诗词学会《五松山诗词》编委会编委。

游青岛参观康有为故居

马关逼约祸无涯，公率公车举义笳。
敢想敢言尤敢创，为民为国不为家。
惜因旧见迷新识，错把余辉作早霞。
几度辛劳徒取辱，孤臣苦节总堪夸。

贺新郎·铜官山

徽歙朝东北，莽苍苍，龙游虎踞，百千群落。九子联翩游天汉，渌水清波翻濯。直秀出，九华山脉。山助歌吟吟更健，复前行，乃是“铜官乐”。深感谢，谪仙伯。　　端庄明秀而磅礴，枕长江仁人智者，各安其获。此去东山容胜此，少却大江击拍，更何况，藏金流烁。百看铜官都不厌，每相逢，心地便开阔。凌绝顶，穷天末。

梁性初

梁性初（1924—2014），安徽无为人。1948年参加革命，芜湖解放后，在市总工会工作。芜湖诗词学会会员。

哭本英妻选二

老伴邓本英，今年（1994年）元月二日上午突发脑溢血，抢救无效，于当日下午二时许逝世，享年七十四岁。悲痛之极，哭以成诗。

一

艰难岁月互扶持，糠菜充肠半是饥。
衣补千针何忍弃，一年难制一新衣。

二

长宵泪湿枕巾寒，远近鸡声破晓难。
能得贞魂来一语，百年愁恨也心安。

乡街小景

江浙时装挂满街，缤纷胜似百花开。
花丛多是农家女，为买新衣结伴来。

诗概选二

一

五四新诗入殿堂，苑中兰桂应齐芳。
时人毋薄前贤业，千古名园不可荒。

二

吟坛耆老鬓毛斑，急盼新篁绿满山。
揖请园公勤灌植，长留青翠照人间。

村斋独居

村斋独处似僧房，树色苍苍映上堂。
未了尘缘难拜佛，已消俗虑不烧香。
午休常见莺窥户，夜梦惟惊鼠跳墙。
窗外老梅似解意，岁寒为我吐清芳。

火炬鸡冠花

如擎火炬战西风，赢得秋园艳若虹。
玉露沁心心更洁，青霜着色色犹浓。
黄花篱下交新友，红叶村前识古枫。
林野并无萧瑟气，丛丛光焰照征鸿。

采枸杞

滩上芦花白，沟边菰草黄。青霜映枸杞，宝石闪红光。因之约邹老，采撷趁冬旸。先到莲河岸，无获意彷徨。后至芦苇荡，再上野坟冈。喜见丛丛翠，玛瑙缀琳琅。弯腰勤采摘，意欲满塑囊。适来两学子，称奇步亦止。蹲身采且问：“长老何爱此?”邹老语学子：“此乃为中药，服之舒血气，益肾且明目，名虽列下品，功效过参芎。”枸杞生草泽，惟有医者识。不逢采撷者，零落坠沟壑。

谒墓选二

一

傍午村郊行，草色尽枯黄。北风寒瑟瑟，来谒土坟冈。
故人居蒿里，光景却凄凉。棘丛栖鹩雀，坟土尚有霜。
与君贫贱交，白发未相忘。廿年遭劫难，慰勉话衷肠。
风雨凄凄夜，翘首望扶桑。君今先别去，存者思念长。

独酌思君时，举杯不能尝；月下徘徊时，月光映泪光；
寂寞书斋坐，怕读旧词章。座中常觉少，斯人去何方。

二

数言告君墓，华夏腾龙骧。改革有成效，民生见小康。
国盛空前史，世风叹不良。拜金大潮涌，厚黑学风香。
权钱能交易，不顾纪和纲。行行多敝事，盗贼扰城乡。
淫秽污文化，招徕用女郎。公款豪门宴，一食万人粮。
弃余千万吨，尽是民脂浆。中央惩腐败，民盼正气扬。
君今已羽化，不畏冰与霜。人鬼竟有别，漫说共三光。
泉下交新邻，且把故人忘。浮云罩墓树，春回草自芳。

隋家驷

隋家驷（1929—2014），安徽定远人。曾任宣城地区糖业烟酒公司经济师，芜湖诗词学会会员。著有《自怡诗文集》。

浣溪沙·金婚

携手同心老更亲，婚龄半纪白头人。相濡以沫敬如宾。
昔日杏坛情似火，今朝退协乐长春。老依社保不忧贫。

鹧鸪天·曲阜谒孔庙

历史悠悠曲阜城，民风质朴地幽清。神州祭孔尊师处，庙宇杏坛集大成。　　惊浩劫，叹悲声，无端批孔出何名？今朝莫问当年事，古柏苍松照眼明。

葛召棠

葛召棠（1907—1960），名希栋，安徽繁昌人。毕业于上海政法大学。曾任“首都高等法院”推事兼书记官长。1947年，参与对南京大屠杀刽子手谷寿夫的审判。在安徽省博物馆工作期间，首次发现建于北宋初年的古宣州繁昌柯冲瓷窑遗址。擅书法，著有《葛召棠书法篆刻集》。

寄怀二首

一

杖履扶人亦快哉，登临赭岭问禅来。
梵音清磬发深省，爱晚亭高塔影陪。

二

瑞雪初晴梅正开，冲寒驿使报书来。
家君顿起还乡念，买得轻舟命驾回。

葛冰如

葛冰如（1901—1984），女，名世洁，字冰如，笔名凌寒，安徽怀宁人。江苏女子职业学校毕业后，考入江苏国学专修馆，后休学。毕生从教，曾任安庆高工、安庆女中、安庆二中教师。著有《梦鸿楼诗草》《凌寒阁诗选》。

白　莲

碧水香幽写素妆，轻盈翠盖护池塘。
高情逸韵斜阳外，不染污泥自在芳。

自题诗草

灯是良朋月是魂，个中心事向谁论？
凄凉一卷孤鸿语，半是啼痕半血痕。

读史杂韵三十二首选四

项　羽

叱咤风云盖世雄，乌江一役困重瞳。
休惭比翼难相保，人彘争传惨汉宫[①]。

［编者注］

①汉高祖刘邦死后，吕后把他的宠妾如意夫人抓来，剁去手脚，

割掉耳鼻舌，眼睛挖出，丢在猪圈里喂养，取名“人彘”。

隋末帝

南朝才罢后庭花，又见降王走棕车。
世事循环如转轴，长江何力误官家。

宋高宗

权位移人疏骨肉，羡它林鸟恋哥哥。
岳王莫怨秦丞相，君意偷安可奈何。

清光绪帝

太息刘盈竟不如，日随阿母乘云车。
瀛台深锁飞龙影，仗马盈廷一语无。

从军杂咏

征衫犹未浣，衔命又长征。有泪羞轻洒，多情转恨生。
欲言还脉脉，已止复行行。后会知何日？天涯共月明。

落　落

迂儒行落落，廿载困青毡。人比黄花瘦，家如清磬悬。
宁安陋室苦，不受世情怜。莫笑囊空涩，原无作孽钱。

书　怀

人海茫茫此一身，萧萧短鬓气犹春。
欲为天地存贞气，耻向风尘学媚人。
岭上寒梅霜后艳，庭前老柏雪中新。
廿年碌碌惭无补，笑写平生慰所亲。

乐平禅院秋夜

处处候虫吟，超然异凡响。断续钟磬声，到耳发声想。长空无纤云，清光独自赏。物理递亏盈，此消彼则长。消长相乘除，胡为徒扰攘。悟彻万象空，顿思脱世网。

葛裕民

葛裕民（1929—2010），字慵思，安徽肥西人。曾任基层干部。中华诗词学会会员，肥西县诗词学会理事。

春游三河桃花园二首

一

桃园春日万枝开，车载游人四处来。
半日消闲归去晚，满身犹带淡香回。

二

此花一放百花羞，顿使春郊景更优。
曾引渔人寻世外，贬它轻薄竟何由？

秋日闲眺

天高云影淡，一雁下晴空。风飐芦花白，霜催枫叶红。
山家篱菊艳，原野稻粱丰。不负耕耘苦，秋成慰老农。

蒋天成

蒋天成（1928—2002），安徽无为人。历任无为戏剧院书记、中学校长等职。曾为芝山诗社副社长。

雨中见菊花

旧圃闲留步，疏篱影自斜。芳容已暗淡，谁惜雨中花。

除夕有感

一盅米酒两盘肴，野菜山鸡煮面条。
饱食一餐高卧去，管他今夕与明朝。

留别友人

少年未解农家事，老大归来学种田。
相识若逢相问讯，青衫今已误华年。

咏风柳

袅袅溪边柳，春来发几枝。参天无大干，网地欠长丝。
妩媚招人爱，缠绵动客思。生非栋梁质，狂舞欲何之。

蒋伯举

蒋伯举（1910—1985），安徽无为人。曾任无为县严桥区人民武装委员会副主任、巢县人民法院副院长、政协副主席等职。生前积稿千余首，经其侄蒋兴汉选辑746首，编为《蒋伯举诗稿》一册存世。

反右斗争中随感

骤雨狂风平地起，终朝默默坐愁城。
那堪见面常称老，忽变横眉怒叱名。

湖上值暴雨

大雨飞来急，湖风怒卷涛。压城云脚矮，拍岸浪头高。
日暗天如晦，雷轰山欲摇。何人荡小艇，泊向绿杨桥。

喜添外孙女

喜报传庭院，堂前笑展眉。人多轻女性，我视等男儿。
赡养责无异，平权位不卑。更何分内外，一样乐含饴。

一九七六年端阳节偶成

满盘角黍荐山妻，又值天中节到时。
何处招魂呼屈子，有人打鬼借钟馗。

年华易逝如流水，世局纷争似弈棋。
云狗任凭千万变，征程不昧望红旗。

蒋淑敏

蒋淑敏（1898—1982），女，原籍江苏。安徽枞阳张泊静妻室。七岁入私塾，后入秋瑾女士创办的哲民小学，将毕业，徐锡麟事发（1907年），革命军起，乃归里。自与张泊静结婚，遂偕住枞阳义津乡，后移居安庆宜城。著有《绿窗闲咏》。

追念秋瑾师二首

一

同盟会后赋归来，目睹侵华愤满怀。
救国呼声惊蝶梦，抗争勇气到裙钗。

二

中华革命数群英，巾帼牺牲第一名。
此去泰山当并重，九天风雨作雷鸣。

中美建交前夕喜得文儿芝女消息三首

一

卅年思汝肝肠断，烟水茫茫何处寻。
今幸天开红日现，顿教母子又通音。

二

天外飞鸿喜报来，愁眉消散笑颜开。
更瞻彩色儿孙像，个个英姿出众才。

三

绿树成荫果满枝，娇儿亦作阿翁时。
团圆家宴期何日？望眼将穿汝可知！

应长子邀至兰州沿途赋诗二首

一

几度徘徊懒上船，雨声离绪两悠然。
江村美景浑如画，何忍当春作别筵。

二

夹岸桃花鲜且妍，春山如雾又如烟。
游人来往声声赞，底是江南三月天？

老农二首

一

雨润松花绿渐肥，炊烟笼罩督耕归。
山居别有清闲乐，牛背高歌唱晚晖。

二

手把丝纶对白鸥，绿荫深处小勾留。
等闲不是江湖客，暂作溪边一度游。

忆杭州西湖有感

少小曾经住此州，三潭印月纪闲游。
细铺野草阶前碧，笑数斑痕竹径幽。
荷盖绿擎浮水鸭，桃花红点踏春骝。
遥知风景依然在，回首双亲泪暗流。

兰州退职归来重游菱湖

菱湖垂柳仍芊绵，犹似春深翠叶牵。
鹦鹉绿分眉上黛，芙蓉红映水中天。
岚光山色都成画，鸟语松声尽寓禅。
更有晚归云外鹤，翱翔空际舞翩跹。

夜泊宜城

舟子停桡自扣舷，渔歌闲唱五更烟。

浪花击岸疑鸣鼓，塔影横江欲上船。
露冷破帆和月卷，宵深孤枕伴鸥眠。
来朝我亦登高去，不怕风涛势拍天。

山居晚眺

曲槛回廊小阁开，孟梁偕隐此徘徊。
天生碧草山铺席，手酿黄花酒满杯。
云卷夕阳归岫去，水含明月逐波来。
林泉雅趣知多少？怪底严陵爱钓台。

祝外子花甲初度二首

一

江城偕隐枕流泉，喜把芙蓉插寿筵。
睡里乾坤忘甲子，醉中日月等神仙。
不求世用陶元亮，爱入花丛白乐天。
惟祝嵩高能积顶，年年伴我彩云边。

二

归去龙眠二十年，急流勇退得时先。
卜居喜借花为幄，小隐同耕砚有田。
对植芝兰萦膝下，相辉棣萼映楼前。
家庭乐事知多少，诗酒逍遥一谪仙。

程仁卿

程仁卿（1909—2002），安徽潜山人。曾任安徽大学教授。1958年被错划为“右派”，1979年平反。著有《〈文选〉引经注考》《文天祥传》《诗学津梁》等。另与夫人马华正（亦名方茜）合著诗词唱和集《琴瑟集》。

读《李白与杜甫》有感①

秋风屋破泪为词，却道饥寒富有资。

墨到冤情天雨泣，书成午夜子规啼。
岂知今世生花笔，误解前贤白雪词。
千载少陵如有泪，十年滴满浣花溪。

［编者注］

①《李白与杜甫》是郭沫若先生著作，1971年11月由人民文学出版社出版。这首诗指出郭著误解了杜诗，造成历史冤案。

至桐城怀先师姚仲实先生

桂林归棹数千里，避地淹留叹暮年。
长忆弦歌江水畔，深情推顾酒樽前。
遗篇满箧归秦火，经艺何人续郑笺。
此别龙眠无屐迹，只留清泪落荒烟。

一九八一年春至桐城毛河，寻访先师潘季野故宅

看山最喜看龙眠，皖水来寻晒网轩。
野岸槐花三月雨，疏林荒草一溪烟。
遗篇都付秦时火，补缺空思汉室贤。
衰朽眼枯徒怅望，空山欲泣托啼鹃。

春日南湖漫步望天柱峰

矗立东南万岳宗，青天一朵碧芙蓉。
峰高远映湖光翠，云外遥添夕照红。
策杖喜逢花烂漫，垂纶常在柳荫浓。
坡公爱此湖山美，曾上烟峦第几重？

鹧鸪天

唱罢阳关过灞桥，长亭风雨又潇潇。龙山未别肠先断，最是难忘月夜箫。　　萦旧梦，思如潮，春江一夜听波涛。天教阔别难重见，空度关山万里遥。

少年游

安师院即母校旧址，该院再度约予前去任教。

春光北郭昔时游，烟柳满汀州。携樽湖畔，莺飞紫陌，嫩翠锁朱楼。

如今劫后衰颜瘦，心事付闲鸥。为问宜城，多情风月，分我几多愁？

凤凰台上忆吹箫

人事兴衰，世间荣辱，都付烟渚闲鸥。劫后昆明路，劫火痕留。欲问衰杨古柳，曾记否？翠映朱楼。凭栏处，清波照影，落叶添愁。　　休休，灞桥别后，任雨打风欺，萍梗漂流。羡江南诗客，歌啸瀛洲。遥望天边明月，应照见，仙阁琼楼。谁知我，晚红轩畔，别泪难收。

程介一

程介一（1914—1993），原名懋增，江西新建人。1937年加入中国共产党，为北平辅仁大学地下党组织第二任支部书记。1950年参加抗美援朝，任某部炮团政委、师政治部主任。1954年从部队转业后历任安徽省机械工业厅厅长、中共芜湖市委副书记、芜湖市第五届政协主席等职。

偶成二首

一

壮志似酬犹未酬，如涛岁月逐江流。
悠悠忽忽耄年至，独坐窗前望斗牛。

二

小阳天气楚江空，桐叶萧萧坠晚风。
落尽枯黄君莫惜，来年新绿更葱茏。

程虚谷

程虚谷（1906—1998），安徽绩溪人。曾任绩溪县田粮处秘书，中学教师，芜湖诗词学会顾问。著有《扫存集》。

沁园春·观镜湖菊展

抖绿翻红，斗艳争芳，十万秋英。看杨妃浅醉，丰姿媚绝；二乔联袂，顾盼娇生。大地金流，满天星灿，花气氤氲十里馨。晴岚上，正嫦娥下视，眉月初升。　　东篱夙擅声名，算陶令栽培有至情。更杜郎垂爱①，插头欲满；戴翁夸誉②，至死堪矜。久昵吟坛，还思众赏，一夕乔迁镜水滨。君应见，这看花车马，湖岸纷纷。

［原注］

①杜牧诗："尘世难逢开口笑，菊花须插满头归。"

②戴复古诗："菊花到死犹堪惜，枫叶虽红不耐观。"

蝶恋花·忆别

长忆钱塘江畔路，一曲骊歌，泪洒临歧雨。江上征帆飞不去，水声替了叮咛语。　　一别卅年情愈苦，笺尽相思，鸿雁难将去，犹梦当年欢笑处，楼空柳暗鸦啼暮。

程德渠

程德渠（1928—2012），安徽肥西人。曾任肥西中学校长。安徽太白楼诗词学会会员，肥西县老干部书法协会副会长，肥西县楹联学会理事，肥西县雪花吟社顾问。著有《程德渠诗选》。

旧地重游忆同窗

碧水斜阳古道旁，与君相遇话同窗。

如今犹见春波荡，曾照当年淡淡装。

小姑山

小姑玉立大江边，骇浪惊涛若等闲。
历尽风霜犹未老，静观沧海变桑田。

司马迁

铮铮真铁骨，忍辱著文章。奋笔诛贪暴，热情颂善良。
史书成绝唱，文采亦流芳。今古史坛上，何人比子长？

荷　塘

春去众芳稀，芙蕖乍放时。清香风阵阵，倩影雨丝丝。
云透中天月，花笼碧水池。此情赏不尽，欲去步迟迟。

储华屏

储华屏（1924—2013），安徽怀宁人。安徽学院毕业，芜湖市第十中学高级教师。芜湖诗词学会会员。著有《河东了然吟稿》。

纪念“七七”五十周年

五十年前我少年，卢沟桥畔滚狼烟。
钟山黯黯思鹏举，皖水萧萧仰马援。
华夏同仇齐奋起，黄髫敌忾亦争先。
莫云当日人娇小，大别山根捉汉奸。

咏扬州瘦西湖

西湖瘦了更风流，窈窕娉婷怯带羞。
白塔凌云飞逸韵，红桥卧水泊芳舟。
两堤桃柳迎风舞，一路亭台逗客留。
何处园林能比得，杭州未必胜扬州。

舒　芜

舒芜（1922—2009），原名方管、方珪德，安徽桐城人。新中国成立后，历任广西省文联研究部部长，人民文学出版社编辑、编审，《中国社会科学》杂志编审。著有《挂剑集》《说梦录》《天问楼杂诗》等，出版《舒芜集》八卷。

晚凉杂咏五首选二

一

历纸明朝又立秋，年华无语水东流。
珠帘残夜蛾眉月，待到团圞是白头。

二

碧血朱颜惹梦多，今宵不看鹊填河。
劳尘满面如霜鬓，七载人间忍泪过。

绕室青桐成荫，南窗一枝独病

一树岂先秋，离坡病未休。晨风流露溥，幕雨背灯羞。
旧列真何有，芳期不自由。殷勤引瓜蔓，尚补绿荫稠。

释龙灿（本际法师）

释龙灿（1882—1968），俗姓龙名灿，字健行，号澄澈，安徽桐城人。少时受学于李光炯、吴北江、潘季野。年廿五任教大梁，后任青岛路局记室。抗日军兴，遁迹潜山寺。1949年赴台湾，1952年受具足戒于台南大仙寺，后兴建海印寺。著有《怀柏山房吟草》等。

春过灞桥

扬鞭西笑马蹄骄，杨柳春风过灞桥。
山色横青堤水碧，一天如画夕阳遥。

大梁怀古

公子今何在？荒烟式废墟。夷门频下士，屠市久停车。
鹏翼终难展，蛾眉误有初。孤鸿来海上，寂寞望踟蹰。

叠韵谢方槃丈见和山居即事

山林小隐远纷哗，遁世高人意更赊。
何幸清音吟白雪，将觇晚节验黄花。
登峰何日随芳躅？味世于今解苦瓜。
痌念民胞江上叟，权舆诗诵发吁嗟[1]。

［编者注］

①权舆：起始，新生。魏曹丕《登城赋》："孟春之月，惟岁权舆，和风初畅。"《晋书·戴若思传》："今天地告始，万物权舆。"

鲁彦周

鲁彦周（1928—2006），安徽巢湖人。1948年参加革命，1950年调到《皖北文艺》当编辑，1956年从事专业创作。1959年加入中国作家协会，后任安徽作协、剧协副主席，《清明》杂志副主编等职，中国作协第四届理事，中共十二大代表。代表作《天云山传奇》获全国中篇小说一等奖。

长江行有感

万古长江水，穿山劈峡来。前人已去矣，后辈复登台。
寒浪浸吴岸，霜风扑楚槐。莫惊时序变，花落又花开。

偶　感

弄墨舞文年复年，回眸如梦又如烟。
霜天号角催征马，皓月星河抚玉弦。
泽国水深悲屈子，荒村木落问陶潜。
江州司马青衫泪，洒到心头作砚田。

沁园春·严凤英诞辰七十周年

皖水悠悠，桐树凤鸣，斜月如钩。忆山村秀女，英姿生发，凌空雏燕，红毯风流。情贯古今，万方仪态，演尽世间喜与忧。才华茂、正翱翔霄汉，云际飞舟。　　谁知冷雨惊秋，似雪白莲花火里休。听杜鹃啼血，台空人去，槐荫枝折，响绝庐州。我料精魂，难忘故旧。近日新腔应解愁。仰头望，见广寒俏影，一派温柔。

谢子言

谢子言（1924—2010），晚年号笃石老人，安徽濉溪人。诗、书、联俱佳。1944年参加革命，离休前任宿县地委党校副校长。生前系中华诗词学会会员、中国楹联学会会员、宿州诗词楹联学会第二任会长。著有《笃石书房诗联集》《中华巾帼名流咏》等。

游千岛湖

叠翠千重拥碧流，波光云影荡飞舟。
今生只恨天缘晚，识得蓬瀛已白头。

登天一阁藏书楼

琼楼览胜浸忘还，香气盈怀醉步艰。
省识人间多少路，难登绝顶是书山。

扬州瘦西湖

逶迤十里榭亭稠，夹岸垂杨弄画舟。
不见洪波天际涌，仙姿纤巧自风流。

护花辞

柔条嫩蕊倍须珍，独恨芳株遭折频。
园外窃儿无足虑，毁花多系近花人。

谢无量

谢无量（1884—1964），原名沉，大澄，字仲清，号啬庵，四川梓潼人。幼年随父赴任所，常住安徽芜湖。1904年，受安徽公学之聘，为文科教授。后又历任东南大学、中国公学、中国人民大学教授和中央文史馆副馆长。文学史家，书法家。著有《中国大文学史》《中国妇女文学史》等。

芜湖郊居杂诗

人烟东郭外，花草小园中。岁岁开还落，纷纷白间红。
不迁征物性，有待惜天工。何必羲皇上，清歌万古同。

谢文高

谢文高（1934—2010），笔名黄松。曾任黄山市工商银行工会主席。中华诗词学会会员。著有诗集《黄松吟草》。

学诗感悟

淡月伴书斋，疏星笑我呆。奇思天外落，神韵破窗来。

临江仙·园丁颂

江畔苑林花放晚，梅开二度迎春。从来师道苦茹辛。莳桃栽李，愿作灌园人。　　遍采百花勤酿蜜，谆谆解惑耕耘。三更灯火欲迎晨。春蚕蜡烛，甘瘦百年身。

谢鸿轩

谢鸿轩（1917—2012），谱名佑海，字汇川，号鳌山，安徽繁昌人。抗战开始投笔从戎，黄浦军校第十六期毕业。1949年到台湾，续任“国大代表”。历任台湾嘉义市女子中学校长、台北师范大学、台北辅仁大学、淡江大学及中国文化大学等校教授。著名学者、楹联书画收藏家，曾先后向家乡繁昌县图书馆捐赠珍贵书籍1200多册。著有《骈文衡论》《鸿轩文存》《谢氏文献》等。

四君子回文诗

梅

芳萼拂风清弄影，细梢凝色冷含烟。
篁松友谊云天薄，堂照玉光春占先。

竹

风摇碎影凉生月，雨滴新梢翠笼烟。
丛竹爱贤高士隐，空凌劲节粉娟娟。

兰

柔芽紫气香盈室，瘦叶苍烟绿绕阶。
瓯酒满斟高座客，幽兰引叙畅情怀。

菊

霜枝满径三秋晚，露蕊疏篱一色金。
香冷醉人愁寂寂，黄花对酌又成吟。

赭山舒天阁口占

壮岁离乡晚岁归，江流滚滚景全非。
立锥无地浑如梦，空忆堂前紫燕飞。

归思回文叠韵二律

甲寅新春，钞校心畬诗逾二百首，感怀方罢，吟兴犹浓，籍叠韵之回文，寄遥年之归思，固知雕虫之作，难免画虎之讥也。

一

迷烟远绕路遥遥，久梦归家思寂寥。
啼雁宿沙平浅水，遏云停棹系横桥。
凄凄雨落花倾泪，拂拂风轻柳舞腰。
西照夕晖余淡淡，溪清夹岸对歌谣。

二

迷雾晓天海路遥，客留还梦苦寥寥。
啼莺乱拂红桃岸，舞燕轻盈绿柳桥。
凄雨秋寒霜带鬓，拂云春气剑横腰。
西东庆乐丰年岁，溪按江村满咏谣。

赠　友

天涯海角寄萍踪，拜识荆州客道中。
问字裁诗敲月白，斟茶当酒话灯红。
洞庭浩荡屏湘北，衡岳巍峨镇楚东。
肝胆照人凭一席，江山正气托英雄。

疏　影

疏影（1921—?），安徽枞阳籍台胞，晚年定居安庆。著有《评注梅花诗集》。

还乡曲

少年投笔堪承露，垄剩残梅尚着花。
寻到儿时行乐处，伊谁与共话桑麻。

戊辰秋末仍客台湾五首

一

栖迟海上岁时移，细数归期未有期。
又是秋风起天末，江乡红叶系相思。

二

身似轻萍逐浪尘，年年只作乱离人。
思乡情切原无奈，梦里家山意更亲。

三

叠叠崇山意渺茫，故乡远在白云乡。

买舟归去知何日，一瞬驹光四十霜。

四

昔日少年今白头，归根有感竟难求。
尽多往事堪追忆，争奈时光不倒流。

五

天涯飘泊叹无家，怅望风涛八月槎。
何日束装归故里，边山老屋伴梅花。

和族兄绍兰旅京书怀原韵

戎马关山劫后驱，功名未就暗嗟吁。
上林枫叶偏凋早，故里梅花已放无？
久客难期乡梦稳，深宵怕听雁声孤。
愁肠百结凭谁解，且向江楼把酒沽。

宣城江边闲眺

一别宣城竟久睽，此来景物望中迷。
巨轮鼓浪千堆絮，长坝防洪十里堤。
大渡口前云树远，迎江寺外海天低。
诗联真迹今何在？枉费前贤细咏题。

［原注］

寺中前贤所题咏诗联，“文革”中已摧毁无存矣。

赖少其

赖少其(1915—2000)，笔名少麒，斋名木石斋。现代版画家、国画家、书法家。原籍广东普宁，1939年在安徽泾县参加新四军，1940年加入中国共产党。新中国成立后，曾任南京市委宣传部副部长、上海文联副主席等职。1959年调任中共安徽省委宣传部副部长，兼任安徽省文联主席和安徽省美协主席。以黄山、九华山等为主要描绘对象，宗法新安派诸家，开创中国版画新徽派；并数十次登黄山，探索开创新黄山派中国画，直至离休。出版有《赖少其画集》《赖少其山水画集》等。

赠　友

沙河边上墨农家，不种甜瓜种苦瓜。
青鸟低徊知客至，忙呼孺子沏新茶。

鲁游三首

泰山颂
山高崇德寿，松茂亦泽民。登临观沧海，可以振衣襟。

宋塑十八罗汉
方岩云吐日，柏老手扒天。若非观罗汉，安知有神仙。

索　道
此地十八盘，驾鹤上南天。天街宜眠早，星斗正阑干。

虞子畏

虞子畏（1924—2006），安徽泗县人。原泗县师范学校教师。生前系安徽省炳烛诗书画联谊会、海南省诗联艺术家协会、宿州诗词楹联学会会员。著有诗词集《葆真斋吟草》。

庆澳门回归

百年离散镜亏圆，万斛相思一梦牵。
两制唤回春燕子，翩翩飞舞玉楼前。

鹧鸪天·菊颂

飒飒西风动地凉，黄花笑傲九秋霜。暗香不让蟾宫桂，冷艳堪怜柔里刚。　　羞谄谀，爱疏狂，东篱醉咏看飞觞。生平喜友风骚客，莫道清标只自芳。

人月圆·樱桃

春风一夜樱花放，香暖碧窗纱。红云枝上，莺声呖呖，蝶影斜斜。　　绿荫匝地，钻珠累累，色艳如霞。书斋伴读，芽茶佐饮，甜透千家。

摊破浣溪沙·下岗女工卖馄饨

皮薄馅鲜猫耳形，秀姑巧手撒流星。鸡汤佐料精勾兑，味香凝。　　下岗无须心怅惘，神州随处可谋生。馄饨小卖经营好，笑声盈。

鲍思陶

鲍思陶（1956—2006），曾名鲍时祥，安徽枞阳人。山东大学中文系教授。古典诗词作家，在传统诗词创作领域具有重要影响，惜英年早逝。著有《中国历代叙事诗歌》《汉魏诗选》《李煜的诗词艺术》《历代笔记》《一得斋诗集》等。

山村晚照

远山衔日欲平吞，袅袅炊烟澹澹村。
一缕霞波争出岫，几株翠黛幻为魂。
墟间来客谈新事，郭外啼鹃泣旧痕。
枫下老牛闲乳犊，苍茫万象近黄昏。

中　秋

乘醉登楼意若何，他乡又见镜新磨。
青春鬓发随愁改，白露情怀向酒多。
跨凤无由求玉杵，乘槎欲去隔银河。
尽言戬穀由天定，沧海蜉蝣且放歌。

上元夜

火树鳌山画不如，少年兴致渐成虚。
青鸾愁映孤身影，碧砌空回长者车。

处世闲看鹰捕雀，吟诗翻作獭排鱼。
时乖莫怨交游少，仍有多情两箧书。

庐州阻雪

访戴无端忍滞留，心羁故国望门投。
灯孤返照窗前影，杯浊偏闻客里讴。
双鬓不堪梅影瘦，一身直似楚冠囚。
家贫亲老欲何往，牵犊挂瓢皆我俦。

寄 远

莲意空劳焦尾桐，蛮笺小字费题红。
新罗轻染初成扇，广袖长舒不当风。
绪柳多愁偏舞北，布帆无恙却朝东。
眼前蝴蝶勾残梦，人在蒹葭一水中。

无 题

明湖归路碧萋萋，难觅鸿踪印雪泥。
客梦不随青鬓改，乡愁时向白云题。
金门赋献终无谓，齐物论成只自迷。
十四年来犹昨日，可能一点到灵犀？

题“得一斋”

星星双鬓坐慵拈，枨触青春懒卷帘。
鸦字白鹅焉忍换，篆香红袖不烦添。
无人可共牛衣泣，唯尔羞从马首瞻。
堕甑浮云饶意趣，聊书得一作斋签。

故友相逢感赋

参商曾拟故人星，乍见翻疑蝶梦醒。
去日梅腮初着粉，相逢柳眼始垂青。

云山客鬓窗前月，沧海浮槎浪底萍。
不忍横琴弹别鹤，明朝留待写伶仃。

偕日本汉诗社友人登泰山

登临情趣付诗筒，鸟栈而今一线通。
岚影溟蒙青嶂外，莺铃跌宕白云中。
峰随人意疏成懒，石笑余心老更空。
妙得丝桐相协奏，高山流水韵无穷。

自　寿

少年心事已无凭，白发青云自不胜。
欲释怀时多种竹，于无人处且调鹰。
江山语默真诗料，风月情孤足酒朋。
羞向秋霜称磊落，一声长啸愧孙登。

诸生毕业十年聚会，席上口占

夏雨春风不厌奢，十年流水唱蒹葭。
小名唤到情如酒，旧事勾回味作茶。
既悟功名霜后叶，何妨形迹雾中花。
举杯莫定明朝约，且把无涯换有涯。

题　诗

前修度我有金针，歌哭无端费苦吟。
客梦长随鹦鹉盛，乡愁时绕凤凰琴。
换巢鸾鸟沉忧重，啮尾蜻蜓幽怨深。
不是解人休浪付，自邀明月共春斟。

中　秋

（古风顶针体）

愁浓酒淡过中秋，秋江浪迹一沙鸥。

鸥本自来还自去，去时垂泪恋孤洲。
洲上月明眠双鹤，鹤鸥何事强分别？
别时不见旧时人，人去此心无寄托。
托谁可将锦书传？传报今宵无婵娟。
娟娘心字早分碎，碎犹带血最堪怜。
怜卿怨命亦自羞，羞道心灰可解忧。
忧杀蟾宫寒素女，女儿洒泪不下楼。
楼开未改旧时妆，妆罢方知惹恨长。
长思梦里相思带，带上偏偏绣凤凰。
凰飞千里万事空，空劳纸笔写初衷。
衷怀一念长自恨，恨作飘零九秋蓬。
蓬松惨淡姮娥休，休说韶华付水流。
流去化作今宵雨，雨夜离人可解愁。

沁园春

穷而后工，诗道如斯，尚复何求？算近来人事，熙熙攘攘；眼前人物，唧唧啾啾。锁利钓名，求田问舍，惭愧元龙百尺楼。细思量，只肉生髀骨，坐暗貂裘。　功名羞说千秋，叹逝者如斯早白头。若请缨无路，未妨豪气；弹鱼有铗，岂足怅惘！鼙鼓雷鸣，旌旗电闪，管取燕颔万里侯！男儿意，将平生怀抱，托付吴钩！

裴鼎和（老憨）

裴鼎和（1922—2006），字中心，号老憨，安徽霍邱人。早年从戎抗日，入黄埔军校。毕业于安徽师专文史专修科，先后任教于宿城一中、灵璧师范学校等。著有《西园吟稿》《同声集》等。

有感旅台友人破镜重圆

八千里外山和水，四十年间雨与风。
一笑红颜明镜在，白头妪对白头翁。

咏史二首

一

二世荒唐负祖龙，阿房一炬火熊熊。
人亡政息频频见，古往今来恰恰同。

二

宾服六王征战忙，一台武打早收场。
至今但剩长城在，留与村翁说孟姜。

鹧鸪天·“改正”退休

投刺诸公口舌争，惩时常吃闭门羹。十年忽地沧桑换，阶下囚成座上宾。　　加白眼，转眸青，八行笺上变先生，一台好戏从头唱，还是当年锣鼓声。

鹧鸪天

北去南来西复东，雪泥鸿爪已朦胧。风尘仆仆家山远，桑梓迢迢梦寐中。　　临日暮，叹途穷，龙钟双袖晚归农。少年鞍马凌云志，输与庄头田舍翁。

水调歌头

曩走大都市，今守小山村。门前车马寥落，座上断嘉宾。暮暮朝朝于此，池畔扶筇来去，风月是知音。一岁忽然尽，飞雪又迎春。　　遇良辰，逢佳节，倍思亲。欲将旅况函告，何以慰诸昆？不禁愁萦思结，顿觉寒生简素，投笔夜沉沉。灯小悬红豆，点点是乡心。

浣溪沙二阕

一

入夜虫声添嫩凉，挑灯起坐补衣裳，停针无语暗神伤。袖上泪痕犹在眼，坟前木栱已成行，几年家务倩谁忙？

二

烦恼于人抛不开，熙熙攘攘走尘埃，满头看看雪皑皑。两袖清风归去也，一杯浊酒兴来哉，几声孤啸水天哀。

南乡子

命定苦吟身，要足五车典与坟。洒洒洋洋千百字，雄浑，笔健诗豪不济贫。　　榜地靠锄勤，小技雕虫何足云：休道陈王才八斗，苗耘，难敌区区一妇人。

采桑子

东村放逐三年矣，虽著南冠，于我何惭，一样驱牛甩炸鞭。　　精神世界无边际，鸢上遥天，鱼跃深渊，都道老憨心地宽。

蝶恋花

拆洗不难难补缀。是故年年，铺盖多尘秽。大事一桩天下最，小儿蹬破粗棉被。　　不必问它缝也未。佳节来临，还得肥鲜备。去去穷神休作祟，中秋与尔三杯酹。

菩萨蛮

黄牙白发须糊口，三街六巷拉车走。红苋与青椒，声高如喊操。当时浑不解，笑口犹长咧。往事一回头，教人双泪流。

临江仙二阕

一

岁月频频花甲子，身经沧海桑田。哪堪回首话当年：仓皇戎马际，冀北复荆南。　　劫外相逢浑似梦，忽然雪鬓霜髯。还当一笑酒杯干。水氽丸子嫩，油过蟹儿鲜。

二

白发苍苍墟里久，手犹日捻吟髭。任他指笑说书痴：笔耕安可食？心织岂堪衣[①]？　　野处徜徉惟自适，行藏何待人知。抗怀希古是襟期。冒烟灯一盏，几卷枕边诗。

［原注］

①唐王勃能文，四方求之遗以金帛甚多，人谓其“心织而衣，笔耕而食”。

虞美人三阕

一

夜来屋漏哪堪卧，披褐燃灯坐。移时门外又倾盆，檐下哗哗床上湿淋淋。　　风驰电掣兼雷击，者是难将息。连朝苦雨又如何？料尔年年晴总比阴多！

二

儒冠抛了人舒畅，未是教书匠。拉车兑菜挣些钱，老子不愁盘底著肥鲜。　　须生彩旦任他选，我唱三花脸。把钞沽酒醉今朝，串街走巷明日喊声高。

三

披衣侧帽昂头走，闹市寻屠狗。不赊不欠饮今朝，击筑悲歌慷慨忆荆高。　　楚冠尽管牢牢扣，谈笑还依旧。十千一斗也掏钱，有客玉山倾倒酒垆边。

阚家蓂

阚家蓂（1921—2016），安徽合肥人。国立浙江大学毕业，美籍华人，知名女词人。著有杂文集《思莼集》，散文集《大洋两岸》《旅思乡情》，诗词集《晴淑轩诗词选》《阚家蓂诗词集》等。另和其夫谢觉民合编英文版《中国分省地图集》。

乌来观瀑[①]

天开奇境恍如仙，试看坤舆运转乾。
巨斧中分开地脉，双峰齐插耸云边。
敢将一缆横空接，更把绫罗玉带牵。

百万中州侨寓客，勿辜美景度虚年。

[编者注]

①乌来区位于台湾北部新北市的东南方，平均海拔约900米。

高阳台

夕照沉山，余晖漾晚，疏林点点昏鸦。独坐中庭，乡思缥缈天涯。恹恹一枕黄粱梦，恨梦中雾绕云遮。追开帘，只见流萤，只有飞花。 当年负笈湄江畔，正春风桃李，灿烂韶华。气贯长虹，乾坤容我为家。岂知薄暮狂飙起，燕空巢，画栋欹斜。纵归还，人老情荒，谁话桑麻。

满庭芳

赴北美浙大校友年会后，有不胜今昔之感，并承曾珏师赐赠佳章，赋此以报。

绿满苏堤，莺梭柳浪，花港曾共春游。沧桑更变，浪白世间头。记取西湖旧事，鸥边梦，聊对吟瓯。伊城聚，诗文会友，有幸识荆州。 悠悠。惊节序，抚今追昔，清泪难收。叹卅年踪迹，异域争筹。恰似孤鸿冥冥，烟波渺，遥唤扁舟。空怀感，曲终人散，望断碧天秋。

阮郎归·一九七九年二阕

母校浙大校友一行八人来美访问，旧雨新知，共叙一堂，感今忆昔，极为欢愉，因赋小词两阕以志其事。

一

东来紫燕访新巢，风和春满郊。一天红雨染溪桥，落英缘水飘。 寻旧侣，念芳韶，杏梁依永宵。衔泥缀草庆花朝，卷帘穿柳梢。

二

西泠桥畔水清漪，茂园年少时。桃花春社斗残棋，把壶吟翠堤。 重聚首，话归期，终宵倾别离。钟声塔影记依稀，举头新月低。

缪守峻

缪守峻（1927—2011），字剑华，安徽凤阳人。曾任中小学教师多年。系安徽省诗词学会会员、凤阳《春泥诗词》副主编、凤阳县诗词学会特约编审。

城南春早

九尽花开万物妍，阳春有脚到溪边。
芦根才露尖尖角，荷叶新浮点点钱。
柳染鹅黄垂弱线，麦生鸭绿吐轻烟。
别开特色风光好，园菜棚蔬早食鲜。

黎光祖

黎光祖（1917—2004），安徽宿松人。曾是青年抗日决死队队员。书法家、诗人。著有诗集《离休吟》《黄山百咏》等。

黄山归来

数日烟云万虑空，苍松翠壑满心胸。
此行屡得新诗句，一路长吟下九重。

临帖兴怀

漫将碑帖伴离休，日课之遭几度秋。
天地阔兮千古韵，此间有物不知愁。

八十四岁忆萧翁

休言八四鬼门关，多少英雄胆未寒。
萧老一生天地阔，轻松活到百零三。

［原注］

谚有“七十三、八十四、阎王不请自己去”。萧龙士老已活到103岁了。

滕布禅

滕布禅（1882—1955），字宫桂，别字步蟾，安徽宿州人。13岁中秀才，及成年，入中国同盟会，追随孙中山先生，后投身于教育事业。著有《劫余吟草》等。

泉

一道涌涓涓，奔流注大川。泻来三峡倒，迸出万珠圆。
水悟源头活，涛惊谷口悬。怜他山下去，清白恐难全。

柳絮诗八首选二

一

相见天涯似去年，柔条缕缕恨绵绵。
无烦细雨重留住，争奈狂风不解怜。
高树凉飞千点雪，画桥晴扑一溪烟。
莫言化作浮萍好，聚散仍多未了缘。

二

游丝难系劫余身，弱草微尘证夙因。
三叠歌残边塞曲，一枝栖老上林春。
长条披拂犹垂地，旧雨飘零不见人。
苦恨平生绵力薄，未能衣被到斯民。

秋夜听雨

（回文体）

潇潇响送渐生寒，雨滴如珠泪罢弹。
遥梦惊回鸦夜警，冷风吹过雁声酸。

萧萧叶落丹枫晚，点点花飞红蓼残。
寥寂更多愁里客，宵深坐久怕衣单。

怀 友

天涯回首怅离群，劳燕东西各自分。
别后但期梁上月，书来忽降岭头云。
侵寻老病深怜我，落拓江湖最忆君。
未识何时沽美酒，夜窗剪烛共论文。

滕野翔

滕野翔（1920—2008），安徽和县人。1939年1月参加革命，曾任岳西、霍山、六安、舒城、宿松县委书记，安徽省委组织部处长，安徽省地质局、电子工业局局长，省人大常委会财经委员会副主任。

巡 堤

予于一九四九年在宿松修复同马江堤，每日早出晚归。

周天红日自东西，踏遍长堤又短堤。
十里炊烟和雾渺，几家渔火接星低。
滩头麦绿寒鸦宿，江上月明客渡迟。
饭后民工不觉倦，歌声处处唱黄梅。

颜 语

颜语（1921—2016），原名颜承恒，回族，安徽亳州人。1945年毕业于国立艺术专科学校国画系，曾师从傅抱石、李可染，诗书画皆擅长，尤工山水。生前为国家一级画师、中国美术家协会会员、安徽省文史馆馆员、中央文史馆书画院研究员、亳州市文联名誉主席。

春　日

东风昨夜过山乡，红杏枝头半出墙。
疏雨一帘花满地，筑巢紫燕啄泥香。

访　菊

菊放东篱上小楼，秋容一览兴悠悠。
销魂最是暗香里，任尔霜风袭鬓头。

送友人

相送无言柳色青，短亭不觉又长亭。
几多古道离人泪，湿透秋山冷画屏。

潘玉昌

潘玉昌（1921—2002），字绍远，安徽凤阳人。1949年后旅居台湾，从事商业工作。系凤阳《春泥诗社》名誉顾问。

返乡行四首选一

腊尽春回冰雪消，迎风展翅接凌霄。
此身原是堂前客，海外飞来觅旧巢。

龙兴寺怀古

龙兴古寺我曾游，今日重来四十秋。
庙貌早因文革改，钟声已在夜阑休。
残碑断碣埋三径，败瓦颓垣作一丘。
天意犹存洪武像，钟离依旧帝王州。

潘伯鹰(潘式)

潘伯鹰（1904—1966），原名式，字伯鹰，后以字行，号凫公、有发翁、却曲翁，安徽怀宁人。早年从吴闿生学习经史文词。新中国成立后，曾任上海书法篆刻研究会副主任、同济大学教授。对文学颇有造诣，曾著小说多种，后潜心于诗词及书法。诗集有《玄隐庐诗》。

雨

不信江南有好秋，雾笼黄浦滞行舟。
苏州河上跳珠雨，肯为清时洗浊流。

寒　雾

浃旬寒雾蔫初蕊，十丈灵根茁晚芽。
且待春酣朱谢碧，共君怜取最高花。

青　史

青史谁言字不磨，盖棺掀倒大风歌。
不堪持问高皇帝，地下宁夸仲孰多。

以所居二室分租与人

赁庑三间小，分租意百端。杜陵元受冻，范叔岂辞寒。
世乱身偏健，情忘境自宽。仍容锥稳卓，不必语艰难。

触　绪

吴门秋更热，触绪况多惊。短榻心相语，空庭影共行。
棋经阴计换，诗赖背吟成。仗马须衔勒，先防万一鸣。

外　冈

一水湾环外，崇冈久见招。麦苗随径远，油菜比人高。

鸣竹低昂雀，堆瓶清浊醪。他年如有暇，来饮莫辞遥。

黑　面

粗粝腐儒餐，乡闾半菽难。充肠矜黑面，稳体尚青毡。
玉食养贤鼎，金舆乘鹤轩。君臣皆醉饱，四海讳饥寒。

次韵榆生教授听雨

阴阳翕忽岂人谋，一雨深宵暑幻秋。
耳底涛翻疑地尽，梦中风横共身浮。
冥冥定欲伤农稼，滚滚行看汇浊流。
泥泞与君辞不得，馀生马磨许文休。

壬辰七月以微疴谒告斋居

清昼楼窗四卷帷，待从无语觅吾师。
瓶花乏水如贪睡，砚墨经风欲涸池。
排寂诗书劳亦乐，绐人针石晚方知。
众生同病嗟难起，曷叩医王学自医。

寄平伯①

绝世佳人淡冶妆，绡衣空谷九秋凉。
蛾眉侵鬓痕禁细，凤纸传心语苦长。
针线迟逢中妇怒，羹汤热畏小姑尝。
人间合剩江南月，解照蒹葭叶上霜。

[编者注]

①平伯：俞平伯（1900—1990），原名俞铭衡，字平伯，浙江德清人。清代朴学大师俞樾曾孙。散文家，红学家，中国白话诗创作的先驱者之一，与胡适并称“新红学派”创始人。

登六和塔赠公说

鼠姑满院转松篁，忘却高标踞翠冈。

拾级来寻云外磴，裣衽同礼法中王。
钱江水自回东越，宋帝碑犹镇下方。
勇猛修持悲愿大，知君无暇语兴亡。

丙申正月友人约赴北京

吴淞一宿见淮流，重入都门岁七周。
驰道飙车新帝里，黄尘苍雪古幽州。
此来喜接雍熙语，所愿终期汗漫游。
岂有纵横心未尽，何缘亦敝黑貂裘。

自　赠

寂寞犹来载酒车，漫嫌薄发尚堪梳。
老妻怜瘦谋添肉，痴女知难缓索鱼。
且古且今双袖墨，不穷不达满床书。
长卿可是知言者，辛苦游梁赋子虚。

闻殉情者感纪其事

信有痴怀不可禁，清泠自掷意难沉。
宁思身过千金重，但觉情随一往深。
悖史久书和氏璞，大寰浪许伯牙琴。
老夫亦似闲儿女，拍碎阑干惜此心。

即　兴

病里玄思不可任，梅风池馆动清阴。
颇疑稗史涵良史，未觉尘心损道心。
卧看药泉通橡管，倦抛书册压毡衾。
衰迟敢语天人际，圣处工夫试再寻。

万　虑

万虑人间总谬悠，此身惟合喻虚舟。

枯禅渊默初澄慧，灵雨飘萧更洗秋。
坐觉文殊来丈室，欲呼明月共高楼。
无心底用安心法，檐角银河自在流。

蚁　足

蚁足盘盘转不周，妍姿霸略彀中游。
蛾眉尽道生前好，马革惟当塞上留。
一掷春红输霡霂，万星磷碧见沉浮。
轮台近接华严界，却奈刘郎不掉头。

梦畲山茶花

三载缠疾江海滨，山茶长忆高出群。
雾迷丘垤满寒谷，力撑星斗辉孤春。
绛葩掩映大屋侧，苍皮想望乔松邻。
云霄正直通寤寐，嗟岂初愿逃斧斤。

诗　访

好诗如幽朋，乘兴辄来访。俗客或相遭，潜逝不可强。
峰高雪新霁，海澄月初上。与诗此商略，字字叩铢两。
乙乙动沉吟，汩汩愈酣放。横胸万斛泉，间幻瓶笙响。
嗟诗能穷人，人亦穷诗象。言志通形神，论世综今曩。
仲尼贵修辞，虚明慎勿罔。

蚊

飞蚊能害人，人乃谓之毒。试且作蚊观，人毒弥以酷。
彼蚊亦苦饥，人血满其欲。万汇更相杀，生死如转毂。
因思草木折，流液痛如哭。吾悲六合外，一气千刺促。
岂难穷物理，泯此倚与伏。近来出宇宙，奔星去亦速。
积微至广大，一线倘可卜。虽然岂不遥，愿力吾久笃。

读书六首选一

汉武黜百家，猥曰崇儒术。儒术何尝崇，刘社忽然屋。
生民有智慧，卮言固日出。孰谓川可防，一掌何碌碌？
人心岂有穷，得陇又望蜀。箝民期自延，适以为自促。
彻也苟长存，秦亡胡尔速？

好 鸟

邻家笼好鸟，晴日啼绵蛮。温风吹送之，悦耳如管弦。
芸芸一世人，谁其解鸟言？夺我山林乐，困之君屋间。
吐我郁怒音，顾谓博君欢。指我非子规，良无血斑斑。
会须山竹裂，变化云旗翻。君其喻消长，微禽识机先。

拾煤核

雪漫天，风撼壁，朱邸沉沉临道侧。绣帷暖炉玉楼人，蝶飐花娇正无力。弃煤委地出香厨，屋后贫娃来拾核。褐衣不掩胫，俯行雪满脊。承筐是将，爰罗爰剔，旋拨残灰抉碎石。远视茫茫但一白，蠕蠕渐近分形迹。自言大雪无人争，喜气轩腾动颜色。我行前致辞："适可而止君其归。贪多忘却北风烈，肌肤冻破爷娘悲"。呜呼！辽东雄县称抚顺，本溪湖水明珠润。铁索凌天星斗高，钢机凿地雷霆震。谁令拱手事虾夷，十万为奴仰残烬。天之锡我何其丰，谁则靳之人所忿。东倭举国肆狂氛，痛见炎黄血霜刃。墙根拾核未云悲，忍说他时无一寸。覆巢安望卵能完，一例朱门会同殉。江草江花句尚新，杜陵忠骨久成尘。时危空负乾坤大，我亦长镵抗饿人。

过梅村桥，是故人乔大壮自沉处[1]

秋阳肆馀威，河水郁深碧。衔悲彷城门，泪落莫能抑。
异时风雨夜，去今几何夕。斯人竟不回，渺渺无留迹。
偷生贵鲜耻，孰使子芳洁。沉吟终一决，自碎千金璧。
青旻旷泬寥，此世苦逼仄。子实鸿鹄翔，求子视薮泽。
永维平生亲，追恸肠为迫。盘胸念黄鸟，何吝以身百。

欲行复迟迟，返顾渺烟液。子去诚洒然，不复畏弹射。

[编者注]

①乔大壮（1892—1948），原名曾劬，字大壮，以字行。四川华阳（今双流）人。近代词人、篆刻家。曾任中央大学艺术系教授等，后因好友许寿裳被暗杀，深受刺激，自沉于苏州枫桥下。

客岁种兰，惟见一花，室人既逝，今春遂不发

去岁艺幽兰，孤花挺芳洁。今年盆盎间，未荣先萎绝。
花开人笑语，窗几耀馨悦。人亡花不芳，空室寒榾柮。
返生夙未闻，春返花仍发。如何空谷姿，竟与人偕殁。
根荄虽化尘。香性谁能灭？滋根傥重青，灌以泪与血。

潘季野（潘田）

潘季野(1876—1950)，名田，字筱林，号季野，以号名世，安徽桐城人。明末著名诗人潘江后裔。1893年廪贡生。民国初受聘为桐城中学国文教师，1920年任安徽法政学校国文教员。1928年安徽大学成立，被聘为文学院教授。1930年任安徽通志馆纂修，编成《安徽通志·艺文考集部提要》36卷。抗日战争爆发后回到家乡，参与创办了以其先祖潘江（号木崖）命名的“木崖小学”。晚年双目失明，自号废翁。著有《府山楼文钞》4卷，编著《龙眠风雅续编》《孙麻山诗集笺注》《龙眠逸史》等。遗有诗稿2000余首，均散佚。

寿白松如八十

世人称寿五六十，七十已稀况更强。
见说得天膺厚祉，正宜邀客展重阳。
荒江霜落螯初熟，老圃风高菊自香。
报与张侯珍重意，笔花犹健欲飞扬。

潘建华

潘建华（1933—2016），安徽庐江人。安徽省财贸学院毕业。曾在中国人民银行安徽池州分行工作多年。中华诗词学会会员，安徽太白楼诗词学会常务理事，芜湖诗词学会常务理事，芜湖市清水街道老年学校诗词班教师，《长河夕照》诗刊主编。

春满桃花沟

蜂歌蝶舞燕飞低，明媚春光醉眼迷。
杨柳依依两岸绿，桃花红透小桥西。

悼亡妻岳惠二首

一

溘然西去会无期，路隔人天两不知。
最是夜深灯影尽，悲怀难遣泪沾衣。

二

痛诀于斯已十霜，睹卿遗物倍神伤。
凄凉心事凭谁诉？孑立茕茕鬓发苍。

采桑子·惜春

群芳凋谢春将老，满地残红，落絮腾空，尽在飘零风雨中。　　堂前燕子花前蝶，相聚融融，离散匆匆，一往西飞一向东。

潘锡龙

潘锡龙（1911—?），原籍安徽泾县，世居当涂。美国普杰生大学毕业。曾任美国华盛顿大学化学顾问，从事癌肿研究工作。

忆江南·怀乡

江波碧，帆影逐风摇。六月采菱还荡桨，重阳赏菊更持螯。乡思最难抛。

相思引·偶寄

小院春花取次开，晓风吹絮染亭台，草青蜂瘦，楼静梦难猜？　　何事敲栏歌楚曲？日长思远意难排，无情狂蝶，那识旅人哀。

长相思·秋夜思怀

爱吾生，恨吾生，飘泊江湖有似萍，徒争半世名。　　恋秋声，怕秋声，意老情长不忍听，空怀对月明。

清平乐·春逝

残红未扫，春去无人晓。睡起春寒疑岁早，谁料韶光已老！　　东风未醉先狂，梨花雪落前窗。问取梁间燕子，明年筑室何方？

薛砺若（薛光泰）

薛砺若（1903—1957），名光泰，字保恒，号砺若，安徽霍邱人。1918年考入安庆省立第一中学。1920年以优异成绩考入北京大学政法系，在北京大学从事词学研究及写作。著有《中国词学史》《宋词通论》《两代词人传略》等。

明湖遇雨

明湖西北隈，晓送狂飙来。叆叇千峰出，滂沱万木摧。
晨昏难辨午，雨急不闻雷。夜际天风静，依栏看斗回。

五月纳凉

纳凉枣树下，入午市场嘘。雨霁天如洗，庭除风自徐。
眼随青实落，意共白云舒。未了劳生愿，遣情唯此庐。

濮之琦

濮之琦（1917—1995），号素园，安徽芜湖人。曾任安徽师范大学中文系副教授。芜湖诗词学会会员。著有《素园吟稿》等。

镜　湖

垂阴绕岸柳和榆，湖上春来风自徐。
诗动江城将帅席，园留水月状元居。
风流世数张安国，狂妄人传楚接舆。
放眼湖山时正好，凭栏我且乐游鱼。

栖霞山寻李香君坟

青衫红袖那堪提，流水孤坟我默祈。
但觉湖山增妩媚，可怜枫叶正离披。
佳人有怨能超俗，公子多情是自欺。
扇面桃花人面血，倩谁委婉作传奇。

主要参考书目

《中国当代诗词选》，叶元章、徐通翰编，江苏文艺出版社1986年版。

《当代诗词点评》，龚依群等主编，中州古籍出版社1992年版。

《当代中华诗词家大辞典》，雷树田主编，陕西人民出版社1994年版。

《中国女性诗歌粹编》，班友书编注，中国文联出版公司1996年版。

《中国当代诗词选》（第五集），熊朝元、阎树鹏主编，新疆人民出版社1998年版。

《中国当代诗词选》（第六集），熊朝元、冉维民主编，三秦出版社1999年版。

《中国当代诗词选》（第七集），熊朝元、熊启胜主编，三秦出版社2000年版。

《中华当代诗词风赋二百家》，刘惠恕主编，学林出版社1998年版。

《中华当代绝句精选》，匡一点主编，国际文化出版公司1998年版。

《近百年诗钞》，毛大风、王斯琴编注，岳麓书社1999年版。

《中华当代律诗精选》，匡一点主编，中国文联出版社1999年版。

《二十世纪华人文学作品选·诗词卷》，霍松林主编，作家出版社1999年版。

《中华当代词综》，黄君主编，中国文联出版社2000年版。

《中华当代田园诗精选》，匡一点主编，中国戏剧出版社2001年版。

《当代中华诗人警世作品集锦》，赵风芸主编，作家出版社2003年版。

《中华当代绝妙好诗》，胡锋主编，大众文艺出版社2004年版。

《当代优秀诗人精品典藏》，朱仰池主编，中国文联出版社2006年版。

《中国历代才女诗歌鉴赏》，郑光仪主编，中国工人出版社2008年版。

《二十世纪中华词选》，刘梦芙编选，黄山书社2008年版。

《民国六百家诗钞》，杨子才编注，长征出版社2009年版。

《中华诗人年鉴（2013）》，林从龙主编，中华诗词出版社2013年版。

《中国梦之歌——全国诗词创作获奖作品集》，中国报纸副刊研究会编，中国文史出版社2013年版。

《安徽名媛诗词征略》，光铁夫编，黄山书社1986年版。

《枞阳名媛诗选》，王琦编，2002年编印。

《芜湖诗词》，孙文光编，黄山书社2004年版。

《历代繁昌诗选》，黄维编注，中华诗词出版社2005年版。

《枞阳风雅》，枞阳诗词学会编，安徽人民出版社2006年版。

《敬亭古今吟萃》，王鸿树、嵇寅主编，中国文联出版社2007年版。

《安徽当代诗词选》，邹人煜、徐味主编，中华诗词出版社2008年版。

《蓼都风韵》，何怀玉主编，中国文史出版社2009年版。

《枞阳当代诗词选》，枞阳诗词学会编，2010年编印。

《明清安徽妇女文学著述辑考》，傅瑛主编，黄山书社2010年版。

《芜湖历代诗词》，芜湖市地方志编纂委员会办公室编，黄山书社2010年版。

《友声诗选》，尚荣光主编，中华诗词出版社2012年版。

《颍州当代诗词选》，吕大振主编，中华诗词出版社2012年版。

《巢湖当代诗词选》，苏士珩、张平主编，中国诗词楹联出版社2013年版。

《当代淮西诗书画集》，张孝玉主编，中国文化出版社2013年版。

《杏花红雨》，谭幼平主编，《当代中华诗词集成·池州卷》编委会，2013年编印。

《当涂古今吟》，夏崇民主编，当涂县委县政府2014年编印。

《安庆当代诗人传略》，齐周梦编著，中国文联出版社2015年版。

《古汴流韵》（续集），韩心荣主编，大众文艺出版社2015年版。

《月旦清吟》，范翔云主编，中华诗词出版社2016年版。

《滴翠诗丛选粹》，周正环主编，安徽师范大学出版社2016年版。

《片石集》，赵朴初著，人民文学出版社1978年版。

《一炉诗钞》，许永璋著，1980年秋编印。

《茗边词》，刘麟生著，台湾商务印书馆1983年版。

《三余室诗烬》，陆子权著，1983年编印。

《黄山百咏》，黎光祖著，安徽人民出版社1983年版。

《宋亦英诗词选》，宋亦英著，安徽人民出版社1983年版。

《五京行吟草》，阮鸿藻著，1985年编印。

《阚家蓂诗词集》，阚家蓂著，中国友谊出版公司1987年版。

《晚晴轩诗词选》，宛敏灏著，安徽师范大学图书馆1986年编印。

《夜烽诗词》，刘夜烽著，安徽文艺出版社1989版第1版。

《洪漱崖诗集》，洪存恕著，1992年编印。

《叔子诗稿》，冒效鲁著，安徽文艺出版社1992年版。

《寄生草》，王淞霞著，1992年编印。

《云水轩吟稿》，徐味著，安徽文艺出版社1992年版。

《西园吟稿》，老憨（裴鼎和）著，新世纪出版社1993年版。

《晚霞韵语》，汪稚青著，1993年编印。

《剪愁集》，张恨水著，北岳文艺出版社1993年版。

《江上诗存》，林散之著，花山文艺出版社1993年版。

《石庐诗词存》，汪岳尊著，政协全椒县委员会1993年编印。

《生平忆述》，俞步骐著，1994年编印。

《红百合诗集》，常任侠著，学习出版社1994年版。

《蒋伯举诗稿》，蒋伯举著，巢湖市政协办公室1994年版。

《恪庵诗稿》，徐炎文著，庐江诗社1995年编印。

《陶光诗文选集》，陶光著，1995年编印。

《敦六诗存》，洪传经著，钱塘诗社1995年编印。

《姜斋杂咏》，邹人煜著，黄山书社1995年版。

《溶川诗选》，张溶川著，1996年编印。

《松竹斋诗存》，房章汉著，1996年编印。

《张恺帆诗选》，张恺帆著，安徽文艺出版社1997年版。

《三余轩诗词选》，陈葆经著，1997年编印。

《守庆山庄吟草》，丁文烈著，1997年编印。

《挂剑空垄：新旧诗集》，金克木著，生活·读书·新知三联书店1999年版。

《玉屏楼吟草》，江金惠著，中国戏剧出版社2000年版。

《咏梅吟草》，史咏梅著，天马图书有限公司2001年版。

《阚家蓂诗词钞》，阚家蓂著，武汉出版社2001年版。

《涛声诗词选》，周维华著，2002年编印。

《陶志固诗词选集》，陶志固著，2002年编印。

《槐园新咏》，张维琳著，天马图书有限公司2002年版。

《春草堂诗词》，宋亦英著，安徽文艺出版社2002年版。

《启微轩吟草》，汤柏林著，天马图书有限公司2003年版。

《赵朴初韵文集》，赵朴初著，上海古籍出版社2003年版。

《夕照春风——朱诚诗词稿存》，朱诚著，新华出版社2003年版。

《且闲斋诗文稿》（增订本），江兴元著，2004年编印。

《无邪集续编》，陶光著，华夏翰林出版社2004年版。

《江南草》，叶国璋、叶石林著，天马图书有限公司2004年版。

《在兹堂吟稿》，孟醒仁著，国际炎黄文化出版社2004年版。

《濡须长短句》，张远齐著，2004年编印。

《溶川诗再续选》，张溶川著，2005年编印。

《孙宗溶诗选》，孙宗溶著，中国文史出版社2006年版。

《陈独秀诗存》，安庆市陈独秀学术研究会编注，安徽教育出版社2006年版。

《饭牛集》，许孔璋著，2006年编印。

《丹枫词稿》，祖保泉著，2016年编印。

《赭山三松集》，俞子徽编，北岳文艺出版社2006年版。

《得一斋诗钞》，鲍思陶著，齐鲁书社2007年版。

《笔声集》，吴鸿翔著，2008年编印。

《白鹿堂吟草》，朱继明著，天马图书有限公司2009年版。

《玄隐庐诗》，潘伯鹰著，刘梦芙点校，黄山书社2009年版。

《浮渡山房诗存》，房秩五著，黄山书社2009年版。

《野栗闲吟》，刘珍明著，2009年编印。

《医吟小阁诗钞》，张九痴著，2009年编印。

《求索斋诗词选粹》，方任安著，中国文联出版社2010年版。

《张充和诗书画选》，白谦慎编，生活·读书·新知三联书店2010年版。

《张建诗词选集》，张建著，安徽大学出版社2010年版。

《张涤华文集》（第四集），张涤华著，安徽师范大学出版社2011年版。

《坚白精舍诗集》，方东美著，黄山书社2011年版。

《黄宾虹诗集》，黄宾虹著，漓江出版社2012年版。

《还轩词》，丁宁著，黄山书社2012年版。

《朱鸿震诗词集》，朱鸿震著，六安市朱鸿震诗词集编辑组2012年编印。

《育林吟草》，王育林著，周正环编校，2012年编印。

《蕉雨轩诗钞》，刘凤梧著，黄山书社2012年版。

《颍庐剩稿》，尚荣光著，中华诗词出版社2012年版。

《飘蓬集》，周孝杰著，天马图书有限公司2012年版。

《味根园诗草》，韦潜安著，2013年编印。

《清寒斋诗词选》，李幸著，天马图书有限公司2013年版。

《又寄庐醉墨》，刘逸非著，中国文化出版社2014年版。

《吴山萝诗存》，吴孟复著，黄山书社2015年版。

《梦入大江东》，汤明珠著，香港文艺出版社2016年版。